KB235251

정진규의 시와 시론 연구

이 도서의 국립중앙도서관 출판시도서목록(CIP)은
e-CIP 홈페이지(http://www.nl.go.kr/cip.php)에서 이용하실 수 있습니다.
(CIP제어번호 : CIP2005000870)

The Poetry & Poetics of Jung Jin-Gyu

〈中〉과 〈和〉의 시학

정진규의 시와 시론 연구

정효구

푸른사상

自生의, 自發의, 自律의, 自由의, 自遊의, 自然의 삶을 살고 싶었다. 이 세속사회에서 이와 같은 소망을 품는다는 것은 무모한 일이자 사치스러운 일인지도 모른다. 그러나 나는 그 소망을 접을 수가 없었다. 自生의, 自發의, 自律의, 自由의, 自遊의, 自然의 삶이 아닌 <疎外>의 삶을 살기엔 주어진 생과 남은 생이 너무나도 아까웠다.

이런 가운데서 만난 시인이 정진규였다. 정확히 말하자면 그의 시와 시론이었다. 나는 그의 시와 시론을 읽을 때마다 찾아오는 충만감과 행복감 그리고 생동감에 잔잔히 전율하곤 하였다. 그의 시는 나의 소외를 조금씩 치유해주기 시작하였다. 나는 그 원인을 밝혀보고 싶었다. 그 원인을 밝혀낸다면 그것은 나만의 일이 아니라 이 시대를 살아가는 다른 많은 사람들에게도 유익한 일이 될 수 있을 것 같았다.

정진규의 시와 시론에 대한 글을 쓰면서 내내 시인과 동행하는 느낌이었다. 나는 그의 시와 대화를 하면서 그를 읽는 동시에 나를 읽었고, 그의 고백을 듣는 동시에 나의 고백을 하였다. 그의 시가 품고 있는 소중한 몇 가지 주제들을 포착하여 글을 써보니 소외의 원인과 치유의 길이 나타나기 시작하였다. 그 길은 무한할 터이나 그 중 한 가지 길만이라도 찾아보고 만나볼 수 있었다는 것은 큰 행운이었다고 생각한다. 나는 이런 체험과 글을 토대로 하여 가칭 <無爲의 시론>, <中과 和의 시론>, <虛의 시론> 등과 같은 이름의 일반 시론을 한번 써보고자 한다.

정진규는 1960년에 「동아일보」 신춘문예를 통하여 등단하였으니, 금년으로 시력 45년이 되는 셈이다. 그는 1960년대부터 지금까지 엄격한 자기 점검을 동반하면서 시적 탐구를 지속적으로 수행해 온 매우 중요한 시인이다. 그는 소위 시의 본질을 지속적으로 지키고 발전시켜온 <정공법의> 시인이자, 그 정공법의 무기로 자아의 모순과 시대의 외압을 극복하고자 소리 없이 전복을 꿈꾸고 실천해온 <아나키스트적> 시인이다. 그의 이와 같은 시작행위는 화려한 율동의 시인들에 비해 크게 조명받지 못한 것이 사실이다. 그러나 나는 정진규의 시세계야말로 그 테마나 진실성 그리고 형상화의 수준에 있어서 시사적으로나, 시대적으로나, 미학적으로나 상당히 중요한 의미와 의의를 지니고 있다고 믿는다. 그 믿음의 근거가 될 만한 내용들이 이 책 속에 들어 있다.

개인적으로 좋은 시와 시론을 제공해준 정진규 시인께 감사의 마음을 전한다. 그리고 이 책을 아름답게 만들어준 푸른사상사의 한봉숙 사장님과 직원 여러분께 감사의 마음을 전한다. 어혈(瘀血)이 풀리는 봄 속에서, 정진규의 시를 읽으며, 그리고 부족하나마 그와 동행해본 나의 글을 읽으며, 우리의 생과 삶과 나날 속에 뭉쳐 있는 어혈들이 조금이라도 풀려 참 자유와 참평화와 참생명의 기운을 얻는 데 작은 도움이라도 되었으면 하는 바람이다.

2005년 4월

정 효 구

■ 책을 출간하면서

Ⅰ. 全一性의 세계

1. 문제제기

생물학적으로 세포는 분열된다. 분열된다는 것은 동질성에서 이질성으로, 통일성에서 단절성으로, 단순성에서 복합성으로 나아간다는 뜻이다. 이것은 매우 상징적이다. 인간이란 존재 자체가 이미 생물학적 바탕에서부터 全一性을 해체하거나 불안하게 하는 속성을 띠고 있다는 것으로 해석되기 때문이다. 그러나 외형적으로는 이런 속성을 띠고 분열되는 생물학적 차원의 세포들이더라도 그 이면을 들여다보면 크고 작은 유기적 전일성의 작용에 지배를 받는다. 이것 또한 상징적이다. 제아무리 세포가 분열 작용을 거듭한다 하더라도 그 이면에는 분열을 치유하거나 분열 이전의 세계로 돌아가고 싶은 욕구가 숨어 있기 때문이다. 결국 분열과 통합, 단절과 통일, 해체와 유기성 사이의 상호작용이 인간과 세계 속에 놓여 있는 셈이다.

『中庸』을 보면 中과 和를 최고의 상태로 상정한다. 中이란 太極이 분화되기 이전의 상태요, 和란 분화된 태극이 조화와 균형을 이룬 상태이다.

이 中과 和를 전일성의 상태라고 부를 수 있다. 『중용』에서 이와 같이 中과 和를 중시하는 것은 그만큼 中과 和의 상태에 이르기가 어렵다는 뜻을 포함하고 있으며, 그런 상태를 꿈꾸는 것이 인간의 원형질 속에 들어 있다는 의미이기도 하다. 그러고 보면 우리들이 살아간다는 것은 中과 和의 상태에서 이탈하려는 성향과 그 상태로 돌아가거나 그것을 이룩하려는 성향 사이의 갈등과 대립이라고 볼 수 있다.

『周易』을 보면 64개의 괘 가운데 온전한 상태는 오직 두 개의 괘에서만 나타난다. 제11번째 괘인 地天泰괘와 제63번째 괘인 水火旣濟괘가 그것이다. 그렇다면 나머지 62개의 괘는 모두 불완전한 가운데서 완전한 상태를 지향하는 경우라고 볼 수 있다. 이런 사실은 완전한 상태, 즉 전일성의 상태에 도달하는 것이 참으로 힘든 일이며, 그것이 설령 이룩됐다 하더라도 그것은 일시적인 것일 뿐 다시 불완전한 상태 속으로 들어가게 된다는 것을 의미하는 것이다.

티벳불교에서 보면 만다라를, 원불교에서 보면 원을, 기독교에서 보면 실낙원 이전의 에덴동산을 각각 전일성이 이룩된 이상세계로 삼고 있다. 이런 것 역시 전일성의 세계가 매우 근원적이면서 모든 존재가 도달하고자 하는 세계임을 알려주는 점이다. 그러면서 그것은 우리가 그 세계에 도달하는 것이 얼마나 어려운 것인가를 함께 시사해주는 점이다.

이 글은 정진규 시에 나타난 전일성의 세계를 탐구해 보고자 씌어진다. 정진규의 시엔 이 전일성의 세계에 대한 갈망이 매우 강하게 지속적으로 드러나 있으며, 그 전일성의 구체적 양상이 아주 다양하게 그려져 있다. 그가 이질적이고, 단절적이고, 불완전한 현실에서 이와 같은 전일성의 세계에 애정과 집착을 보이는 것은 그가 이 세계를 포착하거나 그 세계에 도달했을 때에만이 진정한 자유와 평화와 충만함과 생명감을 느끼기 때문이다.

정진규가 그의 시에서 다채롭게 찾아냈거나 갈구하고 있는 이 전일성의 세계를 만나는 일은 그의 시를 읽는 독자들에게도 자유, 평화, 충만감, 생명감, 초월감 등과 같은 최고의 긍정적 감정과 정신세계에 이르도록 한다. 파편화된 세계에서 파편화된 현실을 그대로 반영하는 것은 시인의 리얼한 태도로서 의미가 있지만, 그런 세계일수록 전일성의 온전한 세계를 적극적으로 발굴하고 갈망하며 상상하는 것도 유익한 태도로서 의미가 있다. 정진규의 시를 읽는 기쁨은 후자의 경우를 통해서 다가온다.

그러면 그는 구체적으로 어떻게 전일성의 세계를 표출하였는지, 그것을 9가지 항목으로 나누어 상세하게 살펴본 후, 이것이 지닌 의미를 결어 부분에서 찾아보기로 한다.

2. 전일성의 세계

1) 內藏

<內藏>이란 내부에 들여놓음, 내부에 저장함, 내부에 존재함 등과 같은 뜻을 갖는다. 정진규의 시에서 <內藏>이란 말은 두 가지 경우에 사용되는데, 그 하나는 주체가 대상 속에 들어가 하나가 되는 경우이고, 다른 하나는 대상이 주체 속에 들어와 하나가 되는 경우이다. 이때 주체와 대상은 서로가 서로에게 內藏처럼 상대방 속에서 한몸이 된다. 이와 같은 합일에의 욕구, 그것은 암수이체가 암수동체였던 때를, 어머니와 한몸이었던 유아가 어머니의 몸속에 있던 시절을 그리워하는 것처럼, 주체와 대상이 서로 사이에 아무런 틈도 흔적도 만들지 않으려는 완전한 하나됨의 욕구이다.

정진규는 그의 시에서 자신이 타 존재에 內藏되고 싶은 욕구를 다음과

같이 표출하고 있다.

① 내 이승의 살을
  내가 만져보니 많이 수척해 있었다
  누구의 가슴에든 온전히 밀봉되고 싶은
  그런 내 육신의 잠적을 생각했다

— 「잠적 - 알8」의 부분[1]

② 고려 佛畵 水月觀音圖를 보러 갔다 다른 건 보이지 않고 그분의 맨
발 하나만 보였다 도톰한 맨발이었다 그런 맨발을 나는 처음 보았다
연꽃 한 송이 위에 올려 놓이신 그분의 맨발, 요즈음 말로 섹시했다
열려 있었다 들어가 살고 싶었다 버릇 없이 나는 만지작거렸다 1310
년, 687년 전에도 섹시가 있었다

— 「水月觀音圖」의 부분[2]

③ 속이 꽉 들어찬 것들 내장이 따로 없는 것들 살과 향기가 몸 그자
체인 것들 꼭지 하나로 빨대 하나로 얼굴 빠알갛도록, 터질라! 그저
살로만 빨아들이는 것들 그 들숨만의 통로로 끼어들어 살과 한 알에
숨어들어 지난 가을 내가 감쪽같이 실종되었음을 그런 나의 內通이
있었음을 아무도 몰랐으리

— 「사과를 깎으며」의 부분[3]

인용시 ① 속의 화자는 누군가의 가슴에 <밀봉>되고 싶다는 말로, 인
용시 ② 속의 화자는 석가모니의 맨발 속에 <들어가 살고 싶>다는 표현
으로, 인용시 ③ 속의 화자는 사과 한 알에 <숨어들어> 감쪽같이 <실종>
됐었다는 고백으로, 각각 타 존재의 내부 속에 內藏되고 싶거나 그런 경험
이 있다는 사실을 알려주고 있다. 이와 같은 內藏에의 욕구와 실천은 타

---

1) 정진규, 『알詩』(서울 : 세계사, 1997), 20면.
2) 정진규, 『도둑이 다녀가셨다』(서울 : 세계사, 2000), 51면.
3) 정진규, 『本色』(서울 : 천년의 시작, 2004), 89면.

존재가 지닌 매력에서 출발된다. 한 존재가 매력적일 때, 매력을 느끼는 다른 존재는 그 매력적인 존재에 수동적으로 속함으로써 하나가 되거나, 그 존재 속으로 적극적으로 찾아들어감으로써 그 존재와 하나가 된다. 그러나 이때의 수동성도 자발적인 수동성이며, 적극성 역시 자발적인 적극성이란 점에서 존재의 수동성과 적극성은 본질적으로 같다.

이와 같은 토대 위에서 한 존재가 타 존재 속으로 내장된다는 것은 에로티시즘의 심리와도 상통한다. 여기에는 자아소멸과 자아확대, 자학성과 가학성의 이원적인 감정이 공존하면서 결국은 하나됨을 이룩하고자 하는 근원적 소망이 깃들여 있기 때문이다. 그러고 보면 타 존재에의 내장은 대상에의 연정을 통하여 합일에 이르는 길이다. 여기서 나는 밀봉되어도, 실종되어도, 이주하여도 아무 문제가 없다. 타 존재 속으로 들어가 하나가 된다는 것은 어떤 세속적 질서와 관념도 장애가 될 수 없는 이끌림이 바탕을 이루는 일이기 때문이다.

정진규의 시에서 타 존재 혹은 세계에 자신을 완전히 내장시킨 매우 인상적인 작품은 「駕虛樓에서」[4]이다. 駕虛樓는 말 그대로 虛를 실어 나르는 누각이다. 이 시 속의 화자는 그 가허루에 가서 <虛>의 진면목을 본다. 그에게 이 허는 어떤 것보다도 매력적이다. 그런 까닭에 그가 허에 내장된 깊이와 밀도는 상상을 초월한다. 허 속에 틈 없이 깊이 내장된 시인은 그 속에서 자신을 완전히 지운다. 완전히 자신을 지운다는 것은 무엇인가. 그것은 그 자신이 허의 몸에 녹아들었다는 뜻이다. 그는 여기서 개체로서의 형체를 잃고 허 자체가 되어 그 소멸의 환희를 체험한다. 그러나 사실 여기서 소멸이란 그 속에 자아의 엄청난 확산과 확대를 내포하고 있는 개념이다. 허 속에 내장됨으로써 허가 된다는 것은 그처럼 자아를 소멸시킴으

---

4) 정진규, 『도둑이 다녀가셨다』, 52면.

로써 자아를 생성하는 일이 된다.

　한편, 정진규의 다른 시를 보면 타 존재를 자신 속에 內藏시키는 일에
대해 다음과 같이 전하고 있다.

> ① 부활절이라 했다 오리알 거위알 달걀들을 한 바구니씩 가득 넘치게
> 선물로 받았다 그의 일생을 그는 내게 그렇게 건네주었다 벌써부터
> 오리와 거위와 닭들이 내 좁은 마당을 아침부터 저녁까지 마구 뒤뚱
> 거렸다 위층 아래층 방방이 뛰어다녔다 나의 자궁을 열고 들어가는
> 알들의 발뒤꿈치가 뽀앴다 그렇게 싱싱했다 부활하고 있었다
>
> — 「부활절 - 알11」의 전문5)

> ② 그가 거기까지 가서 맨발로 걸어가서 전생부터 걸어가서 찍어 보낸
> 연꽃 사진 한 장을, 스리랑카 늙은 사원 아누라다뿌라의 연꽃 한 송
> 이를 나는 품고 있다 물이 알을 낳았다고 그는 썼다 사진 뒷면에 그
> 가 배고 있던 우리들의 알을 낳았다고 그는 썼다 그걸 나는 품고 있
> 다 그걸 나는 한 마리 새로 부화시킬 것이다 날게 될 것이다
>
> — 「熱愛의 書 - 알58」의 전문6)

　위의 두 인용시에서 정진규는 대상을 그의 몸속에 내장시킨다. 인용시
①에서는 오리알, 거위알, 달걀과 같은 알들을, 인용시 ②에서는 스리랑카
늙은 사원의 연꽃 한송이를 몸속에 내장시키고 있다. 그때 이 시인은 자궁
을 가진 여성이 된다. 그는 자궁이라는 몸의 가장 은밀한 세계 속에 이들
을 품는다. 따라서 그의 몸속은 정태적인 전일성의 공간으로 그치지 않고
생성하는 전일성의 세계로서 <부화>의 신비를 창조한다. 합일도 그렇거
니와 그 합일 속에서 생성되는 부화는 쉽게 이루어지는 것이 아니다. 한

---

5) 정진규, 『알詩』, 23면.
6) 위의 책, 81면.

주체가 대상을 진정으로 품어 안아 그것과 한치의 간극이나 빈틈이 없이 결합되어야만 그것이 합일을 넘어 역동성 속에서 중생의 단계로 상승한다.

정진규에게 대상을 몸속에 내장시킨다는 것은 이런 의미를 띠고 있다. 생명의 몸이자, 여성의 몸이고, 더 나아가 모성의 몸인 그 속에 그는 대상을 들여놓고 전일성의 신비를 체험하는 것이다. 그의 몸이 이와 같은 공간이 될 때, 대상은 그것이 무엇이든지 간에 편하게 그의 몸속에 깊이 들어와 안길 수 있다. 다음과 같은 작품을 보기로 하자.

> 문은 늘 열어두기로 했으니 외출에서 돌아오시듯 그렇게 하시게 門內에 혼사가 있네 군불을 때야 할 터 마른 삭정이들을 헛간 가득 쌓아두었네 차도 끓여 드시고(커피는 바닥이 났네) 음악도 들으시게 심심하면 뜨락 마른 꽃대들 사이 느리게 느리게 건느고 있는 겨울 햇살들의 여린 발목이라도 따라가 보시게나
>
> — 「집을 비우며」의 부분[7]

위 시의 생가는 그의 몸의 다른 이름이다. 그는 이 生家인 몸을 무방비 상태로 열어 놓고 있다. 그 집 속으로 누구든 들어와 자신의 집인 듯 편안하게, 자유롭게, 한가롭게 지내라고 그는 부탁한다. 이것은 그의 몸인 생가를 이미 소유의 개념 너머에서 인식하고 있다는 징표이다. 그런 몸인 생가 속엔 타 존재가 한치의 소원한 느낌도 없이 내장될 수 있다. 이와 같은 관계 속에서 그 생가인 몸속은 주체의 것이면서 동시에 타 존재의 것이다. 여기서 주객의 관계는 사라지고 모든 존재는 하나가 된다.

그러나 이런 일이 쉬운 것만은 아니다. 정진규는 대상의 내장을 통한 전일성을 꿈꾸면서도 그것의 어려움을 가끔씩 토로한다. 그것은 이와 같은

---

7) 정진규, 『本色』, 61면.

일의 구현이 관념의 차원이 아닌 실체의 차원에서 이루어져야 육체성을 획득하게 되기 때문이다. 그의 작품 「틀니」를 보기로 하자.

> 사이토우 마리꼬氏, 까무잡잡한 얼굴의 倭女 당신이 생각난다 한국 땅엘 처음 入國해서 당신이 가장 감동 깊게 보았다는 풍경, 동네 가게 앞 가을 햇살 속에 나란히 나앉은 틀니 낀 할머니들 셋, 오늘도 열심히 맛있게 연시를 자시고들 있다 나도 연시를 먹고 싶다 오늘은 내가 그걸 혼자서 보고 있다 할머니들 아무 걱정이 없으시다 올 겨울이 춥지 않으셨으면 좋겠다 고백하노니 나도 틀니다 만든 몸으로 아직은 별 탈 없이 내 몸이 견디고 있다 사이토우 마리꼬氏, 그때는 이 사실을 당신에게 감추었다 누구나 제 몸 아닌 다른 몸 하나씩을 몸 안에 감추게 된다 불법일까? 入國시킨다 가을엔 그게 보인다 틀니가 보인다
>
> — 「틀니」의 전문8)

　　<入國>이란 한 존재가 다른 존재를 몸 속에 허락하는 일이다. 들어오는 타 존재를 몸속에 받아들여 내장시키는 일이다. 이 <入國>의 상상력에 기대어, 시인은 틀니를 몸속에 내장시키는 일의 비의에 대해 말하고 있다. 남의 몸인 틀니, 그것을 위 인용시 속의 할머니 세 사람과 작중 화자가 몸 속에 내장시키고 있다. 시인은 그 틀니가 내몸처럼 하나가 되어 살아가는 생의 신비를 말하면서도, 늙을수록 그 틀니가 의식되는 쓸쓸한 현실을 함께 알려준다. 한몸인 듯 내장시킨 틀니와, 그럼에도 불구하고 의식되는 그 틀니라는 남의 몸 사이에서 시인은 그가 늙어가고 있다는 사실을, 그러나 그 남의 몸과 한몸이 되어 살아갈 수밖에 없는 것이 우리들의 생임을 말하고 있는 것이다.

---

8) 위의 책, 53면. 이 시에서 언급되고 있는 사이토우 마리코의 시는 그가 한국어로 써서 출간한 시집 『입국』(민음사, 1993)에 수록되어 있는 「살아 계세요」이다.

<內藏>은 전일성을 이루는 근본 구조이다. 타 존재에 안기고, 타 존재를 안음으로써 한 존재는 개체성과 단독성, 단절성과 대립성, 분열과 해체를 넘어설 수 있기 때문이다. 이와 같은 넘어섬은 한 존재의 유기적 삶을, 그리고 그 유기적 삶의 필연성을 존중하고 받아들이도록 하는 일이기도 하다.

2) 內通

<內通>을 통한 전일성의 문제를 다루면서 이 말과 더불어 相通, 往來, 疏通, 越境, 脫境, 交流, 넘나듦, 드나듦, 들락거림 등과 같은 말을 함께 제시해 보기로 한다. 그것은 정진규의 시에서 <內通>이란 이와 같은 여러 말들과 같은 함의를 지니고 있으며 그런 말들을 함께 포함할 때 내통을 통한 그의 시의 전일성의 실상이 더욱 잘 드러나기 때문이다.

그렇다면 <내통>의 조건은 무엇인가. 먼저 경계의 해체 및 제거를 그 조건으로 제시할 수 있을 것이다. 모든 사물과 존재는 경계를 표상하는 윤곽 혹은 테두리를 갖고 있다. 그것은 한 존재의 독자적 세계를 표상하는 것이면서 동시에 한 존재를 다른 존재와 구별짓고 단절짓는 기호이기도 하다. 이처럼 모든 사물과 존재가 테두리 혹은 윤곽을 갖고 있다는 것이야말로 독자성과 단절성의 상호모순 속에 그들이 놓여 있다는 것을 보여주는 일이다. 따라서 진정한 내통의 상태가 가능하게 되려면 독자성으로서의 경계를 인정하면서도 그것을 해체하거나 초월하는 경계와해의 작업이 필요하다. 다음으로 제시할 수 있는 것은 사물과 존재의 열림이다. 열린다는 것은 단순히 경계만을 외형적으로 지우는 것이 아니라 존재의 안쪽으로부터 자신을 개방한다는 것이다. 여기서 존재는 울타리 없는 집처럼 전방위로 막힌 데가 없다. 한 가지 더 제시한다면 그것은 존재 상호간의 사

랑이다. 사랑한다는 것은 타 존재를 내 몸 속에, 나를 타 존재 속에 거침없이, 장애 없이, 제한 없이 들여놓고 받아들인다는 것이다. 존재의 상호작용에 의하여 무너진 경계와 열린 존재는 역동성을 부여받고 생성하는 전일성의 세계를 창조한다.

정진규의 시에서 내통을 이룩하는 위의 세 가지 조건은 행간 속에 숨어 있다. 그런 바탕 위에서 정진규의 시는 내통을 통한 전일성의 세계를 다음과 같이 보여주고 있다.

> 박혁거세가 알에서 태어났던 卵生의 그때는 이토록 사람이나 神들이 산이나 들판이나 강물들이 나무나 풀잎들이 바위들이 모든 사물들이 서로의 이름을 바꾸어가며 지워가며 몸을 바꾸며 서로를 드나들었던 모양이다 마음만 먹으면 알로 돌아갈 수가 있었던 모양이다 다시 태어날 수가 있었던 모양이다
>
> — 「卵生說話 - 알40」의 부분[9]

박혁거세는 인간의 왕이다. 신화적 존재라고 해도 크게 틀리지 않는다. 그런데 그는 동물(생물)인 알에서 태어났다. 이 점은 인간사와 신화사와 자연사 사이에 아무런 막힘이 없이 내통이 이루어지고 있다는 것을 뜻한다. 경계의 와해, 열림의 적극성, 사랑의 실천이 이 가운데 들어 있는 것이다. 정진규는 위 인용시에서 이런 점을 민감하게 느끼고 포착하여 다음과 같이 그 사실을 풀어서 설명하였다. <그때는 이토록 사람이나 神들이 산이나 들판이나 강물들이 나무나 풀잎들이 바위들이 모든 사물들이 서로의 이름을 바꾸어가며 지워가며 몸을 바꾸며 서로를 드나들었던 모양이다>라고. 이 세계의 모든 사물들이 이름을 바꾸고 지운다는 것은 이름의 배타성과 추상성을 무화시킨다는 뜻이다. 그리고 그 사물들이 몸을 바꾸며 서

---

9) 정진규, 『알詩』, 59~60면.

로를 드나든다는 것은 육체(존재)가 지닌 이기적 윤곽을 해체시킨다는 뜻
이다. 이와 같은 무화작용과 해체작용 속에서 사물과 존재가 온전한 전일
성의 상태로 돌아가거나 그런 상태를 생성시킬 수 있는 비밀을 위 인용시
속에서 시인은 보여주고 있는 것이다. 그런 모습을 그는 <난생설화>의 주
인공, 박혁거세의 삶에서, 그리고 그 시대 사람들의 삶에서 찾아냈던 것이
다.

또다른 작품 「바지랑대」를 보면 이런 내통의 전일성이 아주 절묘하게
묘사돼 있다.

내 안과 밖에는 키 큰 바지랑대가 각각 하나씩 내 하늘을 떠받들고
있다 기울기며 높낮이가 자유로워서 빨랫줄 하나로 매워둔 내 안과
밖의 交信이 순조로웠다 정직했다 눈부시게 빨아 넌 네 속곳 한 벌도
보송보송 잘도 말려 냈다 하늘과 햇살과 바람과 정답게 놀았다

— 「바지랑대」의 부분[10]

안과 밖의 <交信>, 즉 내통이 위 시의 핵심이다. 그러나 이런 말만으로
부족하다. 조금 더 설명이 필요하다. 위 시를 보면 시인의 안과 바깥쪽에
屈伸自在한 <바지랑대>가 서 있다. 그 바지랑대가 중요한 것은 <屈伸自
在>한 것이기 때문이다. 이 안쪽과 바깥쪽의 바지랑대 사이에 <빨랫줄>
이 매어 있다. 그 빨랫줄은 안과 바깥을 내통하게 하는 <交信>의 표상이
다. 그 교신의 표상은 안과 바깥을 늘 균형과 유연성이 깃들여있는 전일성
의 세계로 이어준다. 그런 전일성의 빨랫줄 위에서 빨래가 <보송보송>하
게 마른다. 전일성의 힘이자 비밀이 만들어내는 결과이다. 정진규는 이런
안과 바깥의 교신, 그리고 그 교신 위에서 창조되는 전일성의 신비를 훼손

---

10) 정진규, 『本色』, 80면.

시키지 않으려고 노력한다. 그런 세계 속에서만 우주만물이 정답게 노는 참다운 유희의 장이 무한으로 펼쳐지기 때문이다.

만물 하나하나와 내통하고 싶어하는 정진규는 세상 모든 만물의 연인이다. 그는 무한의 바람기를 지닌 연애지상주의자와 같다. 연애란 내통이 핵심을 이루는 일이요, 그 내통 속에서 죽음도 불사할 것 같은 환희와 열락을 체험하는 일이다. 그는 이런 연애의 현장을 볼 때 흥분하며, 그 자신이 이런 연애의 현장 속에 빠져들거나 그것을 상상할 때 무아의 전율을 느낀다.

> ① 수유리라고는 하지만 도봉산이 咫尺이라고는 하지만 서울 한복판인데 이건 정말 놀라운 일이다 정보가 매우 정확하다 훌륭하다 어디서 날아온 것일까 벌떼들, 꿀벌떼들, 우리집 뜨락에 어제 오늘 가득하다 잔치잔치 벌였다 한 그루 활짝 핀, 그래, 滿開의 산수유, 노오란 꽃숭어리들에 꽃숭어리들마다에 노오랗게 취해! 진종일 환하다 나도 하루종일 집에 있었다 두근거렸다 잉잉거렸다 이건 노동이랄 수만은 없다 꽃이다! 열려 있는 것을 마다할 것이 어디 있겠는가 그런 건 세상 어디에도 없다 그럴 까닭이 있겠는가 사전을 뒤적거려 보니 꿀벌들은 꿀을 찾아 11킬로미터 이상 往復한다고 했다 그래, 왕복이다 나의 사랑도 일찍이 그렇게 길 없는 길을 찾아 왕복했던가 너를 드나들었던가 그래, 무엇이든 왕복일 수 있어야지 사랑을 하면 그런 특수 통신망을 갖게 되지 光케이블을 갖게 되지 그건 아직도 유효해! 한 가닥 염장 미역으로 새카맣게 웅크려 있던 사랑아, 다시 노오랗게 사랑을 採蜜하고 싶은 사람아, 그건 아직도 유효해!
>
> — 「산수유 - 알1」의 전문[11]

> ② 나는 너무나 많은 사물들과 연애 걸었으며, 內通했으며, 울궈먹고 작살 내면서 오늘도 시라는 걸 쓰고 있다 염치가 없다
>
> — 「동티를 위하여」의 부분[12]

---

11) 정진규, 『알詩』, 13면.

위의 인용시 ① 속에선 산수유와 꿀벌 사이의 내통 혹은 연애가 시인에
의하여 관찰되고 있다. 시인의 말을 따르자면 그 연애를 위하여 봄날의 산
수유는 자신의 몸인 꽃을 <滿開>하였고, 꿀벌은 거리도 잊은 채 <往復>
하며 만개한 산수유의 몸을 드나들고 있다. 산수유는 만개한 꽃의 몸으로,
꿀벌은 왕복의 활동성으로 각각 적극적인 구애작전을 펼치고 있는 것이
다. 정진규는 이런 구애와 연정이 실현되는 이 내통 현장을 <잔치>집으로
비유하였다. 잔치란 전일성의 세계로서 모든 존재가 무아의 흥분과 기쁨
속에서 움직이는 공간이요, 이런 상태에서 서로가 서로에게 가장 깊숙이
드나드는 왕복의 현장이다. 사랑, 넘나듦, 무아, 환희, 하나됨 등이 이 잔치
집에서 탄생하고 작동한다.

정진규는 평생 바람난 연애지상주의자처럼 살아온 그의 삶을 인용시
②에서 짧은 한 줄의 글로 요약한 것이다. <나는 너무나 많은 사물들과
연애 걸었으며, 內通했으며, 울궈먹고 작살 내면서 오늘도 시라는 걸 쓰
고 있다>고, 그런데 그것은 <염치가 없>는 일이라고. 이 말을 표면 그대
로를 믿으면 정진규는 바람난 연애지상주의자처럼 내통의 전일성에 빠져
든 삶을 반성하는 것 같다. 하지만 행간 속의 의미는 그렇지 않다. 그는 오
히려 사물들과 무한히 연애하는 내통 속에서 평생 시를 쓰고 삶을 살고
싶은 자신의 속마음을 고백한 것이다. 바람난 연애지상주의자로서의 삶이
탄로 나는 것, 작품의 제목으로 쓰이기도 한 말을 빌리면 <동티>나는 것
을 그가 부끄러워하는 듯하지만, 그는 그것이야말로 자신의 시쓰기와 삶
속에서 근원이자 핵심일 수밖에 없다는 것을 널리 알리고 있는 것이다.

정진규의 시에서 사물과 존재의 내통은 그를 흥분시키는 원천이다. 정
진규는 세계의 배타적 영역과 경계를 무화시키며 만물을 하나의 장으로

---

12) 정진규, 『本色』, 88면.

이어내고 싶어하고, 그런 장 속에서 서로가 내적으로 드나들며 존재의 역동적 전일성과 관능에 가까운 육체적 합일성을 구축하기 바란다. 이런 일은 세계의 통합성과 그 속에 깃들여 있는 교류, 교신, 교감, 교통의 내적 움직임을 포착하고 그 움직임 속에서 탄생되는 생의 창조적 신비를 꿰뚫어 보면서 그것의 의미를 소중하게 여기는 데서 가능한 일이다.

3) 共生

共生의 조건은 차이의 눈으로 세상을 보는 것이다. 차이란 만물이 스스로 그러함을 그대로 차별 없이 인정하는 일이다. 이와 같은 차이로 보는 세상은 수평성을 지향한다. 그 수평성은 획일성이 아닌, 차이들의 자유로운 다양성을 옹호한다. 이와 같은 차이의 수평성과 다양성 앞에서 수직적인 서열체계는 부정된다. 만물은 개성으로 존재할 뿐이다. 그 개성과 차이들의 공존과 조화, 이것은 전일성의 매우 인상적인 한 형태이다.

그런데 이런 전일성의 세계가 이루어지려면, 역시 기본적인 것은 개체의 이기성이 남용되는 것을 극복하는 일이다. 즉 자기발견 이후의 자기초월과 자기해체가 가능해야만 이 일이 이룩된다는 것이다. 자아와 만물 하나하나는 매우 소중하지만 그들은 아무것도 아니라는, 이 역설의 진실을 체득해야만 그것이 가능한 것이다.

정진규의 시에서 공존, 즉 어울림을 통한 전일성의 세계 구축은 여러 가지 흥미로운 시를 통해 제시된다.

> 늦여름 되어서야 찾아간 빈집 녹슨 자물쇠를 따고 들어선 집 내 떠나 있는 동안 제 멋대로 割據턴, 도둑같다 잡초들, 햇빛도 바람도 빗줄기도 마음놓고 드나들었으니 잘했다 자물쇠가 가둘 수 있었던 것은 아무 것도 없었다 자물쇠가 잠글 수 있었던 것은 자물쇠뿐이었다 할거턴 잡초들, 전같으면 가차없이 모두 뽑아버렸겠으나 이번엔 그대로

두었다 비인 집에 머물러 뿌리를 내려준 게 그게 그저 고마웠다 군불
도 같이 때고 잘 놀았으며 등불켜고 저녁상도 겸상했다 나도 그들 안
에 할거케 된 것일까 野性이 눈뜨는 저녁, 할거란 말씀이 몸을 씩씩
하게 했다 도둑들과 놀았다 집은 제 마음대로 할거할 수 있어야지 사
람이 집을 거느려야지 그들과 나는 順番이 다르지 않지 내 집이 따로
있는 게 아니지 저녁비 한 줄금, 夕佳軒 집모퉁이 활짝 핀 배롱나무
꽃, 이슬 머금은 꽃가지들이 화안히 나를 기웃거렸다

— 「도둑같다 잡초들」의 전문[13]

위 인용시에서 잡초와 시인은 빈집(시인의 생가)의 공동 주인이다. 따라
서 그들 사이에 선후관계나 우열관계가 성립되지 않는다. 잡초와 시인은
<順番이 다르지 않>은 수평적 공존의 관계를 이루며 <군불도 같이 때고
잘 놀> 뿐만 아니라, <등불 켜고 저녁상도 겸상>한다. 그것은 어떻게 가
능하게 된 것일까? 위 인용시에서 전하는 바에 따르면, <野性이 눈뜨는>
시간을 맞이하였기 때문이다. 야성이 눈뜨는 시간을 맞이하였다는 것은
인간중심주의와 인간우월주의, 더 나아가 인간사의 해석체계와 그 관념을
벗어버리게 되었다는 뜻이다. 인간이 이 세상에서 전일성의 공존 및 공생
관계를 형성하지 못하고 인간중심적으로 타자를 하위주체이자 대립적인
존재로 배제시킨 것은 바로 <野性>을 억압하였기 때문이다. 야성의 발견
으로 인한 생명들의 공존과 공생, 그리고 그를 통한 전일성의 창조는 위
인용시가 전달하는 핵심적인 내용이다.

새카맣게 하늘 덮는 되새 무리 보러 울진 갔다 순전히 서로 몸 부딪
치지 않고 무리지어 나는 그들을 보기 위해서였다 그들은 어떻게 틈
을 아는가 순전히 그걸 보기 위해서였다 눈깔린 들판에 기절한 되새
한 마리 떨어져 있지 않았다 나만 벼락 맞았다 금갔다 이 몸 겨울 들

---

13) 위의 책, 62면.

판에 넘어져 누워버렸다 틈을 만들지 못했다

— 「되새떼」의 전문14)

되새는 참새의 일종이다. 위 시의 화자는 되새떼가 무리지어 새카맣게 하늘 덮는 풍경을 보기 위하여 울진에 갔다. 그러나 이 말은 정확하지 않다. 그가 울진에 간 것은 그 되새떼가 <서로 몸 부딪치지 않고 무리지어 나는> 풍경을 보기 위해서이다. 그러나 이 말도 조금 더 보충할 필요가 있다. 그가 울진에 간 것은 그 되새떼가 서로 공존하는 <틈>을 보기 위해서이다. 하늘을 새카맣게 뒤덮는, 그 수를 헤아릴 수 없을 정도로 어마어마한 되새 무리가 어떻게 단 한 마리의 낙오자나 추락 없이 함께 날아오르며 전일성의 아름다움과 놀라움을 구사할 수 있는 것일까? 시인은 그들 사이에 공존의 틈 또는 공생의 틈이 존재하기 때문이라고 생각한다. 공존과 공생의 틈은 사물과 존재가 함께 할 수 있는 적정 공간이다. 그 적정 공간으로 인하여 사물과 존재는 이 세상에서 몸 다치지 않고 공존할 수 있다. 그 틈은 그런 점에서 생명의 공간이며 살림의 공간이자, 화해의 공간이고 조화의 공간이다. 위 인용시를 보면 시인만은 그 틈을 만들지 못하여 <겨울 들판에 넘어져 누워버>리는 처지가 되었다. 너무 가까이 침입했거나 너무 멀리 무관심하게 물러나 공존과 공생이 만들어내는 전일성의 장력 속으로 들어갈 수 없었던 것이다. 시인은 그것은 한탄한다. 그런 한탄과 대비되어 되새떼의 무리 속에 숨어 있는 공존과 공생의 틈은 더욱 빛나고, 그들이 만들어내는 전일성의 위력은 보다 매혹적인 세계가 된다.

정진규의 다른 작품 「運筆」15)을 보면 그는 이 <틈>을 섬긴다. 그 틈을 본다는 것은 공생과 공존이 낳는 전일성의 비밀을 본다는 뜻이다. 그는 이

---

14) 위의 책, 34면.
15) 위의 책, 64면.

틈을 붓글씨로 살려내려고 한다. 그것을 살려내고자 한다는 것은 몸으로
그 틈을 통과하여 붓끝으로 그 틈이 창조되도록 하고자 한다는 것이다.
그 틈은 빈 공간이 아니라 <빠듯하고> <빼곡한> 살아있음의 공간이다.
그 공간을 볼 수 있고, 통과할 수 있을 때, 비로소 전일성의 세계를 깨트리
지 않고 그려낼 수 있으며, 그 전일성의 세계가 만들어지는 비밀을 포착할
수 있다.

　<野性>과 <틈>의 발견을 통한 공존의 전일성에 대해 앞에서 살펴보았
다. 정진규의 시를 보면 이런 <야성>과 <틈> 이외에 마주댐, 기울기, 기
다림 등과 같은 세계의 발견을 통해 또한 공존과 공생의 전일성을 이야기
하고 있다.

① 잘되어 있는 이별 하나를 보았다 이별은 이별이 아니었다 멀리 몸
　을 마주대고 있었다 지극하였다 힘이 들어가 있지 않았다 다 늦은
　저녁 시인 강경호와 함께 병후 몸을 달래볼 심산으로 민물장어를 먹
　으러 영산포로 가면서, 나주 벌판을 가로지르면서 벌판이 한도 끝도
　없기에, 산들이 저 멀리 밀려나 있기에, 아무래도 궁금해서 먼저 산
　들이 있는 곳까지 가보았다 들판이 산들을 그렇게 멀리 밀어낸 줄
　알았더니 그게 아니었다 산들이 거기서 기다리고 있었다 들판의 끝
　자락을 맞이하고 있었다 거기 강물 하나 놓아 흐르게 하면서 들판의
　흙 묻은 맨발들을 씻어주고 있었다

　　　　　　　　　　　　　　　　　　 ― 「영산포 가는 길」의 전문[16]

② 올해는 대설주의보가 잦았다 繪事後素로 한밤내 눈내린 아침 화계
　사 청솔 숲 작은 암자 한 채로 기울고 있었다 눈빛 흰빛의 음덕이었
　다 直立이란 없다 서로를 버티게 해주는 이쪽 저쪽의 힘을, 사방 기
　울기를 내가 볼 수 있었던 것은 내린 눈들의 무게와 흰 빛들의 비유
　가 숲의 알몸들을 분명하게 드러내 주었기 때문이다 이쪽 나무에서

---

16) 정진규, 『도둑이 다녀가셨다』, 61면.

저쪽 나무로 건너뛰는 청솔모의 속도마저 한눈에 가늠할 수 있었다
나무들의 사이를 건드릴 수가 없었다 건드리면 쨍 소리를 낼 듯 공
기들의 살얼음이 팽팽했다 이쪽 청솔이 오른쪽으로 기운만큼 그만큼
만 저쪽 청솔이 왼쪽으로 기울고 있었다 그런 사방 기울기의 연속무
늬를 보았다 오늘 아침은 눈들이 담아온 하늘 무게만큼 조금씩 더
기울고들 있었다 슬픔의 중량이 어제 오늘 더해졌다 하나

— 「숲의 알몸들」의 전문17)

　　인용시 ①에서 시인은 산과 들이 서로 몸을 마주대고 앉아 있는 평화로
운 풍경에 대해 말하고 있다. 그들의 외형은 멀리 떨어져 이별의 형태를
하고 있는 듯하지만, 그 속을 들여다보면 서로가 서로를 기다리고 맞이하
면서 공존의 전일성을 편안하게 이룩하고 있더라는 것이다. 평야의 끝자
락과 산의 앞자락이 서로 사이좋게 어울려 있는 풍경, 그것은 공존의 전일
성이 어떻게 가능하며, 그 형태가 어떤 것인가를 알려주기에 부족함이 없
다.

　　인용시 ②의 기울기는 인용시 ①의 마주댐과 같은 맥락 위에 있다. 시인
은 인용시 ②에서 <直立이란 없다>는 말로 세계의 배타성과 고립성을 부
정한다. 그가 눈내린 겨울 숲속에서 발견한 것은 만물이 <기울기>의 연속
무늬 속에 놓여 있다는 것이다. 기울기의 연속무늬를 발견한 그의 시야엔
세계가 서로 기울어져 이룩된 공존과 공생의 장으로 들어온다. 그 공생과
공존의 장인 전일성의 세계는 팽팽한 긴장과 균형, 그리고 조화 속에 내적
동력을 숨기고 있다.

　　마주대고 기울어짐으로써 공존하는 전일성의 세계, 그것을 가장 압축적
으로 보여주는 말이 <配匹>일 것이다. 배필이란 음양의 공존이며, 대립의
공생이고, 결여의 균형있는 충족이다. 정진규는 작품 「몸이 실리데」에서,

---

17) 정진규, 『本色』, 59면.

김춘수 시인이 <'여보'라는 소리에는 勾配가 있다>고 한 말을 기억하며 그 속에 들어 있는 <勾配>라는 말에 놀라운 관심을 보인다. 그러면서 부부란 <配匹>이라고 불리는데, 그것은 <서로 기울어지는 짝>임을 알려주는 말이라고 한다. 기울어짐으로써 형성되는 配匹, 그것은 공존과 공생의 전일성을 상징하는 가장 좋은 예이다. 배필로서의 부부가 만들어내는 기울어짐의 연속무늬가 이룩하는 균형과 조화는 세상 모든 것들의 균형과 조화, 그리고 그 속에 들어있는 전일성의 실상을 상징하는 것이기 때문이다.

지금까지 몇 가지 형태의 공존과 공생이 만들어내는 전일성의 세계에 대해 살펴보았다. 결국 차이 속에 깃들여 있는 유기적 관계, 평화와 생성의 토대가 되는 배려와 균형, 그것이 세계의 원리이자 삶의 아름다움을 창출하는 원천임을 이 장에서 읽을 수 있었던 것이다. 이것을 지향하는 것이 정진규의 시이고, 이것 속에서 미적 전율을 느끼는 것이 정진규 시인이기에 그의 시와 정신 속엔 이 세계의 유혹과 이 세계에의 도달을 꿈꾸는 노력이 강하게 내재해 있다.

4) 光合成

光合成이란 빛의 작용에 의하여 유기화합물이 합성되는 화학적 현상을 말한다. 이 광합성은 정진규의 시에서 전일성의 속성과 양상을 보여주는 상징적 언어 가운데 하나이다. 이 광합성이라는 말에서 의미 있는 점을 도출해내자면, 첫째는 빛에 의한 결합이 뜻하는 바에 있고, 둘째는 빛에 의한 생성이 뜻하는 바에 있다. 결합은 개체가 혼합되어 하나를 이룬다는 점에서, 생성은 그 결합이라는 화학적 작용에 의하여 새로운 것이 창출된다는 점에서 의미를 갖는다. 여기서 결합이라는 화학적 작용도, 생성이라는 창조적 현상도 모두 전일성의 형태를 띠고 있다. 그러니까 광합성이란 전일성의 작용 속에서 전일성이 창조되는 이중 구조를 갖고 있다.

> 꽃도 떨구고 이제는 마구 씩씩해진 산수유 이파리들이 게걸스럽게 하늘과 몸 섞는 게 낱낱이 보였다 넙적넙적했다 허공에 온통 몸 베어도 상관이 없었다 알고 보니 그런 무례를 저지를 만하였다 이파리들 틈틈이 어느새 푸른 열매들을 감추고 있었다 다닥다닥 했다 모두 눈살 찌푸리고 지나가게 만든 건 다 까닭이 있었다 이파리가 넓어야 오지랖이 넓어야 새끼들이 잘 간수되었다

— 「풍경」의 부분18)

먼저 위의 인용작품을 보면 산수유 이파리들과 하늘이 광합성의 현장을 실감있게 보여준다. <허공에 온통 몸 베어도 상관이 없>다는 태도로 넙적넙적한 산수유 이파리와 하늘은 광합성의 에로틱한 묘미를 즐기고 있다. 그런 광합성의 현장 속에서 산수유 이파리와 하늘은 전일성 속의 한 존재처럼 섞인다. 그런데 그런 일이 가능하고 또 필요했던 것은 산수유 이파리 아래에 매달린 열매들 때문이다. 그 열매들이 실하게 자라 빨갛게 익는 생성의 기적이 일어나기 위해서는 광합성의 토대인 하늘과 땅의 결합, 빛과 이파리의 결합, 존재와 존재의 결합이 일어나야 하는 것이다. 이때의 결합이란 각각의 실체를 해체시키고 변용시키는 화학적 결합을 뜻한다. 이와 같은 이파리와 하늘의 몸 섞기, 그리고 그 몸을 섞는 일에서 창조되는 열매들의 생성은 모두 전일성의 신비한 모습이다.

또다른 작품 「立春」을 보기로 하자. 여기서 햇볕과 바다는 서로 광합성 작용을 통해 색다른 세계를 창조한다.

---

18) 정진규, 『도둑이 다녀가셨다』, 75면.

　　햇볕들도 재잘재잘 작아질 때가 있다 사량도 앞바다에 떨어져선 예
쁘게 구겨졌다 자주자주 몸을 펴는 햇볕들 뒤채긴다는 말은 너무 무
겁다 느리다 저토록 끝없는 바다가 각자 작아지다니! 눈이 부시다 빛
들이 일시에 출산을 하고 있었다 粒子들, 진종일 내 사량도 자주자주
사소해졌다 萬坪쯤 예쁘게 사소해졌다

— 「立春」의 전문19)

　　햇볕이 사량도 앞바다에 떨어짐으로써 광합성 작용이 시작된다. 그 광
합성의 과정 속에서 햇볕들은 구겨졌다 펴지는 일을 반복한다. 그런 가운
데서 또한 끝없이 넓은 무한의 바다도 <각자 작아지>는 변화를 나타낸다.
그들의 이런 광합성 작용을 보는 일은 <눈이 부시다.> 시인은 이와 같은
햇볕과 바다의 눈부신 광합성 작용 속에서 빛들이 일시에 출산을 하고 있
는 걸 본다. 그런데 이 말은 바다가 일시에 출산을 한다는 것과도 같은 것
일 터이다. 어쩌면 더 정확히 말하여 햇볕과 바다가 뒤섞여 출산을 하고
있다는 것이 좋을 것이다. 입춘의 햇볕과 바다가 뒤섞이어 한몸이 되는
일, 그 속에서 출산의 생성 현상이 일어나 연금술적 신비를 보여주는 일,
이 모든 것은 다 전일성의 속성이자 양상이다.

　　정진규는 「새벽 기침소리 - 兮山 선생 가시는 길에」에서 아예 광합성이
라는 말을 문면에 적나라하게 드러내면서 광합성의 신비 속에 들어있는
전일성의 세계가 어떤 것인가를 보여주고 있다.

　　　혜산 선생의 시에서는
　　　언제나 새벽 기침소리가 들렸다
　　　새벽잠이 없으신 선생의 기침소리에
　　　나는 언제나 깨어났다
　　　혜산 선생의 시에서는

---

19) 정진규, 『本色』, 14면.

언제나 강화 쑥이 타는 냄새가 났다
쑥 가운데 쑥
쑥이 타는 냄새로
나는 언제나 새벽 목욕을 했다
혜산 선생의 시에서는
언제나 해가 뜨는 이슬들의 숲속을
달려가는 칡범들의 사슴들의 노루들의
푸득이는 새들의 날갯짓 소리가 들렸다
뜨는 해와 그들의 光合成
없는 희망이 희망이 되고 있었다
그는 이제 그가 사랑하던
돌밭으로 떠났다

　　　　　　— 「새벽 기침소리 - 兮山 선생 가시는 길에」의 부분[20]

　나는 조금 비약하여 혜산 선생(박두진)의 시를 광합성의 본체로, 그의 시에 나오는 <새벽 기침소리>, <강화 쑥이 타는 냄새>, 새벽 숲속의 짐승들이 내는 소리를 광합성의 생성물로 해석한다. 혜산의 시는 광합성을 통해 세상의 이질물들을 한몸으로 섞어 혼합한 결합체요, 그 결합체에서 연금술적 신비로 창조된 것들이 바로 그의 시가 들려주는 앞의 소리들이라 할 수 있기 때문이다. 정진규 시인은 혜산을 보내는 길에서, 아니 그의 시에서 늘 이런 소리들을 듣고 있었던 것이다. 그 전일성의 소리들로 시인은 <언제나 깨어났>고, <언제나 새벽 목욕을 했>고, <없는 희망이 희망이 되>는 재생의 삶을 살 수 있었던 것이다. 좋은 시란 그 자체가 광합성의 본체라는 것, 그 광합성의 결과로 연금술적 창조가 가능하다는 것, 그 연금술적인 생성과 창조의 소리를 듣고 우리가 중생할 수 있다는 것은 시 쓰기와 시읽기가 전일성의 광합성이 일어나는 과정에 참여하는 일임을 알려주는 것이기도 하다.

---

20) 정진규, 『도둑이 다녀가셨다』, 85면.

다시 논의하던 제자리로 돌아와 이야기하자면, 정진규는 앞의 인용시에서 光合成이라는 말을 문면에 드러내고 있다. 그때의 광합성이란 혜산 선생의 시에서 들려오는 소리들과 <뜨는 해> 사이의 광합성이다. 그는 이런 광합성 작용을 통해 <없는 희망이 희망이 되>는, 희망의 생성과정에 대해 말하고 있다. 희망이 광합성 작용에 의하여 창조되는 최고의 연금술적 생성물이라면, 혜산의 시는, 그리고 세상을 광합성의 작용으로 포착하여 전일성의 비밀을 드러내려고 하는 정진규의 시는 희망을 만들어내는 광합성의 창고이다.

광합성 속에서 개체는 완전히 해체되어 다른 존재들과 실체를 분간할 수 없을 정도로 뒤섞여 하나가 된다. 그런 자기부정과 자기해체 그리고 자기소멸을 통한 한몸되기를 거쳐서 비로소 연금술적 창조가 이룩된다. 정진규의 전일성이 가진 또하나의 모습은 이런 한몸되기와 연금술적 창조 속에서 잉태되고 구현된다.

5) 滿開

滿開란 滿發이다. 꽃이 활짝 다 핀 모습을 만개 혹은 만발이라고 한다. 이것 역시 상징적이다. 滿開 혹은 滿發이란 中의 상태에 있던 전일성의 세계가 수많은 분화와 변화의 과정을 거친 다음 和의 상태인 또다른 전일성의 세계로 창조된 형태이다. 滿開한 상태에는 아무런 소외의 틈이나 간극이 없다. 한 존재가 만발했다는 것은 그것이 온전한 상태에 도달했다는 뜻이기 때문이다. 만개는 절정, 완전 등과 같은 말이다.

정진규는 한 존재가, 그리고 한 세계가, 더 나아가 우주 만물이 만개의 상태에 이르기를 희망한다. 그는 이 만개한 존재 앞에서 넋을 잃을 만큼 무아의 황홀경에 빠진다. 만개의 상태란 한 존재가 이 땅에 태어나 창조할

수 있는 가장 아름다운 전일성의 양상 가운데 하나이기 때문이다. 만개란
성공이고, 자족이고, 자유이고, 自成이다.

> ① 滿開로 활짝 웃는다 滿開로 대답하고 滿開로 걸어간다 滿開로 글씨
> 를 쓰고 滿開로 밥을 먹고 滿開로 물을 긷는다 실상 이제 그는 다
> 열어버려 당도해야 할 곳이 없다 미워하지도 사랑하지도 않는다 나
> 는 떠나야 했다 그의 어디에도 나는 남아 있지 않았으며 혹은 남아
> 있기도 하였다 모자라는 내게는 그러한 그의 香氣가 맡아지지 않았
> 다 지난 겨울 언 몸 하나로 울고 섰던 그가 그리웠다 가득 차 있는
> 것의 비어 있음이여 들리지 않음이여 나는 下山하고 있었다
>
> — 「복사꽃 滿開」의 전문[21]

> ② 쩌억 벌리고 있는 살들의 입, 입술들의 바다, 대음순 소음순들의 바
> 다, 분홍바다, 속은 차마 들여다보지 못했다 햇살들은 살들의 끝에
> 그 정수리에 쥐눈을 하나씩 달고 반짝거리며 떼로 달겨들고 있었다
> 그러나 웬 까닭이냐 적멸이 가득 넘쳤다 만져지도록! 지난 봄 도봉
> 산 진달래 꽃바다, 거기서 나는 혼절했다 내 혼마저 지웠다 알마저
> 지웠다 애를 지웠다
>
> — 「도봉산 진달래 꽃바다 - 알51」의 전문[22]

　　두 작품 모두 꽃을 대상으로 삼고 있다. 앞의 인용시 ①은 복사꽃을, 인
용시 ②는 진달래꽃을 대상으로 삼아 노래하고 있다. 인용시 ①에서 시인
은 滿開라는 말을 文彩로 돋보이게 드러내며 복사꽃이 만발한 상태를 묘
사하고 있다. 그에 의하면 전일성의 세계에 도달한 복사꽃은 웃음도, 대답
도, 걸음걸이도, 글씨 쓰는 일도, 밥 먹는 일도, 물긷는 일도, 모두 <滿開>
한 표정으로 이루어진다. 더 이상 보충하거나 끼여들 여지가 없는 완전한

---

21) 정진규, 『뼈에 대하여』(서울 : 정음사, 1986), 22면.
22) 정진규, 『알詩』74면.

개화상태이다. 이런 만개한 전일성의 세계 앞에서 시인은 <나는 떠나야 했다>, <나는 下山하고 있었다>고 고백한다. 만개한 완전성 앞에서 그가 더 이상 할 일이 없다고 생각했기 때문이다. 그렇다면 완전성, 곧 전일성은 사람을 무력하게 만들고 배타적으로 만드는 부분도 있는 것인가. 그 완전성이 더 이상 무엇인가를 요구하지 않는 절대의 상태일 때, 그것은 순간적으로 죽음과 같은 정지의 세계가 된다. 그 정지된 듯한 찰나의 완전성 앞에서 우리는 절망하거나 무력해질 수 있다. 그것은 이 이 세상에서 여간하여 찾아오지 않는, 절대의 和가 빚어내는 충격이다. 인용시 ①은 그런 세계에 대하여 말하고 있다.

앞의 인용시 ②에서 시인은 꽃의 만개를 에로스적 관점에서 읽고 있다. 진달래꽃이 만개한 상태를 그는 성적 오르가슴 상태에 도달해 있는 것으로 파악하고 있다. 그 도봉산 진달래꽃들이 무리 지어 만개한 성적 오르가슴의 바다 앞에서 그는 눈 둘 바를 모르고, 몸둘 바를 찾지 못한다. 和에 내재한 성적 오르가슴의 상태가 주는 충격이라고 할 수 있을 것이다. 여기서 꽃들은 바다이다. 바다란 몸 전체가 물인, 완벽한 성적 흥분상태의 상징이다. 그런 和의 오르가슴 상태 앞에서 시인은 <적멸>을 본다. 寂滅이란 무엇인가. 그것은 生滅의 경계를 넘어선 열반의 경지요, 입적의 상태요, 해탈의 세계이다. 성적 오르가슴을 이룬 진달래꽃들의 바다, 그 바다에 깃든 和의 전일성에서 시인은 이런 적멸의 세계를 만나고 있는 것이다. 여기서 적멸은 인용시 ① 속의 <미워하지도 사랑하지도 않는>, 그리하여 <下山>할 수밖에 없도록 만드는 순간적인 초인간의 세계이다. 그러나 그것은 매력적이고 충격적이다. 우리는 그 세계를 겨누며 존재의 만개를 희구하고, 그런 세계나 상태 앞에서 어떤 의미로나 강력한 충격에 휩싸인다. 인용시 ②에서 시인은 그런 매력과 충격을 <속은 차마 들여다보지 못했다> <혼절했다> <혼마저 지웠다> <알마저 지웠다> <애를 지웠다>와 같은 말로 표현하고 있다. 속, 혼, 알, 애가 사라질 정도의 매력과 충격이란 자신의 존재를 지워버리는 죽음의 그것과 같은 것이라 할 수 있다.

滿開가 의미하는 和의 전일성은 이토록 매력적이고 충격적이다. 그것은 생의 최고상태에 도달한 것이면서 그 이상의 어떤 것도 허용하지 않는 완벽한 경지이다. 이것은 유한한 생명성과 인간성 너머의 세계로 우리를 이끌어가는 힘이며, 그 너머의 세계를 감지함으로써 오히려 인간으로 하여금 인간 된 자의 무력감까지 맛보게 하는 무서운 상태이다. 앞의 두 인용시는 이런 和의 전일성에 반응하는 정진규의 내면을 여실하게 드러내고 있다.

다른 작품 한 편만 더 보기로 한다. 정진규의 작품 「萬魚寺」는 그 만개한 和의 바다에서 시인도 함께 전일성의 세계 속을 유영하는 흥미로운 장면을 연출하고 있다. 시의 전문을 보면 다음과 같다.

> 대구의 李珪里가 자꾸 가보자고 해서 삼국유사 어디, 밑줄 그어 찾아들고 나선 萬魚寺 거기엘 가서 경상도 밀양 어디, 萬魚寺를 머리에 이고 거기엘 가서 물고기 한 광주리 가득 넘치게 이고 거기엘 가서 본 것은 검은 돌들뿐이었다 검은 돌들만 골짜기 골짜기 가득 넘쳤다 물고기는 한 마리도 없었다 공양 한술 얻어먹고 나와보니 이게 웬일! 돌들은 하나도 없고 물고기들만 가득가득 푸들거렸다 돌들도 가득가득 넘치면 바다가 되는구나 돌들의 바다! 물고기들로 가득가득 헤엄칠 수가 있구나

— 「萬魚寺」의 전문23)

위 시의 핵심어는 <萬魚寺>이다. <萬>을 <滿>으로 읽는 것이 허용된다면 <萬魚寺>란 물고기들로 가득한 절, 완전한 물고기들의 절, 무한한 종류의 물고기들이 함께 있는 절 등의 의미를 가질 것이다. <萬魚寺>를

---

23) 정진규, 『도둑이 다녀가셨다』, 71면.

어떻게 해석하든지 간에 그것은 전일성의 세계가 깃들인 곳이라고 생각할
수 있다. 위 인용시 속에서 시인은 골짜기 가득 검은 돌들이 가득한 萬魚
寺에 갔다. 거기서 그는 앞서 해석한 만어사를 꿈꾸고 있다. 그러나 그것
이 여의치 않아 고민하였다. 하지만 공양 한술 얻어먹고 나와보니 만어사
골짜기의 가득가득 넘치는 돌들이 가득가득 넘치며 푸들거리는 물고기들
의 바다로 보이기 시작하였다. 여기서 골짜기의 돌들은 물고기들로 만개
하였고, 그 물고기들은 바다라는 다른 이름으로 만개하여 출렁였다. 시인
은 그 바다 속을 함께 물고기가 되어 헤엄치는 자유와 생기를 느낀다. 그
리고 그 물고기들과 더불어 전일성의 세계 속으로 들어간다. 전일성의 세
계를 물고기가 되어 유영하는 시인의 모습이 위 인용시 속에 인상적으로
묘사돼 있다. 이때 시인은 물고기들과 마찬가지로, 바다와 마찬가지로, 和
의 세계를 이루는 일원이 된다.

정진규의 시에서 카오스의 세계가 빚어내는 和의 세계는 위와 같이 묘
사돼 있다. 그런데 이 和의 세계와 짝을 이루는 中의 세계는 <直前>이라
는 말로 정진규의 지대한 관심을 받고 있다. 정진규는 카오스의 세계에서
이룩한 中의 세계, 그것을 直前이라는 말로 표현하며 그 세계가 지닌 완전
성, 전일성에 매료당한다.

직전의 힘을 믿겠다 나는, 벼랑끝을 뛰어내리는 한 줄기 폭포가 되
었건 탁트인 풀밭이 되었건 제 어미의 자궁 열고 지상에 마악 떨어진
한 마리 강아지새끼가 되었건 알몸을 섞는 알몸이 되었건 직전의 힘
을 믿겠다 나는, 화르르 날아오르는 천마리 새떼가 되었건 솟아오르
는 초록 풀잎이 되었건 맺힌 이슬 한 방울이 되었건 마지막 대못치고
난 관뚜껑이 되었건 나는 거기까진 다 가지 않겠다 직전까지만 가겠
다 직전의 직전까지만 가겠다 직전의 힘! 숨도 쉬지 않는 힘! 문 열고
들어서면 한 줌의 재가 돼, 열지 마, 건드리면 터져! 끝끝까지 차 있
는 힘, 직전의 힘을 믿겠다 나는, 이 힘 모아서 나는 사랑 제일 잘할

사람, 남북통일 제일 잘할 사람에게만 드리겠다 숨도 쉬지 않고!

— 「직전의 힘을 믿겠다 나는」의 전문[24]

위 인용시에서 보이듯이 직전이란 세상의 질서 속으로 들어오기 바로 전이다. 세상의 질서 속으로 들어온다는 것은 이미 그것이 세상의 관념과 해석과 제도의 영향을 받고 불완전한 존재, 왜곡된 존재, 단절된 존재, 윤곽을 지닌 존재가 된다는 뜻이다. 그런 점에서 세상 속으로의 탄생과 진입은 위험하다. 그 위험한 탄생과 진입 이전의 상태를 정진규는 직전이라고 말하는 것이다. 그는 이 직전의 힘을 믿는다고 위 인용시에서 몇 번이나 반복하여 역설한다. 그 직전은 <끝끝까지 차 있는 힘>을 갖고 있다. 여기엔 아무런 틈도 간격도 없다. 완전하다. 그 완전한 상태는 <문 열고 들어서면 한 줌의 재가> 된다. 그것을 <건드리면 터져>버린다. 거기엔 숨도 쉬는 것이 허용되지 않을 만큼의 전일한 밀도가 있다. 그런 직전의 상태에서 그대로 밀어올린 것이 세상의 사물들이다. 그러나 그 사물들이 세상으로 들어오는 순간 전일성의 직전이 지닌 힘은 분산된다. 그런 점에서 직전의 순간과 그 상태는 비의적이기까지 하다.

정진규는 이와 같은 직전의 상태를 <가장 아름답고 기쁘고 당당하다>고 말한다. 그의 작품 「잉크를 가득 채운다」를 보면 <直前의 상태를 예비하고 있을 때가/그렇게 가득 차 있을 때가/가장 아름답고 기쁘고 당당하다/처녀가 가장 아름답다>고 쓰고 있다. 분열과 구분과 차별과 서열관계 속으로 들어가기 이전의 그 카오스가 만든 직전의 전일성, 그것이야말로 中의 신비로운 힘이 어떤 것인가를 알려주는 좋은 경우이다.

코스모스라고 불리는 세상 속에서 한 존재나 세계가 滿開하는 상태, 그 코스모스 이전의 카오스 세계 속에서 창조되는 直前의 힘, 이 양자는 그

---

24) 정진규, 『별들의 바탕은 어둠이 마땅하다』(서울 : 문학세계사, 1990), 120면.

이상 더할 것도 뺄 것도 없는 완벽한 전일성의 모습이다. 정진규는 이런 세계 앞에서 죽어도 좋을 것 같은 황홀함과 죽음이 가져다주는 탈속의 공포까지도 함께 본다. 매력과 무력, 기쁨과 적멸, 아름다움과 두려움 같은 양가적 감정이 동시에 찾아오는 것이다. 그러나 그 이면을 보면 실은 이들 대립쌍이야말로 한몸의 양면과 같은 것이다.

6) 獻身

여기서 獻身은 자발적 헌신이다. 강요된 헌신이나 세뇌된 헌신은 소외와 단절과 파괴의 원천이다. 그것이 외양으로 아름다운 형태를 띠고 있는 것 같아도 실제로 이면을 들여다보면 그런 헌신은 자기파괴적이다.

자발적 헌신은 이타성의 극단이다. 이기적 유전자에 의하여 움직이는 인간이 어떻게 자발적 헌신으로 이타성의 극단을 연출할 수 있는가, 하는 점은 의문사항이다. 그러나 인간에게 이기적 유전자 이외에 이타적 유전자가 있다면, 혹은 그렇지 않고 이기적 유전자만이 있다 하더라도 그 이타성이 이기성의 한 양태라면, 자발적 헌신은 우리의 삶에서 얼마든지 가능할 수 있다.

정진규는 그의 시에서 자발적 헌신을 <아름다운 굴종>이라고 부르기도 한다. 이 자발적 헌신과 아름다운 굴종을 통한 전일성의 창조는 상호적인 것이라기보다 한 존재가 다른 존재에게 자발적으로 다가가 그의 몸을 드림으로써 이루어진다는 점이 특징적이다. 이렇게 본다면 전일성의 창조는 상호성 이전에 이미 이루어질 수 있는 가능성을 갖고 있는 것이다. 그러나 그것이 결코 쉬운 일은 아니다.

> ① 요즈음 추위는 그런 것 때문이 아니라고 하지만, 요즈음 추위는 그
>   런 것 때문이 아니라고 하지만, 그들(빈자-필자)의 문전마다 쌀 두어

뒷박쯤씩 말없이 남몰래 팔아다 놓으면서 밤거리를 돌아다니고 싶다
그렇게 밤을 건너가고 싶다 가장 따뜻한 상징, 하이얀 쌀 두어 뒷박
이 우리에겐 아직도 가장 따뜻한 상징이다

— 「따뜻한 상징」의 부분[25]

② 어느날 이 땅위에서 연탄을 싣고 다니는 어떤 내외의 리어카를 밀
어 주었더니, 마음과 몸을 밀어 주었더니 그렇게도 온몸으로 하나가
되는 하나를 나는 만났습니다 말로만 알지 말고 한 번만, 딱 한 번
만 하여 보시라 한 그릇의 밥을 위하여 비겁해지고 비겁해지는 너의
모두가 푸른 하늘이듯 개일 수가 있다

— 「사랑」의 전문[26]

인용시 ①에서 자발적 헌신의 상징은 <하이얀 쌀 두어 뒷박>이다. 시
인은 그것을 빈자의 문전마다 남몰래 팔아다 놓으면서 이 세상의 밤을 건
너고 싶다 한다. 쌀 두어 뒷박이 상징하는 자발적 헌신으로 그는 빈자, 더
나아가 세상과 전일성의 끈을 만든다. 그때의 끈은 있는 것의 발견이 아니
라 없는 것의 창조이다. 자아의 이기성을 넘어 자발적 헌신으로 창조된 이
전일성의 끈은 대상과 자아를 함께 살린다.

정진규는 인용시 ②에서 이런 자발적 헌신이 만들어내는 살림의 신비에
대해 매우 구체적으로 언급한다. 조금 교훈적인 냄새가 느껴지기까지 하
는 이 시를 읽으면, 자발적 헌신이란 자신의 마음과 몸으로, 타 존재의 마
음과 몸을 밀어줌으로써 진정 온몸으로 서로가 하나로 되는 일이라는 결
론이 나온다. 시인은 이런 일을 통하여 헌신의 대상뿐만 아니라 헌신의 주
체가 <푸른 하늘이듯 개일 수가 있다>고 말한다. 자발적 헌신은 이처럼
능동적인 전일성의 끈을 창조하여 너와 내가, 나와 네가 동시에 푸른 하늘

---

25) 정진규, 『뼈에 대하여』, 20~21면.
26) 정진규, 『연필로 쓰기』(서울 : 영언문화사, 1984), 74면.

과 같은 살림의 길로 나아가는 일이다.

정진규의 시 「밥詩・7」27)에서 자발적 헌신은 <절밥 한 상 세상에 차려 내>는 일로 표상되기도 한다. 이것은 <하이얀 쌀 두어 됫박>을 빈자의 대문 앞에 남몰래 팔아다 놓는 일로 그 자발적 헌신을 말하던 시인의 마음과 등가이다. 정진규는 앞의 「밥詩・7」에서 두 부부가 그 일을 생의 목표로 삼고 살아왔다고 고백한다. 그는 이 고백을 부끄럽고 멋적은 마음으로 하고 있다 하지만, 그런 꿈이 그의 부부가 살아온 생을 지배했다는 것만은 사실이다.

자발적 헌신으로 인한 전일성의 창조는 엄마가 아이에게 젖을 먹이는 풍경의 묘사에서 절정을 이룬다. 정진규의 작품 「交感」이 그 예이다.

> 몇 해 전 요즈음 나는 잘 먹힌다고 쓴 적이 있는데, 그러면서도 행복한 것은 아니었는데, 그저 빼앗기고 있다는 기분이었는데 오늘을 아이에게 젖을 물리고 있는 한 엄마를 보면서 고함치도록 행복하였다 그는 정말 잘 먹히고 있었다 아이가 배가 고플 때쯤이면 젖이 찌르르 신호를 보낸다고 했다 이건 분명 먹이다가 아니라 먹히다이다 먹히다는 고함치도록 행복하다이다 그러니 모유가 제일이다! 그대 오늘 사랑이 고픈가 이 몸이 지금 찌르르 신호를 보낸다
>
> — 「交感」의 전문28)

<먹이다>가 아니라 <먹히다>라고 표현하는 것이 적합할 정도의 자발적 헌신, 그것을 시인은 한 엄마가 아기에게 젖을 물리고 있는 모습에서 발견하고 있다. 누군가에게 자발적으로 먹힌다는 것은 자아초월의 경지를 체득하고 실천한다는 것이다. 위 인용시에서 엄마가 아이에게 젖을 물리고 있는 풍경은 이런 가운데서 나타난 것이다. 엄마의 이런 자발적 헌신의

---

27) 정진규, 『별들의 바탕은 어둠이 마땅하다』, 35면.
28) 정진규, 『도둑이 다녀가셨다』, 17면.

극치는 젖을 빨고 있는 아이와의 사이에 한치의 틈도 없는 전일성의 만남을 창조해낸다. 그때 두 사람은 한몸이라고 말해도 조금도 틀리지 않는다. 의지 이전의 사랑이라는 본능이 이 사이에 작용하고 있기 때문에 그 전일성의 강도는 더욱 강력하고 내밀하다. 정진규의 시에서 엄마가 아이에게 젖을 물리는 자발적 헌신의 풍경은 때로 어머니가 자식의 허기를 걱정하며 고봉밥을 준비하는 것으로 나타나기도 한다. 이런 어머니는 정진규의 시에서 진, 선, 미와 같은 절대성을 갖고 미화된다. 그런 미화의 저변에는 이런 어머니야말로 전일성 창조의 원형이라는 인식이 들어 있다.

> 그는 麝香 가득 든 환약 한 알을 내게 먹였다 어머니였다 막힌 氣를 뚫고 흐르는 물소리 하날 밤새 들었다
>
> — 「물소리 5」의 전문[29]

자발적 헌신은 <麝香 가득 든 환약> 같다. 그것이 약이기에 <막힌 氣를 뚫고> 몸 속에, 세상 속에 물을 흐르게 한다. 전일성의 끈이 존재하지 않으면 물은 흐를 수 없다. 그 사이에 단절의 계곡이 가로 놓여 있기 때문이다. 몸속과 세상 속에 물길이 잘 나기를, 그리고 그 물길로 물이 순조롭게 흐르기를 바라는 정진규의 마음은 바로 이 전일성에 대한 그리움을 반영한 것이다. 그런 그리움의 실현이 위 인용시 속의 어머니가 지닌 자발적 헌신성을 통해서 이루어지고 있다.

7) 接觸

여기서 接觸이란 살대임을 말한다. 감각, 육체, 관능이 서로 마주 대임으로써 전일성의 하나된 세계를 이룩하는 것이다. 정진규의 시는 유난히

---

29) 정진규, 『뼈에 대하여』, 58면.

감각적인 세계에 경도돼 있어서 이 점에 대해 따로 논의하는 것이 필요할
정도이다. 이 점은 잠시 뒤로 미루어놓고 우선 감각적 접촉의 문제에 대해
살펴보자면, 그런 감각적 세계의 마주 대임이야말로 전일성을 구체적 현
실에서 생생하게 느끼도록 하는 대표적 예이다.

　이 땅의 모든 접촉은 그것이 감각적일 때 특별히 살아있는 실감을 갖게
한다. 감각과 그것의 접촉은 우리가 살아있음을 느끼게 하는 출발이자 종
착점이기 때문이다. 감각적이라는 말, 육감적이라는 말, 육체성이 있다는
말, 이 모든 말들은 정신 이전의 것이자 정신 이후의 것이 무엇인가를 알
려주는 것들이다. 감각적 접촉만이 모든 것은 아니지만, 그 접촉이 토대가
될 때 전일성의 세계는 한층 대지적 탄력을 받는다.

　　　① 전라도 땅 운주사 절터 가서
　　　　아랫도린 땅 속에 깊게 가둔 채
　　　　웃통 벗고 솟아오른 미륵불 하날
　　　　만나고 왔다
　　　　잘 생긴 그의 젖꼭질
　　　　아무에게도 들키지 않고 한참 만졌다
　　　　혁명을 음모하듯 한참 만졌다
　　　　들키지 않고!

　　　　　　　　　　　　　— 「운주사 미륵불 만나고 와서」의 부분[30]

　　　② 그대 기슭에
　　　　비로소 찰싹이는
　　　　물살,
　　　　물의 혀,
　　　　물의 입술,

　　　　비로소 나는

─────────────────────

30) 정진규, 『별들의 바탕은 어둠이 마땅하다』, 52면.

그대 위한 몸이 되고 있네
비로소 몸이 드네
몸이 말을 듣네

이 겨울에도
얼지를 않네

— 「몸詩 · 29 - 戀書」의 전문31)

인용시 ① 속의 시인은 운주사에 가서 알몸인 미륵불을 본다. 그리고 그 미륵불의 젖꼭지에 매혹당한다. 그는 이 미륵불과의 만남을 젖꼭지 만지기라는 관능적 감각의 살대임을 통해 이루어낸다. 이런 접촉이 불러일으키는 전일성의 세계는 명상, 해탈, 기원, 염불 등과 같은 정신 세계의 일들보다 더 직접적이고 원초적이고 구체적이다. 밀교의 탄트리즘을 연상시키는 이런 감각적 접촉의 고도한 상징성은 너와 나로 표상되는 이 세상의 모든 존재들 사이의 단절과 간극의 극복이 어디에 있으며 그것의 극복이 어떻게 이루어질 수 있는가를 시사한다.

정진규가 지닌 감각적 접촉에의 경도는, 그의 시 전반에서 세상과 만물을 감각적으로 읽고 느끼고 표현하려는 일과 상통한다. 인용시 ②에서 보듯이, 그는 <물(의) 살>로, <물의 혀>로, <물의 입술>로 그대에게 다가간다고 말한다. 그대라는 존재에게로 가서 닿는 일은 이렇듯 감각과 육체와 관능으로 이루어지는 것이 정진규 시의 특징이다. 그는 이런 육체적 접촉으로 인한 전일성의 세계 속에서야 비로소 <몸이 말을 듣>는다고 고백한다. <몸이 말을 듣>는다는 것은 무슨 뜻일까? 그것은 몸이 생명의 기운 속에서 소외 없는 살림의 일을 하게 되었다는 의미일 것이다. 정진규는 이런 의미를 <이 겨울에도/(몸은)얼지를 않네>라는 말로 변주시켜 표현하기

---

31) 정진규, 『몸詩』, 56면.

도 한다. 위 인용시 ②의 마지막 연이 바로 그런 표현이 나타난 곳이다. 감각적 접촉으로 인한 전일성의 세계, 그 세계 속에서 존재는 열리고, 풀리고, 부드러워지면서 참다운 생명의 삶을 살아간다. 정진규가 그의 시에서 감각적 접촉으로 인한 전일성의 매력에 대해 애착을 갖는 것은 바로 이런 삶에 대한 지향성이 강력하기 때문이다.

> ① 글씨를 모르는 대낮이 마당까지 기어나온 칡넝쿨과 칡순들과 한 그루 木百日紅의 붉은 꽃잎들과 그들의 혀들과 맨살로 부비고 있다가 글씨를 아는 내가 모자까지 쓰고 거기에 이르자 화들짝 놀라 한 줄금 소나기로 몸을 가리고 여름 숲속으로 숨어들었다
>
> ─「未遂 - 알6」의 부분32)

> ② 그는 스리랑카에 숨었다 몇 해째 어느 寺院의 뒤뜰을 맨발로 걸어 다니고 있었다 맨땅 비질 자국은 언제나 선명했다 그러나 매일 밤마다 맨발로 그는 내게 왔다 내게 와서 발을 털었다 밤새워 나는 그의 가시를 뽑아주었다
>
> 어제 밤은 달랐다 맨발이 아니었다 살이 꼼꼼하게 발라진 그러나 핏기가 조금은 남아 있는 아직 삭지는 않는 하얀 뼈로 그가 왔다 그 하얀 뼈와 함께 어제 밤을 나는 하얗게 밝혔다 마지막 핏기를 핥았다 섹스가 아주 잘 되었다 살이 없는 섹스, 핏기가 조금은 남아있는 섹스
>
> ─「이별 - 알39」의 부분33)

인용시 ①에서 대낮은 마당 위의 칡넝쿨과 칡순들과 木百日紅의 혀들과 맨살로 부비면서 감각적 접촉의 세계를 만들어내고 있다. 대낮이 이처럼 마당의 초목과 꽃들과 살대임을 함으로써 그들 사이는 물론 마당 전체가

---

32) 정진규, 『알詩』, 18면.
33) 위의 책, 57면.

에로틱한 전일성의 공간이 된다. 그 공간과 광경은 그 자체로 완벽하다. 여기엔 감각을 차단당했거나 열어놓지 않은 자가 끼여들 여지가 없다. 감각은 이들 마당 위의 모든 존재들을 하나로 이어주는 접촉의 원천이다. 이런 접촉의 원천을 제모습 그대로 지키지 못한 위 인용시 ① 속의 화자인 나는 그 세계로부터 배제당하고 만다.

감각의 접촉은 인용시 ②에서 맨발과 맨땅의 만남으로, 맨발과 그 맨발의 가시를 뽑아주는 맨손의 살대임으로 나타난다. 맨발, 맨땅, 맨손의 감각성은 놀랄 만큼 생생하다. 그런데 이 시의 뒷부분으로 오면 이처럼 맨발과 맨땅과 맨손으로 이어지던 감각적 접촉의 황홀한 전율은 스리랑카의 사원에 숨어 사는 <그>라는 존재의 쇠약해진 몸 탓에 새로운 국면을 맞이한다. 그의 맨발에서 감각의 실체인 살이 사라진 것이다. 그나마 남은 것은 약간의 핏기와 뼈, 시인은 그 뼈의 <마지막 핏기를 핥>는 것으로 감각적 접촉의 전일성을 끝까지 추구한다. 시인은 이런 뼈(핏기)와 혀의 접촉을 <섹스>의 감각적, 관능적 합일과 같은 것으로 파악한다. 그런 접촉 혹은 섹스가 잘 될수록 전일성의 세계는 미의 경지에까지 도달한다.

감각을 살려낸 시인, 감각을 재발견한 시인, 감각을 재해석한 시인, 감각을 제대로 열어놓을 줄 아는 시인, 그런 시인이 정진규이고, 그런 시인답게 감각의 접촉에서 생동감 넘치는 전일성의 세계를 다채롭게 창조해낸 시인이 정진규이다. 감각은 이성중심의 시대에 타자로 밀려났다. 그러나 감각이 수반되지 않는 이성은 공허하고 나약하다. 감각만이 능사는 아니지만 감각이 살아있을 때, 그리고 그것이 접촉의 환희를 느낄 때, 비로소 한 존재는 살아있음을 증명할 수 있다.

8) 直方[34]

　시쓰기는 언어의 나라에서 그 나라의 시민으로 사는 일이다. 그런 점에서 시쓰기는 숙명적으로 언어의 지배를 받을 수밖에 없다. 시의 언어란 독특한 것이어서 일반언어와 달리 자족성과 자율성을 추구한다 하여도 그것은 한갓 지향성일 뿐, 실질적으로 시의 언어 역시 수단, 방법, 추상, 관념, 교량의 성격을 지닌다. 따라서 시의 언어를 포함한 언어 전체는 그것의 본질적 속성인 은유와 상징 그리고 해석 작용으로 인하여 사물과 존재를 그대로 보는 데 장애가 된다. 그렇다고 우리가 언어를 버릴 수는 없다. 다만 우리는 언어의 나라 속에서 언어의 한계를 넘어서려고 노력할 수 있을 뿐이다.

　시인이라면 이런 언어의 속성 앞에서 심각하게 갈등을 느낀 경험이 있거나 갈등을 느끼고 있을 것이다. 시인이란 언어의 나라 속에서 언어의 한계를 넘어서려고 노력하는 가장 대표적인 사람이기 때문이다. 시인으로서 이러한 언어의 폭력과 자신의 한계를 절감할 때, 시인들은 비현실적이지만 아예 언어를 놓아버리고 싶은 마음에 젖어든다. 언어 없이 가능한 세계, 언어 이전과 이후의 세계 속으로 들어가고 싶은 소망이 그들을 유혹하는 것이다. 이런 점에서 시인은 물론 인간들이 은유와 상징 그리고 해석에 의존하여 살아간다는 사실은 일면 문명화된 자에게 쏟아지는 축복을 누리는 일 같지만 실은 그것이야말로 엄청난 구속이고 장애이다. 그런 양면성 아래서 보통 사람들은 언어를 사용하고 시인은 시를 쓴다.

　정진규의 시에 나타난 전일성의 세계를 논의할 때, 이 언어와의 투쟁, 갈등, 대립, 그리고 그에 대한 부정, 고발, 지적 등이 중요한 자리를 차지한

---

34) 直方은 조어이다. 중간과정 없이, 직접 대상에 향하거나 그에 도달한다는 뜻으로 사용한다.

다. 정진규는 <直方>이라는 말로 표현될 수 있는 不立文字와 以心傳心의
세계를 지향하는, 이를테면 언어회의주의자의 속성을 갖고 있기 때문이다.
그에게 언어는 <다리>이다. 그는 이 다리를 건너지 않고 <直方>으로 존
재와 존재가 만나는 전일성의 세계에 매료돼 있다. 다리와 같은 언어를 통
하여 한 존재가 다른 존재에게로 가는 동안 그 존재와 존재 사이에 간격
과 외피가 생긴다. 그 간격과 외피를 어떻게 거두어낼 것인가. 그런 물음
속에서 정진규는 언어문제에 집중한다.

> 그간 나는 은유에 속았다 은유가 거추장스럽다 잘 자란 소나무는 片
> 鱗이 얇다 홍안 백발이라는 말이 있지 그말 그대로 너의 문전을 서성
> 대이겠다 박대하지 말라 제대로 늙자 물푸레나무를 오얏나무라고 우
> 기지 말자 다리를 놓고 강을 건너다니지 말자 제 안에 있는 다리들을
> 다리가 없이 건너다니는 일이 그게 더 황홀하다 그게 제대로 늙는 길
> 이다 물푸레나무를 물푸레나무라고 말할 수 있을 때까지 잘못 놓인
> 다리들을 거두어내자 빠를수록 좋다

—「詩論」의 부분35)

시인을 두고 은유를 훌륭하게 사용하는 사람이라는 일반론이 「詩論」이
라는 제목을 가진 위 인용시에서 부정된다. 위 인용시 속의 시인은 <그간
나는 은유에 속았다 은유가 거추장스럽다>고 밝힌다. 여기서 은유는 A를
B라고 등식화하는 해석행위의 일종이다. 해석은 위험한 왜곡이다. 오독이
고 환상이며 관념이고 포장이다. 인용시의 표현을 빌리자면 <잘못 놓인
다리>이다. 그 해석놀이의 위험성과 무모성을 안 시인은 위 인용시를 통
해 동어반복이야말로 진실을 표현하는 길이며, 그런 동어반복조차도 넘어
선 채 존재 그 자체를 알몸으로 드러내는 것이야말로 진실에 이르는 지름

---

35) 정진규, 『本色』, 65면.

길이라고 말한다. 언어, 은유, 다리라는 매개 없이 <直方>으로 세상과 타존재와 대면하는 일, 그런 대면을 통하여 온전한 전일성의 세계를 이룩하는 일, 그것이 위 인용시에서 시인이 옹호하고 싶은 세계이다. 이런 점에서 볼 때 정진규의 <詩論>은 은유를 제거하고 전일성의 세계를 창조하는 데 있다. 그것은 존재의 정면을 드러내는 일이며, 그 정면으로의 만남에서 존재와 세계의 전일성을 찾아내는 일이다.

그의 다른 작품 「篆刻 - 정민 교수에게」를 보기로 하자.

> 나야 五車書는커녕 엄두도 못 낼 일입니다만, 예저기 제 낡은 책들에 도장을 눌러대고 있습니다 이른 새벽 우리집 마당에 놀러오는 산까치의 발목마저 그렇게 잡아두고 있습니다

> 그럴 일이 아니었지요 당치도 않은 일이지요 그엏고 오늘 아침 사단이 나고 말았습니다 일어나 살펴보니 온통 不立文字였습니다 내가 그간 해온 일이란 온통 허공뿐이었다는 걸 비로소 알았습니다 나는 허공을 篆刻하고 있었습니다 모두 제자리였습니다 산까치가 깍깍 울었습니다

> — 「篆刻 - 정민 교수에게」의 부분36)

위 인용시의 핵심은 篆刻이다. 즉 도장을 새기는 일이다. 그렇게 새긴 도장을 시인은 그의 책들에 눌러대고 있다. 소유권을 주장하기 위해서이다. 그 말은 조금 부정확하다. 소유권을 주장하는 것에서 더 나아가 그가 사랑하는 존재와 연속성을 유지하기 위해서이다. 그는 책뿐만 아니라 마당에 놀러오는 산까치의 발목에까지 도장을 찍어 그와의 연속성을 만들어 보려고 한다. 그러나 도장을 찍는다는 언어행위를 통해 연속성, 곧 전일성이 이루어지는 데는 한계가 있다. 그가 제아무리 사랑하는 대상을 향해 도

---

36) 정진규, 『도둑이 다녀가셨다』, 66~67면.

장을 찍어대도 그것은 관념적 환상을 통한 연속성의 끈일 뿐, 실제로 존재와 세계는 그대로 있기 때문이다. 정진규는 이런 사실을 인식하고 그것은 <당치도 않은 일>이었지요, <일어나 살펴보니 온통 不立文字였습니다>, <그간 해온 일이란 온통 허공뿐>이었습니다, <모두 제자리였습니다>라고 말하면서, 도장이란 언어의 다리를 통해 사물에게 다가가는 일이 얼마나 무모한 것인가를 고백하고 있다. 그는 도장이란 언어를 버리고 모두가 <제자리>인 상태에서, 존재와의 진정한 전일성이 이루어진다고 보는 것이다.

도장찍기라는 언어행위, 그것이야말로 왜곡된, 한계가 많은 전일성 형성의 방식이다. 그 점을 말하면서 한편으로 그는 이 언어라는 장치 혹은 다리 없이 있는 그대로 전일성이 창조된 현장을 매우 아름다운 풍경으로 그려보이고 있다. 그의 작품 「옛날 국수 가게」가 그 경우이다.

> 햇볕 좋은 가을날 한 골목길에서 옛날 국수 가게를 만났다 남아 있는 것들은 언제나 정겹다 왜 간판도 없느냐 했더니 빨래널듯 국숫발 하얗게 널어놓은 게 그게 간판이라고 했다 백합꽃 꽃밭 같다고 했다 주인은 편하게 웃었다 꽃 피우고 있었다 꽃밭은 공짜라고 했다
>
> —「옛날 국수 가게」의 전문37)

간판 없이 국수가게를 운영하는 위 인용시 속의 가게 주인은 간판이란 언어의 무용성과 한계성을 아는 사람이다. <빨래널듯 국숫발 하얗게 널어놓은 게 그게 간판>인, 다시 말하면 언어 이전의 존재 자체가 전부인 그 국수 가게의 풍경은 언어라는 다리를 버리고도 어떻게 모든 존재가 전일성의 끈으로 멋지게 이어지는가를 보여주고 있다. 주인과 국숫발과 시인

---

37) 정진규, 『本色』, 42면.

이 모두 이곳에서 한치의 간극도 없이 합일된다. 그들 하나하나가, 그들이 어울린 모습이 모두 <꽃밭> 같다. 그 <꽃밭> 같은 전일성의 세계가 만들어지는 데 기여한 것은 간판이 상징하는 언어의 초월이다.

요컨대 언어라는 최고이자 최대의 도구를 의심하고 그것에 짓눌린 존재와 세계를 재발견하여 <제자리>와 <원위치>와 <제몸>을 찾아주며, 존재와 세계 사이의 전일성을 읽어내고 창조하려는 노력, 그것이 정진규의 시를 가능하게 한 하나의 원천이며 그의 시를 지배하는 전일성의 한 양상을 만들어낸 것이다.

3. 맺음말

지금까지 정진규 시에 나타난 전일성의 양상을 아홉 가지 항목으로 나누어 살펴보았다. 內藏, 內通, 共生, 光合成, 滿開, 獻身, 接觸, 直方이란 아홉 가지 항목의 각 표제어는 모두 정진규의 시 속에서 빌려온 것이다. 이 아홉 가지 표제어는 그의 시에 나타난 전일성의 양상을 다채롭게 보여주고 상상하게 하는 표제어로 매우 상징적이고 함축적인 것이었기에, 이들 표제어의 이면과 내면을 잘 읽어낸 경우라면 그의 시가 지닌 전일성의 양상을 깊이 있게 이해할 수 있었을 것이다.

정진규 시의 전일성이 보여준 의미는 몇 가지로 언급될 수 있을 것 같다.

우선 정진규의 시에서 전일성의 세계는 <절대자유>를 느끼고 상상하게 한다. 절대자유는 단 하나의 소외도 없는 완전한 融通無碍의 상태를 뜻한다. 공기의 가볍고 경계 없는 왕래처럼 이 절대자유의 상태는 거침이 없다. 이런 절대자유의 상태는, 4원소의 원형 상상력에 대입하면, 공기의 상상력이 빚어낼 수 있는 최고의 단계이다.

둘째로 그의 시에서 전일성의 세계는 <절대평화>의 상태에 들어서게 한다. 정진규의 시에 나타난 전일성 속에서 한편으로 자유로우면서 다른 한편으로 평화로운 것은 이런 절대평화가 그 전일성 가운데 내재돼 있기 때문이다. 평화란 무심한, 그러나 따스한 공생의 상태이다. 4원소의 하나인 대지의 넓이와 포용성 그리고 담담한 고요가 이 평화 속에 들어 있다. 대지적 상상력이 빚어내는 최고의 아름다운 상태는 정진규 시의 전일성 속에서 나오는 이런 <절대평화>의 경지라 할 수 있다.

셋째로 정진규의 시에 나타난 전일성의 세계는 차오르는 충만감 속에 빠져들게 한다. 충만감은 포만감과 다르다. 포만감이 자아중심적이라면 충만감은 자발적 자기초월에서 비롯된다. 전일성이 가져다주는 이런 충만감은 4원소 가운데 하나인 물의 지고한 속성이다. 물의 한없는 넘쳐남과 열림, 끝없는 생성과 흐름은 이와 같은 충만감을 가져온다. 정진규 시의 전일성 속에서 이런 감정을 느끼게 되는 순간, 그것은 엄청난 행복감으로 이어진다.

넷째로, 그의 시에서 전일성의 세계는 무, 적멸, 해탈, 허, 초월 등과 같은 탈속의 세계, 탈일상의 세계, 탈인간의 세계를 유영하게 한다. 존재의 燒身供養, 自盡하는 자아탈각 등은 개체와 인간과 세속을 넘어선 전일성의 공간으로 우리를 안내한다. 그가 안내하는 이런 공간은 4원소의 하나인 불의 상상력과 관련된다. 불의 상상력이 빚어내는 脫色한 무의 느낌은 어떤 것도 끼어 들 수 없는 전일성의 영역이다.

조금 무리가 있을지 모르나 우주의 근원인 4원소와 그에 토대를 둔 상상력에 근거하여 볼 때 정진규가 그의 시에서 발견하고, 인식하고, 창조하고, 소망하고, 지향하는 전일성의 세계는 공기의 상상력의 지고한 경지인 절대자유, 대지의 상상력의 지고한 단계인 절대평화, 물의 상상력의 고도

한 긍정성인 무한의 충만감, 불의 상상력의 초인적 상태인 무와 허의 느낌
을 갖게 하는 원천이다.

　이런 점에서 그의 시에 나타난 전일성은 구도자의 내면을 반영하고 있
다. 그는 단순한 기술로서의 시쓰기 혹은 예술로서의 시쓰기를 한 것이 아
니라 구도 혹은 수도로서의 시쓰기를 했던 것이고, 그것은 바로 앞서 언급
한 바와 같은 전일성 속에서 <완전한> 내면의 경지를 맛볼 수 있도록 독
자들을 안내하고 있는 것이다.

Ⅱ. 無爲自然의 세계

1. 문제제기

정진규의 시를 관통하는 중요한 흐름은 <無爲自然>의 세계이다. 정진규 시가 닿아 있는 뿌리도, 그의 시가 도달하고자 하는 지점도 이 무위자연의 세계이다.

따라서 정진규 시를 읽는 매력은 이 무위자연의 세계를 만나고 즐기고 의미화하는 데 있으며, 그의 시가 지닌 의미를 찾는 일 또한 이 무위자연의 세계가 지닌 다양한 가치를 찾는 데 있다.

無爲自然의 세계란, 글자 그대로 해석하면 <아무 것도 하지 않고 스스로 그러한 세계>를 뜻한다. 그러나 인간이, 그리고 우주가 움직임 속에 놓여 있는데 어찌 아무 것도 하지 않을 수가 있겠는가. 그러므로 무위자연의 세계란 억지가 없는 順行의 함, 조작이 끼어 들지 않은 自生의 함으로 이루어진 세계를 뜻한다고 보아야 할 것이다.

무위자연의 세계를 보여주는 모범적 존재는 우주이다. 이것을 좁혀 말하자면 자연이다. 그리고 이것을 더 좁혀서 말하자면 생리적 차원의 생물로서의 인간의 몸이다. 그렇다면 이런 무위자연의 세계가 왜 중요한가. 이 점에 대해서는 앞으로 본론에서 구체적 논의가 이루어질 것이고 맺음말에서 정리가 될 터이지만, 우선 급한 대로 중요한 점만을 언급하자면, 그것은 삶과 우주와 존재의 토대이자 원질이 바로 이것이기 때문이다. 이 토대이자 원질을 상기하거나 존중하지 않고 그 위에 <방편>으로 작용하는 인위와 인공과 수식을 토대처럼 여기거나 절대화하기 시작하면, 세상은 사상누각처럼 위태롭거나 거꾸로 선 나무처럼 현기증을 앓게 된다.

관념의 놀이를 넘어, 사이버의 세계가 세상을 장악하는 이 시점에, 우리는 <무위자연>의 세계를 다시금 찾고 매만지고 부활시켜 그 존재의 중요성을 알릴 의무가 있다. 삶과 우주와 존재가 무위자연의 흐름 속에 있으며, 무위자연의 뿌리 위에 있고, 무위자연으로 돌아갈 때 가장 아름답고 건강하다는 것을 자각하게 하는 일이야말로 그 어떤 일보다 긴요하고 시급한 일이다.

정진규 시인은 그의 시작 초기부터 지금까지 이 세계를 꿈꾸고 찾아내고 발전시키고 구체화시킨 우리 시단의 보기 드문 시인이다. 그는 이런 노력을 통하여 진정한 <평화>와 <자유>를 체화하고자 하였다. <평화>와 <자유>의 획득 혹은 창조, 이것이야말로 정진규의 생의 과제이자 목표였다.

그러면 정진규의 시를 통하여 그가 이런 과제와 목표를 위하여 추구한 무위자연의 세계가 구체적으로 어떻게 그 모습을 드러내고 있는지 살펴보기로 하자. 이런 가운데서 거칠게 다루어졌던 무위자연이라는 거대한 세계가 하나씩 그 결을 드러내면서 자신의 존재와 성격의 내밀한 실상을 실감 있게 보여주게 될 것이다.

2. 無爲自然의 세계

1) 生物

　　정진규의 시에 나타난 무위자연의 실상을 살펴보는 자리에서 제일 먼저 논의하고자 하는 것이 바로 <생물>로서의 인간인식에 관한 것이다.

　　그렇다면 인간이 생물이란 사실은 무엇을 뜻하는가. 쉽게 말하자면 밥을 먹고, 잠을 자고, 숨을 쉬고, 배설하는 존재임을 뜻한다. 여기엔 어떤 인위의 작용도 끼일 여지가 없다. 그것은 자연스러운 생물의 행위이다. 이런 필자의 설명이 지나치게 소박하게 들릴 지 모르겠다. 그렇다면『노자 도덕경』의 다음과 같은 구절(제 12장)을 음미해보기로 하자.

<blockquote>

五色令人目盲
五音令人耳聾
五味令人口爽
馳騁田獵令人心發狂
難得之貨令人行妙
是以聖人爲腹不爲目
故去彼取此[1]

</blockquote>

　　<그런 까닭으로 성인은 배(腹)에 힘쓰고 눈(目)에 힘쓰지 않거니와>라

---

[1] 해석을 하면 다음과 같다 : 다섯 가지 빛깔은 사람으로 하여금 눈을 멀게 하고, 다섯 가지 음은 사람으로 하여금 귀먹게 하고, 다섯 가지 맛은 사람으로 하여금 입을 어긋나게 하고, 말타고 달려 사냥함은 사람으로 하여금 마음을 미치게 만들고, 얻기 어려운 재물은 사람으로 하여금 행동을 비뚤어지게 만든다. 이런 까닭으로 성인은 배에 힘쓰고 눈에 힘쓰지 않거니와, 그러므로 저것을 버리고 이것을 취하는 것이다. 박일봉 역저,『노자 도덕경』(서울:육문사, 1991), 38～39면.

는 뒷 구절이 노자가 인간을 생물로 보고 있음을 알려주는 부분이다. 여기서 배(腹)가 생리를 표상한다면 눈(目)은 심리를 표상한다. 생물학적으로 배(腹)가 오장, 자율신경, 부교감 신경, 내장근인 불수의근 등을 나타내는 말이라면, 눈(目)은 뇌, 중추신경, 교감신경, 골격근인 수의근 등을 나타내는 말이다2). 배(腹)를 자연, 무위, 무심 등의 의미와 같은 것으로, 눈(目)을 수식, 인위, 욕심 등의 의미와 같은 것으로 놓고 본다면, 노자는 전자 쪽을 근원으로 생각하는 사람임이 드러난다.

정진규의 시를 논하면서 <生物>이란 항목을 앞에 놓고 위와 같은 논의를 앞세운 것은 바로 이런 의미에서의 생물성을 정진규가 그의 시에서 발견하고 구체화시키며 미화하고 있다는 점 때문이다.

정진규의 시선을 사로잡은 것은 생물이 뜻하는 세계이자 상황이다. 그가 우리 앞에 드러내고 실감으로 살을 대고 싶어하는 것 역시 이런 세계이자 상황이다. 그리고 그가 아름다움을 느끼며 황홀해하는 것 또한 마찬가지이다. 정진규의 이런 인간인식은 노자의 그것과 맞닿아 있는데, 『노장철학강의』를 출간한 김충렬은 그의 이 책에서 <노자는 철저하게 생리 범주를 넘지 않는 자연적 구조인 <몸'을 인간의 유일한 실체로 본 것이다>3)라고 말하고 있다. 노자는 <일반적으로 부정의 대상으로 보는 몸을 실체로 보고, 오히려 그 밖의 영혼이니 정신이니 하는 관념적인 것들을 거부했>4)다는 것이다. 이런 노자의 인간관은 매우 획기적인 것이지만, 우리의 체험을 바탕으로 조용히 생각해 보면, <생리 범주를 넘지 않는 자연적 구조>로서의 <몸>이 생물인 인간의 실체임을 쉽게 이해할 수 있다.

---

2) 이성희, 『無의 미학』(서울 : 새미, 2003), 16∼17면 참조.
3) 김충렬, 『노장철학강의』(서울 : 예문서원, 1995), 16면.
4) 상게문.

① 한 덩이의 빵이 어떠한 날보다도 아주 잘 구어졌음을 실로 기뻐함
　　이 평화다 사랑이다

— 「天使 · 1」의 부분5)

② 왜 그런 짓거리를 했는지 모르겠다 인사불성으로 술에 취해 돌아온
　　날 자정, 생쌀 한 바가지를 퍼내가지고선 집안 곳곳에 하얗게 뿌리
　　고 다녔다 그리고 알아들을 수 없는 말을 계속 중얼거렸다(고 한다)

　　새벽엔 남산만큼 똥을 누었다 내 50평생 그렇게 많은 똥을 누어
　　본 적이 없다 날아갈 것 같았다 그래, 날개라는 말, 새라는 말이 내
　　몸이 되었다 이 말만 가지고도 이희승 국어대사전만한 두께의 책 한
　　권을 쓸 수가 있을 것 같았다 수년 변비가 씻은 듯 부신 듯 말짱했
　　다

— 「몸詩 · 54 - 巫」의 부분6)

③ 나는 요즈음 매일 밤마다 소설들을 읽다가 잠이 든다 <읽다가>이
　　다 전에는 그렇지 않았는데 삼분의 일쯤만 읽으면 어김없이 잠이 온
　　다 천하없는 장사처럼 단단한 것들이라 할지라도 그는 나의 잠을 위
　　한 藥이다 감사한 藥이다 (중략) 이 세상이 나를 참게 하는 것은 고
　　작해야 그의 삼분의 일까지다 차라리 藥이다 감사한 藥이다 나머지
　　까지 끝내 가보시라 하시지만 나는 그럴 수 없다 내 몸을 더이상 축
　　내고 싶지 않다

— 「감사한 藥」의 부분7)

인용한 3편의 시가 모두 흥미롭다. 인용시 ①을 보면 <평화>에 대한 정
의가 아주 잘 나와 있다. 정진규에게 평화란 거창하거나 난해한 것이 아니
라 <한 덩이의 빵이 어떠한 날보다도 아주 잘 구어졌음을 실로 기뻐>할
수 있는 때에 온다. 여기서 한 덩이의 잘 구어진 빵을 보고 느끼는 기쁨은

---

5) 정진규, 『별들의 바탕은 어둠이 마땅하다』(서울 : 문학세계사, 1990), 73면.
6) 정진규, 『몸詩』(서울 : 세계사, 1994), 121면.
7) 정진규, 『연필로 쓰기』(서울 : 영언문화사, 1984), 32면.

생리적 차원의 몸을 가진 생물로서의 인간이 느끼는 기쁨이다. 그 기쁨이 첫 기쁨이고, 참 기쁨이다. 이 기쁨을 억압하거나 무시하거나 위장하면, 한 인간의 삶 속에 진정한 평화는 찾아오지 않는다. 참으로 단순한 기쁨이다. 그러나 너무나도 근원적인 기쁨이다.

인용시 ②는 또다른 면에서 흥미롭다. 생쌀로 표상되는 먹이의 소중함과 기쁨도 그렇지만, 원 없이 배설을 하고 새처럼 날아갈 듯 몸이 가벼워졌다는 시인의 고백도 흥미롭다. 인용시 ①이 생물로서 먹는 기쁨의 참모습을 말하였다면, 인용시 ②는 역시 생물로서 배설하는 기쁨의 참모습을 보여준 것이다. 생리적 존재가 느낄 수 있는 기쁨과 생리적 존재가 느끼는 기쁨의 깊이가 여기서 여실하게 드러난다.

인용시 ③은 잠에 관한 것이다. 이 시에서 <책>이 인위와 관념과 탐욕의 표상이라면, <잠>은 무위와 구체와 비움의 표상이다. 시인은 전자를 이기고 밀물처럼 닥쳐오는 후자의 힘을 정직하게 느끼면서 그 후자의 힘이야말로 그의 몸에 <藥>과 같은 존재라고 말한다. 잠은 생물로서의 인간이 건강해질 수 있도록 하는 최선의 약이다. 그것이 약임을 알고 있기에, 시인은 이 시에서 인위의 끝까지 갈 수는 없다고, 그것은 자신의 몸을 축내는 일이라고 단호히 밝히고 있다.

정진규는 현명하다. 그는 인간이 생물이라는 사실을 인식하고, 그 생리적 차원의 몸이야말로 어떤 의지나 욕망보다도 앞선 존재이자 차원이라는 것과 그 존재와 차원을 보살피는 일이 평화와 건강에 이르는 토대를 구축하는 길임을 알 뿐만 아니라 실천하고 있기 때문이다.

<나는 생물이다>, <나는 생리적 차원의 몸이다>라는 고백과 자기규정은 존재의 밑바닥까지 정직하게 내려가 본 사람만이 할 수 있는 것이다. 이와 같은 고백과 자기규정이 이루어진 사람에게선 어떤 인위의 세계도 부차적이거나 방편적인 것으로 절대화되지 않는다. 그는 어디서부터 자신

을 돌보아야 하는지를 깨닫고 있는 사람인 것이다.

> ① 몸이 놀랐다
> 내가 그를 下人으로 부린 탓이다
> 새경도 주지 않았다
> 몇십 년만에
> 제 끼에 밥 먹고
> 제 때에 잠 자고
> 제 때에 일어났다
> 몸이 눈 떴다
>
> ― 「몸詩·66 - 병원에서」의 부분8)

> ② 그러나 나는 맹목의 아버지! 나는
> 그가 밥을 잘 먹는지 잠을 잘 자는지
> 그의 몸이 질문의 집이 될 만한지
> 그게 걱정일 뿐이다
>
> ― 「몸詩·43 - 질문의 집」의 부분9)

인용시 ①의 전반부는 인위인 관념이 무위인 몸을 우월감 속에서 학대한 내용이다. 그 결과는 뻔하다. 몸이 놀래서 병이 난 것이다. 생리적 차원의 몸이 병이 났다는 것은 한 존재의 집 전체가 토대와 중심을 잃었다는 말과 같다. 시인은 그것을 깨닫고 몸을 공경한다. 그 공경이란 별난 것이 아니라 <제 때에 밥 먹고 / 제 때에 잠 자고 / 제 때에 일어>나는 무위자연의 삶을 존중하는 것이다. 그 결과는 또한 어떠한가. 시인은 <몸이 눈 떴다>고 표현했다. 몸이 눈을 떴다는 이 표현 속엔 몸이 살림의 길로 접어들었다는 의미가 들어있다. 생물로서의 몸의 질병을 통해 비로소 생물로

---

8) 『몸詩』, 77면.
9) 위의 책, 45면.

서의 몸의 가치를 알게 된 이 미련한 아버지는 이런 생물로서의 몸의 중
요성 앞에서 <맹목>이 된다. 사실 밥을 먹고, 잠을 자고, 배설을 하는 데
이유가 없다. 색다른 목적도 없다. 그것은 <맹목>인 무위자연의 길이다.
그 길을 시인은 자신의 그의 딸에게 본능적으로 가르치고 확인한다.

맹목으로 무위자연의 길을 가는 생리적 차원의 생물인 몸이 인간 존재
의 근원을 이룬다. 그것을 알고 보살피며 그것에 따르는 일은 자연스러울
뿐만 아니라 아름답다. 그리고 이 일이 가능해질 때 한 인간의 몸 속에 건
강함과 평화로움이 깃들인다. 정진규는 이것을 인식하였고, 그것을 구체화
하였으며, 그것을 가치있는 것으로 의미화하였다. 그는 무위자연의 첫 자
리를 우리들의 생리적인 몸 속에서 찾아낸 것이다.

2) 素朴(樸)

素朴(樸)이란 무엇인가. <素>는 염색하기 이전의 흰 천을 말함이요,
<朴(樸)>이란 기물로 만들어지기 이전의 통나무를 가리킴이다. 그러니까
素朴(樸)이란 인위가 가해지기 이전의 무위자연의 상태, 달리 말하면 인공
이 들어서기 이전의 온전한 <全一性>의 세계를 의미한다. 모든 인위와 인
공의 첫 자리는 <素>이고 <樸>이다. 이것은 존재와 세계의 源泉이며 原
石이다. 이것은 인간의 힘으로 가공되는 세계가 아니라 무위의 우주적 흐
름에 따라 그냥 그렇게 되어진 세계이다.

『노자 도덕경』제 19장을 보면 다음과 같은 표현이 나온다.

節聖棄智, 民利百倍
節仁棄義, 民復孝慈
節巧棄利 盜賊無有
此三者以爲文不足
故令有所屬

見素抱樸
少私寡慾[10]

　　위의 『도덕경』 제 19장에서 <聖> <智> <仁> <義> <巧> <利>는 모두 <문명의 장식>, 즉 인위의 모습이다. 그것은 자족한 것이 될 수 없다. 즉 무위자연한 세계가 될 수 없다. 그렇다면 무엇이 중요한가. 위의 제 19장을 보건대, <見素抱樸>이 중요한 것이다. 여기서 素란 앞서 말한 것처럼 염색하기 이전의 흰 천과 같은 상태요, 樸은 기물이 만들어지기 이전의 통나무와 같은 상태이다. 그러니 <흰 천>과 같은 상태를 보고, <통나무>와 같은 세계를 껴안는 것이 중요하다는 말이다. 방금 말한 <흰 천>과 같은 素와 <통나무>와 같은 樸은 스스로 자족한 것이요, 무위자연의 상징이자 실상이다.

　　이런 앞의 논의에 덧붙여 말하자면, <흰 천>과 같은 <素>의 상태와 <통나무>와 같은 <樸>의 세계를 존중하거나 인식하거나 포용하지 않고 만들어지는 모든 인위의 장식품들은 위태롭고 불안정하다. 그것은 뿌리와 바탕에 해당되는 세계를 돌보지 않았기 때문이다.[11]

---

10) 이것을 김용옥의 『노자와 21세기』에 따라 다음과 같이 해석해 본다 : <성스러움을 끊어라!/슬기로움을 버려라!/백성의 이로움이 백배할 것이다./인자함을 끊어라!/의로움을 버려라!/백성이 다시 효성스럽고 자애로울 것이다./교사스러움을 끊어라!/이로움을 버려라!/도적이 없어질 것이다./이 세가지는/문명의 장식일 뿐이며/자족한 것이 아니다/그러므로/돌아감이 있게 하라!/흰 바탕을 드러내고/통나무를 껴안아라!/사사로움을 줄이고/욕심을 적게 하라!> 김용옥, 『노자와 21세기(2)』(서울 : 통나무, 1999), 239면.

11) 『노자 도덕경』에서 素, 樸과 더불어 같은 맥락에서 중요시되는 것은 嬰兒이다. 그런데 정진규의 시에서도 素와 樸은 물론 嬰兒가 매우 매력적인 대상이다. 정진규는 嬰兒를 <천사>라고 부르기도 하고, 영검스러움을 지닌 존재라고 말하기도 한다. 이와 같은 내용을 담고 있는 그의 시로는 「포도를 먹는 아이 - 알4」(『알詩』에서), 「놀이」(『도둑이 다녀가셨다』에서), 「모기친구」(『도둑이 다녀가셨다』에서), 「신생아실에서」(『도둑이 다녀가셨다』에서) 등이 있다. 홈스 웰치, 『노자와 도교 - 도의 分岐』(서울 : 서광사, 1988), 60~80면 참조.

정진규의 시에서는 이와 같은 <素>와 <樸> 혹은 <素朴(樸)>에 해당되는 무위자연의 세계가 매우 중요하게 탐구되고 묘사되고 미화된다. 정진규는 이런 세계에 이끌리고 있으며, 그의 시를 읽는 독자 또한 이런 세계의 매력에 이끌려 시인이 만든 언어의 숲을 유영한다. 그러면 실제로 정진규는 어떻게 이와 같은 素朴의 세계를 표현하고 있는 것일까?

> 그는 굴비낚시라는 말을 쓸 줄 안다 그는 죽은 물고기를 살려낸다 그것도 이미 소금으로 발효시킨 짜디짠 조기 한 마리가 퍼들퍼들 낚싯줄에 매달린다 팽팽하다 그는 질문을 아주 잘하려는 궁리에 골몰한다 생각의 비늘들을 번득인다 예정된 답변 말고 누구도 모르던 本色을 탄로시킬 줄 안다 이 봄날엔 나무들이 꽃으로 초록 嫩葉들로 本色을 탄로시키고 있다 하느님의 질문엔 어쩔 수 없이 정답이 나온다
>
> ― 「本色」의 전문[12]

위 인용시에서, <예정된 답변 말고 누구도 모르던 本色을 탄로시킬 줄 안다 이 봄날엔 나무들이 꽃으로 초록 嫩葉들로 本色을 탄로시키고 있다 하느님의 질문엔 어쩔 수 없이 정답이 나온다>라는 뒷부분에 주목해보고자 한다. 그 가운데서도 <本色>에 특별히 주목해보고자 한다. 本色은 말 그대로 본래의 색이다. 염색하기 이전에 본래 지니고 있는 색인 것이다. 그것은 素朴의 세계이다. 시인은 이 <本色>이라는 말을 文彩가 되도록 한자로 써가면서 그것은 <예정된 답변> 같은 인위적 획일성이 아니라 누구도 예측할 수 없는 자연스러움이며 다양함임을 알려준다. 세계와 존재로부터 이런 본색을 드러내도록 하고, 그것을 볼 수 있는 능력을 가지려면 남다른 질문법이 있어야 한다. 그 질문법은 <하느님의 질문법>과 같은 것으로서 인간이 만든 관습과 제도를 넘어설 수 있는 질문법이어야 한다.

---

12) 정진규, 『本色』(서울 : 천년의시작, 2004), 50면.

<本色>은 본바탕이다. 이 본바탕의 자리에서 보면 모든 <有名>의 세계는 방편이고 작위이고 도구이다. 정진규는 이런 본바탕으로 돌아가고 싶은 소망에서 <無名>의 삶을 찬미한다.

> 아름다운 無名이고 싶다 개똥지빠귀라는 새 이름이나 며느리미씨깨
> 라는 풀 이름이 더 힘 있어 보인다
>
> ― 「아름다운 無名」의 부분[13]

有名과 無名의 대비에서, 유명이 인위라면 무명은 무위이다. 유명이 방편이고 기교라면, 무명은 바탕이고 자연이다. 우리가 이름을 붙이는 순간, 무명의 자연스러움은 유명의 도구성을 띠게 된다. 유명은 테두리 만들기이며, 세속적 의미부여하기이다. 한 마디로 해서 구분과 서열을 만드는 방식이다. 여기서 무명의 바탕은 훼손되거나 잊혀진다. 정진규는 위 인용시에서 이와 같은 유명의 횡포와 왜곡성을 알고 무명 쪽으로 기운다. 그리고 그가 개똥지빠귀니, 며느리미씨깨니 하는 잡풀들과 다르지 않음을, 아니 그보다 못한 존재임을 자인한다. 개똥지빠귀도, 며느리미씨깨도 유명의 일종이기는 하다. 그러나 그들은 그들의 이름을 모른다는 점에서 무명의 삶을 살고 있다. 내가, 우리가, 무명에 뿌리내리고 있다는 사실을 기억할 때, 유명으로 길들어진 우리의 내면이 제자리를 볼 수 있을 것이다.

정진규는 무명과 유사한 맥락에서 <생짜>라는 말을 사용한다. 생짜란 문명화과정이 덧입혀지기 이전의 것, 그래서 생짜에선 야생의 냄새가 나지만 그것은 素朴의 세계를 그대로 간직하고 있다.

> 치과의사들이 이런 말을 하고 있는 것을 들은 적이 있다 요즈음 사

---

13) 정진규, 『뼈에 대하여』(서울 : 정음사, 1986), 33면.

람들은 부드러운 것들 익힌 것들만 먹기 때문에 딱딱한 것들 생짜들
을 먹던 옛 사람들보다 이가 더 쉽게 빨리 상한다고 했다 (중략) 本質
을 내어주지는 말아야지 새 살 돋을 때까지 아픔 견딜 작정을 해야지
씹을 것은 씹고 지나가야지

— 「생짜를 사랑하는 까닭」의 부분[14]

인용시에서 <부드러운 것들>과 <익힌 것들>은 인위의 문명화 양상을
뜻한다. 그에 반해 <생짜>와 <本質>은 무위의 자연 세계를 가리킨다. 문
명화라고 하는 것이 무위의 인위화과정이라고 한다면, 생짜와 본질은 이
런 과정 속에서 제 모습을 잃고 말았을 것이다. 비유컨대 통돼지는 생짜
다. 그러나 그것을 잘 갈아 요리한 미트볼은 세련된 문명이다. 그 누구도
미트볼 앞에서 통돼지를, 아니 야생돼지의 그 <생짜>를 기억하지 않는다.
오히려 <생짜>는 야만으로 몰리고 그 위에 인공화된 문명의 색상만 화려
하다.

정진규는 앞의 인용시에서 당신들은 <생짜>를 기억하라고, 그것을 정
면으로 만나라고, 그것이 본질이라고, 그것을 사랑하라고 주문한다. 그런
과정이 없이는 그대들에게 평화도, 생과 세계의 참맛도 돌아오지 않는다
고 암시하면서 말이다.

素朴은 <맨몸>이고 <속살>이다. 인위의 옷을 입고 사는 인간들은 <맨
몸>을 잊고 산다. 그리고 <속살>을 가리고 산다. 그러나 인간의 염색하
지 않은 바탕으로서의 <素>와, 인간 그 자체의 통나무와 같은 전모로서
의 <樸>은 <맨몸>이고 <속살>이다. 정진규는 그가 쓴 아주 많은 시에
서 <맨몸>과 <속살>을 보고, 그것을 살려내고, 그것으로 돌아가고자 한
다.

---

14) 정진규, 『연필로 쓰기』(서울 : 영언문화사, 1984), 25면.

소박의 세계는, 이렇듯, 아무 색으로도 과시하지 않으면서, 사람들의 마음을 이끄는 신비한 힘을 갖고 있다. 그러나 가만히 생각하면 그것은 신비한 힘이라기보다 인간 자체가 본질적으로 소박의 뿌리 위에서 살아가는 존재이기 때문이다.

3) 實物

인간의 눈은 자의적이고 편협하고 변덕스럽고 이기적이고 부정확하다. 그럼에도 불구하고 인간은 자신을 주체로서 확립하고 세계와 존재에 끊임없이 간섭한다. 그 결과 인간이 본 세계와 존재는 <實物>과 다르게 왜곡되고 변질되고 일그러져 있다.

인간은 세계와 존재를 인간화 혹은 주관화시킨 가운데 살아가는 것이다. 그것을 그들은 세계와 존재에 대한 승리라고 생각한다. 이것은 지독한 인간중심주의의 산물이다.

『노자 도덕경』 제3장의 다음과 같은 말을 음미해보자.

> 不尙賢, 使民不爭
> 不貴難得之貨 使民不爲盜
> 不見可慾 使民心不亂
> 是以聖人之治
> 虛基心 實其腹
> 弱其志 强其骨
> 常使民無知無慾
> 使夫智者不敢爲也
> 爲無爲 則無不治[15]

---

15) 해석하면 다음과 같다 : <뛰어난 이를 존중하지 않는다면/사람은 다투지 않을 것이며/귀중한 것을 귀히 여기지 않는다면/사람은 몰래 이익을 추구하지 않을 것이며/욕망을 자극하지 않는다면/그들의 마음은 혼란스럽지 않을 것이

중국계 미국인 장종원은 그의 저서『老子 - 새로운 사유의 길』에서 본장의 제목을 <차별 없는 지식>[16]이라고 붙였다. 그렇다면 차별 없는 지식이란 어떤 것인가. 그는 이것을 <여름은 덥고 겨울은 춥다>고 하는 말처럼 <대상 자신이 나타나 변화하는 것이 아무 것도 없는 직접의 경험>[17], 즉 <있는 그대로 what is, as it is>[18]를 볼 수 있는 지식이라고 설명한다. 여기엔 개념적 이해가 끼어들지 않는다. 오직 대상이 있을 뿐이고, 그것을 <있는 그대로> 볼 뿐이다. 과연 이것이 가능할까. 쉽게 답하기는 어렵다. 하지만 이런 <차별 없는 지식> 혹은 <지식 없는 지식>의 상태에서 우리가 대상을 <實物>로 만날 것을 꿈꾸거나 가정해볼 수는 있을 것이다.

앞에 인용한『노자 도덕경』제3장에서 <虛其心 實其腹 / 弱其志 强其骨>이라는 부분을 특히 주목해 보고 싶다. 이 부분을 직역하자면 <마음을 비우고 배를 채워라, 의지를 약하게 하고 뼈를 강하게 하라>가 될 것이다. 의미가 좀 불분명하니, 이것을 다시 의역하자면 <관념으로서의 정신을 버리고, 생리로서의 몸을 실하게 하며, 이성으로서의 의지를 저버리고 역시 생물로서의 몸을 강하게 하라>는 말이 될 것이다. 여기서 결국 <心>과 <腹>이, <志>와 <骨>이 서로 대비구도를 이룬다. 노자는 <腹>과 <骨>이 뜻하는 바에 의하여 존재와 세계를 보면 그것이 <차별 없는 지식> 속에서 <實物>로 보일 것이라 말한 것이다.

<實物>을 볼 수 있고, <實物>과 살 수 있다면, 세계와 존재는 시장도,

다./그러므로 순수한 이는 사람의 마음을 편안하게 하고/그들의 배를 채우고/그들의 뜻을 부드럽게 하고 신체를 강하게 한다./늘 사람들을 알고자 함도 바람도 없는 곳으로 이끄니/이는 지혜롭다고 하는 자들이 감히 수작 부릴 수 없게 함이라./함이 없음을 행함에 길러지지 않음이 없으리니!> - 張種元,『老子 - 새로운 사유의 길』, 엄석인 옮김(서울 : 민족사, 1992), 46~47면.
16) 위의 책, 46면.
17) 위의 책, 48면.
18) 상게문.

사회도, 문화도, 사상도 초탈한 자리에서 그 진정한 모습을 드러낼 것이다.

정진규는 이런 <實物>을 만나고자 노력한다. 그의 시 곳곳에 <實物>을 만나고 싶은 마음과 <實物>이야말로 절대에 가까운 진실임을 표출하고 있다.

> 모든 사물들을 실물 크기로 그리고 싶다 내 사랑은 언제나 그게 아니 된다 실물 크기로 그리고 싶다 사랑하는 紫丁香 한 그루를 한 번도 실물 크기로 그려낸 적이 없다 늘 넘치거나 모자라는 것이 내 솜씨다 오늘도 너를 실물 크기로 해질녘까지 그렸다 어제는 넘쳤고 오늘은 모자랐다 그게 바로 實物이라고 실물들이 실물로 웃었다
>
> ― 「紫丁香」의 부분19)

모든 존재와 세계를 <實物로> 그리고 싶어하는 시인의 소망이 아주 잘 나타난 작품이다. 시인은 자신이 존재와 세계를 <實物>로 그릴 수 없는 까닭이 <사랑>에 있다고 생각한다. 사랑이란 그에게 주관화이고 변덕스러움이고 부정확함이다. 그것을 버리거나 넘어서지 못하는 한 존재와 세계는 언제나 실물에서 벗어나 있다. 시인은 위 인용시에서 그가 존재와 세계를 만나고 보는 데는 항상 <넘침>과 <모자람>이 있을 뿐이었다고 고백한다. <넘침>과 <모자람>이 아닌, <꼭맞음>은 어떻게 실현될 수 있을까. 시인은 그 방법을 명확하게 제시하고 있지 않다. 그러나 앞에서 인용한『노자 도덕경』의 제3장을 빌려와 말한다면 <心>과 <志>를 넘어서 <腹>과 <骨>로 돌아갈 때 그것이 가능하다.

> 돋보기 안경을 새로 맞춰 썼더니 당신의 얼굴 날내 나게 화안하다

---

19)『本色』, 23면.

보이던 부처님이 어디 가셨다 괜한 짓 했다

— 「돋보기 안경」의 전문[20]

　재미있는 작품이다. 위 인용시에서 <돋보기 안경>은 인위의 묘기를, 작품 속에 나와 있지는 않지만 <맨눈>은 무위의 자연을 의미한다. 시인은 맨눈으로 보았을 때 보이던 <부처님>이 <돋보기 안경>을 썼더니 보이지 않는다고 후회한다. 여기서 <부처님>은 <實物>의 다른 이름이라 생각된다. 그렇다면 <實物>은 <맨눈>으로 보아야 할 것. 무위의 눈으로 볼 때 무위의 존재가 들어온다는 것이다.

　그런데 정진규는 존재와 세계를 실물로 보고자 하는 노력뿐만 아니라 더 나아가 자기자신이 실물로 존재하고자 하는 노력을 보여주고 있다. 제목이 아예 「實物」로 되어 있는 작품에서 정진규는 다음과 같이 말하고 있다.

　자꾸 그런 장면들이 실제로 찾아 온다 내가 상상했거나 읽었던 풍경들이 날로 눈 앞에 櫛比하다 행간들까지 실물로 온다 하다못해 푸른 보리 이랑으로라도 가득 채우며 온다 상상의 칼집을 냈던 그때 그 모습으로 온다 오늘은 저녁 내내 비오는 들판을 걸어 갔다 物證이 확실하다 반드시 내가 가담된다 너를 향해 과하게 내닫다가 상했던 왼다리가 심하게 절고 있었다 낡은 집 한 채도 마지막으로 거기 있었다 여전히 비어 있었다 비에 젖고 있었다 새로 손을 대고 싶지는 않았다 이런 집은 손을 댔다간 끝이 없다는 걸 잘 알고 있다 그게 그간 내가 터득한 거였다 이젠 나도 그럴 시간이 없다 이런 식으로 實物로 나의 모든 것이 확인되는 앞으로의 남은 나날일 터이다 잘 해야 날개가 나지 않게 낡아 있는 그 정도면 흉하지는 않을 것이다 비켜갈 수는 없다 다 치루어내야 한다 한 번 범하고 싶었던 그 女子는 아직도 오지 않았다 平生 걸려도 그건 쉽지 않다고 했다

— 「實物」의 전문[21]

---

20) 위의 책, 31면.

꽤 긴 작품이다. 그러나 이 작품에서 몇 군데에만 주목하기로 한다. 그 하나는 <반드시 내가 가담된다 너를 향해 과하게 내닫다가 상했던 왼다리가 심하게 절고 있었다>라는 부분이고, 그 둘은 <새로 손을 대고 싶지는 않았다 이런 집은 손을 댔다간 끝이 없다는 걸 잘 알고 있다>라는 부분이며, 그 셋은 <이젠 나도 그럴 시간이 없다 이런 식으로 實物로 나의 모든 것이 확인되는 앞으로의 남은 나날일 터이다>라는 부분이다.

첫 번째 부분에선 너라는 실물을 향한 나라는 주체의 과도한 가담이 언제나 문제였다는 점이, 두 번째 부분에선 낡은 집일지언정 손을 대는 가담이 사실은 과욕이자 실물의 손상을 가져온다는 점이, 세 번째 부분에선 부족하면 부족한 대로 시인 자신 역시 실물의 형태로 남고 싶다는 점이 이야기되고 있다.

대상을 실물로 볼 수 있고, 그 자신을 실물로 보여줄 수 있을 때, 한 인간은 무위자연의 삶 속에 놓여 있다. 그것은 생래적인 것이라기보다 수많은 인위의 질곡을 거쳐서 도달할 수 있는 곳이고, 있음을 있음 그대로 수용할 수 있는 사람이 맞이할 수 있는 세계이다.

이처럼 자아와 세계가 실물로 존재할 때, 세상은 <풍경>의 형태가 된다. 자아도, 대상도 모두 풍경이 되어 무심한 경지에서 서로 존재하는 것이다. 정진규는 그의 시에서 이와 같은 <풍경>의 문제에 대해서도 언급하고 있다.

> 그동안 내가 겪었을
> 눈 내리는 밤의 다른 추억들도
> 내리는 눈으로 다 지워지고
> 그렇게 눈 내리는 숲으로만 갔다
> 그렇게 가서 나도

---

21) 위의 책, 92면.

한 그루 가문비나무로 서 있게 되었다
붙박이로 서 있게 되었다
눈 내리는 숲이 되었다
즐겁게 그쪽 몸이 되는
즐겁게 그쪽 몸이 내 몸이 되는
아름다운 굴종을 알았다

— 「몸詩·13 - 눈 내리는 숲이 되어」의 부분22)

위 인용시 속의 시인은 모든 추억을 지우고 한 그루 가문비나무가 되어 눈 내리는 숲의 풍경이 되었다. 시인도 풍경이 되었을 뿐만 아니라 눈 내리는 숲의 가문비나무와 그 가문비나무가 서 있는 숲도 모두 풍경이 되었다. 그런 풍경 속에는 <無心>의 신비가 숨쉬고 있다. 그 무심의 신비로 인하여 풍경 속의 존재는 서로가 서로를 허락하고, 그렇게 허락한 존재들은 더 큰 풍경을 만든다.

<풍경> 혹은 <풍경>의 경지를 아는 사람은 자아도 대상도 <放生>한다. 놓아버림으로써 풍경이 되고, 풍경이 됨으로써 자아와 대상은 <實物>의 상태를 회복한다.

정진규가 그의 시에서 <지우기>와 <비우기>, <버리기>와 <놓아주기>, <떠나기>와 <돌아가기>를 지속적으로 말한 것은 이와 같은 무위자연의 실물들이 풍경으로 존재하고, 그런 풍경들이 실물로 서 있는 세계를 그리워하였기 때문이다.

4) 自生

<自生>이란 스스로 살아간다, 스스로 생성된다, 스스로 존재한다 등의 뜻을 갖는다. <自生>이란 말 속에는 타인의 시선과, 창조주의 간섭과, 세

---

22) 『몸詩』, 69면.

속의 잣대가 들어 있지 않다. 그것은 自立, 自律, 自足, 自存, 自成, 自由, 自遊 등의 세계인 것이다. 이런 세계에는 인위가 끼일 수 없다. 그것은 무위자연의 길일 뿐이다.

정진규는 그의 시에서 <自生>의 길을 강하게 꿈꾼다. 이런 자생의 삶을 통해 그는 <절대자유>의 순간까지도 넘본다. 그것이 무모한 기대의 세계일지 모르나, 그는 이런 세계를 포기할 수 없다. 그에겐 자생의 삶이 아니라면 그것은 <가짜>이거나, <억압>이거나, <길들여짐>이 끼어든 삶에 지나지 않는다.

정진규는 이와 같은 <自生>의 세계를 표현하기 위해 <生音> <제자리> <제소리> <제집> <제모습> <제맛> <제몸> <제길> <제짓> <生家復元> <正體> <제땅> 등과 같은 말을 자주 사용하고 있다. 한 마디로 해서, 자발성에 의해, 자신의 몸을 정직하게 통과하여, 스스로 낸 길이 참다운 길이며 그 자신은 그런 길을 가고 싶다는 것이다.

> ① 주어진 行先地 대로만 내가 가고 있다는 게 참으로 엄청난 拘束임을 깨닫기 시작합니다 이제껏 제가 살아 온 날들이란 바로 그런 것이었음을 깨닫기 시작합니다 아무데고 머물 곳이 있다면 머물 수 있어야 했습니다 젊은 때는 그러하였으나 그것은 客氣였습니다 온전히 自由라는 낱말을 읽어내지 못했을 때의 일이었습니다
>
>   — 「列外」의 부분[23]

> ② 보아주지 않는 곳에서도 비는 내릴 줄 알고요 홀로 있는 곳에서도 꽃은 피어날 줄 아는데 아무도 없는 곳에서 내가 할 줄 아는 짓은 무엇인가요 한 줄의 詩, 한 줄기의 물소리, 그것 하날 가지고 그대에게 가거나 그대를 기다리거나 그럴 수 있는 건가요
>
>   — 「물소리 3」의 전문[24]

---

23) 『연필로 쓰기』, 60면.

인용시 ①에서 <주어진 行先地>는 타율의 길이다. 그는 이런 길을 가고 있는 자신을 발견하고는 그것이야말로 <엄청난 拘束>이었다고 말한다. 그런 삶이 구속임을 깨달은 시인은 <주어진 行先地>가 아닌, <自生의 행선지>를 찾는다. 그것이 진정 <自由>의 삶을 사는 길임을 그가 알았기 때문이다.

인용시 ②에서는 시인 스스로 <아무도 없는 곳에서 내가 할 줄 아는 짓>이 무엇이냐는 물음이 중심을 이룬다. 그의 이런 물음은 <보아주지 않는 곳에서도> 내릴 줄 아는 비와, <홀로 있는 곳에서도> 피어날 줄 아는 꽃과 대비된다. 시인은 비처럼, 꽃처럼, <自生>의 삶을 살고 싶고, 그렇게 해야만 한다는 생각에 빠져든다. 자생의 길을 가고, 자생의 삶을 살지 않는 한, 그것은 언제나 외부의 시선 속에서 주어진 행선지를 가는 것과 다르지 않기 때문이다.

<自生의 길과 삶>은 정진규의 시에서 <몸>을 갖고 있느냐는 점과 관련된다. 정진규가 사용하는 <몸>이란 말은 자기의 실존을 <通過>한 것, 자기의 실존으로부터 <流露>된 것을 의미한다. 이것은 김훈이 그의 수필집 『밥벌이의 지겨움』에서 나는 몸으로 깨달은 언어가 아니면 사용하지 않는다, 나는 일인칭을 쓸 수 있을 뿐 이인칭이나 삼인칭을 쓸 수 없다고 한 말과 맥을 같이한다.25)

> 나의 집에 한 십년 북 하나 걸어 두고 있습니다 그러다 보니 마음의 북 하나 지니게 되었습니다 비 오는 날 날씨 눅눅한 날엔 어둡고 무거운 소리로 햇빛 밝은 날 청명한 날엔 밝고 가벼운 소리로 북은 웁니다 세상을 예감합니다 세상을 그대로 말합니다 잘 다듬은 대추나무 북채 하나 늘 곁에 놓아 두고 있으니 모두 와서 울려 보세요 어디로

---

24) 『뼈에 대하여』, 56면.
25) 김훈, 『밥벌이의 지겨움』(서울 : 생각의 나무, 2003)

가야 할지를 모르시는 분 지금 어디에 계신지를 모르시는 분 하고 싶
은 말씀이 쌓이고 쌓이신 분 그런 분은 오세요 모두 딴 소리로 지나
가고 딴 소리로 다가올 뿐인 거리로부터 돌아와 나는 오늘도 북을 울
립니다 제소리를 만납니다 비로소 길을 만납니다 내 마음 속 북 하나
걸어 두고 그런 까닭으로 예까지 겨우겨우 살아왔습니다 아아 *法鼓*란
말씀의 뜻을 이제서야 겨우 깨닫고 있습니다 제소리로 말합니다

— 「*法鼓*」의 전문26)

시인은 <딴 소리로 지나가고 딴 소리로 다가올 뿐>인 삶과 세상을 경
계한다. 그것은 <제몸>이 없는 남의 삶이자 세상이기 때문이다. 그는 이
런 삶과 세상을 넘어서는 방법으로 <북>을 치고 그 <소리>를 듣는다. 그
의 집과 그의 마음속에 걸려 있는 북은 <제소리>를 낸다. <비오는 날 날
씨 눅눅한 날엔 어둡고 무거운 소리>를, <햇빛 밝은 날 청명한 날엔 밝고
가벼운 소리>를 낸다고 말한 것처럼, 북소리는 언제나 <제몸>에서 나는
<제소리>이다. 시인은 이것을 보고 <法鼓>라는 말을 떠올린다. <法鼓>
란 다름 아니라 <제몸>에서 <제소리>를 낼 수 있는 존재라고 생각하기
때문이다.

<自生>의 삶은 <無依>의 삶이기도 하다.

나도 모르는 사이 제 혼자 스스로 일군 남새밭, 꽤 키가 자란 초록
남새밭 한 뙈기로 너에게 간다 너는 不在中, 나도 모르는 사이 오래
묵어 발효된 곰삭은 土質 탓이야 하겠으나 제 혼자 자라 제 맛을 잃
지는 않았을 터, 싱싱한 푸성귀들, 섞인 것이라곤 하나도 없을터

— 「남새밭」의 전문27)

---

26) 『연필로 쓰기』, 22면.
27) 『도둑이 다녀가셨다』, 19면.

위 인용시의 <제 혼자 스스로 일군 남새밭>은 <自生>과 <無依>의 삶
을 산 대표적 존재이다. 시인은 이런 남새밭 앞에서 황홀해 한다. 그리고
그런 존재 속에 깃든 <제맛>과 <순수>를 음미한다. 이런 남새밭과 이것
을 보는 시인의 마음속엔 아무런 인위도 깃들여 있지 않다. 그것은 무위자
연의 풍경이며 행위이다.

정진규의 시에서 <自生>의 삶은 <神明>과 <혼자서 놀기>로 이어진
다. <神明>이란 자발성으로 이루어지는 행위의 절정이요, <혼자서 놀기>
역시 자발성이 이룩한 최고의 경지이다.

① 신명은 神明이다 하늘과 땅의 신들을 만나는 일이다 신이 허락하는
밝음이다 神의 마음조차 밝게 하는 밝음이다 신들림이다 한바탕이다
환히 트이는 마음이다 그 드넓은 마당이다 춤이다 춤이다 노래다 노
래다 하던 짓도 멍석 펴놓으면 하지 않는다 하듯이 제가 하고 싶어
야 하는 짓이다 나라를 위하는 일도 그렇다 시켜서 하는 짓보다 제
스스로 흥에 겨워야 한다 자유가 강하다 함은 그런 까닭이다 굿이다
굿거리이다 얼쑤다 추임새다 만남이다 얼쑤다 모두들 신명이 나지
않는다 하시지만 한숨이시지만 그것은 이 세상 탓이 아니다 사람들
이 세상에 지고 있는 탓이다 겁먹고 있는 탓이다 새들은 어이하여
하늘을 나는가 노래를 부르는가 한 그루 꽃은 어이하여 꽃을 피우는
가 꽃을 피우는가

— 「신명을 위하여」의 전문[28]

② 어제는 안성 칠장사엘 갔다 잘생긴 늙은 소나무 한 그루 羅漢殿 뒤
뜰에서 혼자 놀고 있었다

— 「이별 - 알63」의 부분[29]

---

28) 『연필로 쓰기』, 33면.
29) 『알詩』, 88면.

③ 나무들은 기름 잘 먹은 심지들을 가지고 논다 봄이 오면 흠뻑 젖어
　있는 초록 심지들, 거기 수없이 많은 불꽃들을 달아내고 있다고 꽃
　피웠다고 작년처럼 말할까 하다가 수없이 내어걸린 등불들이라고 바
　꾸어 말했다 그렇게 하는 것이 몸이 있어 보였다

— 「동백꽃 - 알 64」의 부분[30]

　인용시 ①에서 시인은 <自生>의 삶을 <신들림>, <춤>, <노래> 등과
등가의 것으로 표현하고 있다. 신들림과 춤, 그리고 노래의 경지는 무아지
경이다. 나를 잊고, 나를 넘어서서, 나와 나 사이는 물론, 나와 너 사이에
틈과 간격이 없어지는 지경이다. 그렇다면 왜 우리는 그와 같은 <自生>의
황홀한 삶을 살지 못하는 것일까? 시인은 인용시 ①에서 말하기를 <세상
에 겁먹고 있는 탓>이라고 말한다. 세상으로 표상된 외부가 자아인 내부
를 억압하고 이길 때, 아니, 자아인 내부가 외부를 두려워하고 그것에 아
첨하고 그것과 야합할 때, 우리들에게 <自生>의 황홀한 삶은 찾아오지 않
는 것이다.

　인생이 신들림과 춤과 노래와 같은 것이기를 소망하는 시인은 인용시
②에서 안성 칠장사에 있는 늙은 소나무 한 그루를 눈여겨본다. 그에게 이
소나무는 <혼자서 놀기>를 완성한 존재이다. 보는 사람이 없어도, 제 본
성과 리듬에 맞춰, 無依의 놀이를 無償으로 행하는 소나무는 시인의 소망
을 그대로 반영하고 있는 존재와 같다. 시인은 인용시 ③에서도 <혼자서
놀기>에 도달한 존재를 만난다. 그것은 봄날의 나무들인데, 흥미로운 것
은 그 나무들의 놀이가 욕망의 확산에 있는 것이 아니라 욕망의 초월 속
에 있다는 것이다. 진정한 놀이는 욕망의 초월 속에서 이루어질 때 인위의
불순물이 없다. 시인은 그런 봄날의 나무들을 보며 심지마다 <등불>들을

---

30) 위의 책, 89면.

내어 걸었다고 말한다. 그 놀이의 주변은, 그러므로 뜨겁기보다 따스하고, 번쩍거리기보다 환하다.

　＜自生＞의 삶은 제 스스로 제 길을 내고, 그 길을 내는 일이 無依의 놀이가 되는 삶이다. 이런 삶 속엔 가학도 자학도, 자만도 경멸도 없는 ＜自足＞의 ＜自遊＞가 있을 뿐이다. 이런 삶이 가능할 때, 그 삶을 가리켜 무위자연의 삶이라 할 수 있고, 무위자연의 삶이 이루어질 때 그와 같은 ＜自足＞과 ＜自遊＞가 찾아올 것이다. 하지만 이것은 무척이나 어려운 일이다. 따라서 정진규 역시 그와 같은 삶을 갈망하고 그것을 위해 노력하지만, 그 일이 얼마나 힘든 것인가를 고백한다.

> 절에 와서 머물고 있다 몇 날째 술도 없이 절에서 지내고 있다 목이 마르다 열이 식는다는 건 나로서는 불안한 일이다 나는 내 몸만으로는 뜨거워지지 못한다 지금 나는 잘 쓸어 놓은 빗자루 자국이 있는 새벽 절마당, 맨땅 같기야 하지만 나는 그 가벼움에 취하지 못한다 속이야 깨끗하지만 좀 춥다 제 것으로 제 살로 무게를 채우자면 꽤 오래 걸릴 것 같다
>
> —「제 것 - 알 42」의 전문31)

　어느 것에도 의지하지 않고 ＜내 몸만으로 뜨거워지＞는 것, ＜제 것으로 제 살로 무게를 채우＞는 것이 그의 꿈이지만, 그것이 이룩되려면 꽤 오래 걸릴 것 같다는 것이 위 시인이 위 인용시에서 고백하는 내용이다. 온전한 자립과 자생의 삶과 생, 그것은 이토록 어려운 일이다.

5) 順行

　＜무위자연＞의 첫 자리는 ＜억지＞를 부리지 않는 것이다. 본 절의 화제

---

31)『알詩』, 65면.

와 관련시켜 말하자면 <順行>의 삶을 사는 것이다. 무위자연의 표상인 우주와 자연은 <順行>할 뿐이다. 그곳엔 억지가 없다. 그리고 억지가 통하지도 않는다.

정진규의 시를 읽다보면 <順行>의 편안함과 아름다움에 이끌리는 시인의 내면이 자주 엿보인다. 그가 즐겨 쓰는 말 가운데 하나인 <自然分娩>이 뜻하는 바처럼, 자연스럽게 나오고 나아가는 것이 가장 보기 좋다는 생각을 표현하고 있기 때문이다.

> 명옥헌 다녀오고 나서 꽃은 내가 거느릴 수 있는 게 아니라는 확실
> 한 믿음을 갖게 되었다 그가 부르면 언제나 달려가겠지만!
>
> —「배롱나무떼」의 부분32)

시인으로 하여금 <順行>할 수밖에 없도록 만드는 것은 우주이고 자연이다. 위 인용시에서 명옥헌의 배롱나무떼로 표상된 우주와 자연은 시인이 부릴 수 있는 인위의 영역을 넘어선 무위의 영역이다. 따라서 시인이 이 명옥헌의 배롱나무떼를 만나고자 한다면, 다른 방법 없이 반드시 그 배롱나무떼의 길에 순응할 수밖에 없다. 그것을 순행하는 삶이라고 본다면 그때의 순응은 순행하는 순응일 것이다.

정진규는 그의 다른 시「내장산 단풍」에서 이 점을 또다시 다음과 같이 색다르게 표현하고 있다.

> 그럴만한 세월이었지 내 안 어디에나 숨어있는 너를 짚어 내기 시작
> 하면서부터 그토록 꼬리를 감추던 네가 全身으로 돌아서 달려드는 게
> 두렵다 충만은 언제나 소멸을 예감한다 그것도 알몸이어서 더욱 그러
> 하다 다만당 한 가지 네 비트를 나만이 알 수 있도록 네가 나의 감옥

---

32)『도둑이 다녀가셨다』, 59면.

을 지었다는 사실이다 내가 수감되었음을 한동안 나도 몰랐다 내장산
단풍 보러가서 내장된 단풍을 본 사람은 하나도 없는 듯하다 內藏을
본 사람은 하나도 없는 듯하다 이미 제가 내장되었음을 짚은 사람은
하나도 없는 듯하다 지리산 철쭉바다 細石平原을 보았던 임오년 늦봄
나의 일기에 네가 좀 비치는 걸 적어둔 게 있기는 하다만 이번 가을
내장산 단풍 보고 와서 나는 더욱 확실해졌다 너를 은애하는 사람이
되었다

— 「내장산 단풍」의 전문[33]

　얼마 전까지, 시인은 내장산이 그의 몸 속에 수감된 것으로 알고 있었다
고 말한다. 그것도 좋은 일이다. 자연과 우주가 인간의 몸 안에 들어와 사
는 것 역시 쉬운 일이 아니기 때문이다. 그러나 시인은 고백한다. 가을날
내장산 단풍 보러 가서 자신이 내장산에 수감되었다는 것을 발견하게 되
었다고 말이다. 시인은 이런 상황을 내장산에 자신이 <內藏>되었다고 표
현하였다. 내장산의 <內藏>(또 다르게 표현한다면 <內臟>)을 보기 이전
에, 이미 그 내장산이 시인을 <內藏>하고 있었다는 것이다. 이런 상태 속
의 시인은 내장산이 표상하는 자연과 우주 속에 내장되어 그 흐름에 <順
行>하며 살 수밖에 없다. 그것이 자연스러운 것이고, 그것이 당연한 것이
다. 이런 삶을 부정할 때, 시인의 삶은 역류하는 물고기의 그것처럼 고단
하고 역행하는 자동차의 그것처럼 위험하다는 것을 그는 알고 있다.
　여기서 더 나아가 우주와 자연의 일원으로서 인간이 그 흐름에 동행
하며 순행의 삶을 사는 일이 얼마나 신비롭고 아름다운 것인가를 시인은
「결1」이라는 작품에서 다음과 같이 밝히고 있다.

　순응의 흔적이다 살결이다 결에는 길이 있다 날씬한 회칼 하나를 가
지고 있지만 잘 드는 것은 칼이 아니라 결 따라 길 따라 살아온 생살

---

33) 『本色』, 71면.

이라는 걸 몸이라는 걸 횟집 魚田의 김선생이 가르쳐주었다 김 선생
이 떠주는 생선회는 그래서 맛이 남다르다 그래서 그는 생선의 선생
이다 순응의 부위는 맛이 있다 맛은 곧 순응이다 결이다 대패질도 장
작패기도 그러하거니와 톱질 또한 매 한가지, 그렇게 가지 않으면 옹
이를 비켜가기가 어렵다 몸이 말을 듣지 않는다 먹혀들질 않는다 옹
이는 날것들의 싱싱한 거부, 아직도 그것들과 싸우고 싶지만 그래서,
그걸 조지려고 내 연장 그릇엔 끌과 망치가 들어 있기도 하지만 도구
는 도구일 뿐 몸이 아니다 이젠 그걸 사용하지 않기로 한다

— 「결1」의 전문34)

　인용시에서 〈順行〉의 일생을 살아온 것은 횟집의 횟감인 물고기이다.
시인은 말하기를, 그 물고기는 〈결 따라 길 따라 살아온 생살〉을 갖고 있
기에 맛이 남다르며, 그 남다른 맛은 〈順行〉의 삶을 잘 살았다는 징표라
는 것이다. 시인은 이런 물고기를 보면서 횟집 주인 김 선생의 회 뜨는 솜
씨도 대단하지만, 그보다 순행의 생을 살아온 물고기의 결과 길이 더욱 놀
랍다고 생각한다. 순행하는 삶을 살아온 물고기를 볼 수 있는 혜안은 예사
롭지 않고 순행하는 삶을 살아온 물고기의 내면 또한 예사롭지 않다. 시인
은 이어서 대패질도, 장작패기도, 톱질도, 그 대상인 나무가 순행의 삶을
살아오지 않았다면 도중에 〈옹이〉를 만날 수밖에 없다고 이야기한다. 대
패질, 장작패기, 톱질도 순행의 결을 따라 할 줄 알아야 하지만, 이보다 더
욱 중요한 것은 대상인 나무의 순행해온 삶이란 것이다. 순행의 삶을 산
대상과, 순행의 결을 볼 줄 아는 주체 사이엔 아무런 막힘이 없다. 대상은
주체에게 살결을 내어주고, 주체는 대상의 살결을 다치지 않게 따르고 존
중하기 때문이다. 이와 같은 대상과 주체의 만남 속엔 어떤 이물감도 불화
도 끼어 들지 않는다.
　정진규는 또다른 그의 시 「결2」에서 〈順行〉하는 삶과 생의 결 속엔 아

---

34) 『도둑이 다녀가셨다』, 54면.

름다운 빛과 향기와 촉감과 소리가 있다고 말한다. 이런 빛과 향기와 촉감
과 소리의 창조는 <순행>하는 삶과 생이 보여줄 수 있는 최고의 경지가
아닌가 생각된다.

> 잘 부는 바람결이 오늘 너의 머리칼을 櫛文으로 빗고 있다 땅과 하
> 늘의 결, 결대로 휘날리게 하는 것에는 빗살무늬가 있다 솔잎의 향이
> 있다 너와 내가 한참 위태로웠을 때 헤어지자고 바닷가 언덕에 섰을
> 때 마구 너의 머리칼을 헝클어놓던 그날의 바람과는 몸이 다르다 헝
> 클어진 머리칼, 길 없이 가는 자의 窮髮의 슬픔, 그걸 아시는지 그걸
> 데리고 지금 나 다시 충무 앞바다 사량도에 와 있다 여기까지 왔다
> 오늘은 아름다운 섬이다 끝내 너와 동행하기를 잘했다 바다의 물결이
> 순조롭다 결대로 내 몸이 잘 운행되는 물소리를 듣는다 이 몸의 바깥
> 運身도 그러하거니와 안주 없이 마신 두어 잔 소주도 내 안에 물길을
> 잘 내고 있다
>
> — 「결2」35)

위 인용시에서 바람도, 땅도, 하늘도, 바다도 모두 <결>대로 순행하고
있다. 그런 바람과 땅과 하늘과 바다로부터 시인은 <솔잎의 향>을 맡는
다. <솔잎의 향>과 같은 아름다움이 있는 삶과 생, 그것은 시인이 갈망하
는 세계이다. 이런 바람과 땅과 하늘과 바다를 보면서, 시인은 그의 몸도
순행하면서 <솔잎의 향>과 같은 것이 그 속에 깃드는 것을 느낀다. 그걸
시인은 <내 안에 물길>이 난다고, <내 몸이 잘 운행되는 물소리>가 들린
다고 표현하였다.
　자연도 인간도 순행의 길을 갈 때, 막힘이 없고 건강하며 아름답다. 순
행이란 무위의 길이 얼마나 근본적이며 소중한 것인가를 발견한 정진규는
그의 시에서 이런 삶을 높이 산다. 그런 그에게 늙음도 순행의 과정 속에

---

35) 위의 책, 55면.

있는 것이며, 탄생과 죽음도 그런 과정 속의 한 모습이며, 밀물과 썰물로 이어지는 우주의 운행도 모두 순행의 길을 가는 것이다.

정진규는 그의 시에서 <까불지 마라>고 외친다. 그의 이 말은 순행하는 무위의 거대한 힘을 모르고 인위의 조작을 감행하며 자만하거나 흥분하지 말라는 뜻일 터이다. 순행이란 말과 순행하는 삶 속에 깃든 무위자연의 힘을 감지할 때, 우리는 한층 고요하게 평상심을 유지하고 자아와 세계의 억지 없는 흐름을 볼 수 있을 것이다.

6) 醱酵

<醱酵>란 熟成이다. 발효가 이루어지기 위해서는 인내와 썩힘의 과정이 필요하다. 인내는 시간을 필요로 하고, 썩힘은 어둠을 필요로 한다. 그러니까 시간과 어둠이라는 통과제의의 희생물을 담보로 삼아 발효가 이루어진다.

발효된 것에서는 <날내> 혹은 <풋내>가 나지 않는다. 그것은 오랫동안 어둠 속에서 저홀로 깊이 익고 삭았기 때문이다. 어떤 존재가 <날내>와 <풋내>를 거둬내고 깊이 홀로 오랫동안 익음으로써 그만의 <향기>를 품어낼 수 있는 신비는 이와 같은 발효가 지닌 무위자연의 힘에 의해 이루어진다.

좀 서툴고 못난 것도, 좀 나대고 흥분 상태에 있는 것도, <발효>의 과정을 거치면 익은 존재에게서만이 우러나오는 향기가 창조되게 마련이다. 따라서 <발효의 신비>를 아는 사람은 세상의 어떤 것도 품어 안아 조용히 인내하며 그것을 살려낸다. 그때의 살림은 작위적인 성급한 살림이 아니라 자연분만의 그것과 같이 느긋하고 담담하고 자연스럽게 이루어지는 무위의 살림이다.

이와 같은 <醱酵>가 또한 흥미로운 것은 존재를 밝고 명료한 유위 속으로 노출시키지 않고 어둡고 혼돈스러운 무위 속에 그대로 내장시킴으로써 그 안으로부터 자정과 승화와 재생이 이루어지도록 하는 방법이기 때문이다. 이것은 존재를 바깥 세상의 잣대로 측정하거나 영위하는 것이 아니라 철저하게 안으로 품어안고 그만의 흐름 속에서 어둠을 빛으로 만들어내는 행위인 것이다.

정진규는 그의 여러 편의 작품에서 이 발효의 신비와 매력에 대하여 말하고 있다. 우선 다음과 같은 작품을 보기로 하자.

> 사람들은 슬픔과 외로움과 아픔과 어두움 같은 것들을 자신의 쓰레기라 생각한다 버려야 할 것들이라 생각한다 그러나 나는 그것들을 줍는 거지 사랑하는 거지 몇해 전 집을 옮길 때만 해도 그들의 짐짝이 제일 많았다 그대로 아주 조심스레 소중스레 데리고 와선 제자리에 앉혔다 와서 보시면 안다 해묵어 세월 흐르면 반짝이는 별이 되는 보석이 되는 原石들이 바로 그들임을 어이하여 모르실까 나는 그것을 믿고 있다 기다리고 있다 나는 슬픔 富者 외로움富者 아픔의 어두움의 富者 살림이 넉넉하다

— 「原石」의 전문36)

위 인용시에서 <슬픔> <외로움> <아픔> <어두움> 등과 같은 것은 유위의 밝고 정돈된 세상 속에서 <쓰레기> 취급을 받는다. 그것들은 부정적인 것, 버려야 마땅한 것, 흉칙한 것, 이물스러운 것 등으로 여겨지는 존재들이다. 그러나 시인은 이들을 발효시키고자 한다. 그는 이 못난 <쓰레기> 같은 것들이 사실은 우리들의 생과 삶의 <原石>이라 여기고 있는 것이다. 그는 <쓰레기>처럼 취급을 받는 이 <原石>의 수집가가 되어 그것을 <해묵어 세월 흐르>도록 발효시킨다. 참고 보듬어 안고 기다리면서 그

---

36)『연필로 쓰기』, 17면.

것이 자기초월과 자기갱생 혹은 자기부활과 자기창조를 이룩하도록 이끄는 것이다. 이 <原石>은 발효의 시간을 거쳐 <반짝이는 별>, 곧 <보석>이 된다. 여기엔 연금술사의 신비 같은 것이 깃들이는 것이다. 정진규의 이런 발효의 논리에 따르자면, <별>과 <보석>으로 표상되는 생과 삶의 <에센스>는 마이너스적 존재까지도 품어 안고 그것이 부화의 날개를 달 때까지 기다리고 배려하는 무위의 시간과 행위가 필요한 것이다.

이처럼 세상과 존재를 발효시킬 수 있는 비밀을 갖고 있는 사람은 어떤 것도 두렵지 않다. 그 어떤 것도 정면으로 맞이하여 그것을 품어 안고 발효의 과정을 거치게 한다면, 그것은 탈각과 재생의 놀라운 힘을 발휘할 것이기 때문이다.

정진규의 다른 시 「鰎鮧法」에서 발효의 신비와 아름다움에 대하여 다음과 같이 말하고 있다.

> 우리네 젓갈을 한자말로 鰎鮧*라 쓴다 그 글자에도 무슨 내력이 있기야 하겠으나, 버린 물고기들을 거두어 먹을 수 있도록 한 우리네 조상들의 무슨 가여운 뜻이 거기 숨어 있기야 하겠으나 그 젓갈의 곰삭은, 심각한 맛을 지닌 한 女子가 내 곁에 있음을, 지금 함께하고 있음을 나는 달리 설명할 길이 없다 그 자체이기 때문이다 深刻 그 자체이기 때문이다 생선회가 생선 중의 생선이라고 말하는 사람들은 인생 初段이다 날것을 날것 자체로 익혔다는 것, 그것도 못쓰게 될 것들을 살려냈다는 것 그것도 소금의 쓰라림만으로 익혀냈다는 것 그게 深刻이다 나는 기쁘다 싱싱한 상처라는 말을 이제 쓸 수도 있겠다
>
> * 심각한 맛 : 金春洙 선생의 시에 통영 젓갈을 맛보게 해드렸더니 金東里 선생이 그 맛이 <심각하다>고 했다는 대목이 있다
>
> — 「鰎鮧法」의 전문[37]

---

37) 『도둑이 다녀가셨다』, 49면.

젓갈은 발효에 의하여 만들어지는 대표적인 음식이다. 정진규는 위 인용시에서 젓갈의 <곰삭은, 심각한 맛>을 강조하고 있다. 그 <곰삭은, 심각한 맛>은 <그 자체>로서 완벽성을 갖고 있는 것이기에 완전성의 상징이기도 하다. 정진규는 그 맛을 달리 <深刻>하다는 한자 용어로 표현하고 있다. 맛이 깊고 진중하며 그만의 색깔을 가지고 있다는 뜻이리라. 정진규는 이런 젓갈의 맛을 찬탄하며 이것을 생선회 같은 날것의 맛이나 즐기는 인생 <初段>인 사람들의 미각에 대비시킨다. 그렇다면 어떻게 젓갈이 그 심각한 맛-완전성을 갖게 되는 것일까. 정진규가 위 인용시에서 말한 바에 따르면, ①날것을 날것 자체로 익혔다는 것, ②못쓰게 될 것들을 살려냈다는 것, ③소금의 쓰라림만으로 익혀냈다는 것 때문이다. 여기엔 어떤 기교도 조미료도 들어 있지 않다. 그것 자체로, 죽음을 살림으로, 쓰라림을 견딤으로써 발효의 신비가 나타났을 뿐인 것이다. 정진규는 위 인용시에서 이런 발효된 존재의 맛을 지닌, 한 여자가 그의 곁에 있다고 말한다. 한 인간에게서 이런 심각한 맛과 완전성을 볼 수 있다는 것은 행복한 일이다.

정진규는 시창작도 이런 발효의 과정을 거쳐야만 한다고 그의 시작론을 통해 말하고 있다. 그에게 시는 결코 <作爲>일 수 없기 때문이다. 그는 이런 그의 시작론을 「나의 시정신 - 通過儀禮」라는 글에서 제시하고 있는데, 그에게 있어서 이 통과의례, 즉 <치룸>은 인내와 어둠 속에서 제재를 익히는 발효의 과정이다.38)

정진규는 세상을 발효시키는 것뿐만 아니라 그 자신을 발효시키고자 한다. 그에게 자신의 몸은 발효가 이루어지는 <장독>과 같고, 그는 그 속에서 자신의 생이 醬처럼 익어가기를 희구한다.

---

38) 『별들의 바탕은 어둠이 마땅하다』, 134~135면.

이른 아침마다 제일 먼저 일어나 내가 하는 일이란 장독대를 말끔하
고 말끔하게 닦아내는 일이다 어머니가 하시던 대로 그렇게 하는 일
이다 내 온몸을 말끔하고 말끔하게 닦아내는 일이다 어머니가 하시던
대로 그렇게 하는 일이다 햇볕도 알맞게 알맞게 바람도 알맞게 알맞
게 나를 열어두고 뚜껑도 열어두고 하루의 문간을 연다 하루를 나선
다 그때야 우리의 밤을 지킨 마지막 별 두엇도 안심하듯 길을 떠난다
내 몸은 장독대이다 장독 속에서 익어가는, 나의 내부에서 익어가는
하나의 깊은 바다가 거기에 있다 (중략) 아내여, 우리 장독대의 뚜껑
을 그대는 곱고 곱게 덮어 두었는가 나의 내부에서 익어가는 깊은 바
다, 바다여 곱고 곱게 출렁여라 내 평생 실어날라야 할 우리들의 糧
食을 위하여 바다여, 아름다운 깊이여

— 「장독을 닦으며」의 전문39)

　위 시는 자기수신의 의미를 담고 있다. 자신의 삶이 장독 속의 장처럼
잘 익어가기를 바라는 마음에서 그는 자신을 발효하는 과정 속의 몸으로
보고 정성 들여 돌보고 있다. 그는 자신의 몸을 <내부에서 익어가는 깊은
바다>가 있는 곳으로 인식하고 있다. 그에게 바다로 표상된 내부의 생동
과 익음은 <우리들의 糧食>을 기르는 일이요, 생과 삶의 참다운 생성은
바로 이런 양식의 공급과 창조에 의해서만 가능하다는 생각이 깃들여 있
는 것이다. 자기자신의 생 전체가 발효의 과정이 된다는 것, 그것은 생을
죽음이라는 파괴적 종말로 끝내게 하는 일이 아니라 살림이라는 생성적
연속으로 이어가는 일이다.
　정진규가 자신의 시에서 발효에 대해 관심과 애착을 보여준 것은 발효
가 지닌 무위자연의 신비와 놀라움을 알려주는 것이면서, 동시에 생을 생
성과 창조의 연속체로 읽어내고 있다는 징표이기도 하다.

---

39)『연필로 쓰기』, 82면.

7) 神算

　<神算>은 인간들의 계산법과 다르다. 인간들의 계산법이 인간중심주의적이고 출세지향적이라면 <神算>은 인간들이 생각하는 바와 다른 계산법으로 인간과 세계를 계산한다.

　정진규의 시에서 <神算>은 무위자연의 계산법이라고 바꾸어 말해도 좋을 것이다. 그의 시를 살펴보면 <神算>의 비밀이 <무위자연>의 길과 이어져 있기 때문이다.

　『노자 도덕경』 제 5장을 보면 다음과 같이 말이 나온다.

天地不仁 以萬物爲芻狗
聖人不仁 以百姓爲芻狗[40]

　방금 위에서 『도자 도덕경』의 일부를 인용한 것은, 정진규 시의 <神算>이 어떤 것인지를 함축적으로 알려주기에 가장 좋은 문구가 될 것이기 때문이다. 위의 인용문장에 의하면 <天地>와 <聖人>의 계산법은 인간에게 특별히 자애롭지도 않고, 인간이 가치화한 서열체계를 옹호하지도 않는다. 그들은 다만 <不仁>하여 모든 삼라만상을 차별하지 않을 뿐이다.

　정진규는 그의 시에서 이와 같은 <神算法>을 통하여 세속의 인간들이 보지 못했던 것을 발견하고, 그들이 왜곡시켰던 것을 제자리로 가져다 놓고 보는 일을 지속한다.

---

40) 하늘과 땅은 인자함을 지니지 않아, 만물을 초개처럼 버려두고, 성인은 인자함을 지니지 않아, 백성을 초개처럼 버려둔다 : 하늘과 땅의 마음은 지극히 공명정대하여, 만물을 사랑하고 미워함이 없다. 오직 만물을 초개처럼 내버려 두어 본 체 만 체하건마는, 그래도 만물은 생겨나고 자라난다. 이를 본받은 성인의 마음 역시 의식적으로 백성들을 사랑하지 않고 초개처럼 내버려 두건마는, 백성들은 절로 행복하게 살아간다, 이것이 바로 無爲의 덕인 것이다. - 朴一峰 譯著, 앞의 책, 25～26면.

　　나도 요새 篆刻이란 걸 하고 있습니다 틈만 보이면 염치없이 칼을
들이댑니다 (중략)

　　나야 五車書는커녕 엄두도 못 낼 일입니다만, 예저기 제 낡은 책들
에 도장을 눌러대고 있습니다 이른 새벽 우리집 마당에 놀러오는 산
까치의 발목마저 그렇게 잡아두고 있습니다

　　그럴 일이 아니었지요 당치도 않은 일이었지요 그렇고 오늘 아침 사
단이 나고 말았습니다 일어나 살펴보니 온통 不立文字였습니다 내가
그간 해온 일이란 온통 허공뿐이었다는 걸 비로소 알았습니다 나는
허공을 篆刻하고 있었습니다 모두 제자리였습니다 산까치가 깍깍 울
었습니다

— 「篆刻 - 정민 교수에게」의 부분⁴¹⁾

　　인용시에서 篆刻, 칼, 五車書, 도장 등은 주체의 확대와 대상의 확실한
소유에 뜻을 두고 있는 인간법의 영역에서 의미를 갖는 일이다. 인간들의
세속적 삶이라고 하는 것이 자아의 끊임없는 확산과 대상의 무한한 소유
를 성공이자 성취로 여기고 있다는 점에 착안하면 금방 이해가 갈 것이다.
이에 반해 자신이 전각을 해온 일이 사실은 당치도 않은 일이었으며, 그것
이야말로 <神算法>에 의하면 <허공>을 만진 일에 불과하다는 결론이 나
온다. 시인은 위 인용시에서 존재와 세계를 세속의 문자로 전각할 수 없는
<不立文字>의 영역으로 파악한다. 그리고 제아무리 세속법에 의하여 전
각행위를 한다 하더라도 이를 무화시키거나 초라하게 만드는 것이 신산법
에 의한 무위의 우주이자 자연이라는 것이다. 시인은 이런 사실을 말하기
위하여 <나는 허공을 篆刻하고 있었습니다 모두 제자리였습니다 산까치
가 깍깍 울었습니다>라고 표현하고 있다. 허공, 제자리, 산까치의 울음 등

---

41) 『도둑이 다녀가셨다』, 66~67면.

은 인간사의 작위와 관계 없이 계속되는 무위자연의 토대이자 실상이고 본질이다. 위 인용시가 홍미로운 것은 바로 神算法에 의하여 세속인들이 볼 수 없고, 의미화할 수 없는 세계와 존재를 찾아냈다는 것이고, 그것이 세속법에 의하여 만들어지는 세계나 존재보다 더욱 본질적이며 영원하고 근원적이며 자연스럽다는 점을 알려준 데 있다.

神算을 할 수 있는 정진규는 그의 여러 시에서 인간사에서 무시되었거나 소외된 것들을 찾아내어 제시한다. 그의 작품 「도둑같다 잡초들」과 「몸 詩·23 - 그리운 잡풀들」을 보기로 한다.

① 늦여름 되어서야 찾아간 빈집 녹슨 자물쇠를 따고 들어선 집 내 떠
  나 있는 동안 제 멋대로 割據턴, 도둑같다 잡초들, 햇빛도 바람도 빗
  줄기도 마음놓고 드나들었으니 잘했다 자물쇠가 가둘 수 있었던 것
  은 아무 것도 없었다 자물쇠가 잠글 수 있었던 것은 자물쇠뿐이었다

　　　　　　　　　　　　　　　　　　　— 「도둑같다 잡초들」의 부분42)

② 이 여름
  바다로 산으로 가시기보다는
  모두 버리고 떠난
  비인 집 뜨락에
  햇살 뜨겁게 넘치고 있을
  비인 집 뜨락에
  홀로 당도해 보시라
  명아주,
  소리장군,
  까마중,
  장떡할멈,
  이런 그리운 잡풀들이
  저희들끼리 무성해 있을 것이다

---

42) 『本色』, 62면.

당신도 거기 가서 그렇게 무성해지시거라
요즘 세상에
제 자리를 지킬 수 있는 것은
잡풀들밖에 없다는 생각이 드실 것이다

— 「몸詩·23 - 그리운 잡풀들」의 부분[43]

인용시 ①에서 자물쇠와 잡초들이 세속법의 영역과 신산법의 영역으로 대비된다. 자물쇠란 지극히 인간적인 잠금의 방식이다. 잡초로 표상되는 자연과 우주의 무위는 이와 같은 인간들의 인위적인 잠금의 방식을 순식간에 무화시킨다. 시인은 이것을 깨닫고 <자물쇠가 잠글 수 있었던 것은 자물쇠>뿐이었다는 말을 하고 있다. 자물쇠는 나약한 인간들의 인위적인 안간힘을 보여준 것에 불과하다. 이런 자물쇠의 잠금과 관계없이 자연과 우주는 인공의 영역을 가볍게 넘나들면서 그들이 하던 그대로의 세계를 이루어간다. 빈집의 앞마당에 무성한 잡초들은 그와 같은 자연과 우주의 神算에 의하여 생성되고 존재하는 것들이다.

인용시 ②의 경우도 이와 유사하다. 시인은 여름이 되면 이미 세속법에 의해 인공화된 산이나 바다로 가지 말고 모두 버리고 떠난 시골의 빈집으로 가보라고 권유한다. 그가 거기서 사람들로 하여금 만나게 하고 싶은 것은 역시 神算에 의하여 저 홀로 무성해진 잡풀들이다. 시인은 이렇게 무성해진 잡풀들 속에 인공으로 세뇌된 당신들의 몸도 안치시키라고 주문한다. 그때에 비로소 세속법 너머에 존재하는 신산법을 깨달을 것이고, 그런 법에 의하여 <제자리>를 지키며 무위자연의 길을 소중하게 열어가는 존재가 될 수 있고, 그런 존재의 의미를 깨달을 수 있다고 생각하면서 말이다.

---

43) 『몸詩』, 89면.

위의 두 인용시에 등장하는 잡풀들은 시인의 神算에 의하여 새롭게 발견된 존재이다. 그러나 시인이 그렇게 하기 이전부터 그들은 神算에 의하여 인간의 계산법과 관계없이 스스로 그와 같이 살아온 존재들이다.

이와 같은 神算의 중요성과 신비를 정진규는 그의 시 「몸詩·56 - 神算」이라는 작품에서 또한 다음과 같이 밝히고 있다.

> 자신이 살 발라 먹고 난 생선 가시를 접시에다 그리고 있는 발가벗은 피카소의 웃통을 나도 종이 위에다 말씀으로 그린 적이 있다 그렇게 밖엣것들을 열심히 열고 들어갔다 따고 들어갔다
>
> 이제 나는 생선 따위의 살을 발라 먹지는 않는다 오늘은 내 살을 내가 발라 먹고 있는 제 닭 잡아먹기! 神算이 있다 남의 살을 발라 먹기, 그건 저급 경영이다 어쨌거나 착취다
>
> 내 살을 주어버리던 살 비우기의 시절도 있었으나 그것도 초보에 지나지 않는다 비어있음의 충만이란 아무렇게나 아무나 말하는 것이 아니다
>
> 이제 남은 살로 겨우 연명하고 있다 참새만큼 먹고 있다
>
> — 「몸詩·56 - 神算」의 부분[44]

인용시의 첫 단락은 자아의 확산과 외부의 침식과정을 그린 것이다. 그에 비해 제 3단락은 자아의 축소와 헌신에 관한 것이다. 일반적으로 전자를 세속적 삶으로, 후자를 탈속적 삶으로 인식한다. 그러나 시인은 그렇게 생각하지 않는다. 전자건, 후자건, 그 모두는 <저급 경영> 혹은 <초보 경영>에 지나지 않는다는 것이다. 결국 존재가 지닌 自生의 중요성을 시인은 말하고 싶은 것이리라. 몸이 아파보니, 생이란 제 살을 제가 발라먹고 사는 일이라는 깨달음이 왔던 것이고, 시인은 그것이야말로 神算의 정직한 한 모습이라고 본 것이다.

---

44) 위의 책, 117면.

그렇다면 생이란 본질적으로 자신의 몸을 먹음으로써 자신의 몸을 지우
는 길인가. 그 몸을 다 먹는 마지막 지점에 죽음이라는 사건이 놓여 있는
것인가. 정진규가 위 인용시에서 보여준 神算은 자학도 가학도 초월도 타
락도 아닌, 자족과 자생과 自盡으로서의 인생 계산법인 것이다. 이것이야
말로 무리가 끼어들지 않는 무위자연의 생이라고 본 것이다.

어쨌든 지금까지 논의한 내용이 갖는 의미는 정진규의 시에서 세속의
계산법과는 다른 계산법으로 새 존재와 영역이 발견되었고, 그것은 인위
의 작위성에 의하여 움직이는 세속사회와 다른 무위의 자연성이 존재하는
영역으로 입증되었다는 것이다. 무위자연의 길은 인간들이 축조한 인위의
성 바깥에 타자로 소외되어 존재하는 것 같지만, 실은 그것이야말로 중심
적 존재이고, 그것을 토대이자 근원으로 인식할 때 건강한 인간의 길이 창
조될 수 있다는 것을 여기서 시사받을 수 있다.

8) 通達

<內通> <神通> <通達> <相通> <交信> <許諾> 등과 같은 말이 정
진규 시에 키워드로 자주 등장한다. 방금 열거한 말들의 공통된 점을 한
가지 찾는다면 아마도 <通>한다는 것이 될 것이다. 통한다는 것은 너와
나로 표상되는 세계와 자아, 사물과 사물, 존재와 존재가 막힘 없이 드나
들고 연속돼 있다는 것이다.

조금 거칠게 말하자면 인위의 세속사가 차단과 단절과 경계와 구분을
저변에 깔고 영위된다면, 무위의 자연사는 열림과 연속과 넘어섬과 통합
과 조화를 근저에 두고 영위될 것이다.

정진규의 시선은 그의 시 속에서 후자를 향해 있다. 그것은 전자의 비극
을 극복하기 위한 방법이다. 이 후자의 길로 그 자신의 삶과 몸을 내장시

키고자 하는 노력이 그의 시에서 아주 강하게 드러나거니와, 그는 이런 상태를 가리켜 우주가 <어혈>이 없이 피가 잘 도는 상태라고 비유적으로 말한다.

우주와 자연은 흐를 뿐이다. 그것이 흐른다는 것은 막힘 없이 내통하는 상태 속에 있다는 것이다. 천지는 인자하지 않지만, 그것은 살아서 흐르고, 그 흐름은 인간의 계산으로 밝혀낼 수 없을 만큼 무한으로 이어진다.

이처럼 단절의 세속사 속에서 연속의 우주사와 자연사를 그리워하는 것은 무슨 의미를 갖는 것일까. 아마도 가장 중요한 것은 우주사와 자연사의 기저이자 본체인 全一性, 全同性, 융통무애에 대한 꿈을 반영하는 것이라 볼 수 있을 것이다. 쉽게 말하자면 조화와 균형과 자유, 즉 和와 均과 放의 상태를 지향하는 것이라 할 수 있을 것이다.

> 어제는 진종일 새들하고 놀았다 나는 본래 산비둘기하고 제일로 친하다 몸으로 날을 수도 있고 걸을 수도 있음이 하늘과 땅을 드나들 수도 있음이 경계를 몸으로 지울 수도 있음이 새들의 그 통달이 나는 그저 부러웠다 그리로 가고 싶은 나는
>
> —「日常」의 부분45)

위 인용시 속의 시인은 <산비둘기>를 <通達>한 존재의 상징으로 읽는다. 그가 본 산비둘기는 <날을 수도 있고 걸을 수도 있>으며 <하늘과 땅을 드나들 수도 있>기 때문이다. 한마디로 산비둘기는 <경계를 몸으로 지울 수> 있는 존재이다. 세상에는 수많은 <경계>가 가로놓여 있다. 그것을 중심으로 존재는 분열되고, 단절되고, 갇힌다. 이것을 넘어서거나 무화시킬 수 있는 능력, 그것이 곧 <통달>이자 <내통>이라 할 수 있다.

---

45)『도둑이 다녀가셨다』, 58면.

정진규는 그의 다른 시 「몸詩 · 82 - 해질 때까지」의 한 부분에서 <누가 보아도 누구와도 정말 가리지 않고 잘 놀 줄 안다는 말을 들을 정도가 되어야>[46] <통달>과 <내통>의 진정한 상태에 이른 것이라 말한다. 이것은 결코 쉬운 일이 아니지만 세상의 어떤 존재와도 경계 없이, 낯가림 없이 잘 놀 수 있는 경지가 된다는 것은 대단한 일이고, 그와 같은 일이 가능해지기 위해서는 무위자연의 삶이 전제되어야 할 것이다.

정진규는 그의 시 「몸詩 · 72 - 八色鳥」에서 <내통>이 지닌 참다운 신비와 아름다움을 인상적으로 보여주고 있다.

> 그냥 보아서는 어렵다 八色조차 우리 눈은 한눈으로 가려내지 못한다 八色鳥의 八色은 따로따로 놀지 않는다 이름새가 절묘하다 서로 끌고 당겨서 一色을 빚어낸다 鳥類保護協會 회원 이향란이가 가져다 준, 가만히 바위 위에서 졸고 있는, 경남 거제도 동부면 학동리에서 윤무부 새박사가 찍었다는 八色鳥의 사진을 며칠 들여다보다가 또 한 手 배웠다오, 一色이여 美人이여

— 「몸詩 · 72 - 八色鳥」의 전문[47]

앞서 논의한 「日常」이란 시가 <통달>의 자유를 알려주고 있다면, 방금 위에서 인용한 시 「몸詩 · 72 - 八色鳥」는 <내통>의 조화와 연속성과 전일성을 보여주고 있다. 조화 속에 자유가 있고, 자유 속에 조화가 있겠지만, 굳이 그 차이를 밝히자면 이와 같다. 시인은 위 인용시에서 <八色鳥>의 <八色>이 실은 한 가지 색처럼 이어져 있으며 그것은 끌고 당기는 <내통>의 힘에 의하여 이루어진 것임을 말하고 있다. 시인은 이와 같이 이룩된 팔색조의 내통한 일색을 보고 <美人이여>라는 최고의 찬사를 보낸

---

46) 『몸詩』, 14면.
47) 위의 책, 18면.

다. 틈과 갈등 없이 하나의 피륙처럼 완전히 이어진 여덟색의 내통한 상태
는 <아름답다>는 말 이외의 어떤 것으로도 표현할 수 없었던 것이라 생
각된다.

　서로 밀고 당기는 이 내적 힘, 그것도 <내통>의 상태를 창조하는 원천
이다. 그런가 하면 서로에게 서로를 <허락>하는 것 또한 이런 상태를 창
조하는 비밀이다. <허락>이란 강요나 인위가 아니다. 그것은 스스로가 자
발성에 의하여 자신을 여는 일이자 드리는 행위이다. 그러므로 <허락>이
라는 말 속에는 어떤 타율적인 힘도 들어있지 않다.

　세계는 이런 자발적인 허락에 의하여 하나가 된다. 정진규의 시 「交感」
은 이 점을 아주 감동적으로 그려 보이고 있다.

　　　몇 해 전 요즈음 나는 잘 먹힌다고 쓴 적이 있는데, 그러면서도 행
　　복한 것은 아니었는데, 그저 빼앗기고 있다는 기분이었는데 오늘은
　　아이에게 젖을 물리고 있는 한 엄마를 보면서 고함치도록 행복하였다
　　그는 정말 잘 먹히고 있었다 아이가 배가 고플 때쯤이면 젖이 찌르르
　　신호를 보낸다고 했다 이건 분명 먹이다가 아니라 먹히다이다 먹히다
　　는 고함치도록 행복하다이다 그러니 모유가 제일이다! 그대 오늘 사
　　랑이 고픈가 이 몸이 지금 찌르르르 신호를 보낸다
　　　　　　　　　　　　　　　　　　　　　　　　　　　— 「交感」의 전문[48]

　위 인용시에서 허락은 <먹히다>와 같은 말로 쓰이고 있다. 시인은 그
자신이 잘 먹힌다고 생각한 적이 있었지만 그것은 오해였다고 고백한다.
왜냐하면 자발적인 허락에는 <행복감>이 따라야 하기 때문이다. 그렇다
면 진정 잘 허락하고 있는 존재의 모습은 어디서 찾을 수 있을까. 시인은
위 인용시에서 아이에게 젖을 물리고 있는 한 엄마의 모습에서 그것을 찾

---

48) 『도둑이 다녀가셨다』, 17면.

고 있다. 아이에게 젖을 물리고 있는 엄마는 정말로 <잘 먹히고 있었다>는 것이다. 그런 허락상태 속에 있는 엄마에겐 시인이 결여돼 있다고 고백한 행복감이 깃들여 있을 것이다.

정진규가 <아름다운 굴종>이란 말로 쓰기도 한 이 허락한다는 것은 교신한다는 것이며 교감한다는 것이고 내통한다는 것이다. 자발적인 허락은 그 자신의 몸에 빈터를 마련하는 일이며, 그 빈터가 있음으로 하여 다른 존재가 깃들일 수 있다는 것이다. 그런 가운데서 존재와 존재는 방금 말한 교신과 교감과 내통의 화해롭고 상통하는 세계를 창조해낼 수 있다.

통달이란 경계 부수기와 경계 넘어서기이다. 이런 무위의 삶이란 『노자 도덕경』 제 2장의 <生而不有> <爲而不恃> 그리고 <功成而不居>라는 말을 음미함으로써 더욱 이해가 깊어질 것이다. 창조해 내되 소유하여 경계를 만들지 않는 것, 일을 하되 잘난 척을 하여 경계를 치지 않는 것, 공을 이루되 그곳에 머물지 않음으로써 경계를 무화시키는 일, 이것이 바로 방금 제시한 세 구절의 속뜻이기 때문이다. 이와 같은 행위는 모두 무위의 길을 좇는 것이다. 나로 인해 말미암은 선을 세계 속으로 다시 돌려주는 허락과 헌신이 여기에 있다. 그럼으로써 존재는 자유로워질 수 있고, 融通無碍해질 수 있으며, 어떤 경계도 세우지 않았음으로 그 경계를 의식할 필요가 없게 되는 것이다.

정진규의 시에서 이런 자유, 연속, 전일성, 하나됨, 드나듦 등에 대한 소망은 매우 강력하거니와, 그것은 앞서 언급했듯이 무위자연의 길을 지향하는 그의 근본적인 꿈과 연관돼 있는 것이다.

9) 谷神

<谷神>을 글자 그대로 풀면 골짜기의 신, 또는 골짜기 신이 된다. 골짜

기란 봉우리와 대비되는 것으로서 봉우리가 陽, 남성성, 제도 등을 뜻한다면 골짜기는 陰, 여성성, 혼돈 등을 뜻한다고 볼 수 있다. 여기서 더 나아가 봉우리를 인위 혹은 인공의 세계로 본다면, 골짜기는 무위 혹은 자연의 세계로 볼 수 있다.

세계의 근원인 도를 골짜기로 보는 것은 陰, 여성성, 혼돈, 무위, 자연 등을 세계의 근원으로 본다는 뜻이다. 이런 곡신의 세계를 인간사회의 인위성 앞에 놓고, 근원에 대한 통찰뿐만 아니라 인간사회의 치세도 이에 따라야 한다고 보는 것이 노자의 『도덕경』이다.

정진규의 시에서 〈谷神〉에 대한 이끌림은 대단하다. 그는 곡신의 수호자이자 예찬자와 같다. 그의 시에서 곡신은 〈虛〉 〈어둠〉 〈암실〉 〈혼돈〉 〈물〉 〈어머니〉 〈자궁〉 〈玄玄〉 〈玄府〉 등과 같은 말로 표현돼 있다. 이런 곡신의 세계는 순연하고, 포용성이 있고, 편안하고, 생동감이 넘치고, 생산적이고, 자족적이다.

谷神에 대한 이해를 조금 더 높임으로써 정진규의 시적 특성을 더욱 잘 살펴보기 위해 다음과 같은 예비적 과정을 갖기로 하자.

> 谷神不死 是爲玄牝
> 玄牝之門 是爲天地根
> 綿綿若存 用之不勤

> —『노자 도덕경』 제 6장의 전문[49]

---

49) 이것을 다음과 같이 해석하기로 한다 : 골짜기의 신령은 결코 죽지 않는다. 그것은 신비스러운 암컷(牝)이라고 이름지어 부를 수 있다. 신비스러운 암컷의 음문(陰門)이야말로 하늘과 땅(의 운행)의 근원인 것이다. 그것은 가느다랗게 (근근히) 이어지면서도 영원히 존속하며, (그곳은) 아무리 퍼내어도 결코 말라붙는 일이 없다. 막스 칼덴마르크, 『노자와 도교』, 장원철 옮김(서울 : 까치, 1993), 71면.

위에서 <谷神>의 몇 가지 의미를 찾아낼 수 있다. 즉, <不死>(영원히 살아 있음)하며, <玄牝>(신비스러운 암컷)과 같은 존재라는 것이다. 그런데 이 <玄牝>과 같은 존재의 陰門은 천지의 뿌리가 되고, 그것은 계속해서 면면히 흐름으로써 아무리 퍼내어 사용해도 바닥을 보이는 일이 없다는 것이다.

요컨대 陰에서, 그 가운데서도 암컷과 암컷의 음문에서 천지의 뿌리를 보고자 하는 것이 앞 인용문의 핵심 내용이다. 이런 음, 여성, 음문의 세계는 공허, 혼돈, 빔, 없음, 무형 등을 의미한다. 이와 같은 谷神은 창조의 뿌리이며 復歸의 지점이다.

정진규의 시에서 먼저 谷神의 의미를 강하게 담고 시인의 상상력의 원천이 된 어머니에 대해 살펴보기로 하자.

> 참으로 이상한 일이지 우리 엄니* 몸 속에 들어가 썩지 않고 나온 것이 바로 나인데 이 몸에 들어오면 모든 것은 썩는다 썩지 않는 것이라곤 하나도 없다 썩는 일을 아주 잘 끝낸 술도 썩는다 엄니를 다시 만날 수 있었으면, 그럴 수만 있다면, 아주 간절하지만 이젠 어느 누구 몸 속에도 함부로 들어갈 엄두도 낼 수가 없다 길을 낼 수가 없다 지난 여름 한 보름 내가 가서 수없이 들락거린 내 生家터 풀밭, 풀잎 속의 풀잎들이 내 밟고 다닌 자리마다 길이 나가지고선 이 봄 아직껏 그냥이라는, 돋지 않고 있다는, 맨땅이라는, 소식이 없다는 소식을 들었다 독하다! 사람이 지나간 자리에는 맨땅의 길이 있다

> * 엄니 : 어머니의 사투리, 경기도 안성지방

> ― 「길」의 전문50)

위 인용시에서 <엄니>는 谷神의 상징이다. 시인은 곡신인 어머니를 보

---

50) 『도둑이 다녀가셨다』, 57면.

면서 신비로운 사실을 발견한다. 그것은 어머니의 몸 속에 들어가면 썩지 않고 생명(길)이 탄생한다는 것이다. 그런 어머니를 시인은 갈망한다. 어머니가 상징하는 그 곡신은 이미 우리들의 삶 속에서 찾아보기 힘들기 때문이다. 이런 시인은 어머니라는 곡신의 또다른 표상물인 <生家>에 들렀다. 生家란 말 그대로 태어난 집, 곧 어머니와 같은 상징물이다. 그런데 그 생가에 들러 <사람>으로서 인위의 독소를 뿌린 결과, 그 생가는 곡신으로서의 창조적 기능이 약화된 채 사막과 같은 불모성을 보이고 있다는 것이다.

정진규의 시에서 谷神인 어머니는 언제나 흠모와 찬사와 그리움의 대상이다. 그에게 어머니는 생명성, 자연성, 포용성, 근원성의 상징이다.

정진규는 다른 작품 「駕虛樓에서」에서 <虛>로 표상되는 곡신이 어떤 존재이며 그의 곡신에의 이끌림이 어떤 것인가를 무척 인상깊게 전달하고 있다.

몸은 물론 그대 이름도 생각나지 않는 것이 미안치도 않습니다 그토록 한참씩 있을 수 있어 오늘 이 一泊이 자유롭습니다 가끔씩 이런 자유를 찾아 떠나왔지만 다는 그렇지가 않았고 오늘만은 모든 일들이 편안해서 감사합니다 모르겠으나 이 편안함이 대흥사 별빛들로 반짝거립니다 한 바가지 푹 넘치게 퍼서 宅配로 부치고 싶습니다 편안함이란 원래 넓고 편편하고 알맞게 두텁고 따뜻한 것인데 이토록 싱그럽게 반짝거리는 가벼운 편안함도 있습니다 駕虛樓 탓입니다 처음부터 심상치가 않았습니다 그런 다락 한 채가 여기 있습니다 몇 백년 잘 삭은 계단을 위태롭게 올라가서 이름처럼 가파르게 어두움으로 가득 비어 있는 다락 한가운데 깊게 앉아보았기 때문입니다 화안한 어둠이었습니다 내가 지워지는 마지막 가장자리까지 똑똑하게 볼 수가 있었습니다 돌아가겠습니다 훨씬 몸무게가 줄어들었을 것입니다 알아보실는지요

— 「駕虛樓에서」의 전문51)

---

51) 위의 책, 52면.

앞서 논의한 시 「길」이 생산하는 곡신의 모습을 어머니와 생가의 이미지를 빌려 표현했다면, 방금 위에서 인용한 시 「駕虛樓에서」는 <편안한 자유>를 깃들게 하는 곡신의 <화안한 어둠>에 대해 말하고 있다. 위 인용시의 제목에 있는 <駕虛樓>의 문자적 의미는 <虛를 나르는 누각>이다. 말라서 바닥이 드러나지 않는 無邊의, 無深의, 無形의 허를 날라다주는 그 누각에 시인이 찾아간 것이다. 시인은 그 누각의 허 속에 앉아 허가 전해주는 <싱그럽게 반짝거리는 가벼운 편안함>을 몸으로 느끼고 있다. 그런 허 속에서 <至人無己>라는 말을 상상할 정도로 그 자신 또한 속화된 자신의 존재를 지워서 허 쪽으로 이끌고 있다. 인용시 속의 <虛>라는 곡신은 시인을 온전히 허의 세계로 들어오게끔 환대하였다. 그럼으로써 시인 역시 그 <駕虛樓>라는 누각 속에서 자신도 모르는 사이에 허가 되어 허의 곡신과 하나가 되는 신비를 경험한 것이다.

정진규는 곡신을 <暗室> 및 <玄府>로 표현하기도 한다. 암실이란 빛의 세계로 나오기 이전의, 無限과 혼돈이 깃들이는 어둠의 세계이다.

> ① 남들은 찍어서 곧바로 사진으로 만들어버리더라만 사랑도 추억도 나는 이렇게 暗室이 편안하다 안심이 된다 그러다가 또 그렇게 되어버리겠지만, 셔터를 눌러버리겠지만, 못쓰게 되어버리겠지만 모든 나의 삶에서 내가 가장 두려워했던 것은 두려운 것은 現像과 印畵였다
>
> ― 「몸詩 · 84 - 사진」의 부분52)
>
> ② <玄府>를 전에 없이 즐겁게 드나들고 있다. 시를 쓰는 일은 <玄府>를 드나드는 일이다. (중략)
> 　오래 전부터 <玄>字의 그윽함에 매료되어 왔었지만, 이토록 <玄府>를 나의 은밀한 또 하나의 政府로 믿었던 적은 없었던 것 같다. 나

---

52) 「몸詩」, 85면.

는 이 <玄府>를 드나드는 아름다운(즐거운) 굴종의 臣民으로서 요즘 매우 충실하다 할 수 있다. 그러나 이 政府엔 正門이 따로 없다. 담장을 넘거나 문 틈서리로 빠져 들어갈 때가 더 행복하다. 전율의 아름다움이 있다. 이 玄府에의 드나듦이 허락되는 날은 더없이 運身이 부드럽고 평화롭다. 몸이 말을 제대로 듣는다(몸이 말을 제대로 듣는 그 一瞬 속에 <玄府>가 수립 탄생한다). 그렇다. 몸이 말을 제대로 듣는다는 것, 그것이 바로 <玄府>의 삶이다. 밀린 잠이 한꺼번에 밀려와서 멍든 자리의 瘀血을 풀어낸다. 잘 굴러가는 둥글고 큰 수레바퀴 소리가 아득하게 거기 깔린다. <圓融>이 있다.

— 「몸의 말」의 부분53)

인용시 ①에서 시인은 暗室과 現像(印畵)을, 편안함과 두려움을 각각 대비시키고 있다. 그러면서 暗室은 편안함을 느끼게 하는데, 現像과 印畵는 두려움을 준다고 말한다. 시인이 편안함을 느끼는 暗室은 谷神의 세계이다. 그것은 陽의 햇빛 속으로 형태를 입고 인위적으로 드러나기 이전의 세계이며, 모든 것이 형태를 잃거나 넘어선 후 돌아가 머물 수 있는 곳이다. 暗室이 무위자연의 세계라면 現像과 印畵는 有爲文明의 세계이다. 전자가 혼돈스럽지만 창조성으로 일렁이는 세계라면, 후자는 명료하나 생명력이 구획된 세계이다.

정진규는 앞의 인용문 ②에 이르러 <玄府>를 <暗室>이라는 말과 같은 선상에서 사용하고 있다. 세상의 모든 색을 내장시키고 있는 검은 색의 <玄>은 그윽하여 그를 매료시켰던 것이다. 이 <玄>의 세계를 시인은 <玄府>라고 칭하였거니와, 그에게 시를 쓰는 일은 이 <玄府>라는 谷神의 세계를 드나드는 일이다. <玄府>를 드나들거나 만났을 때, 시인은 <運身이 부드럽고 평화롭다>. <運身>이란 몸을 움직이는 일이요, 그 몸을 움직이

---

53) 이것은 정진규의 시론 가운데 하나이다. 그 시론의 제목은 「몸의 말 - 玄府를 드나들며」이다. 『도둑이 다녀가셨다』, 95~96면.

는 일이 부드럽고 평화롭다는 것은 몸이 도달할 수 있는 최상의 상태에
가 있다는 뜻이 된다. 이런 <玄府>로서의 谷神에 이르는 데는 길이 무한
하다. 그 무한한 길을 보여주는 것이 그의 시쓰기일 수 있고, 그 무한한 길
을 통하여 곡신에 이를 수 있는 것이 인생일 수 있다.

　<어머니>, <虛>, <暗室>, <玄府> 등과 같은 谷神의 참모습을 보고 느
끼고, 그 안에서 평화 자유까지도 만끽하는 정진규에게 시는 유위의 문명
쪽에 있다기보다 무위의 자연 쪽에 있다는, 다시 말하자면 谷神 쪽에 있다
는 이론이 나온다. 그는 「시는 시를 기다리지 않는다」는 자신의 글에서[54]
앞의 대문자 <시>를 <谷神>의 세계로, 뒤의 소문사 <시>를 유위의 문명
세계로 구별하고 있다. 그러면서 그는 말하기를, 유위의 문명 쪽에 있는
<시>는 谷神의 자연 쪽에 있는 대문자 <시>에 기댈 수 있을 뿐이라고 한
다. 더욱이 谷神 쪽의 대문자 <시>의 세계는 유위문명 쪽의 소문자 <시>
를 기다리지 않는다는 것이다. 요컨대 대문자 <시>로 표현되는 谷神의 세
계는 그 자체로 자족성과 완전성을 갖추고 있다는 것이다. 이런 관점에서
보자면 시쓰기는 谷神의 세계를 받아쓰는 일이라 할 수 있다. 정진규가 그
의 시 「지금 키 큰 미류나무 하나는」에서 <받아쓰기나 해라, 받아쓰기나
해라, 그렇게 있어요 이젠 베끼기나 해라, 나를 베끼기나 해라 따라 읽어
라, 따라 읽기나 하거라>라고[55] 말하는 미류나무의 목소리를 듣는 것은
이런 점을 그대로 반영하는 부분이다.

　谷神의 세계를 드나들고, 그 세계에 기대고, 그 세계 앞에서 자유와 평
화를 느끼는 것이 정진규의 시쓰기라는 사실을 확인한 지금, 그의 시가 지
속적으로 지향해온 비우기, 버리기, 지우기, 알로 가기, 제몸 찾기, 열리기,
자족하기, 자유롭기, 평화롭기, 평안하기, 받아쓰기, 베끼기, 맨몸되기, 맨

---

54) 정진규, 『질문과 과녁』(서울 : 동학사, 2003), 10~13면.
55) 『뼈에 대하여』, 84~85면.

발되기, 속살 만지기, 허락하기, 순박해지기, 무지해지기 등이 무엇을 뜻하고 있는지 이해할 수 있을 것이다. 정진규는 谷神의 세계와 만나기를 희구하였던 것이고, 그 자신이 谷神과 같은 존재로 살고 싶었던 것이다.

3. 맺음말

지금까지 필자는 정진규 시에 나타난 무위자연의 양상을 아홉 가지 항목으로 나누어 살펴보았다. 정진규의 시는 외적으로 상당히 다채로운 형태를 띠고 있는 것 같지만, 사실상 그 이면을 들여다보면 <무위자연>의 세계를 발견하고 의미화하려는 데 그 뜻을 두고 있다.

정진규가 지금까지 출간한 그의 시집 총 12권을 통하여 보여준 이 무위자연의 세계는 다음과 같은 몇 가지 의미를 갖는다고 볼 수 있다.

첫째, 그것은 유위의 문명이 극단화되고 있는 이 시대에 무위자연의 세계를 돌보는 일이야말로 존재와 세계의 근원과 토대를 재인식하는 일이며, 동시에 삶의 중심과 방향이 어떠해야 하는가를 알려주는 일이라는 점에서 그 의미를 찾을 수 있다. 무위자연의 세계를 돌보지 않고 이루어지는 모든 유위의 문명세계는 불안하고 불온하고 불미스럽고, 불편하다.

둘째, 그것은 무위자연의 일종인 인간들로 하여금 그 자신이 무위자연의 세계에 속해 있음을 알게 하여, 그 자신의 무위자연에 속하는 생물로서의 몸의 중요성을 재인식하게 하는 데 의미가 있다. 인간들을 유혹하는 <心>과 <志>가 과열되어 무위자연으로서의 몸이 전하는 말을 듣지 않을 때, 그 존재는 건강성을 상실하고 <虛熱>에 시달리고 <瘀血>에 막힌 삶을 살 수밖에 없다.

셋째, 그것은 모든 인위문명을 장식이나 수사로 보고 주체인 무위의 <本

色>으로 돌아가게 하는 의미를 갖고 있다. <본바탕>으로 돌아가지 않는 사람이나 문명은 사상누각이나, 까치발을 하고 길을 걷는 사람처럼 뿌리 없이 방황하게 된다. 제도, 관습, 관념, 이념, 열정 등은 모두 무위자연의 쪽에서 보면 장식적인 것이고 방편적인 것이다. 이것을 절대화하고 살 때, 그 속의 인간과 문명은 엄청난 소외 속에서 질식되고 만다.

넷째, 그것은 시쓰기까지도 <기교>이거나 <기술>일 수 없다는 것을 알려주는 데 의미가 있다. 모더니스트들은 시쓰기를 인위의 차원에서 규정하고자 한다. 그러나 정진규가 보여주는 무위자연의 세계를 만나고 보면 시쓰기는 무위자연의 自生的인 분출이나 유로처럼, 소위 <자연분만>과 같은 필연성과 핍진성 그리고 절실성을 가질 수밖에 없는 것임을 알 수 있다. 시가 몸이고, 시는 몸을 가져야 하고, 시는 몸을 창조해야 한다는 정진규의 시론은 이런 점을 드러내는 것으로서 매우 소중하다.

다섯째, 그것은 무위자연, 즉 허와 빔의 영역을 넓혀주고 그것을 품어안게 하는 것이 이 시대와 그 속의 인간들을 살려내는 일임을 알려주고 그것에 동참하게 하는 데 그 의미가 있다. 정진규의 시를 읽고 무위자연의 세계를 만나고 그에 매료됨으로써 독자들과 이 시대에 허와 빔의 세계가 넓고 두텁고 깊어질 것이라 기대한다. 허와 빔의 영역을 넓혀주고 그 질을 양질로 만들어주는 시를 읽는 것은 행복한 일이다. 그럼으로써 우리는 <虛而不虛>56)의 상태가 될 수 있다.

다섯째, 그것은 무위자연의 부름에 응답하는 삶이 가진 자유와 평화의 의미를 새롭게 깨닫도록 한다. 우리는 지금까지 유위의 문명 및 세속사의 기준에 응답하며 살아왔다. 그것은 인간의 어마어마한 성취(?)를 가져왔지만, 그 대신 인간들은 생동하는 자유와 뿌리깊은 평화를 상실하였다. 자유

---

56) 김용옥, 『老子哲學 이것이다<上>』(서울 : 통나무, 1989)의 페이지 없는 맨 뒤 속표지에 적혀 있는 말이다.

와 평화를 진정으로 성취하고 살기 위해 谷神으로 표상된 道가 생명을 낳
는다는 인식과, 그 생명과 그들이 이루는 사회를 <德>으로 다스려야 한다
는 이른바 『道德經』의 道와 德에 얽힌 철학은 의미심장하다. 이 道와 德은
모두 무위자연이 토대이자 치세의 방식임을 알려주는 것이다. 정진규는
그의 시에서 도가 낳은 생명과 생명을 낳은 도, 그리고 그런 생명과의 덕
에 의한 존재와 존재, 사물과 사물, 나와 너의 만남을 희구하고 있다.

　이와 같은 의미를 찾아보면서 진정 힘있는 것, 진정 아름다운 것, 진정
건강한 것, 진정 편안한 것, 진정 자유로운 것, 진정 평화로운 것, 진정 영
원한 것, 진정 감동적인 것, 진정 무해한 것은 무위자연의 비밀을 제대로
인식하고 그것을 체화하는 데 있다는 생각이 든다.

Ⅲ. 몸의 언어, 몸의 수사학

1. 문제제기

정진규 시인이 존재와 세계를 느끼고 표현하는 방식은 소위 몸의 언어
에, 몸의 수사학에 닿아 있다. 그는 존재와 세계를 몸으로(몸처럼) 느끼고
(인식하고), 몸에서 비롯된 언어로, 몸의 모습으로 표현한다. 이 점은 그의
정신과 의식 그리고 삶이 놓여 있는 곳과, 그들이 지향하고 있는 바가 어
떤 것인지를 고스란히 시사해주는 점이다.

지금까지의 인간사는 관념으로서의 신중심주의에서, 타산으로서의 인
간중심주의를 거쳐, 느낌으로서의 몸(생물) 중심주의로 옮아온 과정이었다
고 할 수 있다(그런데 지금의 상황으로 보자면 몸(생물) 중심주의에서 물
질중심주의로 옮겨갈 가능성이 적지 않다). 신중심주의의 관념은 공기처
럼 막연하고, 인간중심주의의 타산(이성)은 수학공식처럼 틈이 없다. 그러
나 인간들은 그 관념과 타산에 지배당하였고, 그것들은 인간사회를 이끌
어 나아가는 지휘자와 같이 보였다. 하지만 그 속에서 인간의 몸(생물)은

억압당하였다. 생물로서의 몸은 그 존재를 중심에 드러낼 수 있는 기회가 거의 없었으며, 존재하면서도 존재하지 않는 것처럼 타자화 혹은 주변화 되었고, 인내의 극단까지 참음으로써 자신을 드러내지 않는 것이 미덕처럼 강요되었다. 이런 가운데서 인간은 생물로서의 몸을 가진 존재가 아니라 신과 같이 신성한 존재가 되고자 하였으며, 이성을 가진 위대한 존재로 자만심 속에서 살았다. 몸은 시적 관념과 타산적 이성의 <밥>이 되었던 셈이다. 요컨대 인간의 꿈과 사회는 소위 자신의 토대를 부인한 가운데 <상승구조>의 유혹에 빠져들었던 것이다. 그러나 그 상승구조의 유혹은 인간의 삶을 뿌리와 육체가 없는 나무처럼 불안정하게 하였다. 그 사실을 깨우치면서 인간은 비로소 최근 들어 <하강구조>에 의한 인간인식과 세계인식을 갖거나 중시하기 시작하였다. 인간은 관념으로서의 신적 존재와 타산으로서의 이성적 존재이기를 희구하기 이전에 몸을 가진 생물로서의 자아인식을, 그리고 물질로서의 자아와 세계인식을 올바르게 할 필요가 있다는 자각을 하게 되었던 것이다. 여기서 인간들은 <나는 선택받은 신의 자녀이다> <나는 생각하는 우월한 존재이다>와 같은 기존의 인간우월주의적 자기규정을 버리고 <나는 물질이다>, <나는 생물이다>, <나는 몸이다>와 같은 생물학적, 우주적 자기규정을 할 수 있었던 것이다. 이 가운데 인간에게 몸은 그 무엇보다도 근원적이고 직접적이다. 태어난다는 것은 이런 몸을 지니고 나온다는 뜻이다. 그러므로 제아무리 관념으로서의 신적 세계와 타산으로서의 이성적 세계가 위압적인 자세를 취하고 인간세상을 지배하는 시간이 길었다 하더라도, 인간들은 몸에 의지하여 생물로서의 생명을 유지하였고, 몸에 근거하여 다른 생물 및 우주적 세계과 교류하였고, 몸에서 비롯된 언어와 수사학으로 그와 세계를 놀랍게 구사해왔다. 이런 사실을 보고 있노라면 존재의 근원이자 세계인식의 직접적 존재인 몸의 저력과 소중함을 절감하지 않을 수 없다.

정진규는 이와 같은 인식 위에서 몸의 언어와 몸의 수사학을 우리 시단의 그 누구보다 뛰어나게 구사한 시인이다. 그의 시 속에서 이런 언어와 수사학을 만나다보면 인간이란 존재가 진정 생물로서의 몸이라는 사실을 생생하게 체험하고 인식하는 시간 속으로 빠져들게 된다. 정진규는 앞서 말한 존재와 세계를 느끼고 인식하고 표현하는 데서 소위 하강구조를 천부적으로 체화하고 있는 시인처럼 생각될 정도로 토대에 충실하다. 그러나 천부적이라는 이 말은 그가 자생적으로 아무 노력 없이 얻어냈다는 의미를 담고 있다기보다 자아와 세계를 철저하게 직시했다는 뜻이고, 또한 철저하다는 이 말은 자아와 세계 인식을 하는 과정에서 누구보다 어느 기성의 것에도 물들지 않는 자신의 솔직한 생각과 느낌 그리고 행위에 충실했다는 뜻이라 할 수 있다.

인간의 몸은 몇 가지 층위로 나누어진다. 우선은 소위 생명기관이라 부를 수 있는 호흡/순환기관, 소화/배설기관, 그리고 회임과 탄생의 생식기관이다. 다음으로 그 두번째는 지각기관이라 할 수 있는 다섯 가지 감각기관, 즉 눈, 귀, 코, 입, 피부 등이다. 이들과 더불어 그 세번째는 몸의 기본구조와 그 형태를 이루는 뼈와 살이다. 이 이외에 그 네번째로 몸의 분비물인 눈물, 땀, 젖, 침, 코 등과 같은 것들이 있다. 이런 네 가지 몸의 층위에 한 가지를 다시 덧붙인다면 눈에는 보이지 않지만 몸의 전영역에서 작용하는 氣運으로서의 수, 지, 화, 풍, 공 등의 속성을 들 수 있다.

다른 시각도 있을 수 있겠으나 이 글에서는 몸의 층위를 위와 같이 설정하고 그 토대 위에서 정진규 시에 나타난 몸의 언어와 그 수사학의 특징 및 의미를 살펴보기로 한다. 정진규는 크게 보아 몸의 근원성과 구체성을 인지하고 깨달은 시인이지만, 좀더 상세하게 밝히자면 섭식과 생식기관, 촉각과 후각기관, 살과 뼈에 특별히 관심을 기울인 시인이다. 그의 이와 같은 관심과 이끌림은 그가 어떻게 존재와 세계를 인식하고 있는지 그

근저와 의미를 이해하는 데 훌륭한 역할을 한다.

2. 攝食과 生殖

1) 소화/배설

정진규의 시에서 이 시인이 가장 깊은 관심을 보이는 몸의 기관은 음식을 먹고, 소화시키고, 배설시키는 이른바, 섭식의 문제를 담당하는 <소화 및 배설기관>이다. 섭식의 문제는 몸을 가진 모든 생물들의 제1 생존조건이다. 따라서 자연선택을 통해 천적으로부터의 안전에 어느 정도 성공한 인간들이 첫 번째로 해결해야 할 문제는 섭식에 차질을 빚지 않는 일이다. 먹잇감과 먹는 일은 그만큼 대단한 생존 차원의 위력을 갖고 있으므로, 여기에 붙는 모든 문화적, 사회적 의미와 장치는 그것이 어떤 것이거나 부수적이고 주변적인 것이거나 장식적인 것에 지나지 않는다. 음식은 문화적, 사회적 존재이기 이전에 생물체로서의 몸을 유지하고 성장시키기 위한 먹잇감으로 존재하기 때문이다.

정진규의 시 속엔 이와 같은 섭식에서 비롯된 언어와 수사가 가득하다. 방금 <가득하다>는 표현을 썼거니와, 그것은 조금 과장하여 말하자면 그의 시집 어느 면을 펼쳐보아도 이러한 언어와 수사를 접하는 것이 어렵지 않기 때문이다.

① 未久엔 구경도 못하게 될 거라서 그렇겠지만 어제오늘 나는 과장이
  심하다 감탄사로 걸어다니고 있다 참두릅 탓이다 광릉 숲 속 어디쯤
  가면 해마다 이맘때쯤, 어김없이 몸 벗어 나를 기다리는 초록 法身
  들, 그것들을 만났다 그게 그렇게 반갑다 참두릅 데쳐 초고추장 찍
  었다 쐬주는 딱 한 잔, 이런 날 하루를 위해 牛生, 卒生이래도 좋다

좋은 시절 다 보내도 관계없다 나는 가볍다고 가볍다고 脣輕音으로
몇 번씩 말하고 있다

— 「참두릅 - 류기봉 시인에게」의 전문[1]

② 부기가 빠지지 않는다 가뿐하지 않다 전에는 한 사나흘 그러다 말
고 그랬는데 술 마신 다음날이면 더욱 그렇다 몸이 어디 단단히 고
장난 게라고 병원엘 다니고 있는 중이지만 모를 것이다 열어 보기
전에는 모를 것이다 그러나 나는 안다 슬픔의 부기, 외로움의 부기,
미움의 부기, 답답함의 부기, 애매모호함의 부기, 약을 먹어서 될 일
이 아니다 열어 보아도 모를 것이다 그래도 내가 병원엘 다니고 있
는 것은 아내의 말대로 내 아내의 마음이나 편케 해주자는 그것 말
고는 없다 세상도 부기가 내리지 않는다 늘 푸석푸석한 얼굴들이다
골목길에서 만나는 강아지들도 모두 눈꼽이 끼었다 우리집 뜨락의
대추나무와 감나무도 지난 가을 겨우 열매를 맺고 계속 몸살을 앓는
다 産後가 좋지 않다 부기가 빠지지 않고 있다 벌써 오래 되어서 글
쎄 말끔하게 자리털고 일어날지 모르겠다 지금 생각으론 어서 봄이
나 와서 산뜻한 산나물 한 접시, 밥이나 한 그릇 맛있게 먹을 수 있
다면 좋겠다 부기가 빠지지 않는다 술을 먹어도 풀리지 않는다 나는
술이 되지 못하였기 때문이다

— 「어서 봄이나 와서」의 전문[2]

인용시 ①을 보자. 여기서 섭식의 대상은 봄날 광릉내에서 만난 참두릅
이다. 그는 그것을 <초록 法身들>이라고 불렀다. 그에겐 참두릅이 그대로
진리이고 그 진리의 법이 또한 그대로 몸(身)이다. 그는 이 법신인 참두릅
을 데쳐 초고추장에 찍어 소주 한 잔과 먹었다고 했다. 그 먹는 일이 희열
에 닿는 행위였기에 그는 어제부터 오늘까지 내내 <감탄사로 걸어다니고
있다>며 그의 차오르는 환희의 감정을 고백하였다. 감탄사엔 말이 필요하

---

1) 정진규, 『本色』(천년의시작, 2004), 22면.
2) 정진규, 『별들의 바탕은 어둠이 마땅하다』(문학세계사, 1990), 114면.

지 않다. 그 자체이기 때문이다. 이런 감탄사의 완벽성을 섭식으로 체화하고 달성한 그는 이런 하루 앞에서는 <半生>을 바쳐도, 아니 <全生>을 바쳐도 좋다고 놀라운 발언을 서슴지 않는다. 全生을 바쳐도 좋을 것 같은 그 순간과 그 행위란 도대체 어떠한 것일까? 그것은 다름아니라 法身이라고 불러도 좋을 만한 음식을 <맛있게> 먹는 일이다. 좀 멋없게 표현하자면 소화와 배설기관의 욕구와 소망을 온전히 만족시켜 주는 일이다. 진정 맛있게 먹는 일이란 순간을 위하여 전생을 내주어도 좋을 만큼 엄청난 것일까? 그럴 수 있을 것이다. 먹는 일이란 섹스의 순간과 같은 것이고, 먹는 일은 이성의 힘으로 시간을 지연시킬 수 없는 즉흥적 욕구이자 근원적 쾌감이고 생존 그 자체이기 때문이다.

그런 점에서 섭식을 위한 입과 위장과 배설기관은 모두 에로틱하다. 멋진 성행위를 끝낸 사람처럼 위 인용시 「참두릅 - 류기봉 시인에게」에서 시인은 <나는 가볍다고 가볍다고 脣輕音으로 몇 번씩 말하고> 있으며, 앞서도 언급했듯이 몸 전체가 감탄사가 되어 어제오늘이 모두 그 감탄사로 꽉 차버린 삶을 살고 있다. 이런 황홀경 속에서 섭식이 갖는 가학성과 피학성은 승화된다. 그때의 섭식이 다른 생명을 죽여서 먹는 것이고, 다른 존재와의 생존경쟁을 토대로 얻은 상처라면 그것은 향기 나는 상처이고, 그 상처는 이미 상처를 넘어 새살을 돋게 하는 생성의 세계가 된다.

인용시 ②도 매우 문제적이다. 시인은 이 시에서 부기가 빠지지 않는 몸의 질병 앞에서 속수무책으로 그 몸과 직면할 수밖에 없는 자신의 처지를 아프게 드러내고 있다. 그의 몸도 부기로 가득하고, 그런 몸으로 바라본 세상도 부기로 가득한데, 도대체 그 부기를 어떻게 내려서 <말끔하게 자리털고 일어날지> 모르겠다는 것이다. 질병의 끝자리에서 이 시인이 직면한 것은 몸이다. 그 몸이 고장났다는 적나라한 자기검증과 인식이다. 그렇다면 이와 같은 몸의 고장 앞에서, 아니 질병의 끝자리에서 그가 소망한

것은 무엇일까? 다시 말해 그와 같은 극지에 몰린 그의 몸에 순수한 욕망
이란 이름으로 임박한 것은 무엇일까? 그것은 바로 인용시 ②의 뒷부분에
나와 있다. 그것을 여기 한 번 더 옮겨 보면 <얼른 봄이나 와서 산뜻한 산
나물 한 접시, 밥이나 한 그릇 맛있게 먹을 수 있다면 좋겠다>는 것이다.
산나물 한 접시와, 밥 한 그릇이 상징하는 섭식의 놀라움과 눈물겨움, 그
것이 이 구절 속에 들어 있다. 섭식은 이처럼 몸이 앞서서 요구하는 것이
며 동시에 끝자리에서 요구하는 것이다. 존재의 앞이면서 끝자리인 섭식,
그것이 정진규의 자아와 세계 인식을 표현하는 언어이자 수사학의 바탕을
이룬다.

섭식의 문제는 정진규의 시에서 끊임없이 음식에 대한 관심과 그것을
먹는 일에의 유혹으로 이어지고 있다. 그는 섭식의 위기이자 실패인 허기
를 가장 무서워한다. 허기 앞에서 그의 몸은 한없이 무게를 잃은 채 가벼
워지고 만다는 사실을 그는 고백한다. 이것은 정직한 고백이다. 허기를 이
길 사람은 아무도 없기 때문이며 허기 앞에서 인간은 가장 무력해지기 때
문이다. 장례식장에서 상주도 밥을 먹으며 힘내어 곡을 하지 않는가.

정진규의 시에 나타난 섭식의 일을 눈에 보이는 대로 여기 적어보기로
한다.

　　*시골 마을의 가마솥에서 통째로 익어가는 돼지(26면), 성북동 단골
　국밥집(36면), 어머니의 고봉밥(39면), 국수가게(42면), 틀니 낀 할머니
　셋이 자시는 연시(53면), 곱빼기 자장면(54면), 젖동냥(60면), 겸상한 저
　녁상(62면), 수박맛(63면), 인사동의 설렁탕(67면)[3]

　　*풍천장어(14면), 모유(17면), 쌀과 차(28면), 혼자 먹는 밥(43면), 젓갈

---

3) 이상은 정진규의 시집 『本色』(천년의시작, 2004)에 나오는 것임. 괄호 속의 것
　은 해당 면수를 표시한 것임.

(49면), 횟집의 도다리 한 접시(53면), 魚田 김선생의 생선회(54면), 공
양(71면), 정미소의 하얀 쌀(81면)4)

　　*아이가 먹는 포도알(17면), 부산집 생태탕(24면), 청어구이(46면), 싱
싱한 날채소(70면), 겨울 사과 한 알(78면)5)

　　*백설기(23면), 밥과 술(31면), 고기와 감자와 밤(33면), 커피와 모리소
바 곱배기, 꽉찬 수박(41면), 빵가게(46면), 도시락(59면), 국수 한 사발
(60면), 신선초와 소주(61면), 생맥주(69면), 생오징어와 소주(102면), 쌀
두어 홉(120면), 생쌀 한 바가지(121면)6)

　　*매실주(21면), 꼬리곰탕(23면), 하얀 쌀밥(29면), 절밥 한 상(35면), 死
者밥(36면), 별밥과 별술(41면), 생선횟집(62면), 오징어 한 축(66면), 잘
삶아진 굵은 감자알(71면), 한 덩이의 빵(73면), 훔친 독한 소주(74면),
<벤또>(75면), 차가운 술 한 사발과 한 사발의 따뜻한 국(85면), 소주
(93면), 나락과 고추와 참깨와 열매(115면), 쌀독과 생수(116면)7)

　　위의 것들은 주석에서 밝혔듯이 정진규의 시집 『本色』, 『도둑이 다녀가
셨다』, 『알詩』, 『몸詩』, 『별들의 바탕은 어둠이 마땅하다』 속에 등장하는
섭식의 문제와 관련된 것들을 옮겨본 것이다. 이처럼 그의 시집 속에서 참
으로 빈번하게 그리고 다채롭게 먹을 것들이 시인의 마음과 언어를 사로
잡고 있다. 그의 상상력은 이 섭식의 문제 앞에서 활동력을 얻고, 그의 언

---

4) 이상은 정진규의 시집 『도둑이 다녀가셨다』(세계사, 2000)에 나오는 것임. 괄호
　속의 것은 해당 면수를 표시한 것임.
5) 이상은 정진규의 시집 『알詩』(세계사, 1997)에 나오는 것임. 괄호 속의 것은 해
　당 면수를 표시한 것임.
6) 이상은 정진규의 시집 『몸詩』(세계사, 1994)에 나오는 것임. 괄호 속의 것은 해
　당 면수를 표시한 것임.
7) 이상은 정진규의 시집 『별들의 바탕은 어둠이 마땅하다』(문학세계사, 1990)에
　나오는 것임. 괄호 속의 것은 해당 면수를 표시한 것임.

어와 수사학 또한 어느 때보다 이 앞에서 광채를 낸다. 정진규는 이런 섭식의 것들을 통하여 자아와 세계를 느끼고 보며, 또 그런 언어들을 통하여 자아와 세계의 내면을 표현하는 것은 물론, 거기서 더 나아가 이것들 앞에서 흥분에 가까운 떨림을 체험하는 것이다. 그가 이처럼 자아와 세계의 감수 및 인식, 그리고 그것의 표현을 섭식의 차원에서 시작한다는 것은 그야말로 세상을 가장 중요한 첫 자리에서부터 인식하고 그 위에서 살아간다는 의미이며, 그것의 가치를 백분 인정하고 모든 일을 시작한다는 뜻이 될 수 있다. 자아와 세계를 섭식의 층위에서부터 감수하고 인식하기 시작할 때 한 인간은 혼란과 소외를 줄일 수 있다. 방금 말했듯이 그것은 생의 첫 자리가 무엇인지를 분명히 자각한 것이며, 그것을 잊거나 잃지 않는 바탕 위에서 모든 것을 추진하고, 상상하고, 꿈꾸도록 이끌기 때문이다. 인간이 섭식, 즉 음식과 소화와 배설이라는 일련의 과정을 통하여 생존의 근저를 유지하고 생성시켜 나아간다는 이 평범한 사실이, 그러나 평범하지 않게 다루어지는 것은 그 평범한 사실이 참으로 오랫동안 인간들의 관념과 타산에 의하여 무시되거나 간과되거나 저평가되어 왔기 때문이다. 이렇게 무시되고 간과되고 평가절하된 사실을 정진규는 중시하고 관찰하였으며, 그런 중시와 관찰 속에서 그는 한 존재의 진정한 <養生>의 길이 어떤 것인지를 보여줄 수 있었던 것이다.

앞의 경우와 조금 다른 측면에서, 정진규는 또한 섭식의 문제와 관련하여 다음과 같은 인식과 언어와 수사를 보여준다.

어머니 쓰시던 놋수저 한 벌(본39면), 할머니들의 틀니(본53면), 소쩍
새의 부리(도16면), 성능좋은 빨대(도22면), 정미소(도81면), 수달의 따
뜻한 똥(알38면), 우리집 식탁(알46면), 새끼들의 노오란 입(알77면), 굴
뚝에서 오르는 슬픈 연기(알82면), 설거지(알83면), 변비(몸22면), 깨끗
이 비운 밥그릇(몸24면), 커피숍과 카페와 우동집(몸36면), 식당(몸38

면), 빵가게(몸46면), 치유된 수년의 변비(몸121면), 김장날과 빈항아리
(연29면), 농민과 농사(연41면), 영혼들의 營養(연96면), 장독대(연82면)
등8)

위에 열거된 것들은 모두 섭식과 관련된 도구들이거나 장소, 또는 행위
들이다. 섭식에 대한 그의 이끌림은 먹잇감이나 음식뿐만 아니라 부리, 입,
틀니 등과 같은 섭식기관은 물론, 놋수저, 빨대, 밥그릇, 항아리 등과 같은
섭식도구, 빵가게, 우동집, 정미소 등과 같은 섭식의 생산장소, 변비, 영양
등과 같은 섭식의 상태, 농민, 농사 등과 같은 섭식의 창조자 및 창조행위,
굴뚝의 연기, 밥그릇 소리 등과 같은 섭식의 간접적 기호, 식탁, 밥상 등과
같은 섭식의 장소 등과 같은 것을 자연스럽게 시 속에 이끌어 들이고 있
다. 이것은 먹잇감 혹은 음식에서 출발한 상상력과 관심의 확장 내용이며,
그 모든 것들이 결합하여 정진규 시의 이른바 섭식의 場을 형성한다.
　이제 다음 시를 살펴보고 정진규의 섭식과 관련된 기억, 연상, 상상력의
문법이 어떤지에 대해 생각해보기로 하자.

　　지난 늦가을 밤, 이 밤 녀의 정서는 주로 어떤 거냐고 노란 은행잎
　떨어지는 인사동 밤거리를 함께 걸으며 네가 물어왔을 때 이를테면
　나의 대답은 엉뚱했다 우리집은 정미소였다 아버지의 정미소, 늦가을
　마다 밤새워 하얀 쌀들을 가마니 가마니 밤새워 찧어대던 아버지의
　정미소, 하얀 쌀과 아버지, 발동기 소리가 내 마음의 곳간에서 아득히
　들려오고 있다고 정서는 곳간과 같은 것이라고 나는 말해주었다 지금
　은 그 옛날의 집을 허물고 새집을 지었지만 아버지의 정미소, 거기
　딸렸던 곳간 하나는 낡은 채로 지금도 시골집 그 자리에 그대로 남아
　있다 곳간 하나는 허물지 못하셨다 올해로 여든다섯이 되신 아버지가

---

8) 괄호 속의 <본>은 정진규 시집 『本色』, <도>는 『도둑이 다녀가셨다』, <알>
　은 『알詩』, <몸>은 『몸詩』, <연>은 『연필로 쓰기』(영언문화사, 1984)를 뜻함.
　괄호 속의 것은 해당 시집의 해당면수를 표시한 것임.

아직 거기 생존해 계시다

— 「아버지의 정미소」의 전문⁹⁾

　　정진규에게 그의 생의 원천은 <밤새워 하얀 쌀들을 가마니 가마니 밤
새워 찧어대던 아버지의 정미소>와 함께 기억된다. 그가 자신의 생과 아
버지의 삶을 이처럼 하얀쌀과 정미소와 함께 기억하듯이, 그는 그의 어머
니의 모습을 아랫목에 마련해둔 고봉밥 한 그릇과 더불어 기억한다. 그런
가 하면 그는 그의 아내의 모습을 쌀씻는 소리와 함께 떠올리고, 그의 청
년기의 모습을 가정 교사하며 밥을 얻어 먹던 골목길과 함께 떠올린다. 그
리고 자신의 연애시절을 사찰에 들러 애인과 함께 받았던 공양과 더불어
떠올린다. 그뿐 아니다. 그는 자신의 아우의 모습을 씨뿌리는 농민의 이미
지로 떠올리고, 그의 아들의 모습을 하얀 쌀밥과 뜨거운 고깃국에 대한 서
러운 기억과 더불어 떠올린다. 또 있다. 그에게 선운사의 모습은 풍천장어
와 더불어 기억되고, 시인 김종삼의 모습은 자신이 다니던 주조회사에서
훔친 술로 기억된다. 그리고 그의 딸에 대한 걱정은 밥을 잘 먹었는가 하
는 점과 이어지고, 그의 가난한 집 문상은 비탈진 마당에서 자꾸만 미끄러
져 내리는 술상과 더불어 기억된다. 이와 같이 하나의 대상이나 장소 또는
시간이 섭식의 일과 더불어 기억되고 연상되고 상상된다는 것은 그의 시
정신과 그의 시적 언어가 보여주는 매우 특징적인 면이다. 하지만 한 인간
을 지배하는 최고의 힘이 섭식에 있다는 점을 인식한다면, 그의 이런 특징
이란 매우 자연스럽고 당연한 것임에도 불구하고 실은 수많은 사람들이
그 사실을 정직하게 인식하고 표현하지 않았기 때문에 잊혀졌던 것에 불
과하다. 그러나 바로 그러한 사실의 재발견과 역설로 인하여 그의 시는 의
미를 갖게 되거니와, 이것은 그가 존재와 세계를 아주 정직하게, 사실적으

---

9) 정진규, 『도둑이 다녀가셨다』, 81면.

로 포착하고 있다는 증거가 된다고 할 수 있다.

2) 호흡/순환

인간이 식도와 기도를 나란히 갖고 있다는 사실은 매우 의미심장하다. 그것은 눈에 보이는 음식을 먹는 일뿐만 아니라 눈에 보이지 않는 공기를 들이마셔야만 한 인간의 섭식이 제대로 이루어진다는 것을 뜻하는 것이다. 그런 점에서 음식과 공기, 먹는 일과 호흡하는 일은 생명유지의 원천이다. 음식을 잘 먹고 소화시킴으로써 우리의 몸이 생명력을 얻을 뿐만 아니라 호흡을 잘 하고 순환이 제대로 이루어져야만 우리의 몸이 더욱 기운을 낼 수 있는 것이다.

한 인간이 세상을 떠났다는 표현을 <숨을 멈추었다>고 하듯이, 호흡과 순환은 어쩌면 음식보다도 더 직접적이고 중요한 몸과 생명의 원천이다. 정진규는 그의 시에서 이런 호흡과 순환의 문제에 예민한 촉수를 드리우고 있다.

> 내가 다녀온 카리브해 저 푸르고 푸른 칸쿤의 바다 그걸 눈앞에 펼쳐놓고 자꾸 달아나려 하지만 그걸 잡아다 놓고 밀물 썰물로 펼쳐놓고 들숨 날숨 운동을 하고 있다 정신까지는 아니고 흐르는 피를 가만히 끌어당겼다 놓아 주었다 그저 그런다 새 공기가 들어갈 비인 칸을 만들어 준다 새벽마다 일어앉아 내 몸의 生家復元을 하고 있다
>
> ― 「맨손체조 - 알 46」의 전문[10]

인간은 탄생과 더불어 숨을 들이쉬고, 죽음과 더불어 숨을 내쉰다. 숨을 들이쉬는 들숨과 날숨 작용이 지속적으로 일어나지 않는다는 것은 곧 생명

---

10) 정진규, 『알詩』, 69면.

인 몸의 죽음을 뜻한다. 숨을 들이쉬는 일과 내쉬는 일의 반복은 바다의 밀물과 썰물의 반복과 같다. 인용시에서 정진규는 생명의 속성과 바다의 속성을 결합시킨다. 그는 멕시코 칸쿤에서 보았던 푸르고 푸른 바다의 밀물과 썰물 운동처럼, 그 바다를 끌어다 자신의 들숨 날숨이란 숨쉬기 운동을 한다. 한 인간에게서 들숨과 날숨의 숨쉬기 운동이 잘 이루어진다는 것은, 더욱이 싱싱한 칸쿤의 바다처럼 맑은 공기(세계)로 그 호흡운동을 잘 할 수 있다는 것은 한 생명체인 몸의 건강성을 확인시켜주는 일이다. 그는 이처럼 신생의 공기로 호흡운동을 함으로써 그의 몸이 <生家復元>을 하듯 제자리를 회복하고 싶고 그렇게 돼 가고 있다는 데 관심을 기울이고 있다.

호흡과 순환이란 보이지 않는 糧食을 섭취하고 소화시킴으로써 양생의 길을 가는 방식이다. 따라서 호흡과 순환의 대상인 공기가 불순할 때, 그 호흡과 순환의 작용이 지나치게 빠르거나 느릴 때, 또는 지나치게 격하거나 약할 때, 인간의 몸은 건강한 상태를 맞이할 수 없다. 정진규는 이런 사실을 자각하며 다음과 같은 시를 쓰고 있다.

> 벙어리 삼년, 귀머거리 삼년, 장님 삼년, 우리네 어머니들의 석삼년 시집살이 그걸 마흔 살 고개턱을 오르면서 비로소 터득하는 나를 두고 그건 卑怯이에요 후배는 일축하고 돌아서 버렸고, 성미 다 죽었군, 친구는 제몸이나 다름없이 俗物의 一員이 되었다는 걸 무척 다행하다는 듯 미소지었으며, 이젠 행복할 수 있어요 아내의 두 눈엔 물기마저 어리었을 때, 나는 거기 리듬이라도 맞추듯 반바지를 입고 새로 구입한 자전거를 타고 테니스를 하러 갔다 그러나 아무도 몰랐다 아무도 나의 낌새를 알아차린 것 아니었다 그건 卑怯이에요, 일축하고 돌아서 버린 후배의 말을 내가 괴로워한 것도 아니었다 계속 나는 한 호흡씩 낮추고 있었고 온音보다 半音으로 가만히 다가가고 있었다 한 송이 꽃이 피어나는 그 순간이란 그렇게 수선스런 것은 아니랍니다 누가 지나가면서 나직이 내편을 들어 주었다

―「散文」의 전문[11]

위 시에서 주의 깊게 살펴볼 점은 위 시의 화자이자 시인이 자신의 나이 40이 되면서 비로소 <한 호흡씩 낮추고> 세상을 대하기 시작하였다는 것이다. 달리 표현하면 자신의 삶을 자신의 생명적 흐름에 알맞게 영위해가기 시작하였다는 것이다. 너무 빨랐던 호흡을, 너무 거칠었던 호흡을, 너무 난폭했던 호흡을, 너무 높았던 호흡을 알맞게 조절하고 세상을 살게 되었다는 뜻으로 읽을 수 있을 것이다. 이처럼 한 인간이 호흡의 완급과 이완, 고저와 장단에서 알맞은 지점을 악기의 줄 고르듯이 고를 수 있다는 것은 그의 몸이 참으로 건강한 상태가 어떤 것인지를 알고 그것에 도달하고자 상당한 애를 쓰고 있다는 의미이기도 하다. 정진규는 위 인용시의 뒷부분에서 한 송이 꽃이 피어나는 순간이란 그렇게 수선스런 것은 아니라는 과객의 말을 인용하면서 그가 거칠었던 호흡처럼, 지나치게 조급하고 과격하게 일을 성취하려 했던 일과 그런 것이 오히려 잘하는 일인 줄로 착각했던 시절을 조용히 반성하고 있다. 젊은 날, 사람들은 걷지 않고 뛴다. 그들의 호흡은 거칠어지고 가파를 수밖에 없다. 생에 지나치게 집착하고 자만과 기대가 컸을 때, 그 때의 인간들이 호흡하는 모습 또한 불안하고 과격하고 난폭할 수밖에 없다. 정진규는 위 인용시에서 그와 같은 젊은 날의 모습을 나이 40이 되어서야 뒤늦게 반성하고 수정할 수 있었다고 고백하는 것이다.

호흡이 적절하면 우리의 몸에 순환이 잘 된다. 정진규는 이렇게 순환이 잘 되는 몸의 상태를 <개운하다> <가뿐하다> <피가 잘 돈다> <몸이 잘 운행되는 물소리가 들린다> <날아갈 듯하다> 등과 같은 말로 표현하고 있다. 몸의 생태적 건강성은 이렇듯 잘 먹고, 잘 숨쉬는 것만으로도 대부분 완성된 것이라 할 수 있다.

---

11) 정진규, 『연필로 쓰기』, 98면.

정진규는 위에서 논의한 사실을 종합적으로 보여주는 듯한, 다음과 같은 시로써 독자들을 사로잡는다.

그는 麝香 가득 든 환약 한 알을 내게 먹였다 어머니였다 막힌 氣를
뚫고 흐르는 물소리 하날 밤새 들었다

— 「물소리5」[12)

위 인용시에서 <麝香 가득 든 환약>은 호흡할 수 있는 향기이며 먹을 수 있는 약이다. 시인은 그것을 호흡하고 먹은 후 자신의 <막힌 氣>가 뚫리는 소화와 순환 그리고 배설작용이 순조롭게 이루어졌다는 것이다. 그는 이렇게 정상을 찾은 그의 몸의 생태적 상태를 가리켜 <흐르는 물소리 하날 밤새 들었다>는 말로 표현하고 있다.

호흡과 순환이라는 생명의 근본작용에 바탕을 둔 정진규의 언어와 그 수사학은 위에서 살펴본 바와 같다. 그는 호흡과 순환의 언어로 자아와 세계를 인식하고 표현하였으며, 호흡과 순환 역시 음식의 소화 및 배설과 짝을 이루는 생명 인식의 한 방식이자 생명 표현의 구체적 토대로 작용한다는 것을 보여준 것이다. 이런 점은 정진규 시에서 그의 시가 시작하는 출발점과 도달하고자 하는 목표점을, 그리고 생의 핵심이 무엇인지를 알려주는 중요한 지표이다.

3) 生殖

한 생물이 자연선택에서의 안전과 섭식 문제가 해결되면 그 다음으로 구애, 생식, 번식, 짝짓기 등과 같은 말들로 표현될 수 있는 소위 성선택의 장에서 성공하는 것이 중요하다. 그런데 자연선택에서의 섭식과 성선택에

---

12) 정진규, 『뼈에 대하여』(정음사, 1986), 58면.

서의 생식은 매우 밀접한 관계를 갖고 있다. 생명을 가진 모든 것들은 그 것이 어떤 것이든지 다른 생명체를 죽여서 먹고서야 비로소 자신이 살아 갈 수 있는 비극적 운명성을 띠고 있기 때문에 다른 생명체의 부지런한 생식이 자신의 섭식을 가능하게 하는 먹잇감이나 음식이 된다. 그런가 하 면 그 자신이 부지런히 먹잇감을 취하고 그것을 먹음으로써만이 그 역시 생식과 번식의 일에 참여하게 되고 그럼으로써만이 또한 다른 존재의 충 실한 먹잇감이 될 수 있다. 여기서 먹는 일과 낳는 일, 낳는 일과 먹는 일 이 서로 상극과 상생의 양면성을 함께 내포시킨 채 움직이는 생명계의 원 리를 그대로 볼 수 있다.

자연선택 그리고 성선택에서 살아남는 일, 또는 그 일에 참여하는 일은 모든 몸을 가진 생명들의 피할 수 없는 조건이다. 이런 일은 고단한 것이 기도 하지만 그 고단함 이상의 쾌감과 환희를 가져다주는 것이기에 그 누 구도 이 일을 처음부터 거부하거나 외면하기가 쉽지 않다.

정진규의 시에서 생명체로서의 몸의 일에 속한 생식 문제는 무척이나 중요하게 다루어지고 있다. 그는 생식의 일 앞에서 어떤 형이상학적 관념 의 유희도 하지 않은 채, 그 일의 즉자성과 자발성과 놀라움과 쾌감에 대 해 말하고 있다. 생식을 통해 비로소 인간이 몸을 가진 존재이고 인간이 살아있다는 것을 확인할 수 있다고 보는 것이 그의 생각이다. 더 나아가 이 땅의 모든 생명체가 생식을 통해서 그 자신을 가장 진솔하게, 아름답 게, 영속적으로 드러낼 수 있다는 게 그의 생각이다. 이런 그의 시적 특성 을 드러내기 위하여 우선 생식과 섭식의 문제가 함께 어울리며 인간의 몸 이 지닌 양대 조건으로서의 性과 食, 혹은 食과 性의 일을 인상적으로 보 여준 한 작품을 살펴보기로 한다.

마당엔 초저녁부터 한 그루 밤나무가 뜨겁게 제 몸을 달구고 있었다

꽃피고 있었다 바람나고 싶었다 성북동 단골 국밥집엘 저녁 먹으러
둘이서 들어가며 몇 번째나 되었지? 지지난 해 봄철부터였으니까 한
달에 두 번꼴 그러니까 한 쉰 번은 넘었을 게야 男女도 몸 달구며 한
참을 허리 잡았다 꽃 피웠다 왜 그토록 웃었는지는 잘 아실 터이다
그 국밥집엘 단골로 드나든 지가 그리 되었다

— 「성북동 국밥집」의 전문[13]

위 시를 보면, 시인은 국밥집 마당의 밤나무 한 그루가 꽃피우고 있는
것을 바로 그 나무가 제 몸을 뜨겁게 달구며 바람나고 싶은 표정을 하고
있는 것으로 생각하고 있다. 식물의 개화가 생식을 위한 에로스적 기호이
자 유혹의 행위라는 것은 누구나 다 아는 일이다. 더군다나 밤나무 꽃이
남성의 정액냄새를 풍기며 성적 유혹을 더한다는 것도 대부분의 사람들이
아는 일이다. 어쨌든 위 시에서 시인은 국밥집의 밤나무 한 그루가 그것도
초저녁부터 성욕에 사로잡혀 있다는 점을 강조하며, 그에 못지 않게 국밥
집을 드나드는 남녀도 몸을 달구며 서로간에 성적 유혹과 매혹에 서로 깊
이 빠져 있다는 것을 역설하고 있다. 이와 같은 생식의 일은 국밥집을 수
시로 드나들며 섭식행위를 즐기고 있는 남녀의 일과 한 자리에 놓여 있다.
국밥집에 가서 국밥을 먹는 일과, 밤나무와 두 남녀가 전하는 에로스적 기
호는 매우 잘 어우러져 이 작품 속에서 생명이 지닌 참다운 표상으로 작
용하고 있다. 여기서 우리는 정진규의 내면과 언어가 먹는 일과 사랑하는
일에 토대를 두고 있을 뿐만 아니라 그것에 집중돼 있다는 것, 그리고 성
과 식이 함께 공존하는 매우 풍성하고 화기애해한 생의 장면을 그가 감탄
속에서 즐기고 있다는 것을 볼 수 있다.

이제 정진규의 시에 나타난 생식의 문제에만 관심을 집중시켜 논의하기
로 한다. 그때 맨 먼저 제시해야 할 것은 그의 시에 들어 있는 생식 관련

---

13) 정진규, 『本色』, 36면.

의 언어적 표현들이다.

　　*별들이 일시에 출산을 하고 있었다(14면), 딴 여자를 건드려 늦게 본 어린 딸(21면), 내 노래의 사타구니에 차고 있다(24면), 生産이 중단되었다(56면), 알을 슬을 수 있을 지도 모를 늙은 남자 하나(68면), 새파란 새끼들을 둥글게 둥글게 몸 매다는 날(85면), 回春이다 물꼬를 트고 있다(90면), 서로 효험이 없음이 제일 슬픈 일이다 사랑할 때 그렇다(94면)14)

　　*낳는다가 좋다 그래야 마음이 놓인다(33면), 미주알이 빠지도록 낳고 또 낳을 수밖에 없는 것(39면), 여자는 애인일 때가 최고다(40면), 알을 가득 밴 여치, 그 알들이 목구멍까지 차오른(46면), 알집이었다 튼튼하게 비어 있는(51면), 핏기가 조금은 남아 있는 섹스(57면), 대음순 소음순들의 바다(74면), 마지막으로 붉은 生理를 끝낸(75면), 몸 찾으러 가자 알을 슬러 가자(77면), 모두 알들을 배고 있다(79면), 나는 한 마리 새로 부화시킬 것이다(81면)15)

　　*할머니는 새끼를 깔린 것만으로도 얼마나 대견하냐고 하셨고(21면), 물은 子宮이다(26면), 울컥울컥 입덧을 시작한 일일세(63면), 완벽한 바구니는 여자의 몸이야(110면), 여자들은 가장 좋은 내 상징이다(123면), 바람둥이다(123면), 애를 배고 싶다고?(128면)16)

　　*여자들이 밀물 썰물로 제 몸 속에 가두고 있는 바다, 애기 낳는 힘(13면), 임신중절도 해 보았지만 아내는 번번히 산아제한에 실패했다(21면), 여자의 입술이 잠깐 얹혔다 떼여진 그 자리(43면), 심각한 맛을 지닌 女子가 하나 내 곁에 있음을(49면), 사랑이야 아무래도 열매맺는

---

14) 이상은 정진규의 시집 『本色』에 나오는 것임, 괄호 속의 숫자는 해당 면수를 표시한 것임.
15) 이상은 정진규의 시집 『알詩』에 나오는 것임. 괄호 속의 숫자는 해당 면수를 표시한 것임.
16) 이상은 정진규의 시집 『몸詩』에 나오는 것임. 괄호 속의 숫자는 해당 면수를 표시한 것임.

놈에게 더 가게 마련이지만(62면), 오지랖이 넓어야 새끼들이 잘 간수
되었다(75면)[17]

　위의 수많은 예들에서 보았듯이 정진규에게 생식의 주체인 여자(암컷)
는 그에게 최고의 상징이다. 그는 여자를 자신의 집이자 세계라고 말한다.
세계의 가장 좋은 상징을 여자라고 말한 데는 그 여자가 생식을 담당하는
<위대한 여성이자 몸>이기 때문이다. 그리고 그는 이 여자(암컷)가 가진
생식기관에 애정을 넘어 집착을 보이며 세상의 생명체들을 읽을 때 생식
기관을 사용하여 읽고 표현한다. 자궁, 알집, 대음순, 소음순, 사타구니 등
등이 그와 같은 생식기관의 언어들이자 그의 생식을 통한 세상읽기를 표
현하는 대표적인 수식어들이다. 그런가 하면 그는 생식기관을 통하여 최
종적으로 창조되는 생명에 깊은 관심을 보인다. 알, 아기, 새끼, 열매 등이
그와 같은 생명의 다른 이름이다. 이와 같은 생명들이 창조되기 위한 출산
의 예비적 활동인 생리, 연애, 입맞춤, 섹스, 입덧 등과 같은 것은 또한 정
진규의 정신을 유인하는 원천이며 그의 세상읽기와 그 표현에 지배적 역
할을 하는 것들이다. 이런 그의 수사와 언어, 그리고 그 이면에서 작용하
고 있는 정신의 흐름을 직시해보면, 그는 세상 전체를 하나의 거대한 생명
체로, 그 속의 모든 존재들을 역시 각각의 생명체로 보는 사람이며, 그 생
명체의 근본행위이자 생명체의 생명다움을 드러내는 행위로서 생식을 무
엇보다 중요한 것으로 꼽는 사람이다. 세상의 모든 인위적 관념과 제도를
거둬내고 보면 사실 남는 것은 생명이고, 앞서 말했듯이, 그 생명의 기본
모습은 섭식과 생식에 있다는 것을 부정하기 어려울 것이다. 그러나 사정
이 이렇다 하더라도 이 점을 그 어떤 것보다 근원적인 것이며 우선적인

---

17) 이상은 정진규의 시집 『도둑이 다녀가셨다』에 나오는 것임. 괄호 속의 숫자
　　는 해당 면수를 표시한 것임.

것으로 인식하고 고백하고 표현하는 사람 역시 많지 않다는 것 또한 부정
하기 어려울 것이다.

한 생명체의 생식행위는 종족보존이라는 맹목적 이기성과 성행위라는
맹목적 쾌락성, 그리고 섭식의 자원 제공이라는 맹목적 이타성과 존재의
합일이라는 맹목적 전일성에의 욕구, 그뿐만 아니라 생명의 자기확대라는
맹목적 나르시시즘 등과 같은 의미를 복합적으로 지니고 있다. 정진규의
시에 나타난 생식행위에의 집착과 이끌림은 그가 분명하게 의식하고 있는
지, 어떤지 그 사실을 시집만으로는 확인할 수 없으나 이와 같은 생식의
복합적 의미가 심층에서 함께 작용하고 있기 때문일 것이다. 그것은 그의
시에 나나탄 생식에의 관심과 집착을 의미있게 만들어주는 중요한 요인들
이다.

3. 感覺

시각, 청각, 촉각, 후각, 미각으로 이루어진 감각기관은 인간 및 생명체
가 외부세계와 내통하는 창문과 같은 역할을 하고 있다. 우리들은 감각기
관을 통해 세상의 거의 모든 것을 느끼고 파악하고 인지할 뿐만 아니라,
그 감각기관을 통해 자신의 상태를 대부분 표현하고 전달한다. 그런 점에
서 감각은 인간 존재의 최일선에서 활동하며, 인간존재의 구체적 생명감
이 어떤 것인지를 알려주는, 무엇보다 예민하고 정직하며 존재의 전영역
에 걸쳐있는 구체적 실감의 세계이다.

정진규의 시에서 세상은 감각적으로 다가온다. 그에겐 생명체는 물론
물리적인 것들, 추상적이고 관념적이고 제도적인 인간사 속의 모든 것들
도 감각적으로 다가온다. 그 어떤 것도 감각적으로 다가오지 않으면 그에

게 그 존재는 존재하는 것이라 할 수 없다. 그리고 그가 그 존재를 감각적으로 느끼고 교감할 수 없다면 그 자신 역시 그 순간 존재하지 않는 것이나 다름없다.

이와 같은 그의 시적 특성은 그가 세상을 몸이라는 생명체로 파악하고 있기 때문이다. 몸이라는 생명체의 자리에서 볼 때, 섭식과 생식의 문제와 더불어 또한 중요한 것이 감각의 문제이기 때문이다.

그런데 정진규의 시에서 다섯 가지 감각 중 특별히 그가 집착하며 세계 인식과 그 표현의 방식으로 삼는 감각은 촉각과 후각 그리고 미각이다. 그는 시각과 청각에 비교적 관심이 적다. 이것은 매우 중요한 의미를 갖는다고 볼 수 있는데, 그것은 그가 소위 시각중심주의와 청각중심주의, 즉 시청각중심주의에서 벗어나 있다는 뜻이다. 우리가 지닌 다섯 가지 감각 가운데 가장 인위성과 기교성 그리고 오독성이 강한 게 시각과 청각이다. 그 가운데서도 시각이 가장 그렇지만 청각도 이에 못지않다. 시각과 청각은 다른 감각에 비하여 자기중심성이 강한 데다, 대상과 만나는 데 그 대상과 일정한 거리를 두고 있기 때문에 거리가 주는 한계와 변용의 가능성을 그대로 지니고 있다.

촉각과 후각 그리고 미각은 이에 비해 둔한 것 같지만 직접적이고 솔직하다. 시각과 청각이 관념적인 유희를 즐길 만큼 노련하다면, 이들 세 감각은 육체처럼 즉각적이고 구체적이며 순진하다. 정신보다 생물 편에, 이성보다 몸 쪽에 마음이 가 있고, 그로부터 생명과 세상을 읽고 파악하고 맞이하는 정진규에게 시청각보다 이와 같은 촉각과 후각 그리고 미각이 매력적이고 믿음직한 것은 충분히 이해할 만하다.

1) 촉각 지향성

촉각은 몸 전체에 퍼져 있다. 피부가 촉각을 불러일으키는 장소이기 때문이다. 우리는 다른 사람과의 접촉에도 촉각을 사용하지만, 그보다 먼저 자신과의 접촉을 위해 촉각을 사용한다. 자신의 얼굴을 부비거나 자신의 두 손을 서로 맞잡거나 몸의 가려운 곳을 긁거나 뻐근한 곳을 문지르는 것 등이 모두 그 예이다.

촉각은 말이 없고 인위적인 기교를 부릴 줄도 모를 만큼 순박한 감각이지만, 그것은 <최초로 점화되는 감각이며, 대개 맨마지막에 소멸한다. 눈이 우리를 배신한 뒤에도 오랫동안, 손은 세계를 전하는 일에 충실하다……. 죽음에 대해 말할 때 우리는 촉각의 상실에 대해 말하는 일이 많다>는 프레드릭 작스의 말처럼,[18] 인간이 이 세상에 태어나면서 가장 먼저 느끼는 감각이자 죽음의 확인을 가능하게 할 만큼 본질적인 감각이 바로 촉각이다..

이런 촉각의 중요성은 점점 재발견되고 있거니와 그것은 매우 고무적이기도 하다. 산버그는 촉각의 중요성에 대해 다음과 같이 말하고 있다.

*신체 접촉은 언어나 감정적 접촉에 비해 10배는 더 강합니다. 그리고 그것은 우리의 행동에 영향을 줍니다. 촉각만큼 사람을 자극하는 감각은 없습니다. 우리는 그 사실을 알면서도 거기에 생물학적 근거가 있다는 것을 깨닫지 못했습니다.[19]

*만약 서로를 만지는 게 기분 좋지 않았다면, 인류도, 자식도, 생존도 없었을 것입니다. 아기를 만지는 것이 기분 좋지 않다면, 엄마는 아기를 제대로 안아주지 않을 것입니다. 만약 서로를 만지고 쓰다듬

---

18) 다이앤 애커먼, 『감각의 박물학』, 백영미 옮김(작가정신, 2004), 111면.
19) 위의 책, 120면.

는 느낌을 좋아하지 않는다면, 섹스를 하지 않았을 것입니다. 본능적으로 몸을 자주 맞대는 동물의 새끼는 살아남아 부모의 유전자를 후세에 물려주고, 몸을 접촉하는 성향은 더욱 강해집니다. 우리는 신체 접촉이 인류의 생존에 핵심적인 역할을 했다는 사실을 잊고 있습니다.[20]

그런가 하면 다이앤 애커먼은 촉각의 중요성을 다음과 같이 전하고 있다.

모든 동물은 만지고, 쓰다듬고, 찌르는 것에 반응한다. 그리고 어떤 경우에든, 생명 그 자체는 신체 접촉, 즉 서로를 접촉하고 관계를 맺게 해주는 화학물질 없이는 진화할 수 없다 신체 접촉을 주고받지 못한다면, 나이와 상관없이 모두가 다 병이 들거나 접촉 결핍증에 걸릴 것이다. 태아에게 가장 먼저 발달하는 감각은 촉각으로, 신생아는 눈을 뜨거나 세상에 대해 알기도 전에 자동적으로 촉각을 통해 느낀다. 우리는 태어나면 보거나 말할 수는 없어도 본능적으로 신체 접촉을 시작한다. 입술의 촉각 수용체 덕분에 젖을 빨 수 있으며, 따뜻한 것을 향해 손을 내밀어 움켜쥘 수 있다. 신체 접촉은 <나'와 <타자'의 차이, 나의 외부에 누군가, 엄마가 있을 수 있음을 가르쳐준다. 엄마와 아기는 신체 접촉을 굉장히 많이 한다. 엄마를 만지고 엄마의 손길을 받는, 최초로 경험하는 따스함은 헌신적인 사랑의 기억으로 평생토록 남는다.[21]

촉각의 중요성을 언급한 한 가지 예만 더 들어본다. 명리학자 김태규는 촉각에 대하여 다음과 같이 말한다.

　* 유형 자산을 영어로는 <tangible assets>이라고 한다. 여기서 tangible 이란 <만질 수 있는>이란 뜻이다. 만져지는 것이 가장 확실한 것이

---

20) 위의 책, 120~121면.
21) 위의 책, 122~123면.

기 때문이다. 백문이 불여일견이라고 하지만, 그 또한 눈속임이 있을 수 있기에 만져지는 것보다는 불확실한 것이다.

촉각은 앞서 얘기했듯이 금(金)의 성격을 지니는 것이고, 금이란 사물 중에서 가장 단단하고 구체적인 것이다. 따라서 촉각이란 구체적이고 확실한 것이다.[22]

* 촉각은 인간만이 아니라 모든 동물의 가장 원초적이고 원시적인 감각이라 할 수 있다. 신체의 모든 표면에 분포되어 있는 신경세포를 통한 감각이고 그 주된 기능은 본래 외부의 사물로부터 몸을 보호하기 위한 생존 본능이 지배하는 감각이다. 이런 면에서 인간 의식의 가장 고급된 활동인 청각이나 시각이 정신 활동과 관련된다면 촉각은 생존 내지는 육체적인 활동과 관련된다.[23]

위의 인용문들에서 나타난 촉각에 대한 논의 내용을 몇 가지로 요약하면 다음과 같다. 촉각이란 원초적인 감각이다, 촉각이란 생존에 핵심적인 감각이다, 촉각은 가장 확실하고 구체적인 감각이다, 촉각이란 생존과 관련된 원시적인 감각이다.

이와 같은 예비지식을 갖고 정진규 시에 나타난 촉각 지향성에 대해 살펴보기로 하자. 정진규는 촉각의 시인이라고 불러도 결코 과장이 아닐 만큼 참으로 수많은 작품에서 촉각에 기초한 언어를 구사한다. 그리고 촉각으로 발생하는 느낌과 감정에 무한으로 몰입한다.

① 조금은 터득할 것 같다
   시골 生家 갈 때마다 첫번째로 절하고 들어섰던 느티나무 한 그루, 왜 그렇게 두렵고 얼른 비켜서고 싶었는지, 왜 그렇게 꼬박꼬박 절을 했어야 했는지 조금은 터득한 것 같다
   이번 설날 귀향길엔 한참을 그 앞에 서 있을 수 있었다 뒤덮은 상

---

22) www.pressian.co.kr. 김규태의 명리학 <촉각> 편.
23) 위의 글.

처의 두터운 딱정이 느티의 片鱗들이 그 세월의 비늘들이 두렵지 않
았다 조금씩 돋아나기 시작한 내 손등 위의 살비늘들, 검버섯들, 하
잘 것 없는 내 상처의 딱정이들 위에 두터운 느티의 손이 가만히 얹
히었다 안쓰럽다 하였다

— 「느티나무 - 알43」의 전문24)

　② 말씀은 몸이다
　　생각해 보라
　　눈에 밟힌다는 말!
　　가슴이 아프다는 말!
　　국이 시원하다는 말!

— 「몸詩・3」의 전문25)

　　위의 인용시 ①을 보면 시인이 찾아간 그의 생가 입구의 느티나무는 그
에게 촉각의 이미지로 다가온다. 그래서 그 느티나무는 이 시인에게 그 늙
음이 딱정이, 片鱗, 비늘 등과 같은 촉각의 모습으로 보인다. 한 그루의 나
무가 오래되어 늙었다는 것은 정진규에게 다른 그 무엇보다도 촉각의 장
소인 피부가 지치고 늙고 추해졌다는 것으로 보인다. 마찬가지로 그에겐
나이들어 늙은 자기자신의 모습 역시 촉각의 이미지를 통해서 자각된다.
자신의 손등 위에 돋은 살비늘들, 검버섯들, 딱정이들을 보며 그는 그 자
신의 늙음을 확인한다. 신체의 어떤 모습으로도 늙음은 표현될 수 있다.
그런데 정진규는 바로 촉각의 이미지와 그 언어를 통하여 늙음을 표현하
고 있는 것이다. 이와 같은 시인은 늙은 느티나무와 늙은 자신의 만남을
가리켜, 늙은 나의 손 위에 느티나무의 늙은 손이 <가만히 얹히었다>고
표현하였다. 두 존재의 연민에 가득한 만남이 이렇듯 촉각과 촉각의 접촉

---

24) 정진규, 『알詩』, 66면.
25) 정진규, 『몸詩』, 13면.

에 의하여 이루어지고 있는 것이다. 촉각을 통한 이런 접촉은 그 어떤 언어를 통한 접촉보다도 구체적이고 확실하며 전달력이 강하다. 언어 사이에 개입되는 틈이, 시청각의 우월성과 기교성 속에 끼어들기 쉬운 간극이 이 피부접촉 속에는 없는 것이다.

정진규의 이런 촉각 지향성은 인용시 ②를 보아도 아주 흥미롭게 전개된다. 그는 여기서 말(언어)이란 조작된 관념이나 약속 체계가 아니라 몸에서 비롯되고 몸으로 체감하는 것임을 주장하고 있다. 그런데 흥미로운 것은 그가 실례로 제시하는 세 가지 경우가 모두 촉각에 의존하고 있다는 것이다. <눈에 밟힌다>, <가슴이 아프다>, <국이 시원하다>에서의 <밟힌다>, <아프다>, <시원하다>는 모두 촉각이미지이자 그 언어인 것이다. 촉각 이미지와 그 언어는 그만큼 구체적이다. 여기서 구체적이라 함은 몸을 갖추고 있다는 뜻에서의 <具體>이다.

이와 같이 존재와 세계를 촉각으로 파악하는 데서 가장 확실한 구체성을 획득하고, 존재와 세계가 가진 실감을 느끼는 정진규는 그의 다른 수많은 시에서 다음과 같은 촉각 지향성을 보여주고 있다.

만져지는 빛(13면), 젖은 제 몸을 한 번 더 적신다(15면), 맨살로 땅바닥에 찰싹 붙어 있다(16면), 나의 이마를 스쳤다(18면), 상처의 새살들이 도돌 무늬로 만져지었다(19면), 잔등이 흠씬 젖어 있네(20면), 내 노래의 사타구니에 차고 있다(24면), 새벽 공기를 빠듯이 뚫고 지나와야(28면), 더는 덧나지 않게 향기로 바싹 지져버릴 곳이 있는 모양이다(32면), 앙가슴 파고 들던 그날의 네가 보인다(40면), 몇 萬里를 그렇게 맨발로 걸어오셨을까(47면), 더듬이로 짚어가며 귀뚜라미들 저토록 열심이다(48면), 공기의 살갗들이 소름들이 임박하도다(55면), 발이 시리다(56면), 나무들은 진종일 하늘을 만진다(57면), 공기들의 살얼음이 팽팽했다(57면), 젖을 물릴 수 있는 여자를 찾아(60면), 납죽 땅에 배를 깔았던 풀들(63면), 잠시 혀를 대보지만(63면), 는개가 진눈깨비로 질척거리었다(64면), 이슬들이 발끝을 적셨다(70면), 더듬이가 가을에 바싹

닿아 있다(77면), 파도가 파도의 뒷등을 연이어 때리기 때문이다(80면), 찍힌 자리에 내가 다시 찍히고 있다(83면), 속곳 한 벌도 보송보송 잘도 말려 냈다(84면), 손을 꼬옥 잡고 길을 떠나게 되었다(86면), 곰팡이들이 아직도 축축하다(87면), 이 손으로 따뜻한 네 손을 잡겠다(87면), 손목 한 번 잡힌 정도였을 터이다(88면), 걸음마로 첫발을 겨우 내어 딛었다(91면).

위에 제시된 촉각언어들은 정진규의 시집 『本色』에서만 뽑은 것이다. 거의 대부분의 시에 촉각언어가 文彩처럼 등장하는 게 그의 시적 특성이거니와 이것은 앞에서도 말했듯이 예사롭지 않은 의미를 내재시키고 있는 것이다. 시집 『本色』도 저렇거니와, 그가 본격적으로 몸을 화두로 내세우고 창작한 두 권의 시집 『몸詩』와 『알詩』 속에 그와 같은 예가 훨씬 더 많을 뿐만 아니라 더욱 다채롭다. 그러나 이것은 그가 의식하고 있든 그렇지 않든 간에 그의 시집 속에서 나타나는 특성이기에 더욱 의미있는 것으로 받아들일 필요가 있다. 아래에 잠시 그의 시집 『알詩』 속에 들어 있는 예를 제시해 보기로 한다.

햇살들이 해의 살들이(14면), 두 손 빠듯이 쥐어보았다(15면), 말랑말랑하게 웃었다(16면), 아랫도릴 남빛 바다로 씻고 서 있는(17면), 그들의 혀들과 맨살로 몸 부비고 있다가(18면), 이슬 맞으며 새벽까지 울었다(19면), 내가 만져보니 많이 수척해 있었다(20면), 들판을 맨발로 헤매이다 돌아온 지금(21면), 발뒤꿈치가 뽀얬다(23면), 쪽쪽 빨아 살을 발라 먹으면서(24면), 허공의 가장자리를 만져보았다(26면), 맨발이 얼마나 따가우랴(27면), 엉킨 내 실핏줄들을 곱게 빗질했어요(29면), 마른 풀잎 밟고 서서 웅기중기 추운 얼굴로 사진을 찍었다(30면), 햇볕이 어루만지고 있는 수달의 똥(38면), 언제나 따뜻한 것이 만져지었다(39면), 지구라는 별에 기대 앉았다(41면), 그걸 핥고 지나가는 바람의 살결도 나는 만져본 적이 있다(43면), 하늘 더듬이와 땅속 더듬이로만 자라고 있다(49면), 왜 저리 연하디 연할까(50면), 땀띠를 온몸에 뒤집어 쓰고(52면), 호수 가득 온몸 담그고 있던 물오리떼 청둥오리떼들(53

면), 너를 바라고 섰는 등짝만 시렸다(56면), 마지막 핏기를 핥았다 섹
스가 아주 잘 되었다(57면) 검붉은 얼굴에 강한 근육이 울퉁불퉁한 남
신(58면) 등.

또 다른 시집을 통하여 얼마든지 예를 더 들 수 있으나 이 정도로 마치
고 이를 자료로 논의를 더 진행시켜 나아가기로 한다. 촉각은 <가장 오래
된, 필수불가결한 감각이다.>26) 그리고 그 종류는 어마어마하게 다양하다
<촉각의 집(Touch Dome)>27) 속에 들어가면 인간이 촉각을 통해 느끼고
맛볼 수 있는 모든 감각의 자료가 다 들어 있다고 하듯이, 조금 과장하면
정진규의 시 속엔 <촉각의 집>에 버금가는 다양한 촉각의 양태와 언어들
이 들어 있다. 그의 시세계를 가리켜 가히 촉각의 박물관이라고 부를 만하
다.

촉각은 어떤 기능을 하는가. 그것은 자연선택에서 몸을 보호하기 위해
적과 동지, 이로운 것과 해로운 것을 감식하는 기능, 성선택에서 번식을
위해 구애를 하고 섹스를 하고 아이를 낳고 그 아이를 키우는 기능, 우주
속에 있는 유형무형의 존재들과 유기적 관계의 장을 만들어가는 데 동참
하는 기능, 촉각적 쾌감을 만족시키는 데 기여하는 기능, 존재와 세계를
가장 원초적으로 확실하게 느끼고 인지하는 기능, 아무런 가교나 장식 없
이 존재나 세계와 직접 만나도록 하는 기능, 말 이전의 감각으로 세계 속
에서 무수한 존재와 대화할 수 있도록 하는 기능, 존재의 가장 밑바닥에까
지 온몸으로 도달해 보도록 하는 기능 등을 한다고 볼 수 있을 것이다.

그렇다면 정진규가 그의 시에서 촉각 지향성을 강하게 보인 것, 촉각과
그 언어에 의하여 자아와 세계를 이해하고 표현하고 묘사한 것이 갖는 의

---

26) 다이앤 애커먼, 앞의 책, 124면.
27) <촉각의 집>은 미국 샌프란시스코에 있다. 이에 대한 보다 자세한 설명을
    원하면 다음을 참고하기 바란다 ; 위의 책, 146~148면.

미도 분명해진다. 바로 그의 강한 촉각지향성은 앞의 단락에서 제시한 촉각의 그와 같은 기능을 고스란히 담당하고 있는 것이다. 인위보다는 무위 편에, 물건보다는 생물 쪽에, 언어보다는 사물 편에, 형이상학보다는 형이하학 쪽에, 이성보다는 관능 쪽에 서서 기존의 상승구조가 아닌 하강구조로 세계를 체감하고 인식하고 일구어 나아가려고 한 정진규가 이런 촉각지향성을 보이는 것은 매우 자연스러운 일이고 일관성 있는 모습이라고 할 수 있다.

모든 사람들이 체험하듯이 촉각은 정직하다. 그것은 느끼는 그대로 반응한다. 그런 점은 촉각이 지닌 매우 중요한 세계인식과 자아표현의 방식이다. 정직함을 말해줄 수 있는 기관이 부재하는 현실에서, 정직함의 감각과 그 실체가 무엇인지를 아예 잊거나 감추고 사는 이 시대에, 이와 같은 촉각의 기능을 정진규가 새로이 발견하고 드러낸 것은 매우 의미 깊은 일이 아닐 수 없다.

정진규의 시를 읽으면서 그의 시세계가 항상 <손에 빠듯이 쥐어지듯이> 포착되고 체화되면서 존재의 가장 든든한 아랫목에 몸을 대는 느낌이 드는 것은 바로 그가 이런 감각적 토대 위에서 대상을 인식하고 표현하기 때문이다.

2) 후각과 미각 지향성

정진규의 시에서 촉각 지향성 다음으로 강조되어야 할 것은 후각 지향성이다. 앞 절에서 다룬 촉각의 피부가 물질적이고 가시적이라면 후각 기능은 비가시적이고 비물질적이다. 후각의 냄새는 볼 수도 없고 만질 수도 없고 그릴 수도 없으며 고정시킬 수도 없다. 따라서 그 어떤 감각보다도 모호하고 휘발성이 강하다. 그러나 이 후각은 촉각과 더불어 다른 감각,

예를 들면 시각이나 청각에 비해 직접적이다. 냄새는 우리의 코에 와서 즉각 매개과정 없이 흡수된다. 그리고 후각은 지속적으로 활동한다. 우리는 숨쉴 때마다 냄새를 맡고 있는 셈이거니와 이와 같은 숨쉬기는 눈을 감고 자는 동안에까지도 이어진다. 따라서 후각은 우리의 몸에서 우리가 태어나 죽는 순간까지 단 한 순간도 멈춤이 없이 작용하고 우리는 냄새를 맡고 있는 터이다.

이와 같은 후각의 냄새는 앞서 말했듯이 흡수와 반응이 즉각적이다. 그것은 아무런 중간과정 없이 그대로 몸으로 잠입하고 흡수되어 몸속에 소리 없이 확산된다. 그러므로 냄새는 언어나 관념, 기교나 인공 이전에 이미 몸과 맞닿아 직접적으로 작용한다. 이런 후각의 냄새는 생존에 직접적 영향을 주는 것은 아니지만 이와 같은 냄새에 의해 우리는 타 존재나 세계와 직접적 교감을 한다.

정진규는 그의 시에서 촉각 이외에도 후각으로 존재와 세계를 느끼거나 기억할 때가 상당히 많다. 그에게 긍정적이고 기분 좋은 대상은 향기를 내면서 그에게 각인되고, 그는 그 향기에 의하여 그것을 떠올린다. 그리고 그는 그 후각의 언어로 떠오르는 대상을 묘사한다. 다음과 같은 작품을 보자.

① 칠장사 가보면 대웅전 뒤켠 한참을 비켜서서 비늘옷 두터운 늙은 소나무 아래 졸한 글씨로 낡은 현판 하나 이마에 달고 삐딱하게 기울고 있는 아주 작은, 너무 작아 사람들은 들어가 살 수가 없는 羅漢殿 한 채가 있다 몸이 점점 작아져 아기처럼 웅크리고 있는 처음엔 부처님의 깡패들이셨던 巨漢들이셨던 지금은 童子들이신 羅漢 일곱 분께서 그 작은 집안에 살고 계시다 그 작은 집 안에는 요즈음 박하사탕이 가득가득 넘치고 있다 박하사탕을 제일 좋아하신다는 소문 때문에 사람들이 가져다 넣어드린 박하사탕 봉지가 가득가득 넘치고 있다 박하 내음이 나는 어린이의 집 한 채가 있다 실은 세상에

서 제일로 큰 절 한 채가 거기에 있다.

— 「큰 절 한 채 - 알10」의 전문28)

② 나도 한 척 낡은 배를 가지고 이 세상 바다를 떠돌고 있네만 진짜
바다 냄새가 나는 金判乭 자네를 생각하면, 지난 舊正 무렵 이젠 밥
술이나 좀 들게 되었다고 큰아이도 이젠 대학에 진학하게 되었다고
새로 산 오리털 잠바를 입고 나를 찾아 주었던 金判乭 자네를 생각
하면, 그대 닳아진 엄지손톱 사이에 끼어 있던 생선 비늘 그대 삶의
비늘 그 싱싱한 비린내를 생각하면, 그날 그대가 가져다 주었던 上
等品 오징어 한 축 그걸 염치없이 다 먹어버린 下等品 나를 생각하
면, 자꾸만 낡아가고 있을 뿐인 나의 배를 생각하면, 그저 떠돌고 있
을 뿐인 나를 생각하면,

— 「어부 金判乭의 文身」의 부분29)

인용시 ①의 나한전은 시인에게 박하냄새로 기억되고 표현된다. 나한전
의 모양이나 특성은 다른 어떤 것으로도 표현되거나 설명될 수 있을 터인
데, 그는 이 박하냄새에 의하여 그것을 전달하고 있는 것이다. 박하향을
어떤 말로 명확히 설명할 수는 없다. 그러나 그 향기를 맡아본 경험이 있
는 사람은 정진규가 나한전을 어떻게 감득하고 있는지에 대해 짐작하거나
상상할 수 있다. 냄새가 존재의 정체성을 드러내준다면 나한전의 정체성
은 박하향으로 표식되고 구별되고 있는 셈이다. 정진규에게 나한전은 박
하향을, 박하향은 나한전을 서로 연상시키며 그의 기억과 체험의 내용을
구성하고 있는 것이다.

인용시 ②에서도 정진규는 후각의 냄새로 존재의 특성과 정체성을 인식
하고 표현한다. 인용시 ②의 주인공인 김판돌은 어부이다. 그런데 그 어부
인 김판돌은 정진규에게 <진짜 바다 냄새>를 풍기는 어부로 인식된다. 그

---

28) 정진규, 『알詩』, 22면.
29) 정진규, 『별들의 바탕은 어둠이 마땅하다, 66면.

와 더불어 김판돌은 그에게 <싱싱한 (생선) 비린내>를 풍기는 어부로 감지된다. 이 두 가지 냄새로 정진규를 사로잡는 김판돌은 세상에서 진짜 냄새를 갖지 못한 채 하등품으로 살아가는 자신에 비하면 진짜 바다냄새와 싱싱한 비린내를 풍기며 살아가는 상등품의 삶의 주인공이다. 어부 김판돌이 이처럼 진짜 바다냄새와 싱싱한 비린내를 풍긴다는 것은 그만큼 그가 어부로서의 참다운 삶에 뿌리를 내리고 산다는 표시이다. 정진규의 후각은 가짜 냄새와 진짜 냄새를, 싱싱한 냄새와 시들은 냄새를 구분한다. 그 후각의 정직성과 직접성은 어떤 말로도 그의 이러한 양자 사이의 구분을 바꿀 수 없도록 만든다.

후각의 냄새에 예민한 정진규는 꽃의 향기에 특별히 열광한다. 그에게 꽃은 후각 이외에도 촉각, 시각, 청각 등 모든 감각을 자극하고 흥분시키는 대상이지만, 특별히 그의 후각은 이 꽃의 향기 앞에서 화려하게 움직인다.

> ① 섬진강 매화골에 와 있다 꽃 핀다 만개다 지난해엔 너를 향해서만 비탈로 쏠리더니 이 봄의 꽃들은 남다르다 어디 더 화급한 데가 있는 모양이다 더는 덧나지 않게 향기로 바싹 지져버릴 곳이 있는 모양이다 엄청나다 더욱 급한 비탈로 쏠린다
>
> — 「비탈로 쏠린다」의 전문[30]

> ② 향기 하나가 연일 나를 따라다니고 있다 가두고 있다 버리시지요 그만 돌려보내시지요 그런 목소리도 함께 따라다니고 있다 사정을 모르는 분들은 어쩐 일이냐고 어쩐 일이시냐고 밝고 맑은 모습이시라고 回春이시라고 향기가 난다고 칭찬 칭찬이셨다 언제나 약탈을 꿈꾸는 떠돌이, 내가 갇혔다 떠날 수 없다 화양동 계곡에 가서 내가 만난 흰 찔레꽃 향기 하나 늘 나를 따라다니고 있다 거리를 함께 걸어가고 사

---

30) 정진규, 『本色』, 32면.

무실 책상에도 함께 와서 앉아 있다 아내와의 잠자리 곁에까지 어김
없이 와서 눕는다 그는 꿈 속에 암호 하나를 깊게 刻印한다

— 「화양동 찔레꽃」의 부분31)

　꽃은 향기의 대명사이다. 따라서 꽃에서 향기를 느끼거나 연상한다는
것은 흔한 일이다. 그럼에도 불구하고 위 인용시의 경우 그 꽃의 향기에
압도당한 시인의 모습은 결코 예사롭지 않다. 인용시 ①의 시인은 섬진
강 매화골에 와 있다. 그는 거기서 만개한 매화꽃 무리를 보고 있는데 그
가 이처럼 매화꽃의 무리를 보고 있다는 것은 곧 그 매화꽃 무리가 발하
는 향기를 맡고 있다는 말과도 다르지 않다. 그는 이 향기가 작년과 다르
게 <비탈> 쪽을 향하여 쏠리고 있다고 생각한다. 향기의 방향을 읽은
그는 그런 쏠림현상이야말로 세상의 상처를 감쪽같이 치유하려는 매화나
무의 마음 때문인 것 같다는 상상을 한다. 그때 세상의 상처를 치유할 수
있는 것은 매화의 무리가 한꺼번에 쏟아놓는 향기이다. 따라서 위의 인용
시 ①에서 섬진강, 매화골, 매화무리, 매화향, 상처의 치유는 서로 구별 없
이 섞이거나 등식으로 연결될 수 있는 등가물들이다.
　인용시 ② 속의 시인은 화양동에 다녀왔다. 그런데 그 화양동은 그에게
찔레꽃 향기로 기억되고 상상된다. 그 찔레꽃 향기는 시인이 가는 곳이 어
디든지 따라다니며 그를 향기의 감옥 속에 가둔다. 그 감옥 속에서 시인은
그 자신의 몸에서까지 향기가 나는 신비와 <回春>의 시간이 돌아오는 것
과 같은 신비도 경험하고 이전보다 더 <밝고 맑은> 얼굴로 변한 자신을
만나기도 한다. 이런 화양동의 찔레꽃 향기는 시인의 다른 모든 것을 압도
하는 힘이다. 이 향기의 실체와 모양을 가시적으로 그려 보이거나 설명할
수는 없지만, 그의 몸 전체는 이 향기의 매력에 지배당한 것이나 다름없

---

31) 정진규, 『뼈에 대하여』, 67면.

다. 따라서 그의 몸은 전체가 향기이고, 그의 후각은 그의 몸 전체를 지배
한 셈이다. <냄새는 수수께끼이고 이름 없는 권력>[32]이라는 다이앤 애커
먼의 말이 여기에 적합하다. 애커먼은 더 나아가 우리의 논의를 발전시켜
줄 만한 꽃의 만개와 그 향기에 대해 아주 적합한 발언을 하고 있다.

> 꽃향기가 인간을 흥분시키는 것은 꽃이 왕성한 생식활동을 하고 있
> 기 때문이다. 꽃의 향기는 온 세계를 향해 <나는 생식 능력이 있고,
> 준비되어 있으며, 가져볼 만하고, 나의 생식기관은 축축하게 젖어 있
> 다>고 선언한다. 꽃의 냄새는 임신 가능성, 활기, 생명력, 온갖 낙관
> 주의, 가능성, 젊음의 열정적인 개화를 연상시킨다. 꽃의 진한 향기를
> 들이마시면 나이와는 상관없이, 욕망으로 불붙은 세계에서 한창 피어
> 오르는 젊음을 느낀다.[33]

위 인용문의 내용을 참고해서 설명하자면 정진규가 앞의 두 인용시에서
만개한 꽃향기에 지배당한 것은 그 향기의 왕성한 생식활동이 상징하는
것, 즉 임신가능성, 활기, 생명력, 낙관주의, 가능성, 젊음의 뜨거운 힘 등
에 매료당했기 때문이다. 그런 향기의 힘 앞에서 정진규는 회춘을 말할 만
큼 살림과 생명의 기운이 솟아오르는 것을 얻을 수 있었던 것이고, 그로
인하여 일상의 모든 것을 넘어선 후각의 감옥 속에 유쾌하게 빠져들 수
있었던 것이다.

후각의 압도적인 지배력과 정진규 시인의 후각 지향성은 그의 시 「몸
詩·67 - 기차를 타고」[34]를 보면 더욱 인상적으로 진전된 모습을 보이고
있다. 그는 이 시에서

---

32) 다이앤 애커먼, 앞의 책, 23면.
33) 위의 책, 28면.
34) 정진규, 『몸詩』, 31~32면.

또 기차를 타는 일이 시작되었다 방학 동안엔 쉬고, 한 주일에 두
번 씩 기차를 탄다 地方大學 아이들을 가르치러 간다 밀알같이 잘 생
긴 젊은 아이들을 만나러 간다(중략) 그래, 내가 해야 할 일은 너희들
을 가둔 지식의 比殻을 벗기는 일이니까, 삶은 꽃게 속살을 맛있게
발라 먹는 일이니까, 그래, 너희들은 딱정벌레가 아니야 지식의 딱정
벌레들 거짓말쟁이들을 나는 싫어해, 그래, 로맨티스트래도 좋아 나는,
너희들이 거기서 자유롭기만 하다면, 그레, 시인은 술주정도 용서 받
을 수 있다고 믿는 너희들이 나는 그냥 예뻐! 이제 가을이 깊어갈 것
이다 나는 마굿간 건초더미의 마른 풀잎 냄새를 너희들에게 가르칠
것이다

라고 쓰고 있다. 인용한 이 시에서 관심을 끌어들이는 부분은 <이제 가을
이 깊어갈 것이다 나는 마굿간 건초더미의 마른 풀잎 냄새를 너희들에게
가르칠 것이다>라는 곳이다. 선생으로서, 지방대학에 학생들을 가르치러
일주일에 두 번씩 기차를 탄다는 위 인용시 속의 시인은 그들에게 지식이
아닌 감각을, 관념이 아닌 몸을, 인위가 아닌 자연을 가르쳐보려고 애를
쓴다. 그런 그에게 그가 가르치고 싶은 감각, 몸, 자연의 대표적 상징은 후
각의 냄새로 표현돼 있다. <마굿간 건초더미의 마른 풀잎 냄새>가 어떤
것인지 언어로 그것을 설명할 수는 없다. 그 냄새는 직접 맡아보아야만 알
수 있는 것이다. 그것은 딱딱한 지식으로 요약할 수 없는 세계이다. 요컨
대 시인은 위 인용시에서 자신은 그가 가르치는 학생들에게 딱딱하고, 닫
혀 있는 감각을 부드럽게, 자유롭게 열어줄 것이며, 그들의 훼손된 감각을
치유해줄 것이고, 퇴화된 감각을 회복시켜 줄 것이며, 그 감각으로 만나는
세계가 거짓이 없고 틈이 없는 진짜 세계임을 알려줄 것이라고 역설하는
것이다. 후각의 냄새로 공부하기, 그 공부를 위해 후각을 싱싱하게 회복하
기, 그것이 위 인용시에서 찾아낼 수 있는 의미 있는 내용이다.

　　방금 언급한 내용을 더 발전적으로 이해하는 데 도움이 될 만한 애커먼

의 다음과 같은 말에 또한 귀를 기울여보기로 하자.

> 냄새의 효과는 즉각적이며, 언어나 사고 혹은 번역에 의해 희석되지
> 않는다. 냄새는 강렬한 이미지와 감성을 자극하기 때문에 압도적인
> 향수를 불러일으키곤 한다. 보는 것과 듣는 것은 단기적인 기억의 쓰
> 레기더미 속으로 금방 사라져버리지만, 에드윈 T. 모리스가 『향기』에
> 서 지적한 대로, 냄새에 관한 한 단기적 기억은 없다. 냄새에 관한 기
> 억은 아주 오래 가고, 게다가 냄새는 학습과 저장을 격려한다. <아이
> 들에게 어떤 문장을 후각 정보와 함께 주었을 때 후각 정보를 주지
> 않았을 때보다 훨씬 더 쉽게 기억되고 오래간다>고 모리스는 쓰고
> 있다. 누군가에게 향수를 줄 때, 기억의 액체를 주는 것이다. 키플링
> 의 지적이 옳다. <냄새는 시각이나 소리보다 더 확실하게 심금을 울
> 린다.>[35]

위 인용문은, 후각의 냄새가 지닌 즉각성(직접성), 후각의 냄새란 언어
나 사고 혹은 해석으로 추상화하기 이전의 것이며 그렇게 하기가 불가능
하다는 점, 냄새란 이미지에 호소하고 감성을 자극하며 오랫동안 몸의 기
억에 남아 있다는 점, 그리고 학습에도 효과적이며 시청각보다 더 마음에
깊이 스민다는 점 등을 알리고 있다. 정진규가 앞의 인용시 「몸詩·67 - 기
차를 타고」에서 마굿간 건초더미의 마른 풀잎 냄새를 학생들에게 가르쳐,
지식의 갑각을 깨뜨리고 가을의 참맛을 전함으로써 그들로 하여금 존재와
세계의 본모습이 어떤 것인지를 알려주는 지표로 삼고자 한 것은 이런 점
에서 매우 흥미롭고 적절하다.

정진규의 후각지향성은 한 존재의 삶의 진실성을 가늠하는 잣대로 작용
하기도 한다. 정진규의 시에서 냄새는 크게 긍정적인 향기와 부정적인 날
내로 구분된다. 향기는 진실한 내면과 삶의 진정성을 이룬 표상이고, 날내

---

35) 다이앤 애커먼, 앞의 책, 26면.

는 그와 반대의 경우이다. 한 존재의 삶의 진실성을 이처럼 후각의 언어로, 그 냄새로 표현하는 것도 매우 흥미로운 점이다.

— 「몸詩 · 34 - 향기를 듣는다니」의 부분36)

위 인용시엔 두 개의 난초 화분이 등장한다. 하나는 겉으론 당당하고 부티도 나지만 <날기름내>가 나는 난분이고, 다른 하나는 구석에 초라한 듯 밀려나 있지만 실은 보기 좋게 <한 채 향기로운 절집>이 되어 존재하는 난분이다. 시인은 이렇듯 날기름내와 향기를 서로 대조시키면서 두 가지 서로 다른 난분의 모습을 그려 보인다. 그러면서 그는 외양에만 눈길을 주느라 진정한 분별력을 지니지 못한 채 서툴게 살아간 자신에게서도 그간 분명 <날기름 냄새>가 진동하였을 것이라고 염려하며 자성하고 있다. 정진규의 시를 깊이 들여다보면, 그의 시쓰기는 날내 나는 자신을 향기 나는 자신으로 끌어올리고자 하는 수양의 과정으로 보인다. 이런 점에서 그의 시쓰기는 그의 몸과 삶과 생이 <향기의 감옥>, <향기의 바다>, <향기의 정원>과 같이 되었을 때 비로소 멈출 수 있는 것이다.

후각의 향기에 민감하고 그 감각으로 세상을 느끼거나 인식하는 정진규는 시각, 청각, 촉각, 미각 등의 감각 속에서 후각의 냄새를 이끌어내기도

---

36) 정진규, 『몸詩』, 39~40면.

한다. 이것을 공감각이라고 한다면 그는 공감각에도 익숙한 시인이다. 그 만큼 그의 감각기능은 입체적이다.

> ① 내 몸을 일년도 넘게 간수해 주고 있는 勝子의 목소리에선 요즈음 오이풀 냄새가 난다 내 몸이 小陽이라는 것도 그가 찾아냈고, 그래 서 일년도 넘게 야채 주스를 장복했으니 이젠 그걸 좀 쉬고 몸이 더 워지는 음식을, 고기나 감자나 밤 따위를 조금씩 먹어보라고 허락하 는 그의 목소리에선 오이풀 냄새가 난다
>
> ——「몸詩·87 - 오이풀 냄새」[37]

> ② 누군가 먼저 쓸고 지나간 빗자루 자국, 말짱한 내 뜨락에 새 한 쌍 날려보내 맑은 목청으로 행복하다, 너는 행복하다 열심히 지워내고 있다 지저귀게 하고 있다 또다시 봉합하고 있다 봉인하고 있다 쌀 두어 홉이 날마다의 나의 식량이다 다만 갈수록 상처가 깊다 달빛 냄새가 난다고 누가 말한다
>
> ——「몸詩·53 - 행복論」[38]

인용시 ①에서 시인은 그의 아픈 몸을 간수해준 승자의 목소리에서 오 이풀 냄새가 난다고 말한다. 청각에 해당되는 승자의 목소리에서 후각에 해당되는 오이풀 냄새를 맡고 있는 것이다. 그의 목소리가 어떠했기에 그 목소리의 청각을 오이풀 냄새의 후각으로 바꿔 느낄 수 있었는지 설명하 기는 곤란하다. 그러나 중요한 것은 그에게 청각조차도 후각으로 느껴지 는 부분이 있다는 점이고, 이것은 그의 후각지향성의 한 측면을 보여준다 는 점이다.

인용시 ②의 경우엔 달빛이라는 시각의 세계가 달빛냄새라는 후각의 세

---

37) 위의 책, 87면.
38) 위의 책, 42면.

계로 변전되고 있다. 달을 사모한 시인에게서 달빛냄새가 난다는 그 누군가의 말은 그가 달빛이라는 시각을 냄새라는 후각의 세계로 만났기에 가능했던 것이다. 앞의 인용시 ①에 등장하는 오이풀 냄새나 지금 논의하고 있는 인용시 ② 속의 달빛냄새는 모두 이 시인이 호감을 갖고 있는 향기의 일종이다. 그런 향기를 통하여 시인은 승자의 목소리에 담긴 아름다움을, 그리고 상처를 열심히 봉합한 그 자신의 몸속에 담긴 맑은 세계를 긍정하며 아끼고 싶었던 것이다.

정진규 시에 나타난 후각 지향성과 더불어 논의할 것은 그의 미각지향성이다. 미각이란 매우 복합적인 감각이지만, 이것 역시 시각이나 청각에 비하면 직접적이며 즉자적이고 솔직하다. 입속의 혀에 의하여 감지되는 미각은 그런 점에서 본능적이고, 음식을 먹는다는 생존문제와 직결돼 있기 때문에 매우 적극적이고 민감하다.

정진규는 섭식의 문제를 무엇보다 중시하는 시인인 것처럼 자연스럽게 섭식의 기초가 되는 미각이 뛰어나고 그에 기초한 느낌과 인식 그리고 그 표현들을 활발하게 시 속에 끌어들인 시인이다.

후각으로 보면 그는 <향기 나는> 삶을 최고의 것으로 치고, 미각으로 보면 그는 <맛있는> 삶을 가장 높이 산다. 맛있다는 이 미각의 느낌을 일반화하여 어떻게 규정할 수는 없다. 그러나 한 인간의 식욕을, 그리고 혀의 미각을 만족시켜 줄 때 오는 쾌감을 맛있다고 표현하는 것이 가능하다면. 정진규는 이런 미각의 만족을 맛있다는 것의 속뜻으로 생각한 것이라 볼 수 있다.

그런데 이 자리에서 말하고 싶은 것은 섭식, 식욕 등의 몸이 지닌 일차적 욕구와 관련된 미각이야말로 인간이 지닌 다섯 가지 감각 가운데 매우 원초적이고 즉각적이며 물질적이라는 점이다. 앞에서 정진규 시의 촉각 지향성과 후각 지향성을 논의할 때 언급한 바처럼 미각은 시청각중심주

의 혹은 시청각우월주의와 비교할 때, 그리고 이들에 들어있는 인위성과
기교성에 비교할 때 촉각 및 후각에 더불어 자연, 무위, 본능 쪽에 기울
어 있다.

> ① 나는 요즘 먹힌다 이렇게
>   어딜 가서나 먹힌다 누구에게나
>   내가 참 맛있게는 되었나 보다
>
> — 「몸詩·32 - 풀잎」의 부분[39]

> ② 내가 해야 할 일은 너희들을 가둔 지식의 甲殼을 벗기는 일이니까,
>   삶은 꽃게 속살을 함께 맛있게 발라 먹는 일이니까, 그래 너희들은
>   딱정벌레가 아니야
>
> — 「몸詩·67 - 기차를 타고」의 부분[40]

> ③ 우리네 젓갈을 한자말로 鰇鯕라 쓴다 그 글자에도 무슨 내력이 있
>   기야 하겠으나, 버린 물고기들을 거두어 먹을 수 있도록 한 우리네
>   조상들의 무슨 가여운 뜻이 거기 숨어 있기야 하겠으나 그 젓갈의
>   곰삭은, 심각한 맛을 지닌 한 女子가 하나 내 곁에 있음을, 지금 함
>   께하고 있음을 나는 달리 설명할 길이 없다. 그 자체이기 때문이다.
>
> — 「鰇鯕法」의 부분[41]

　인용시 ①에서 시인은 그 자신이 에고를 비우고 넘어서는 자발적 헌신
을 통해 타인에게 깊숙이 안길 수 있음을 <먹힌다>고 표현하였다. 그러면
서 그는 그것이야말로 자신이 참 <맛있게> 되었기 때문이라고 생각하였
다. 타인에게 깊숙이 안길 수 있을 만큼 열리고 낮아진 자신을 <먹힌다>
고 섭식의 표현을 쓴 것, 그리고 그런 자신을 참 <맛있게> 되었다고 미각

---

39) 위의 책, 55면.
40) 위의 책, 31면.
41) 정진규, 『本色』, 49면.

으로 표현한 것은 바로 그가 사물과 세계를 감수하고 인식하는 토대와 방식을 알려주는 점이다.

인용시 ②의 경우도 마찬가지이다. 시인은 여기서 학생들을 가르치며 그들과 공부하는 것을 <삶은 꽃게 속살을 함께 맛있게 발라 먹는 일>과 같은 것으로 표현하고 있다. 꽃게의 속살을 <맛있게> 발라 먹으면서 미각으로 사물과 세계를 느끼고 익히는 일이 바로 강의와 공부의 내용이라는 이 생각은 역시 그가 사물과 세계를 감수하고 인식하는 토대와 방식이 어떤 것이라고 믿고 있는지를 알려주는 부분이다.

정진규에게 무엇인가를 느끼고 인식하는 것은 추상의 작용이 아니라 감각의 작용이어야 제격이다. 그는 그것이 가장 확실하고 정확하며 실감 있는 방식이라고 생각하는 것이다. 인용시 ③을 보아도 이 점은 분명해진다. 젓갈의 맛을 <심각하다>고 느낀 것도 흥미롭지만, 자신과 함께 있는 여성을 <심각한 맛을 지닌 한 女子>라고 표현한 것도 인상적이다. 한 여성이 지닌 인물로서의 성격을 미각에 의지하여 파악하고, 그 내용을 미각의 언어를 동원하여 나타낸 것은 그의 세계인식과 세계표현의 특성을 아주 잘 보여주는 예이다.

사실 정진규의 시에서 미각에 의한 세계인식과 미각의 언어를 사용한 일은 촉각이나 후각의 경우와 비교할 때 비교적 드물게 나타나는 편이다. 그러나 그 빈도수는 적지만 그의 시에서 미각의 작용은 결코 과소평가될 수 없을 만큼 중요한 비중을 갖고 있다.

정진규는 「里巷詩」라는 글에서 시인과 시쓰기에 중요한 <天機>의 중요성을 강조하고 진정한 시의 출현을 고대하면서도 다음과 같이 미각을 예민하게 사용한다.

우리는 시의 本性이 지니는 里巷의 純情性, 혹은 저 莊子의 <嗜欲深

者 其天機淺>(大宗師 편)이 뜻하는 바의 <天機>, 그 生得的인 세계에 대하여 다시 한번 되짚어볼 필요가 있다는 생각이다. 책을 읽다가 뒤울안 텃밭에서 7, 8월이 되면 碧紫色으로 혹은 純白色으로 터질 듯 봉글던 桔梗꽃처럼 쌉쌀하게 다가오는(그게 天機의 맛인지도 모른다) 대목이 있어 다음에 그대로 옮겨 적는다. 그런 桔梗꽃들이 우리 시의 텃밭에도 환히 피어났으면 싶다. 입맛이 떨어지기 쉬운 봄날, 우리들의 밥상에 올리는 한 접시 도라지나물이 되었으면 싶다.

— 「里巷詩」의 부분42)

그는 위 인용문에서 시인과 시쓰기의 바탕이 되어야 한다고 생각한 <天機>를 가리켜, <책을 읽다가 뒤울안 텃밭에서 7, 8월이 되면 碧紫色으로 혹은 純白色으로 터질 듯 봉글던 桔梗꽃처럼 쌉쌀하게 다가오는> 맛과 같다고 표현하였다. 그리고 진정한 시란 <입맛이 떨어지기 쉬운 봄날, 우리들의 밥상에 올리는 한 접시 도라지나물>과 같은 것이라고 표현하였다. 天機와 진정한 시라는 추상의 세계가 정진규의 미각적 감성과 표현에 의하여 각각 질경이꽃의 쌉쌀한 맛과 입맛을 돋우는 도라지나물의 맛으로 변주되며 구체적 감각을 얻고 있는 현장이 여기서 인상적으로 포착된다.

사물과 세계를 이와 같이 미각으로 읽고 표현하는 일은 방금 보았듯이 주객 모두의 구체성을 확보한다. 구체성이란 말 그대로 몸을 갖게 한다는 뜻임을 기억할 때, 그런 일은 그 무엇보다도 구체적인 몸의 감각으로 대상을 느끼고 자신의 삶을 살게 만드는 역할을 한다고 볼 수 있다. 지금까지 논의한 정진규 시의 후각지향성과 미각지향성은 그런 점을 자각하게 만드는 점에서도 특별히 주목해야 할 측면이다.

---

42) 정진규, 『알詩』(부록), 98~99면.

4. 살과 뼈

인간뿐만 아니라 모든 생물의 몸에서 가장 기본을 이루는 것은 뼈와 살이다. 뼈는 몸의 구조를 이루고 살은 그 구조에 입체감을 부여한다. 한 인간이 살아 있다는 것은 그 살과 뼈에 생기가 부여돼 작동한다는 것이다. 그러고 보면 한 인간이 죽었다는 것은 그 작동이 멈추고 살과 뼈라는 물질만이 남게 되었다는 것이다. 이런 점에서 살과 뼈는 생명 이전의 것이며 생명 가운데 있는 것이기도 하고, 생명 이후의 것이기도 하다.

몸의 근원에 관심을 갖고 시를 써온 정진규가 중시한 섭식, 생식, 감각 등은 모두 생명의 작용이 이루어질 때에 비로소 근원적인 것이다. 그에 비해 뼈와 살은 조금 다른 차원에서 보다 몸의 근원적인 토대를 이루는 것이다. 몸이 생명의 작용을 마쳤을 때도 끝까지 남아 있는 것이 뼈와 살이며, 몸이 형성되기 위한 재료로서의 물질이 바로 뼈와 살이다.

정진규의 시엔 이와 같은 뼈와 살에 기초한 존재인식과 세계인식, 그리고 그에 의한 언어와 표현이 매우 중요하게 등장한다. 이것은 인공에서 자연 쪽으로, 지식에서 생명 쪽으로, 추상에서 구상 쪽으로, 기교에서 무위 쪽으로, 사회에서 우주 쪽으로 존재와 세계의 인식 방향을 향하고 있는 그에게 매우 자연스러운 것이라 생각된다.

이런 이해 위에서 그의 시에 나타난 살과 뼈의 문제를 자세히 살펴보기로 한다.

1) 살

살은 고깃덩어리나 비곗덩어리가 아니라 한 생명체의 감각, 신경, 정신, 생명작용 등이 깃들여 있는 장소이다. 그런 점에서 살은 우주의 대지와 같

다. 살이 없다면 몸의 어떤 기관도 존재할 수 없고, 어떤 생명체도 그 존재
의 정체성을 형태로 드러낼 수 없다. 따라서 살은 몸의 내질이며 외형이
다.

정진규는 그의 시에서 사물과 세계를 느끼고, 인식하고 표현할 때 살에
기댄다. 먼저 그는 한 존재의 존재확인과 그 점검을 살에 기대어 한다.

> ① 내 이승의 살을
>   내가 만져보니 많이 수척해 있었다
>
> — 「잠적 - 알8」의 부분43)

> ② 나의 가장 사랑하는 여자는 요즈음 제일가는 걱정이 내 몸무게가
>   자꾸 줄고 있다는 바로 그것이다 내 줄어드는 몸무게가 그의 비인
>   칸을 자꾸자꾸 넓히고 있음이 확실하다
>
> — 「몸詩 · 1」의 부분44)

> ③ 부기가 빠지지 않는다 가뿐하지 않다 전에는 한 사나흘 그러다 말
>   고 그랬는데 술 마신 다음날이면 더욱 그렇다 몸이 어디 단단히 고
>   장난 게라고 병원엘 다니고 있는 중이지만 모를 것이다 열어 보기
>   전에는 모를 것이다 그러나 나는 안다 슬픔의 부기, 외로움의 부기,
>   미움의 부기, 답답함의 부기, 애매모호함의 부기, 약을 먹어서 될 일
>   이 아니다
>
> — 「어서 봄이나 와서」의 부분45)

인용시 ①의 시인은 자신의 몸 상태를 살로 확인해본다. 그 결과 자신의
몸이 많이 수척해져 있다는 것이다. 살이 빠졌다는 것, 그것은 수척하다는
말의 다른 표현이다. 살이란 왜 찌고 빠지는 것인지 그 이유를 잘 알 수

---

43) 정진규, 『알詩』, 20면.
44) 정진규, 『별들의 바탕은 어둠이 마땅하다』, 11면.
45) 위의 책, 114면.

없다. 그러나 한 인간의 자기존재의 확인이 살에 의해 이루어졌다는 사실과 그 사실을 수척해졌다와 같이 살의 언어로 표현한 것은 매우 인상적이고 의미 깊다. 말하자면 한 존재의 내외적인 건강상태를 이처럼 살로 확인하고 살의 언어로 표현한다는 것이야말로 정진규 시인이 살에 대해 갖고 있는 생각을 반영하는 것이다.

인용시 ②에서는 앞의 인용시 ①에서 보인 수척하다는 말과 유사한 것으로 몸무게가 줄어든다는 말이 사용돼 있다. 몸무게가 줄어든다는 것은 달리 말하면 살이 빠졌다는 뜻이다. 그는 이 시에서 그가 사랑하는 여자의 가장 큰 걱정이 자신의 몸무게가 줄어든다는 사실이라고 말했지만, 실상 그것은 그 자신의 가장 큰 걱정이라고 말하는 편이 적절하다. 앞의 인용시 ①에서와 마찬가지로, 이처럼 몸무게로써 자신의 현 상태를 점검한다는 것, 그리고 그것을 다른 어떤 것보다 중요하게 생각한다는 것은 이 시인에게 살이 갖는 의미가 어떠한 것인지를 알려주는 점이다.

인용시 ③엔 부기가 등장한다. 부기란 살이 부어있는 기운이다. 이 시에서 시인은 자신의 몸이 상하여 병원에 다닐 수밖에 없는, 그럼에도 불구하고 그 질병의 실상을 알기 어려운 자신의 상황을 부기 있는 모습으로 묘사한다. 그런데 살에 기초한 이 부기라는 표현은 몸만이 아니라 정서를 표현하는 데까지 원용된다. 그는 슬픔의 부기, 외로움의 부기, 미움의 부기, 답답함의 부기, 애매모호함의 부기 등과 같은 말을 통하여 외적으로 몸이 부은 것은 이와 같은 내면의 부기를 표현한 것인지도 모른다는 생각을 하고 있다.

살은 이처럼 정진규의 시에서 존재점검과 존재확인의 척도이다. 그런 그의 시에서 또한 살은 존재의 가장 정직하고 내밀한 부분을 일컫는 말이기도 하다. 그 내밀하고 정직한 부분으로서의 살은 정진규에게 늘 긍정적 대상이다. 정진규는 기교를 부리지 않고 안으로 꽉찬, 그러면서 만져지는

살이야말로 인간이 신뢰할 수 있는 존재의 가장 소중한 부분이라고 생각
하는 것이다.

> 속이 꽉 들어찬 것들 내장이 따로 없는 것들 살과 향기가 몸 그 자
> 체인 것들 꼭지 하나로 빨대 하나로 얼굴 빠알갛도록, 터질라! 그저
> 살로만 빨아들이는 것들 그 들숨만의 통로로 끼어들어 사과 한 알에
> 숨어들어 지난 가을 내가 감쪽같이 실종되었음을 그런 나의 內通이
> 있었음을 아무도 몰랐으리
>
> — 「사과를 깎으며」의 부분46)

위 인용시에서 시인은 사과를 가리켜 <속이 꽉 들어찬 것들>이라고 말
하며 그것에 대해 대단한 긍정과 찬사의 마음을 전한다. 그런데 여기서 사
과의 속이 꽉 들어찼다는 것은 그 사과라는 존재가 <살과 향기가 몸 그
자체>라는 점을 말한 것이다. 그러니까 다른 아무것도 섞이지 않은 채 살
과 향기만으로 이루어진 존재, 그것이 바로 사과라는 것이다. 시인은 이와
같은 사과가 다른 어떤 것도 섞지 않은 채 진실한 살로만 세계와 만나고
있다는 점에 주목한다. 살로만 세계와 만나고 있다는 이 말은 사과와 세계
와의 만남이 아무런 인공이나 허세나 가장이 가미되지 않은 물질적 차원
에서 순정하면서도 진실하게 이루어지고 있다는 뜻이다. 시인은 그런 사
과의 내면이 너무나도 매력적이어서 자신도 그 속에 숨어들어 내통하는
시간을 가졌다고 고백하고 있다. 이런 내통의 시간은 생각의 차원을 초월
하여 살만으로 살아가고자 하는 생물로서의 인간, 물질로서의 인간이 되
고자 하는 욕구를 충족시켜주기에 충분하다.

그런데 정진규는 살 가운데서도 특히 <속살>에 집착한다. 속살은 그에
게 외부의 세속적 법칙이나 요구에 의한 어떤 거짓, 가공, 불순함, 속됨, 소

---

46) 정진규, 『本色』, 89면.

외 등도 깃들이지 않은, 이른바 타고난 그대로의 것이면서 그것이 잘 보존
된 것이다. 그는 이런 속살로 세계와 만나는 일과 그 속살을 몸과 삶 속에
지니는 일에 지대한 관심을 쏟는다. 그에게 이 속살이란 세계를 올바르게
만나는 장이자, 각 존재의 자기다움을 끝까지 지키는 장이고, 그런 장 속
에서의 삶이란 어떤 다른 것보다 매력적이며 감동적이기 때문이다.

   ① 바알간 초록시금치 밑둥
     아침 산책 나온
     바알간 오리발 맨발

     채마밭을 지나

     바알간 볼의 소년이
     새 운동화를 신고
     邑內
     학교로 간다

     도시락이 따뜻하다

     아직은
     미워할 수 없는 게
     더 많다
     아직은
     바알간 속살로
     기다리고 있는 게 더 많다

— 「몸詩·24 - 고향에 가서」의 전문[47]

   ② 내가 몸부빌 속살이 만나지지 않았다 그렇게 단단한 한 채의 집 어
    두운 陰毛만 길길이 자라는 집 그 속에 가두고 있었던 지난 나의 겨

---

47) 정진규, 『몸詩』, 59면.

울들을 나의 속살들을 까마귀 한 마리가 찾아와 모두 까먹고 돌아갔
다 (중략) 몸부빌 나의 속살은 또다시 어디에도 없었다 누가 봄이 오
고 있다고 말했지만 또다시 나는 추웠다 목이 말랐다

— 「딱정벌레의 꿈 하나」의 부분[48]

③ 서울이란 말보다 한양이란 말씀이 훨씬 따뜻하고 편하다(중략) 그때
가 그리워서가 아니다 그 하얗게들이 그 속살같은 살결들이 만져지
기 때문이다 母國語의 속살이 만져지기 때문이다

— 「한양이란 말」의 부분[49]

인용시 ①에서 시금치 밑둥, 오리의 맨발, 학교에 가는 소년, 따뜻한 도
시락 등은 시인이 고향에 가서 본, 아직 속살을 제대로 지니고 있는 존재
들의 표상이다. 그는 이들을 발견할 줄 아는 눈과 그것들을 아낄 수 있는
마음을 가진 자로서 이들로 인하여 마음에 들지 않던 세상 쪽에 그래도
가슴을 연다. 속살로 존재하는 것, 속살을 가지고 사는 것을 만나는 일이
야말로 이 시인에겐 어떤 일보다 반갑고 흥분되는 일이기 때문이다.

이와 같은 그에게, 인용시 ②에서 보이듯이 그 자신의 속살이 만져지지
않는다는 것은 참을 수 없이 괴로운 일이다. 속살을 다 잃고 빈 껍질과 같
이 되어버린 자기자신을 바라보면서 그는 탄식한다. 그리고 속살이 없는
그의 삶은 추위와 갈증 속에서 허덕이는 것과 같았다고 실토한다. 속살을
상실한 그는 비유컨대 이 시의 제목에 등장하는 딱정벌레와 같이 외피만
을 지니고 사는 형국이라 생각한다.

정진규는 추상적인 세계에서도 속살이 만져져야만 그것이 비로소 진실
된 것이자 살아있는 것이라 생각한다. 인용시 ③을 보면 그는 여기서 언어
의 속살에 대해 말한다. 한양이란 말에 깃든 속살을, 모국에 속에 깃든 속

---

48) 정진규, 『뼈에 대하여』, 75면.
49) 위의 책, 90면.

살을 그는 기대하고 사랑하는 것이다.

정진규의 시에서, 살, 그 가운데서도 속살은 이와 같이 한 존재의 自在한 자기다움의 실상을 드러내는 상징이며, 더 나아가 존재와 존재가 서로 진정성과 생명성 그리고 구체성을 확인하고 느낄 수 있는 장이기도 하다. 정진규는 그 자신 또한 이런 살을 통해 자기존재를 가늠하고, 세상과 교감하며, 그 세상의 훼손되지 않은 원초적인 자리에 닿고자 한다. 그것은 정진규는 물론 우리 모두가 하나의 생명체로서 그 원초적인 자리를 볼 수 있고 그곳에 닿았을 때 비로소 가장 튼튼한 뿌리를 대지 속에 내리고 그 위에서 흔들리지 않는 자유를 얻을 수 있는 삶을 살 수 있다는 의미로 확대시켜 바라볼 수 있는 부분이다..

2) 뼈

정진규에게 뼈는 살보다 더 근원적인 몸의 핵심이다. 살과 뼈가 일종의 동반자처럼 몸을 구성하는 핵심이지만, 굳이 순서를 따져본다면 뼈가 더 깊고 은밀하며 중심적인 곳에 있다. 정진규의 이런 인식은 그로 하여금 뼈에 열광하게 만든다. 살을 제거하거나 그것이 썩고 난 다음에도 남는 것, 몸의 구성을 위해 가장 기본적으로 맨 먼저 존재해야 할 것, 그것이 바로 뼈이기 때문이다. 그의 이런 생각은 그로 하여금 『뼈에 대하여』라는 시집을 출간하게 하였을 뿐만 아니라 다음과 같은 시를 쓰도록 하기도 하였다.

어머니 무덤을 천묘하였다 살 들어낸 어머니의 뼈를 처음 보았다 송구스러워 무덤 곁에 심었던 배롱나무 한 그루 지금 꽃들이 한창이다 붉은 떼울음, 꽃을 빼고 나면 배롱나무는 骨格만 남는다 髑髏라고 금방 쓸 수도 있고 말할 수도 있다 너무 단단하게 말랐다 흰 뼈들 힘에 부쳐 툭툭 불거졌다 꽃으로 저승을 한껏 내보인다 한창 울고 있다 어

머니, 몇 萬里를 그렇게 맨발로 걸어오셨을까

— 「배롱나무꽃」의 전문50)

　　시인은 위 인용시에서 세상을 떠난 어머니의 뼈를 무덤 속에서 본다. 사실 인간이 살아있는 동안에 인간의 뼈를 육안으로 볼 기회는 거의 없다. 뼈는 늘 살로 가려져 있기에 느낌과 상상으로만 짐작할 수 있을 뿐이다. 그 살이 썩은 자리에서 마지막으로 남아 있는 몸의 흔적, 그것이 바로 뼈이다. 시인은 그 뼈를 어머니의 무덤에서 보며 송구스러운 느낌을 갖는다. 육안으로 처음 본 어머니의 뼈에서 받은 안쓰럽고 미안하고 멋쩍은 느낌을 받았다는 뜻이다. 그는 이 느낌을 상쇄하려고 무덤 곁에 배롱나무 한 그루를 심었다. 그러나 우리가 알다시피 배롱나무란 껍질도 없이 몸 전체가 뼈로 이루어진 것 같은 그런 나무이다. 이 배롱나무가 꽃을 피울 때 그 몸 전체는 꽃으로 이루어진 듯하지만 꽃이 지는 시간과 더불어 그 나무의 몸은 뼈만으로 이루진 모습을 갖게 된다. 정진규는 이런 사실을 놓치지 않고 <꽃을 빼고 나면 배롱나무는 骨格만 남는다>고 곧바로 말한다. 그리고 이어 배롱나무의 골격으로부터 <髑髏>의 이미지를 떠올린다. 어머니의 뼈와 배롱나무의 뼈가 이처럼 촉루의 이미지로 결합되는 것은 뼈만으로 몸을 이루고 사는 것이 배롱나무이듯, 자신의 어머니 또한 뼈를 맨발로 삼아 생애를 살아왔다는 생각 때문이다. 이와 같은 시인의 작고한 무덤 속의 어머니와 이 시인이 묘사한 배롱나무의 뼈는 죽음의 이미지를 풍기며 쓸쓸하고 고단한 이승에서의 생명체들의 삶을 환기시킨다. 그러나 이런 느낌을 받으면서도 그 생명체들의 삶의 이면을 들여다보면 어머니와 배롱나무는 모두 뼈의 근원성, 진실성, 영속성, 완벽성, 구심성 등을 내포하고 있는 대표적인 존재들로 시인의 마음을 끌어들인다.

---

50) 정진규, 『本色』, 47면.

뼈의 이와 같은 속성에 애착을 갖고 있는 시인은 다른 무수한 존재와 세계 속에서도 뼈를 의식한다. 뼈는 그에게 한 존재와 세계의 근본 구조를 확인하고 살펴보게 하는 몸의 핵인 것이다.

> ① 내게 힘이 있다면 移住 금지령을 내리고 싶다 내 말을 무서워하는 사람들도 있을 수 있다면 그 일이 제일 急先務라고 누구에게나 말할 수 있겠다 가보니 빈집들이 너무 많았다 속이 너무 비어 있었다 骨多孔症이 너무 깊었다 뚫린 구멍들이 와글와글하다 할 수 있었다 뜨락에 낡은 신발 몇 켤레로 남기고 떠난 그들의 길이 맨발이 얼마나 따가우랴
>
> — 「빈집 - 알15」의 부분[51]

> ② 말이 나온 김에 하는 말이지만, 이 문주란은 열일곱해 동안 한번도 꽃을 피워본 적이 없다 그간의 내 養生이 저러했으니 알 만한 일이다 그렇다 해도 이제는 꽃을 피우지 않음이 오히려 당당하다 꼿꼿한 슬픔이 되어 있다 슬픔의 흰 뼈대가 보인다(혼자서 집 한채 지어냈다 꽃 같은 것 향기 같은 것 피워 질척댈 생각 버린 지 벌써 오래다) 그는 나와 수준이 다르다
>
> — 「몸詩 · 90 - 그는 나와 수준이 다르다」의 부분[52]

> ③ 이 삼복염천에 그것도 90년 만에 처음이라는 무더위 속에서 아내가 집수리를 시작했다 90년 만에 처음으로 하는 집수리처럼 적극적으로! 땀띠를 온몸에 뒤집어쓰고 집의 곳곳을 쑤셔댔다 삭은 내 집의 뼈들이 오소소 드러났다(중략) 열어보아야 안다더니 그게 맞았다 손 댈 수 없게 된 곳도 여럿 있었다 그런 건 그대로 다시 봉합하면서 아내는 울었다
>
> — 「집수리 - 알35」의 부분[53]

---

51) 정진규, 『알詩』, 27면.
52) 정진규, 『몸詩』, 27~28면.
53) 정진규, 『알詩』, 52면.

인용시 ① 속의 시인은 시골에 있는 고향마을을 방문한 것이다. 그는 거기서 거의 모두가 도시로 떠나고 온통 빈집만이 즐비한 마을을 본다. 그는 이런 마을을 보고 <骨多孔症> 환자와 같은 모습으로 상상한 것이다. 골다공증이란 몸의 근본구조인 뼈에 심각한 이상이 온 것임을 우리는 알고 있다. 따라서 여기서 중요한 것은 이 시인이 텅 빈 그의 고향마을을 뼈의 상상력에 기대어 골다공증 환자와 같은 모습으로 읽고 있다는 것이다. 하필이면 왜 고향마을의 황량함을 보며 골다공증 환자와 같다는 인식을 하였으며 그런 표현을 하였을까. 이것은 앞에서 말했듯이 그의 존재와 세계인식이 바로 몸에 근거하여, 그 가운데서도 몸의 핵인 뼈에 근거하여 이루어지고 있다는 점을 반영하는 것이다.

인용시 ②에서도 시인은 존재의 가장 핵심이 되는 것을 뼈의 상상에 기대어 <뼈대>로 파악한다. 그는 자신이 소홀히 다룬 바람에 17년 동안 꽃한 번 피워보지 못한 문주란 앞에서 난감한 심정이 된다. 그러나 곧 그의 사유와 상상의 방향이 질적 변화를 일으켜 이 문주란이야말로 꽃이니 향기니 하는 외적 화려함을 넘어서 <흰 뼈대>를 그의 몸속에 간직하고 있다는 생각을 한다. 그것을 보고 그는 문주란이 <꼿꼿한 슬픔>의 집을 한 채 지었다고 역설을 구사한다. 이것은 방금 말했듯이 역설이지만 그가 강조하고 싶은 것은 그 문주란이야말로 절제와 극복과 극기 속에서 내면에 <흰 뼈대>와 같은 핵심만을 소중하게 키워온 존재라는 점이다.

정진규의 뼈의 상상력은 인용시 ③에서 보다 실감 있게 구사된다. 그는 자신의 낡은 집을 수리하는 현장을 보고 <삭은 내 집의 뼈들이 오소소 드러났다>고 쓰고 있다. 집의 안쪽에서 뼈를 보고 있다는 사실, 집인 몸의 기본구조를 이루는 뼈들이 삭았다는 사실, 그런 뼈들 앞에서 비애감으로 눈물을 흘렸다는 사실, 이 모두가 그의 뼈의 상상력과 뼈에 기초를 둔 세계인식의 현실을 보여주는 것이다.

뼈가 삭는다는 것은 한 존재와 세계의 몸이 죽음이라 말할 수 있는 무기물의 장으로 되돌아간다는 것이다. 에로스적 생명감에 깊게 기울어져 있는 정진규에게 뼈가 삭는다는 이 생명체의 마지막 해체과정은 참기 어려운 타나토스적 고통을 가져다준다. 몸의 핵을 이루는 뼈, 그 뼈가 건강할 때, 비로소 몸은 활력 속에서 에로스적 힘을 발산할 수 있다고 보는 것이 정진규의 생각이다. 다음과 같은 그의 시를 보면 뼈의 해체과정 속에서 그가 얼마나 상심하는가를 잘 만나볼 수 있다.

> 서해바다 대부도 어디를 지나다 혼자서 만난 뻘밭 이제는 물이 들지 않는 뻘밭 허리께까지 빠져 뼈까지 삭아가고 있는, 쓰린 소금쩍 일고 있는 목선, 목선 한 隻이 그렇게 뻘밭을 더욱 뻘밭이게 하고 있음을 보았다 죽은 물고기들의 뼈, 뼈들을 깊게 감춘 뻘밭 뼈들의 무덤 물새 한 마리 날지 않았다 푸슬푸슬 삭고 있는 나의 삭은 뼈 물기 가진 내 뼈가 세상을 더욱 뻘밭이게 하리라는 생각이 자꾸 들었다 지나가는 사람 하나 없었다 언젠가는 알도 슬 수가 없게 될 한 隻 내 육신의 배를 자꾸 만졌다

— 「뻘밭 - 알49」의 전문54)

서해의 대부도를 지나던 시인은 뻘밭을 만난다. 그런데 그 뻘밭은 물이 더 이상 들지 않는 마른 뻘밭이다. 시인은 이 뻘밭을 보고 뼈의 상상력을 가동시켜 그 뻘밭이야말로 죽은 뼈들의 무덤과 같다는 생각을 한다. 그 무덤과 같은 뻘밭 속에는 낡아빠진 목선의 삭은 뼈, 죽은 물고기들의 무수한 뼈가 누워 있을 것이라고 생각은 이어져 나아간다. 그런 그의 생각은 또한 자신의 뼈도 삭아 이 세상이라는 거대한 뻘밭을 더욱 메마르게 할 것이라는 데로 이어진다. 시인의 이런 상상 혹은 사념 속엔 대부도의 뻘밭도, 자신의 몸도, 그리고 이 세상이라는 뻘밭도 모두 <알을 슬 수가 없게> 된

---

54) 정진규, 『알詩』, 72면.

불모의 몸처럼 말라버렸다는 아픈 인식이 들어 있다. 뼈의 생성과 해체는 그런 점에서 한 존재의 에로스와 타나토스, 건강과 죽음을 알려주는 지표이다. 정진규는 위의 인용시에서 그와 같은 점을 말하고 있다.

정진규에게 이처럼 한 존재의 몸에서 가장 소중한 핵인 뼈는 그가 한 존재의 몸과 삶 속에 깃든 모든 외피를 거두어 버리고 궁극적으로 도달하여 만나고자 하는 세계이기도 하다. 그러니까 그는 존재와 세계의 뼈에 당도했을 때, 그 자신이 뼈만으로의 삶을 살 수 있을 때, 가장 정갈한 존재와 세계의 핵심을 직시한 것이며 동시에 그런 삶을 산 것이라 생각하는 것이다. 그의 시집 제목이자 작품 제목이기도 한 「뼈에 대하여」를 보면 이 점이 매우 확실해진다.

> 사람의 뼈 나무의 뼈 흙의 뼈 이별의 뼈 슬픔의 뼈 바람의 뼈 컴퓨터의 뼈 뼈에 당도하기 뼈에 이르기 그걸 하고 있다 내 가장 사랑하는 여자도 뼈일 뿐이다 뼈로만 남아 있다 내가 여자의 살을 다 발라먹은 탓이다 사랑은 살일까 아니다 아니다 살의 숲을 헤치고 뼈를 찾아내기 살을 버리기 마침내 뼈로만 남아 있기다 서로가 하얗게 하얗게 별들로만 빛나기다 어젯밤 나의 꿈 나의 물푸기 내 幼年이 고기를 잡고 있었다 마지막 바닥엔 뼈들만 소복하게 남아 있었다 빛의 뼈, 별들만 소복하게 남아 있었다 아프게 살을 버린 사람들 그들의 것이라 하였다 어젯밤 나의 꿈 나의 물푸기 아, 그것은 물푸기가 아니라 살푸기 누가 살버리기라 하였다 어머니 당신도 지금 그렇게 계시지요 확실히 보였다

— 「뼈에 대하여」의 전문55)

위 시에서 시인의 목적은 모든 존재와 세계의 뼈에 도달하는 일이다. 이때의 뼈란 말할 것도 없이 존재의 처음이자 마지막이며 중심과 같은 것이

---

55) 정진규, 『뼈에 대하여』, 15~16면.

다. 그는 자신을 포함한 우리 모두가 이 뼈를 만났을 때, 진정 존재나 세계
와의 만남이 참답게 이루어진 것이라 생각한다. 그런 그는 주위의 모든 것
에서 뼈를 보고자 하고, 그 뼈와 참다운 만남을 이룩하고자 한다. 그에게
그런 뼈란 별 같은 빛을 발휘하는 존재이다. 시인은 이와 같은 뼈에 도달
하기 위하여 이와 대조적인 것으로 모든 외피의 표상을 가리키는 살이란
말을 쓰지만, 이때의 살이란 앞장에서 다룬 살과 다른 의미이다. 그렇다
하더라도 그는 그가 애착을 가졌던 그 살보다 더 깊숙한 곳에, 더 깊은 아
래쪽에, 그리고 더 중심에, 더 나중에까지 자리하는 것이 존재와 세계의
뼈라고 생각한다. 그런 뼈에 도달하기 위하여 그가 그토록 역설하고 다짐
한 것이 소위 <비우기>와 <버리기>이다.

　정진규가 뼈를 발견한 것, 그 뼈에 근거하여 존재와 세계를 읽은 것, 뼈
의 상상력을 가동시키고 그 언어를 구사한 것, 그 뼈의 세계가 상징하는
곳에 도달하고자 하는 것, 그와 같은 삶을 살고자 하는 것, 이 모든 것은
앞서 말했듯이 존재와 세계를 몸으로 파악하고 만나고자 하는 것은 물론
그 몸 가운데서도 가장 본원적인 것을 찾아 그로부터 세상을 향해 나오고
그를 향해 세상으로부터 들어감으로써 가장 정직하고 단단한 터전 위에서
참다운 자유인의 삶을 건강하게 이루어보고자 하는 뜻을 담고 있는 것이
다.

　뼈를 발견하고 그것에 도달하고자 하는 정진규의 이와 같은 자각과 능
력과 노력은 시종 그의 시는 물론 그의 시정신을 들뜨지 않게 하면서도
자유로운 세계를 유영하게 하고 이와 더불어 삶의 구체성을 항상 획득하
도록 하는 원천이다.

5. 맺음말

　지금까지 살펴본 바대로 정진규는 그의 시에서 크게 보아 생물체로서의 몸을 존재와 세계인식은 물론 그 표현과 수사의 토대이자 원천으로 삼고 있다. 그 가운데서도 그는 몸의 생명작용이 이루어지는 섭식과 생식의 문제에, 그리고 지각작용이 이루어지는 감각기관에, 몸의 기본구조와 형태를 이루고 있는 뼈와 살의 존재에 큰 관심을 쏟고 있다.

　그는 관념적인 정신보다 생물체로서의 몸 쪽에 기울어지는 시인이다. 생물체로서의 몸이 정신보다 근원적이라고 생각하기 때문이다. 이와 같은 생물체로서의 몸이 생명작용을 하는 데 무엇보다 기본을 이루는 섭식의 문제에 그는 아주 큰 관심을 갖고 이와 더불어 생식의 문제에도 큰 관심을 가진 것이다. 그런데 명확하게 이 두 가지 문제 중 선후관계를 밝히라면 정진규는 그의 시에서 섭식의 문제를 생식의 문제보다 앞에 놓고 있다. 그러나 결국 이들은 서로 깊이 얽혀 있다.

　다음으로 정진규는 그의 시에서 세계와 만나는 창이라고 부를 만한, 이른바 다섯 가지 감각기관에 크게 기울어져 있다. 그 가운데서도 그는 자연과 본능 그리고 무위 쪽에 가까운 촉각과 후각 그리고 미각에 크게 기울어져 있다. 그의 이와 같은 촉각 지향성, 후각 지향성 그리고 미각 지향성은 그가 감각기관 가운데서도 보다 근원적인 것에 의하여 존재와 세계를 인식하고 그에 토대를 두고 그들을 표현하고자 하였기 때문이다. 인공성과 기교성이 강한 시청각중심주의에 대한 그의 경계는 매우 중요한 의미를 갖는다.

　정진규는 생명작용, 감각작용과 같은 활동적인 기관 이외에 인간의 몸을 구성하는 물질로서의 뼈와 살에 남다른 관심을 보이고 있다. 사실 정진

규는 이 뼈와 살이 앞의 두 가지 작용보다 더욱 근원적이라는 것을 전해
준다. 따라서 그의 존재와 세계에 대한 인식 및 감수는 이 물질로서의 뼈
와 살에 의하여 보다 깊숙이 이루어지고 그들의 표현 또한 여기서부터 시
작된다. 결국 정진규는 생명작용과 감각작용보다 먼저 몸의 원천을 이루
고 있으면서 가장 깊은 중심에서 묵묵히 존재하는 뼈와 살에 이끌린 것이
다. 이 뼈와 살은 생명과 감각이 사라진 후에도 남는 것이고, 그 가운데서
도 뼈는 살의 해체 이후에까지도 남는 것이다. 그런 점에서 정진규가 뼈에
보인 애착은 대단하거니와, 그것은 그가 모든 존재와 세계의 몸이 지닌 첫
자리이자 마지막 자리가 어떤 것인가를 직시한 결과이자 그와 같은 곳에
서부터 존재와 세계를 인식하고 그에 의하여 말할 때 비로소 선후가 바뀌
지 않는 자연스럽고 억지가 없는 삶이 가능하다고 본 것이라 할 수 있다.
　정진규는 그의 시 「몸詩・13」에서 <내 몸의 무게가/내 생각의 무게보다
도/내 느낌의 무게보다도/늘 가볍다는 걸/내가 알고 있는 것뿐이었다>고
말한다. 이것은 그 동안 시인 자신은 물론 우리의 삶과 시대 속에서 몸보
다 생각과 느낌이 더 높은 자리와 더 큰 자리를 지배적으로 차지함으로써
실제의 토대이자 근원인 몸이 소외되었다는 것과, 존재와 세계인식의 순
서가 잘못되었었다는 것을 알려주는 부분이다. 이런 그의 인식은 그의 시
선이 한 존재의 아래쪽을 향하여 점점 하강함으로써 몸을 만나게 한 것이
고, 그 존재의 안쪽으로 점점 들어감으로써 감각, 생식, 섭식 등의 과정을
거쳐 뼈와 살을, 그 가운데서 뼈를 만나게 하였던 것이라 할 수 있다. 정진
규가 뼈에 당도하기까지의 길은 이처럼 멀고 길다. 그러나 그는 이것을 만
남으로써 자신을 포함한 모든 존재와 세계의 정체성을 가장 간결하게 핵
심만으로 구성할 수 있었으며, 세속의 어떤 정체성 앞에서도 흔들리지 않
는 의연함과 억압당하지 않는 자유를 확보해 나아갈 수 있었던 것이다.
　글을 마치며 한 가지 첨언할 것은, 정진규의 시에서 몸의 분비물로서 몸

의 자생적 언어라 할 수 있는 눈물과 땀이 특별히 중시되고 있다는 점이
다. 이것은 몇몇 작품에만 나오기 때문에 여기서 상세하게 다루지는 않았
으나 그의 몸의 언어와 수사학을 이해하는 데 참고해야 할 부분이다.

Ⅳ. 에로스 지향성

1. 문제제기

존재와 세계는 삶의 본능인 에로스와 죽음의 본능인 타나토스 사이에서 움직인다. 에로스와 타나토스는 서로간에 대립, 갈등, 지배, 위축, 공존, 상생, 화해 등의 다양한 관계를 맺고 있다.

이 우주 속에서 하나의 존재이자 세계로 살아가는 인간들은 이러한 에로스와 타나토스의 다채로운 상호작용 속에서 있을 수밖에 없다.

그런데 하나의 존재나 세계가 에로스와 타나토스, 이 두 가지 본능 가운데 한 가지 본능에 유독 지배당해 있다는 것은 그 이면에 그럴 만한 필연성을 내재시키고 있으며, 그와 같은 극단적 지향성 속에는 그것이 지닌 의미와 의의가 내재돼 있게 마련이다.

정진규의 시 속엔 에로스의 세계를 지향하는 강렬한 힘이 존재한다. 그의 정신과 시심은 에로스의 세계에 매료돼 있으며, 그 에로스의 세계를 창조하거나 발견하거나 만남으로써 그는 <미적 전율>과 <정서적 황홀경>

에 빠져든다.

이와 같은 정진규의 시를 읽고 나면 <생명감>으로 충만해지는 것을 느낄 수 있다. 그의 시를 통하여 자아와 세계는 추상화되지 않고 구체화되며, 소멸의 길로 가지 않고 생성의 길로 올라서며, 파편화된 단절감이 아닌 통합된 연속감을 갖게 된다. 그런 이유를 바로 정진규의 시가 지닌 에로스 지향성에서 찾을 수 있다. 그의 시가 지닌 이런 에로스 지향성은 살아있는 것을 발견할 뿐만 아니라 살아 있는 것을 더욱더 왕성하게 살려내며, 죽어 있는 것조차 살려내는 원동력이 되고 있다.

한 사람이 에로스 지향성에 이끌린다는 것은 개인적인 이유와 시대적인 이유, 더 나아가 우주적인 이유를 갖고 있는 것이라 판단된다. 정진규의 시에 나타난 에로스 지향성의 양상을 살펴보는 자리에서도 이와 같은 사실을 확인할 수 있다.

이런 전제 위에서 정진규 시에 나타난 에로스 지향성의 양상을 구체적으로 살펴보고 그것이 지닌 의미를 세밀하게 탐구해보기로 한다. 그렇게 함으로써 우리는 정진규라는 한 시인의 내면세계는 물론 그가 살고 있는 사회와 시대, 그리고 그가 존재하는 우주의 질서까지도 읽어볼 수 있을 것이다.

2. 에로스 지향성의 양상

1) 여자와 관능

정진규 시의 에로스 지향성을 탐구하는 첫 자리에서 관심을 가져야 할 사실은 여자와 관능에 대한 정진규의 이끌림과 해석이 매우 흥미롭다는 점이다. 정진규의 시에서 여자는 <여자>라는 이름으로, <아내>라는 이름으로, <어머니>라는 이름으로, <암컷>이라는 이름으로 등장한다. 그때 이와 같은 이름의 여자들은 모두 관능적인 대상으로 인식된다. 관능이란 무엇인가. 그것은 사전적 정의에 의하면 ①생물의 모든 기관의 작용. 폐의 호흡, 눈의 시력 등 ②오관 및 기타 감각 기관의 기능 ③육체적 쾌감을 느끼는 작용 ④감각, 감관 등의 뜻을 갖는다.[1] 결국 이 정의에 따르면 정진규는 여자를 생물로, 감각으로, 육체적 쾌감의 대상으로 대하거나 느끼고 있다는 뜻이다. 이것을 더 요약해서 말한다면 여자를 살아있는 존재로 읽고 느끼고 대면한다는 뜻이다.

그런데 누구보다도 에로스 지향성을 강하게 갖고 있는 정진규는 그 여자들을 넓은 의미의 생명으로 읽고 대하고 느끼면서도 보다 핵심적으로는 성적 대상으로 읽고 대하고 느낀다. 그렇다고 해서 방금 말한 <성적 대상>이란 말을 포르노적 욕정의 대상으로 읽어서는 곤란하다. 정진규에게 있어서 <성적 대상>으로 등장하는 여자는 생명을 잉태하고 생명을 낳고 생명을 키울 수 있는 생명의 원천으로 읽히기 때문이다. 생명을 잉태하고, 그 생명을 낳고, 그 생명을 키우는 존재로서의 <성적 대상>, 그것이 바로 정진규의 여자들인 것이다.

> ① 여자는 애인일 때가 최고다 절대는 아니지만
>   그것도 수정한 적이 없다
>
>   — 「아름다운 지구 - 알25」의 부분[2]
>
> ② 새끼를 못 까는 여자하고는 연애도 언제나 가짜였다
>
>   — 「따뜻한 한몸 - 알20」의 부분[3]

---

1) 이희승 편, 『국어대사전』, 민중서관, 1978. 275면.
2) 정진규, 『알詩』, 세계사, 1997, 40면.
3) 위의 책, 30면.

③ 그 여자와 이별하면서 나는 그 여자에게 이제 어머니로 돌아가라고
  말한 바 있다 너는 이제 어머니가 되었다고 말한 바 있다 여자는 함
  께 있으면 계집이 되고 헤어지면 어머니가 된다 그게 여자의 몸이라
  는 것이 나의 결론이다

— 「이별」의 전문4)

위의 세 인용시를 보면 정진규에게 여자는 <애인>으로, <연애>의 대
상으로, <계집>으로 읽힌다. 그가 여자를 이렇게 읽는 것은 그 여자를 관
능적으로 맞이하고 있다는 뜻이다. 그것도 인용시 ②의 한 구절이 가리키
는 바와 같이 <새끼>가 상징하는 바 생명을 <까는(낳는)> 여자로 맞이하
고 있다는 뜻이다. 이런 정진규에게 <여자>, 아니 <여자의 몸>은 인용시
③에서처럼 <계집>으로 다가온다. 그는 계집으로서의 여자를 애인으로
삼아 연애를 하고 있는 것이다. 그것이 정진규가 여자를 보는 첫 마음이
고, 그 안에 정진규가 이끌리고 있는 에로스 지향성이 숨어 있는 것이다.
　정진규는 인간으로서의 여자뿐만 아니라 <암컷>들에게도 관능적인
반응을 보인다. 그에게 세상의 많은 생명들은 암컷일 때 각별한 대상으
로 눈에 들어오고, 그 암컷들은 그에게 <연애>의 대상이자 <애인>이며
<계집>과 같은 존재로 느껴진다.

① 지난 늦봄 우리집 담장 위에서 마지막으로 붉은 生理를 끝낸, 마지
  막답게 기저귀도 차지 않고 세상에! 부끄러움도 없이 골목길 가득가
  득 마구 적시던, 넝쿨장미를 오늘 다시 본다

— 「넝쿨장미 - 알 52」의 부분5)

② 쩌억 벌리고 있는 살들의 입, 입술들의 바다, 대음순 소음순들의 바

---

4) 정진규, 『도둑이 다녀가셨다』, 세계사, 2000, 24면.
5) 정진규, 『알詩』, 75면.

다, 분홍바다, 속은 차마 들여다보지 못했다

― 「도봉산 진달래 꽃바다 - 알 51」의 부분6)

정진규는 인용시 ① 속의 넝쿨장미를 암컷으로 인식하며 그에게서 연정을 느낀다. 정진규는 이 넝쿨장미를 보며 <生理>하는 여성을, 그 생리 속에 숨어 있는 생명과 에로스적 힘을 본다. 그리고 정진규는 다시 인용시 ② 속의 <도봉산 진달래 꽃바다>를 암컷의 바다로 인식하며, 그 바다 속에 밀물처럼 밀려드는 <대음순 소음순들>의 생명적 율동을 본다. 이처럼 세상을, 아니 생명을 암컷으로 읽고, 그 암컷을 애인으로 대하며 연정을 느끼고, 그 암컷인 애인의 몸으로부터 탄생될 신생의 생명을 읽는 정진규의 정신적 근저는 누구도 따라올 수 없는 에로스적 힘에 붙들려 있는 것이다.

남자에겐 여자가, 여자에겐 남자가 있어야 에로스적 본성은 완성된다. 그러나 굳이 경중을 따지자면 에로스적 본성을 완성시키는 주체는 여자이다. 여자는 생명을 만드는 데 필수적인 물질을 대부분 제공할 뿐만 아니라, 그 생명은 여자의 몸에서 일정 기간 살다가 이 세상에 나와 또한 그 여자의 품속에서 성장하기 때문이다. 남자인 정진규는 그 자신이 남자라는 사실을 인식하면서 여자에게 기대지 않고는 그의 에로스적 본성이 완성될 수 없다는 것을 수시로 고백한다.

> ① 집에
> 한 여자를 두고 있는 내가
> 밖에서
> 또다른 여자들을 만나고 있다
> 여자들은 가장 좋은 내 상징이다

---

6) 위의 책, 74면.

나의 집이다 세상이다

— 「몸詩·37 - 새벽」의 부분[7]

② 가을엔 아내의 집에 머물기로 합니다 떨어진 입성도 기워 입기로
  합니다 여뀌꽃처럼 가난한 아내가 데운 뜨거운 목욕물, 거기 잠시
  잠깐 나를 허락해 두기로 합니다.

— 「가을집」의 부분[8]

③ 그래,
  이 세상에서 가장
  완벽한 바구니는 여자의 몸이야
  완벽한 집은 여자의 몸이야
  당신도 거기서 왔어
  그가 당신을 빚어내었어
  너를 그대를 담아낼 수 있는 나의
  오직 하나의 바구니!
  그걸 하자고 <몸詩> 아닌가

— 「몸詩·27 - 완벽한 바구니」의 부분[9]

남성으로서의 자의식을 갖고 있는 정진규는 인용시 ①에서 보이듯이 여
자를 자신의 <집>이며 <세상>이라고 생각한다. 이렇게 집이자 세상인
여자가 없는 한 그는 바깥을 떠도는 사람에 불과하다. 그는 집이자 세상인
여자의 몸 속에 머문다. 그 여자로 인하여 그는 에로스적인 힘을 얻고 그
자신도 세계에 참여하여 에로스적 본성을 완성시킨다.

인용시 ②를 보아도 비슷한 정황이 전개된다. 모든 것이 생명성을 상실
하는 가을날, 그는 계절과 관계 없이 생명의 상징으로 존재하는 여자, 곧

---

7) 정진규, 『몸詩』, 세계사, 1994, 123면.
8) 정진규, 『연필로 쓰기』, 영언문화사, 1984, 58면.
9) 정진규, 『몸詩』, 109~110면.

<아내의 집>에 머물고자 한다. 생명의 집인 아내가 없는 한 그의 가을은 타나토스로 가득하다. 그러나 그는 <아내의 집>에, 그리고 그 아내가 생성해낸 <뜨거운 목욕물>에 그를 의탁함으로써 겨우 그를 침입해 들어오는 타나토스의 힘을 따돌리고 에로스적 세계로 들어간다.

인용시 ③을 보면 여자는 그 자체로 완벽한 바구니라고 인식된다. 남자가 없이도 완벽하며 자족적인 생물학적 몸이라고, 정진규는 여자를 읽는 것이다. 남성인 정진규는 그 자신뿐만 아니라 뭇 남성들을 향하여 당신들은 여자의 완벽한 몸 속에서 나왔다고, 여자는 당신을 담아서 살려낼 수 있다고, 그 여자가 아니면 이 세상의 에로스적 본성은 언제나 가짜라고 역설하는 터이다.

여자를 생물학적 대상으로만 인식하는 데는 문제가 있다. 여자는 생물학적 존재이면서 동시에 사회적 존재이고 더 나아가 우주적 존재이기 때문이다. 그러나 몸을 가진 생물학적 존재로서의 여성을 인식하되, 그 본질과 특성을 제대로 인식하면서 그 동안 생물학적 차원에서까지 남성우월주의에 빠졌던 남성중심적 담론과 이데올로기를 수정하는 일은 물론, 이 세상에 존재하는 에로스적 본성의 원천이자 궁극을 여성으로부터 찾아낸 일은 매우 의미 있는 것이라 판단된다. 그리고 이와 아울러 정진규의 내면을 사로잡고 있는 에로스적 본능의 실상이 어떤 것인지를 이로부터 살펴볼 수 있는 것도 의미 있는 일이라 생각한다.

그런데 정진규의 에로스적 지향성은 여기서 끝나지 않는다. 이것은 그의 에로스적 본능을 알려주는 시작일 뿐이다.

2) 자궁과 회임

정진규는 자궁에 집착한다. 그리고 그 자궁 속에서 벌어지는 신비한 사건, 곧 회임에 특별히 집착한다. 자궁이란 어떤 세계인가. 자궁은 생명이 싹트는 집이요, 생명이 자라나는 집이며, 생명을 품어 안는 집이다. 필자는 방금 자궁을 <집>으로 표현하였지만, 그때의 집은 도구 혹은 그릇으로서의 의미를 갖는다기보다 그 자체가 하나의 자족적인 생명이면서 또 다른 생명을 탄생시키는 존재이다.

조금 좁혀서 말한다면, 정진규는 앞장에서 논의한 여자와 암컷에 대해, 그 가운데서도 여자와 암컷의 자궁에 대해 관심과 애정을 갖는 것이다. 그리고 그 자궁 가운데서도 회임하는 자궁, 회임하고 있는 자궁, 생명을 키우는 자궁, 생명을 낳는 자궁에 대해 관심과 애정을 보여주는 것이다.

이와 같은 정진규의 눈엔 수많은 자궁들이 들어온다. 가령 다음과 같은 작품들을 보기로 하자.

> ① 전에는 길에 다니는 애 밴 여자들을 만나면 별로였는데 요즘엔 그
> 렇지가 않다 <그렇지가 않다> 정도가 아니라 예뻐서 환장을 하겠다
> <예뻐서 환장을 하겠다>고까지 나는 어느 여자들 앞에서 정색을 하
> 고 토로한 바 있으며, 그래서 점수를 크게 딴 바도 있다 바로 그 때,
> 그동안 소문나게 여자를 탐해 온 나, 나를 향해 높이 들려져 있던
> 저들의 검은 방패가 가뭇없이 내려지는 것을 나는 보았으며 나 또한
> 맑게 비운 그릇 하날 가슴에 바쳐들고 서 있는 바알간 少年腹事와
> 같았다 여자를 제대로 사랑하는, 세상을 제대로 사랑하는 核이 어디
> 에 있는지 짐작이 좀 갔다고 할 수 있다
>
> — 「몸詩·9」의 전문[10]

> ② 기쁨 중의 기쁨은
> 이 봄날
> 길가의 꽃나무들이나
> 하찮은 쑥부쟁이나 개비름 모두

---

10) 정진규, 『별들의 바탕은 어둠이 마땅하다』, 문학세계사, 1990, 20면.

울컥울컥 입덧하는 걸 보는 일일세
저들을 다 내 마누라로 삼고야 싶지만
그많은 새끼들을 어쩌겠는가

— 「몸詩 · 18 - 편지」의 부분11)

③ 알을 가득 밴 여치, 그 알들이 목구멍까지 차오른, 그 속이 다 들여
다뵈는, 연록색 여치를 말한 일본 사람 요시노 히로시를 오늘 아침
우리집 식탁에서 확인했다 그의 연록색 목소리는 가벼웠다 그 정도
가 아니었다 청어구이를 먹다가 청어의 알들이 청어의 대가리까지,
아가미 바로 밑까지 가득 차오른 것을 나는 보았다 목이 메어서 밥
을 먹는 일을 그만두었다

— 「청어구이 - 알29」의 부분12)

정진규는 인용시 ①에서 임신한 여성을 본다. 더 정확히 말하자면 여성
의 임신한 몸(자궁)을 본다. 그에게 이것은 발견이다. 그는 이 발견을 통하
여 <여자를 제대로 사랑하는, 세상을 제대로 사랑하는 核>을 알게 되었
다고 고백한다. 그뿐만 아니라 그는 이와 같은 발견을 통하여 그 존재로부
터 <예뻐서 환장을 하겠다>고 말할 만큼 황홀한 전율을 느낀다고 고백한
다. 이런 그의 고백과 전율의 근저에는 여성의 임신한 몸(자궁)에서 비롯
되는 에로스적 기운과 정진규 자신이 그것에 불어넣는 에로스적 힘이 숨
어 있는 것이다.

인용시 ②로 가보자. 이 시를 보면, 정진규는 자궁과 회임의 모습을 여
성에게서뿐만 아니라 길가의 꽃나무들, 쑥부쟁이, 개비름 등과 같은 식물
들에서도 본다. 자궁과 회임의 모습에 이끌리고 있는 정진규에게 방금 열
거한 대상들은 <울컥울컥 입덧>을 하는 것으로 다가온다. 그는 이들 앞에
서 그들을 남성인 자신의 <마누라>로 삼고 싶은 충동을 느낀다. 자궁과

---

11) 정진규, 『몸詩』, 62면.
12) 정진규, 『알詩』, 46면.

회임한 모습에 이끌린 탓이다. 이처럼 세상의 수많은 존재들 속에서 자궁과 회임의 모습을 보는 정진규는 세상과 존재를 에로스적 본성으로 읽고 느끼는 대표적인 사람이다. 그는 이들은 통하여 자신의 몸 속에 에로스적 기운을 받아들이고, 자신의 에로스적 지향성을 통하여 이들을 에로스적 존재로 살려내는 것이다.

인용시 ③은 생명 속에 잠재해 있는 에로스적 본성이 얼마나 강력한 것인지를 여실히 보여주는 실례이다. 목구멍까지 차오를 만큼 알을 밴 여치, 아가미 바로 아래까지 알이 차오른 청어는 바로 앞서 말한 내용을 아주 잘 보여주는 실례이다. 이와 같은 에로스적 본성의 실현으로 몸 전체가 알집이 되고 그 속에 셀 수도 없을 만큼의 알을 회임하고 있는 여치와 청어 앞에서, 정진규는 <목이 메>인다. 이 맹목에 가까운 에로스적 본성이 그의 눈물샘을 자극한 것이다. 어쩌자고 세상엔, 그리고 그 속의 생명들에겐 이토록 엄청난 에로스적 본능이 잠복해 있는 것인가. 정진규는 이런 사실 앞에서 감탄을 넘어 연민을 느끼는 것이다.

정진규는 여자나 개체로서의 생명에서뿐만 아니라 <물>이나 <대지> 같은 물질 속에서도 자궁과 회임의 목습을 본다. 그에게 물과 대지는 그 전체가 자궁인 존재이다. 따라서 물과 대지 앞에서 그의 에로스적 본능은 강하게 움직인다.

> ① 그는 다시 말했다 햇살이 그의 따뜻한 혀로 이슬들 핥기 시작한 바로 그때쯤, 마침내 물 속에서 솟아오른 꽃을 두고 오, 물이 알을 낳았다고!
> 그러니까 꽃은 알이다 그러니까 물은 子宮이다 두근거림이란 회임한 내 아내의 배에 귀를 대고 내가 듣던 바로 그런 소리다 내게도 그런 날이 있었다
>
> ─ 「몸詩·36 - 물 속엔 꽃의 두근거림이 있다」의 부분[13]

② 얼마라던가 그 정확한 단위는 잊었지만 아무튼 몇 만 톤, 그런 정도
   의 어마어마한 힘! 이른봄 언 땅 밀고 나오는 여린 새싹 한 잎의 힘
   을 그 초록힘을 수치로 산출해보면 그렇다고 했다 우리 여자들이 밀
   물 썰물로 제 몸 속에 가두고 있는 바다, 애기를 낳는 힘, 그 절대
   순간의 힘, 낳는 힘! 그것과 똑같다고 했다.

— 「우리나라엔 풀밭이 많다」의 부분14)

인용시 ①에서 물은 <子宮>이다. 정진규는 <子宮>으로 읽은 물 속에서 <회임한 내 아내의 배에 귀를 대고 내가 듣던 바로 그런 소리>가 난다고 말한다. 여기서 물과 아내의 몸은 자궁으로서 동질적이다. 자궁을 가진 이런 물과 아내의 몸 속엔 회임의 시간이 깃든다. 그리고 그 회임의 시간이 성숙하면 자연스럽게 <알>로 표상된 생명이 탄생된다.

정진규의 인용시 ②도 흥미롭다. 이 시는 한편으로 생명의 탄생 속에 깃든 에로스적 힘의 어마어마함에 대해 언급하고 있지만, 다른 한편으로 보면 <언 땅>으로 표상된 대지가 실은 그 자체로 자궁이었다는 사실을 전해주고 있다. 자궁인 대지는 그 속에 생명들을 회임하고 있었다. 그 회임한 생명들이 봄을 맞이하며 세상으로 제 존재를 밀어올린 것이다. 대지 전체가 그 자체로 자궁이라는 상상력과 인식, 그것은 에로스적 지향성에 빠져든 사람이 보여줄 수 있는 가장 적합한 상상력이자 인식이다. 그리고 앞의 인용시 ①을 통해 본 바와 같이 물이 그 자체로 전체가 자궁이라는 상상력과 인식 또한 에로스적 본성의 율동에 사로잡힌 사람이 보여줄 수 있는 최고의 상상력이자 인식이다.

정진규는 자궁의 부재와 회임의 불가능성에 대해 아주 상심한다. 그것은 이런 경우야말로 에로스적 본성이 상실되어 버린 경우이기 때문이다.

---

13) 정진규, 『몸詩』, 26면.
14) 정진규, 『도둑이 다녀가셨다』, 13면.

달리 말한다면 타나토스적 힘이 그 자리를 파고 든 경우이기 때문이다. 이
와 같은 자궁과 회임의 상실은 주로 문명과 인공의 침입과 관련을 맺는다.

> ① 더러 목격자가 있었다고는 하지만 서울에는 제비가 없다 제비가 오
> 지 않는다 지금은 4월하고도 하순이다 지금이 봄이라는 것이 믿어지
> 지 않는다 기상청에서마저 서울에는 둥지 틀 진흙도, 새끼들의 노오
> 란 입에다 물려줄 통통한 벌레들도 이제는 없다고 발표했다
>
> — 「제비 - 알54」의 부분[15]

> ② 우리는 똑같이 두 팔 벌려 그 애를 불렀다 걸음마를 가르치고 있었
> 다 그애가 풀밭을 되똥되똥 달려왔다 한 번쯤 넘어졌다 혼자서도 잘
> 일어섰다 그 애 할아버지가 된 나는 그 애가 좋아하는 초콜릿을 들
> 고 있었고 그 애 할머니가 된 나의 마누라는 그 애가 좋아하는 바나
> 나를 들고 있었다 그 애 엄마는 아무것도 들고 있지 않았다 빈손이
> 었다 빈 가슴이었다 사실 그는 그럴 필요가 없었다 달려온 그 애는
> 우리들 앞에서 조금 머뭇거리다가 초콜릿 앞에서 바나나 앞에서 조
> 금 머뭇거리다가 제 엄마의 품으로 뛰어들었다 본시 그곳이 제자리
> 였다 알집이었다 튼튼하게 비어 있는, 아, 둥글구나!
>
> — 「아, 둥글구나 - 알34」의 전문[16]

정진규가 인용시 ①에서 관심을 갖고 있는 것은 서울이다. 정진규는 그
서울을 보면서 서울은 자궁일 수도, 회임의 가능성을 보여줄 수도 없다고
말한다. 봄이지만, 그것도 4월의 하순이 되었지만 서울에선 어떤 생명도
자라는 것을 볼 수 없다. 그 엄청난 인공과 문명과 욕망의 땅에서 자궁이
니 생명이니 하는 것은 이미 생각할 수도 없는 상황이 되고 말았다. 여기
서 서울은 도시의 상징이자 현대사회의 상징이다. 불임의 세상에서 타나
토스의 지배를 받으며 부정적인 <죽음>만을 생산하는 세상, 그런 세상을

---

15) 정진규, 『알詩』, 77면.
16) 위의 책, 51면.

정진규는 놀라운 눈으로 보며 걱정하는 것이다.

인용시 ②엔 아이를 앞에 두고 세 사람이 등장한다. 할아버지, 할머니, 그리고 엄마가 그들이다. 여기서 할아버지는 <초콜릿>으로, 할머니는 <바나나>라는 인공으로 자신들을 포장한 사람들이다. 그에 반해 엄마는 자신을 아무런 인공으로도 포장하지 않은 자연스러운 생명 그대로이다. 시인이자 화자인 할아버지는 인공물로 포장한 본인과 할머니 속엔 자궁이 없다는 것을 알아차린다. 아이가 인공물을 들고 있는 할아버지와 할머니에게로 가지 않고 엄마에게로 달려들기 때문이다. 요컨대 정진규가 이 시를 통하여 말하고 싶어하는 것은 자연스러운 생명 속에 자궁이 있고, 그 속이 생명의 본래 집이었다는 점이다.

정진규는 도시, 문명, 인공, 시장, 가상, 자본 등으로 표상되는 이 엄청난 문명의 현대 도시사회를 위험스러운 눈으로 바라보고 있는 것이다. 그리고 그 속을 지배하는 타나토스적 위력을 어떻게 해서든지 에로스적 기운으로 바꿔보고자 노력하는 것이다. 이런 노력 속에서 정진규가 에로스적 힘을 찾아 떠나는 여행은 눈물겹다. 그 여행은 무의식적이며 동시에 의식적이고, 개인적이며 동시에 시대적인 의미를 갖는다.

3) 탄생과 알

자궁과 회임으로 관심을 집중시킨 정진규의 내면은 이어서 생명의 탄생과, 탄생된 존재, 곧 <알>로 표상된 존재에 관심을 모으고 있다. 자궁 속에서 성장한 생명이 이 세상으로 나온다는 사실과, 그렇게 나온 첫 생명인 알은 에로스적 힘이 응결된 행위이며 대상이다.

정진규는 한 존재가 생명을 낳는 일과, 그렇게 낳은 신생의 생명을 자아와 세계 속에서 수도 없이 찾아낸다. 그리고 그 앞에서 안심하고, 황홀해하고, 기대에 부풀어오른다.

> ① 내 어렸을 적 우리집 암탉은 하루에 한 알씩 어김없이 알을 낳았다
> 저녁 무렵 둥지에 손을 넣으면 언제나 따뜻한 것이 만져지었다 곧
> 밤이 왔지만 우리 식구들은 둥글고 따뜻한 잠을 잘 수가 있었다 따
> 뜻한 알들이 우리 식구들의 잠속을 굴러다녔다 아침이면 노오란 병
> 아리들로 삐약거렸다 하지만 너무너무 자주 낳으니까 미주알이 빠져
> 있었다 늘 미안했다 지금도 가끔 시골엘 가보면 미주알이 빠진 암탉
> 들을 볼 수가 있다 지금도 나는 늘 미안하다 미주알이 빠지도록 낳
> 고 또 낳을 수밖에 없는 것이 알이다 알이어야 한다 우리들은 둥글
> 고 따뜻한 잠을 위한 암탉들을 우리들의 뜨락에 놓아 먹일 수밖에
> 없다 지금도 나는 늘 미안하다.
>
> — 「암탉 - 알24」의 전문[17]

> ② 인사동 골목, 아버지의 시골땅 몽땅 팔아다 마련한 여관집, 아들네
> 에 얹혀 사시는 할머니가 흙을 어디서 자꾸 한 봉지씩 날라다가 모
> 으시더니, 두어 坪 콧잔등이 만큼 여관집 문 앞에 밭을 일구시더니,
> 무씨를 가져다 뿌리시더니, 오늘 아침 마침내 싹튼 그걸 연초록 새
> 끼를 깔린 그걸 쪼그려 앉아 보고 다시 보고 자꾸 보고 있으신 걸
> 나도 함께 쪼그려 앉아 보았어 할머니는 새끼를 깔린 그것만으로도
> 얼마나 대견하냐고 하셨고 대견하다는 말의 뜻은 잘 알지만 젖어드
> 는 가슴이 모자라는, 연초록 색깔이 모자라는 나는 팔뚝만한 무가
> 뿌리를 내릴까 내릴 수 있을까 그것만 궁금해서 그걸 보고 다시 보
> 고 자꾸 보았어
>
> — 「몸詩 · 65 - 무씨」의 부분[18]

인용시 ①의 주인공은 암탉이다. 그 암탉은 하루에 한 알씩 어김없이 알을 낳는 존재이다. 그 암탉이 화자인 정진규에게 의미 있게 다가오는 까닭은 바로 그것이 알을 <낳는> 존재이기 때문이다. 그런데 알을 낳는 것이

---

17) 위의 책, 39면.
18) 정진규, 『몸詩』, 21면.

그가 살아있음을 알려주는 징표인 암탉은, <미주알이 빠지도록> 알을 낳는다. 이 암탉이 <미주알이 빠지도록> 알을 낳는 것을 보면 에로스적 본성은 선택사항이 아니라 생명을 가진 존재의 운명이라는 점이 암시된다. 그런데 바로 이와 같이 <미주알이 빠지도록> 알을 낳는 생명의 에로스적 힘 때문에, 인용시 ① 속의 가족은 <둥글고 따뜻한 잠>을 잘 수 있다. 그리고 그들도 다음날 아침이면 <노오란 병아리들로 삐약거리는> 탄생의 또다른 신비를 경험할 수 있다.

암탉이 하루에 한 알씩 알을 낳는 위 인용시 ① 속엔 온통 에로스적 힘이 충만하다. 암탉 속에도, 암탉이 알을 낳는 행위 속에도, 그 암탉이 미주알이 빠지도록 낳은 알들 속에도, 그 알들 덕택에 따뜻한 잠을 잘 수 있고 다음날 아침에는 노오란 병아리처럼 부화할 수 있는 가족들에게도, 이 모든 생명들이 함께 살고 있는 집안 속에도, 에로스적 힘이 충만하다.

정진규에게 삶이란 이렇게 에로스적 힘에 마음을 이끌리며 이루어지는 일이다. 따라서 인용시 ②를 보더라도 화자이자 정진규인 시 속의 나는 인사동 골목에서 유독 새싹이 탄생하는 세계에 시선이 이끌린다. 앞의 인용시 ② 속엔 <시골땅>과 <여관>이 에로스적 힘과 타나토스적 힘으로 대비돼 있다. 타나토스적 힘이 광분하는 <여관>의 지대인 도시에서, 앞의 인용시 ② 속의 화자인 나는 그 타나토스적 힘이 범람하는 세계의 한 구석에서 <시골땅> 속에 숨어 있던 에로스적 힘을 발견한 것이다. 그것은 <두어 坪 콧잔등이만큼>한 땅으로, <무씨>로, 그 무씨에서 나온 <초록 새끼>로 나타나 있다. 필자는 이 가운데서 본 절의 주제인 <탄생>과 <알>의 문제에 관해 언급하기로 한다. 그렇게 보면 타나토스의 힘이 창궐하는 한 구석에서도 무씨가 <연초록 새끼>를 낳았다는 것, 그리고 그렇게 낳은 <연초록 새끼>야말로 알 중의 알이라는 것을 강조해야 할 것이다. 무씨에서 새싹이 튼 것, 그렇게 싹튼 새싹들이 앞의 인용시 속의 할머니와 화자인 나를 그 앞에 불러들인 것은 바로 이들이 지닌 에로스적 힘 때문이다.

4) 어린것들

<어린것들> 속엔 아직 타나토스의 기운이 제대로 끼어들지 못한다. 알로 표상된 첫 생명이 <어린것들>의 모습을 갖추면서 존재는 분화의 상태로 접어들기 시작하고 그 속을 타나토스적 기운이 수시로 엿보기는 하나, 그렇다고 하여도 <어린것들>의 세계에는 타나토스적 기운이 범접하기엔 에로스적 기운이 너무나도 강력하고 가득하다.

에로스적 힘에 집착하는 정진규는 이런 <어린것들> 앞에서 신앙에 가까운 흠모의 마음을 전한다. 이 <어린것들>은 그에게 살아있는 신적 존재이자 그가 치유되어 도달하고 싶은 세계의 상징이기도 하다.

> ① 목욕을 시켰는지 목에 뽀얗게 분을 바른 아이가 하나, 사람의 알인 아이가 하나 해질 무렵 골목길 문간에 나앉아 터질 듯한 포도알들을 한 알씩 입에 따 넣고 있었다 한 알씩 포도라는 이름이 그의 입 안에서 맛있게 지워져가고 있었다 (중략) 아이는 마지막 한 알까지 다 먹었다 포도라는 이름이 완전히 지워졌다 아이가 말랑말랑하게 웃었다 아까보다 조금 더 자라 있었다 이름이 뭐냐고 물을 수가 없었다 아이는 이제 자러 갈 시간이었다
>
> —「포도를 먹는 아이 - 알4」의 부분[19]

> ② 눈뜨는 감나무 새순들이 위험하다 알고 보면 그 밀고 나오는 힘이 억만 톤쯤 된다는 것인데 아기를 낳는 여자, 그 죽음의 직전, 직전의 직전까지 닿아 있는 힘과 같다는 것인데 햇살 속에 반짝이는 저 몸짓들이 왜 저리 연하디 연할까 다를 게 없다 가장 힘센 것은 가장

---

19) 정진규, 『알詩』, 16면.

여린 것을 겨우 만들어낸다 억만 톤의 힘을 처음부터 다시 시작한다
처음부터라야 완벽하다 위험하다

— 「감나무 새순들 - 알 33」의 전문[20]

인용시 ① 속의 <아이>는 <어린것들>의 표상이다. 정진규는 이 <어린것들>의 표상인 <아이>를 <사람의 알>이라고 부르면서 그 아이가 <터질 듯한 포도알들>을 한 알씩 입에 따 넣고 있는 모습에 주목한다. 여기서 <터질 듯한 포도알들>도 <어린것들>의 표상과 등가이다. 따라서 <아이>와 <포도알들>이 모두 <어린것들>의 표상인 셈이다. 정진규는 이 두 존재 속에 깃든 에로스적 힘을, 그리고 이 두 존재의 만남 속에서 상승되는 에로스적 힘을 깊이 느낀다. 그리고 이 에로스적 힘이 조금이라도 타나토스적 힘에 의하여 침범당하지 않도록 그 두 존재를 보호한다. 정진규의 이런 보호행위는 <이름이 뭐냐고 물을 수 없었다>라는 인용시 한 구절 속에서 잘 나타난다. <어린것들>에게 이름을 묻는다는 것은 이미 그들에게 세속적 분화행위, 즉 타나토스적인 분열의 기미를 덧씌우는 일인 것이다. 시인의 이와 같은 보호행위로 인하여 인용시 ① 속의 어디에도 타나토스적 힘은 끼어들지 못했다. 우리는 여기서 온전한 에로스의 형태를, 그 속의 완전한 에로스적 힘을 보고 느낀다.

인용시 ② 속의 <감나무 새순들>이 또한 <어린것들>의 표상이다. 정진규는 이 <감나무 새순들>의 저변에서 활동하는 어마어마한 에로스적 힘을 감지한다. 그는 이 힘이 얼마나 강력한가 하는 것을, <밀고 나오는 힘이 억만 톤쯤 된다>는 말로, 그리고 <아기를 낳는 여자, 그 죽음의 직전, 직전의 직전까지 닿아 있는 힘과 같다>는 말로 표현하고 있다. 그런데 시인의 눈에 들어온 <감나무 새순들>은 <연하디 연하다>. 이것은 놀라

---

20) 위의 책, 50면.

운 일이다. 이 놀라운 일을 어떻게 설명해야 할까. 정진규는 어리고 연한 것들의 이면에야말로 역으로 엄청난 에로스적 힘이 강하게 숨어 있다는 것을 간파한다.

에로스적 힘의 온전한 형태인 <어린것들>을 정진규는 <천사>라고 부르기도 한다. <천사>란 지상적인 한계를 넘어섰거나 지상적인 한계 속으로 들어오기 이전의 것인데, 이것을 달리 말한다면 타나토스적 힘을 넘어섰거나 그것이 끼어들기 이전의 존재라고 할 수 있다.

> 몇 해 전 우리집에 오신 첫 천사께서 이젠 나이 들어 영검스러움이 없어지자 새로운 천사 한 분을 다시 보내주셨다 코도 입도 귀도 다 있으시다 눈썹도 있으시다 눈도 반짝 떠 보이셨다 천사께서 최초로 보신 빛! 그걸 나는 훔쳤다 나누어주셨다 몇 해쯤은 거뜬할 것이다 돋보기가 필요 없을 것이다
>
> — 「신생아실에서」의 전문21)

위 인용시를 보면 시인이자 화자인 정진규에겐 두 명의 손자가 있다. 그는 이 두 손자가 <신생아>로 그에게 왔을 때, 그들에게서 <천사>의 모습을 본 것이다. 그 <천사>, 곧 <어린것들>은 <영검스러움>을 지니고 있다. 그 <영검스러움>이란 훼손되지 않은, 신적인 것에 가까운 에로스적 힘이다. 정진규는 이 힘을 그의 몸 속으로 맞이해 들인다. 그럼으로써 그는 <몇 해쯤은 거뜬할> 것이라고 말한다.

<어린것들>이란 그것이 <새순>의 이름을 가졌든, <천사>의 이름을 가졌든 가이아인 지구, 더 나아가 가이아인 우주와 가장 밀착된 존재이다. 그 존재는 이 세속 가운데로 들어왔지만 아직 그 가이아인 지구와 우주의 에로스적 힘을 그대로 품고 있는 존재이다. 정진규는 그런 존재를 찾아 헤

---

21) 정진규, 『도둑이 다녀가셨다』, 27면.

맨다. 그럼으로써 그는 그의 몸 속에, 그리고 이 세상 속에 끝도 없이 파고드는 타나토스적 힘을 몰아낸다. 그것은 그가 살아있음을, 그리고 살아갈 수 있음을 확인하고 만들어가는 일이다.

이 세상엔 가이아인 지구와 우주가 낳은 <어린것들>이 계속하여 나타난다. 생명을 가진 모든 것들은 그들의 <어린것들>을 그 힘에 의지하여 이 세상에 지속적으로 내어놓는다. 그럼으로써 우리들이 사는 세상은 호시탐탐 노리는 타나토스의 세력 속에서도 에로스적인 힘에 의지하여 움직인다. 이렇게 본다면 우리 인간들이 <어린것들>을 이 세상에 내놓는 일은 이 세상에 에로스적 힘을 보태는 일이다. 그뿐인가. 새들이, 곤충들이, 나무들이 그들의 <어린것들>을 이 세상에 내놓는 일 역시 에로스적 힘을 이 세상에 탄생시키는 일이다. 정진규는 그런 힘을 발견하고 그 힘 앞에서 탄성을 지르며 그의 몸 속에 에로스적 힘을 건강하게 유지하며 살고 있다.

5) 쌀과 밥

정진규 시인의 <쌀 콤플렉스>와 <밥 콤플렉스>, 다른 말로 하여 <먹이 콤플렉스>는 대단하다. 이 점은 따로 제목을 달리 하여 한 편의 글을 쓸 만큼 중요한 주제이다.

그러나 여기서는 우선 이 글의 주제와 관련시켜 에로스적인 측면에서 이 문제를 다루고자 한다. 정진규는 그의 대표적인 시선집 이름을 『따뜻한 상징』이라고[22] 붙였다. 그리고 <따뜻한 상징>이라는 제목의 시를 다음과 같이 썼다.

어떤 밤에 혼자 깨어 있다 보면 이 땅의 사람들이 지금 따뜻하게 그

---

22) 정진규, 『따뜻한 상징 - 정진규 문학선』, 나남, 1987.

것보다는, 그들이 그리워하는 따뜻하게 그것만큼씩 춥게 잠들어 있다
는 사실이 왜 그렇게 눈물겨워지는지 모르겠다 조금씩 발이 시리기
때문에 깊게 잠들고 있지 못하다는 사실이 왜 그렇게 눈물겨워지는지
모르겠다 그들의 꿈에도 소름이 조금씩 돋고 있는 것이 보이고 추운
혈관들도 보이고 그들의 부엌 항아리 속에서는 길어다 놓은 이 땅의
물들이 조금씩 살얼음이 잡히고 있는 것이 보인다 요즈음 추위는 그
런 것 때문이 아니라고 하지만, 요즈음 추위는 그런 것 때문이 아니
라고 하지만, 그들의 문전마다 쌀 두어 됫박쯤씩 말없이 남몰래 팔아
다 놓으면서 밤거리를 돌아다니고 싶다 그렇게 밤을 건너가고 싶다
가장 따뜻한 상징, 하이얀 쌀 두어 됫박이 우리에겐 아직도 가장 따
뜻한 상징이다

— 「따뜻한 상징」의 전문23)

쌀이란 무엇인가. 그것은 한국인의 정서와 상상력 속에서 인간 생명을
살리는 원천이다. 정진규는 이것을 세상에서 가장 <따뜻한 상징>이라고
하였다. 이와 같은 <따뜻한 상징> 앞에서 사람들은 아무 말도 할 수 없다.
그것은 쌀로 표상되는 <따뜻한 상징>이야말로 인간 생명을 살려내는 에
로스 그 자체이며, 그 <따뜻한 상징> 을 먹고 인간들은 에로스 그 자체로
재생될 될 수 있기 때문이다.

앞의 인용시 「따뜻한 상징」을 보면, 정진규는 이러한 <따뜻한 상징>으
로서의 쌀을, 몸과 마음과 살림살이가 <시린> 사람들의 문전마다 두어 됫
박씩 말없이 남몰래 팔아다 놓고 싶다는 소망을 말하고 있다. 그것은, 시
리고, 춥고, 소름이 돋는 <추위> 속의 이웃들을 에로스적 생명으로 살려
내고 싶은 소망의 끝에서 나온 말이다.

이렇게 말하는 정진규의 쌀은 어떤 사회적, 문화적, 인공적 의미를 덧입
기 이전의 것이다. 그것은 생물로서의 인간을 살려낼 수 있는, 역시 생물

---

23) 정진규, 『뼈에 대하여』, 20~21면.

로서의 쌀인 것이다. 여기서 인간은 문화, 사회, 인공 이전에 존재하는 생물이며, 그 조건의 근원적 충족은 쌀로 대표된 생물학적 먹이에 의하여 가능하다는 점이 새삼 부각된다.

그런데 앞의 인용시 「따뜻한 상징」을 볼 것 같으면, 이와 같은 <따뜻한 상징>으로서의 쌀이 타인에 대한 베풂과 배려와 연민 등과 결합됨으로써 더욱더 대단한 에로스적 힘을 창출한다. 앞서 말한 생물로서의 쌀의 에로스적 힘에, 마음으로서의 에로스적 힘이 덧붙여져 보다 크고 감동적인 에로스적 힘이 탄생된 것이다. 정진규에게 쌀은 이런 양면적인 에로스의 힘을 함께 불러일으키는 존재이다.

> 지난 늦가을 밤, 이 밤 너의 정서는 주로 어떤 거냐고 노란 은행잎 떨어지는 인사동 밤거리를 함께 걸으며 네가 물어왔을 때 이를테면 나의 대답은 엉뚱했다 우리집은 정미소였다 아버지의 정미소, 늦가을마다 밤새워 하얀 쌀들을 가마니 가마니 밤새워 찧어대던 아버지의 정미소, 하얀 쌀과 아버지, 발동기 소리가 내 마음의 곳간에서 아득히 들려오고 있다고 정서는 곳간과 같은 것이라고 나는 말해주었다 지금은 그 옛날의 집을 허물고 새집을 지었지만 아버지의 정미소, 거기 딸렸던 곳간 하나는 낡은 채로 지금도 시골집 그 자리에 그대로 남아 있다 곳간 하나는 허물지 못하셨다 올해로 여든다섯이 되신 아버지가 아직 거기 생존해 계시다
>
> — 「아버지의 정미소」의 전문[24]

위 인용시는 정진규의 정서적 토대를 이해하는 데 아주 중요한 작품이다. 특히 그의 에로스 지향성이 어떤 것인지를 살펴보는 데 더할 나위 없이 귀중한 작품이다. 필자는 위 인용시에서 <정미소>와 <곳간>이라는 두 말에 특히 관심을 갖는다. 이 두 말 가운데서 먼저 <정미소>는 하얀

---

24) 정진규, 『도둑이 다녀가셨다』, 81면.

생명의 쌀들이 무한 방출되는 에로스의 공장과 같은 곳이고, <곳간>은 그러한 에로스의 저장소와 같은 곳이다. <정미소>에선 항상 에로스가 강물처럼 흐른다. 그 에로스의 질적 깊이와 양적 넓이는 상상의 차원에서 볼 때 무한에 가깝다. 마을의 중심을 이루고 있는 곳이 정미소라고 할 때, 마을 사람들을 살림의 세계로 이끄는 에로스는 이곳으로부터 생산되어 퍼져 나간다. 그런 점에서 정미소는 마을의 에로스적 힘을 낳는 거대한 태반이다. 그리고 그런 에로스의 힘이 한 곳에 쌓여 있는 곳이 <곳간>이다. 그러므로 <곳간>은 에로스적 힘으로 꽉 차 있다. 그 곳간에 타나토스적 힘이 끼어들 여지가 없다. 그 곳간은 그것을 보는 일만으로도, 사람들로 하여금 에로스적 꿈을 꾸고 생명감에 들뜨도록 하는 곳이다.

정진규는 이 <정미소>와 <곳간>의 주인공 격인 쌀이 본인 자신은 물론, 가족을, 더 나아가 마을 사람들을, 그리고 인류를 먹여 살리는 원천임을 어린 시절부터 느낀 것이다. 그의 이런 체험은 그의 삶의 정서를 규정짓는 원체험으로 작용한 것이다. 그는 이 원체험에 붙들리어 마치 그 원체험에 들린 사람처럼 그의 시적 상상력을 전개해온 것이다.

정진규의 이와 같은 원체험 속에 깃든 에로스는 <쌀>에서 <밥>으로 이어진다. 정진규는 「밥詩」 연작을 9편이나 썼고 기회 있을 때마다 그 <밥>을, 그 가운데서도 <고봉밥>을 거론한다. 그에게 이런 <밥>과 <고봉밥>은 생의 근원이며 궁극이고 핵심인 것으로서 더 이상의 어떤 수식을 요구하지 않는 완전한 존재이다. 여기서 완전한 존재란 완전한 에로스와 같은 의미이다.

> 이런 말씀이 다른 나라에도 있을까 이젠 겨우 밥술이나 좀 들게 되었다는 말씀, 그 겸허, 실은 쓸쓸한 安分, 그 밥, 우리나라란 아직도 밥이다 밥을 먹는 게 살아가는 일의 모두, 조금 슬프다 돌아가신 나의 어머니, 어머니께서도 길 떠난 나를 위해 돌아오지 않는 나를 위

해 언제나 한 그릇 나의 밥을 나의 밥그릇을 채워 놓고 계셨다 기다
리셨다 저승에서도 그렇게 하고 계실 것이다 우리나란 사랑도 밥이다
이토록 밥이다 하얀 쌀밥이면 더욱 좋다 나도 이젠 밥술이나 좀 들게
되었다 어머니 제삿날이면 하얀 쌀밥 한 그릇 지어 올린다 오늘은 나
의 사랑하는 부처님과 예수님께 나의 밥을 나누어 드리고 싶다 부처
님과 예수님이 겸상으로 밥을 드시는 모습을 보고 싶다 그분들은 자
주 밥알을 흘리실 것 같다 숟가락질이 젓가락질이 서투르실 것 같다
다 내어주시고 그분들의 쌀독은 늘 비어있었을 터이니까 그분들은 언
제나 우리들의 밥이었으니까 늘 시장하셨을 터이니까 밥을 드신 지가
한참 되셨을 터이니까

— 「밥詩·1」의 전문[25]

위 인용시 속에서 <밥>은 생존의 완성이자 사랑의 완성을 가능하게 하
는 것이다. 인간이 하나의 생명으로 태어나 그 생명을 이어갈 수 있는 첫
째 조건이 <밥>의 충족이지만 인간사의 흐름을 살펴보면 그 일이 결코
쉽지만은 않은 것을 알 수 있다. 위 인용시 속의 화자에게, 그리고 그의 어
머니에게 <밥>은 생명이며 사랑이다. 특히 위 인용시 속의 어머니는 아들
을 위해 늘 <밥>을 마련해 놓고 계시는 분이다. 어머니가 마련해 놓은 이
<밥>은 에로스의 상징이다. 그러니까 어머니는 자식을 위하여 <에로스>
의 상징을 항상 준비해 놓고 그가 건강한 생명으로 살아가기를 기대하였
던 것이다.

이제 <밥>의 결핍 속에서 타나토스의 침투를 두려워하던 위 인용시 속
의 어머니와 아들, 그리고 이들과 함께 살아가는 우리 민족은 <밥>의 문
제를 겨우 해결하게 되었다. 그들에게 그들을 살릴 수 있는 에로스의 마련
이 가능해진 것이다. 그러나 위 인용시 속의 화자이자 아들이며 시인인 정
진규는 아직도 <밥> 앞에서 사무치는 감정을 극복하지 못한다. 그런 점은

---

25) 정진규, 『별들의 바탕은 어둠이 마땅하다』, 29면.

그가 돌아가신 어머니의 제삿날 <하얀 쌀밥> 한 그릇을 떠놓는 행위에서
나타난다.

위 인용시 속에서 생존과 사랑을 위한 소시민들의 <밥>에 대한 인식은
<부처님>과 <예수님>이라는 종교적 대상의 <밥>에 대한 인식에로까지
확대돼 나아간다. 정진규는 <부처님>과 <예수님>이라는 종교적 대상이
야말로 우리들에게 다른 어떤 존재보다도 <밥>을 준 사람들이라고 생각
한다. 정진규는 여기서 한 발짝 더 나아가 그런 <부처님>과 <예수님>께
오늘만은 자신이 <밥>을 주고 싶다고 말한다. 요컨대 위 인용시 속에 나
오는 <밥>은 화자에게도, 어머니에게도, 민족에게도, 예수님에게도, 부처
님에게도 모두 생명을 살리고 사랑을 전하는 존재이다. 그들이 살리고 전
하는 이 존재는 앞서 말했듯이 에로스를 품고 있다.

6) 자연과 생명들

정진규는 자연과 생명들을 완전한 것으로 읽는다. 여기서 <완전한 것>
이라고 함은 다함이 없는 에로스의 힘을 갖고 있으며, 온전한 균형과 조화
를 이룩하고 있다는 뜻이다. 자신들의 생명 혹은 생명성을 수단화하거나,
수단화된 사회적 현실 앞에 그것들을 예속시키는 인간에 비하여 <알몸>
의 상태로 살아가는 자연과 생명들은 정진규에게 존재와 삶의 본바탕을
깨닫게 하는 것이면서 또한 에로스적 힘을 느끼도록 해주는 것이다.

이와 같은 정진규의 시선은 상당부분 자연과 생명들을 향하고 있다. 그
것들은 정진규의 시선을 유혹하고 만족시키는 존재들이다. 그 예를『알
詩』라는 정진규의 시집 첫 면에서부터 차례로 찾아보기로 한다. <산수유>,
<연꽃>, <열목어>, <포도알>, <서귀포 바다>, <대낮과 칡>, <소쩍새>,
<오리, 거위, 닭>, <생태>, <영산홍>, <허공>, <새>, <겨울 솔숲>, <자

궁 속 태아>, <칸쿤의 바다>, <수달>, <암탉>, <지구라는 별>, <비>,
<산미나리아재비꽃>, <여치와 청어>, <벌레와 물고기>, <나무와 풀잎>,
<감나무>, <아이>, <청둥오리떼>, <경주 남산>, <느티나무>, <젖소>,
<겨울 숲과 겨울나무>, <매미>, <뻘밭>, <도봉산 진달래>, <넝쿨장미>,
<제비>, <겨울 사과>, <늦봄의 정원>, <물>, <늙은 소나무>, <동백꽃>
……. 정진규의 시선엔 이와 같은 자연과 생명들이 포착되고, 그는 그렇게
포착한 자연과 생명들을 통하여 그가 지향하는 에로스의 세계를 구현해
낸다.

    ① 쩍 벌리고 있는 살들의 입, 입술들의 바다, 대음순 소음순들의 바다,
    분홍바다, 속은 차마 들여다보지 못했다 햇살들은 살들의 끝에 그
    정수리에 쥐눈을 하나씩 달고 반짝거리며 떼로 달겨들고 있었다 그
    러나 웬 까닭이냐 적멸이 가득 넘쳤다 만져지도록! 지난 봄 도봉산
    진달래 꽃바다, 거기서 나는 혼절했다 내 혼마저 지웠다 알마저 지
    웠다 애를 지웠다

— 「도봉산 진달래 꽃바다 - 알 51」의 전문[26]

    ② 나무들은 기름 잘 먹은 심지들을 가지고 논다 봄이 오면 흠뻑 젖어
    있는 초록 심지들, 거기 수없이 많은 불꽃들을 달아내고 있다고 꽃
    피웠다고 작년처럼 말할까 하다가 수없이 내어걸린 등불들이라고 바
    꾸어 말했다 그렇게 하는 것이 몸이 있어 보였다 불꽃들이라고 말했
    을 때는 목이 말랐는데 살 타는 냄새가 났는데 등불들이라고 말하자
    나도 따뜻하게 젖어들었다

— 「동백꽃 - 알 64」의 부분[27]

   정진규는 인용시 ①에서 도봉산의 진달래가 그 꽃으로 <바다>를 이룬

---

26) 정진규, 『알詩』, 74면.
27) 위의 책, 89면.

풍경을 그리고 있다. 정진규에게 도봉산의 진달래꽃과 그들이 모여서 이룬 <꽃바다>는 절대에 가까운 찬탄을 불러일으키며 그가 기대고 싶은 대상이 된다. 정진규는 이와 같은 도봉산의 진달래꽃을 <살> <입> <입술> <대음순 소음순> <바다> 등과 같은 에로스적 생명감의 언어로 읽어낸다. 그에게 도봉산의 진달래꽃은 어떤 추상도 끼어들지 않은 생명 그 자체로 다가오기 때문이다. 그야말로 도봉산의 진달래꽃은 정진규에게 넘치는 에로스 그 자체로 육박해 들어오는 존재이다. 이처럼 그가 인용시 ②에서 느끼며 전하고 있는 도봉산의 진달래꽃은 정진규의 시선을 전폭적으로 사로잡는 에로스적 자연과 생명의 한 예이자 은유이다.

인용시 ②를 보면 이 점이 보다 분명해진다. 인용시 ②를 보면, 인용시 ①의 도봉산 진달래꽃이 봄날의 나무들로 대체돼 있을 뿐이다. 따라서 인용시 ①의 도봉산 진달래꽃을 대하는 정진규의 자세나, 인용시 ②의 봄날의 나무들을 대하는 정진규의 심정은 기본적으로 동일하다. 거칠게 말하자면 정진규는 이들에게서 자연과 생명의 자족성, 완전성, 영원성 등을 보는 것이다. 구체적으로 인용시 ②를 조금 더 살펴보면, 여기서 정진규의 시선을 받고 있는 봄날의 나무들은 <기름 잘 먹은 심지들을 가지고 논다>. 그 나무들은 다른 곳에서 에로스를 공급받을 필요가 없이 자족적이고 자기충족적인 상태에서 아무런 소외나 결핍이 없는 <놀기>를 하고 있는 존재들이다. 이렇게 봄날을 맞이하여 놀고 있는 나무들은 <흠뻑 젖어 있는 초록 심지들>을 에너지로 삼아 <꽃을 피웠다>. 그러나 정진규는 진정한 에로스는 그것을 <꽃불>로 인식하는 데서보다 <등불>로 인식하는 데서 가능하다는 것을 알고 <수없이 내어걸린 등불들>이라고 그 꽃들을 지칭한다. <꽃불>은 스스로만 솟구쳐 오르나, <등불>은 주변까지 환하게 살려낸다. 이른바 자기초월의 에로스적 힘을 느끼게 한다. 정진규에게 이와 같은 상징으로 다가오는 봄날의 나무, 곧 자연과 생명은 자족성, 완전성, 영원성 등등의 의미를 갖는 절대적 존재이다.

이와 같은 자연과 생명을 바라보며 찬탄하는 정진규는 타나토스의 세력 앞에서 그가 건강한 에로스적 존재가 될 수 없을 것 같을 때, 자연과 생명을 그의 몸 속으로 이끌어들인다. 이때의 자연과 생명은 그를 생명으로 살려내는 신약과 같다.

> ① 나는 추워서, 올 겨울이 유난스레 추워서, 잡히는 게 없어서, 내 안에 살아 있는 것이라곤 물고기 한 마리 없어서! 얼음낚시를 생각해냈다 투명한 얼음 밑으로 헤엄치던 강원도 靜巖寺 앞 개울가서 보았던 熱目魚들을 떠올렸다 가서 얼음 꽝꽝 깨고 열목어 한마릴 움켜쥐었다 두 눈이 발갰다 얼음 밑에다 알몸을 가둔 알몸을 건져내었다 두 손 빠듯이 쥐어보았다 아직은 남아 있는 것이 있다, 남아 있는 것이 있다!

— 「얼음낚시 - 알3」의 부분28)

> ② 내가 다녀온 카리브해 저 푸르고 푸른 칸쿤의 바다 그 걸 눈앞에 펼쳐놓고 자꾸 달아나려 하지만 그걸 잡아다 놓고 밀물 썰물로 펼쳐놓고 들숨 날숨 운동을 하고 있다 정신까지는 아니고 흐르는 피를 가만히 끌어당겼다 놓아주었다 그저 그런다 새 공기가 들어갈 비인 칸을 만들어 준다 새벽마다 일어앉아 내 몸의 生家復元을 하고 있다

— 「맨손체조 - 알 46」의 전문29)

인용시 ① 속의 화자이자 시인인 나는 다가온 겨울 앞에서 유난스레 추워하고 있다. 그 까닭은 <내 안엔 살아 있는 것이라곤 물고기 한 마리 없어서!>라는 표현에서 드러나듯이, 그의 몸에서 에로스적 기운이 모두 빠져나갔기 때문이다. 그는 에로스적 기운이 빠져나간 자리에 들어온 타나

---

28) 위의 책, 15면.
29) 위의 책, 69면.

토스적 기운에 시달리며 <얼음낚시>를 생각해낸다. 그의 이와 같은 <얼음낚시>에 대한 상상은 곧이어 <靜巖寺 앞 개울가서 보았던 熱目魚>들을 상상하는 것으로 이어지고, 그런 상상은 <얼음낚시> 라는 실제의 행동으로 이어져 그의 두 손에 열목어 한 마릴 빠듯이 쥐어보는 것으로 발전하였다. 정진규에게 이 <熱目魚>는 <알몸을 가둔 알몸>, 즉 완전무결한 에로스의 상징으로 다가온다. 그는 이 열목어에 의지하여, 그러니까 완전무결한 에로스의 상징을 몸 전체로 만남으로써 자신의 몸 속에 생명의 기운, 즉 에로스적 기운을 채울 수 있었던 것이다. 여기서 열목어는 말할 나위도 없이 자연과 생명의 은유적 존재이다.

인용시 ②를 보면 멕시코에 있는 <칸쿤의 바다>가 앞에서 말한 <熱目魚>의 역할을 한다. <生家>로 표현된 앞 인용시 ② 속의 화자이자 시인의 몸은 지금 에로스적 기운이 빠져나가 있는 상태이다. 그는 이 생가를 복원하기 위하여 멕시코 <칸쿤의 바다>가 지닌 에로스적 힘을 끌어들인다. 그 힘에 의지하여 그의 허물어져 가던 생가는 조금씩 복원되고 그 <生家>는 말 그대로 <생명의 집>이 된다.

자연과 생명은 정진규에게 에로스의 담지체이며 발현체이고 전달체이다. 그에게 세상은 이 자연과 생명이 지닌 에로스적 힘에 의하여 살아간다. 따라서 정진규의 수많은 시 속에서 그의 전폭적인 지지를 받고 있는 것은 자연과 생명이다. 그가 이렇게 전폭적인 지지 속에서 찾아보이는 에로스적 힘과 그가 지향하는 에로스의 세계를 따라가다 보면, 그의 시를 읽는 독자들까지 에로스적 생명감으로 충만하게 된다. 이런 점에서 정진규는 자연과 생명의 에로스적 힘을 찾아내어 그것을 전달해주는 에로스의 전도사이다.

7) 재생과 부활 그리고 초월

정진규에게 에로스는 생물학적 차원뿐만 아니라 정신적 차원을 겸비하고 있다. 생물학적 차원 속에서의 에로스가 즉자적인 생명감의 창출과 전달로 이루어진다면, 정신적 차원 속에서의 에로스는 성숙한 정신의 화학작용과 수련에 의하여 연금술적으로 창조된다.

정진규의 시에서 후자와 같은 에로스는 <사랑>, <비움>, <헌신>, <공경> 등과 같은 심성 혹은 행위에 의해 창조된다. 이것은 다분히 정신적인 것이며, 더 나아가 영혼의 움직임과 관련돼서 가능한 것이다.

재생이란 에로스의 새로운 탄생이다. 부활 역시 에로스의 죽음이 다시 에로스의 살아남으로 변전되는 일이다. 그렇다면 초월이란 무엇인가. 그것은 세속의 차원 너머에서 에로스의 영생이 이루어지는 일이다. 정진규의 시에는 이와 같은 에로스적 속성이 들어 있다. 그리고 그의 시 속엔 이것을 지향하는 힘이 있다.

그러면 무엇해, 무엇해, 너는 말한다 나쁜 사람들이 더 잘 사는 세상이야 너는 말한다 사랑으로 사는 사람들은 아무것도 못해 착하게 사는 사람들은 끼니가 고작이야 지워지고 지워진 게 도대체 몇천 년이야 너는 말한다 지워지는 일은 아무나 못하는 일 그토록 어렵기에 하느님께서 네게만 맡기신 일 소용없어, 소용없어, 너는 말한다 모두 잊고 오늘은 바다로 가자 바다로 가면 된다 알 수가 있다 바다도 몇천 년을 그렇게 지워지고 있을 것이다. 앞물결을 뒷물결이 싸악 지워내고 또다시 뒷물결이 앞물결을 싸악 지워내고 있을 것이다 그래서 바다는 언제나 싱싱하게 싱싱하게 다시 채워지고 있을 것이다 지워지는 것은 이토록 아름답다 분명하게 지울 줄 아는 사람만이 가장 분명하게 다시 태어난다 사람아, 사람아, 더욱 온전히 사랑하거라 더욱 온전히 착해지거라 누리려 하지 말라 너는 분명히 어디에고 다시 태어나고 있다 사람아, 사람아, 누리려 하지 말라 몇천 년을 또다시 지워지는 사람 되자, 지워지는 사람 되자 싱싱한 바다를 만들자 세상의 밥

이 되자

— 「밥詩·4」의 전문30)

위 인용시를 보면 정진규의 관심은 두 가지 사실에 머물러 있다. 그 하나는 <앞물결을 뒷물결이 싸악 지워내고 또다시 뒷물결이 앞물결을 싸악 지워내고> 있는, 소위 <지우기>가 삶이 된 바다의 모습과, 그렇게 함으로써 <언제나 싱싱하게 싱싱하게 다시 채워지고 있>는 바다의 모습이다. 요컨대 비움과 살아남, 버림과 생성의 상관성에 정진규의 관심이 가 있는 것이다. 정진규의 눈에 들어온 바다는 그것이 무한의 시간을 그렇게 지움으로써 비로소 날마다 싱싱하게 살아날 수 있었던 대표적인 존재이다. 정진규는 이런 바다 앞에서 감동하고, 마침내 독자들을 향해서까지 외친다. <사람아, 사람아, 누리려 하지 말라 몇천 년을 또다시 지워지는 사람 되자, 지워지는 사람 되자 싱싱한 바다를 만들자 세상의 밥이 되자>고 말이다. <싱싱한 바다>와 <세상의 밥>으로 상징되는 에로스의 충만한 생성과 넘침은 정진규가 <지움>의 다른 말로 사용한 <사랑> <착함> 등과 같은 심성과 행위를 전제로 한다.

정진규가 이와 같은 심성과 행위를 통해 에로스를 만나거나 창출하고자 한 노력의 과정은 아주 길다. 그의 제5시집 『매달려 있음의 세상』(1983)에서부터 본격적으로 시작된 이 과정은 이후 제6시집 『연필로 쓰기』(1984), 제7시집 『뼈에 대하여』(1987), 제8시집 『별들의 바탕은 어둠이 마땅하다』(1990), 제9시집 『몸詩』(1994), 제10시집 『알詩』(1997), 제11시집 『도둑이 다녀가셨다』(2000), 제12시집 『本色』(2004)에까지 계속되었던 것이다. 이렇게 긴 과정 속에서 그가 보여준 특징을 보면 사랑, 비움, 착함, 지움, 공경, 헌신 등과 같은 심성이나 행위의 크기 및 밀도와 그가 만나거나 창출한 에

---

30) 정진규, 『별들의 바탕은 어둠이 마땅하다』, 14면.

로스의 크기 및 밀도가 서로 비례하고 있다.

무얼 그리 추워하느냐
이별이다, 이별이여,
이 봄 선운사 동백꽃 보러 가서
나는 해결보았다
지는 꽃잎 찾아보고 해결보았다
꽃들마다 깔끔하게 떠나고 있었다
놓아주고 있었다
별이 되고 있었다
동백꽃 진 자리에 고이는 어둠
누가 새롭게 어둠 하날 찢고 있었다
새 별 돋고 있었다
무얼 그리 추워하느냐
이별이다, 이별이여,
그렇게 헤어지자
그렇게 놓아주자
우리는 기쁜 어둠이 되자

—「다섯번째 별」의 전문[31]

지금 위 인용시 속의 화자는 <추워하>고 있다. 여기서 춥다는 것은 에로스의 기운을 상실하고 있다는 것이다. 위 인용시 속의 화자는 이 추위 앞에서 힘들어한다. 어떻게 해서든지 그 추위를 해결하고 싶어한다. 그는 이와 같은 소망 속에서 선운사의 동백꽃을 보러 간다. 거기서 그는 문제의 본질과 해결책을 알게 된다. 그것은 <지는 꽃잎>처럼 <헤어지>고, <놓아주자>는 것이다. 그렇게 함으로써 비로소 동백꽃이 진 자리에서 새싹이 움트듯, 추위에 떨고 있던 인간들의 마음에도 에로스의 새기운이 움트고 깃들 것이라는 생각이다. 자발적으로 <헤어진다는 것>, <놓아준다는 것>,

---

31) 위의 책, 43면.

<기쁜 어둠이 된다는 것>, <이별한다는 것> 등은 결코 쉬운 일이 아니다.
그러나 이와 같은 일이 선행되거나 동반됨으로써만이 진정한 에로스의 기
운이 우리들 영혼의 한가운데서 생성하게 된다.

다음의 작품은 에로스의 재생, 부활, 초월 등과 관련하여 거의 결론 격
으로 논의하기에 적합한 정진규의 작품이다.

> 별들의 바탕은 어둠이 마땅하다
> 대낮에는 보이지 않는다
> 지금 대낮인 사람들은
> 별들이 보이지 않는다
> 지금 어둠인 사람들에게만
> 별들이 보인다
> 지금 어둠인 사람들만
> 별들을 낳을 수 있다
>
> 지금 대낮인 사람들은 어둡다

— 「별」의 전문32)

위 인용시에서 <별>은 순도 높은 에로스의 상징이다. 정진규는 그 별
을 어떻게 <볼> 수 있고, <낳을> 수 있는지에 대해 말하고 있다. 여기서
<별>을 본다는 것은 외부로부터 에로스를 <발견>한다는 뜻이요, <별>
을 낳는다는 것은 그 자신의 몸 속에서 에로스를 창조 혹은 생성해낸다는
것이다. 이처럼 <별>을 외부에서 <볼> 수 있고, 내부에서 <낳을> 수 있
다면, 그 이상 완벽한 에로스와의 만남은 없을 것이다. 그런데 정진규는
이런 에로스와의 만남을 위해서는 전제될 것이 있다고 역설한다. 그것은
<별들의 바탕은 어둠이 마땅하다>는 것이다. 즉 <어둠>으로 표상된 비

---

32) 위의 책, 38면.

움, 지움, 헌신, 사랑, 공경, 베풂, 무사, 무욕, 겸허, 착함 등의 미덕이 전제 되어야만 <별>들이 보이고 <별>들을 낳을 수 있다는 것이다. 이와 같은 전제 속에서 놀라운 정신적 화학작용으로 별들이 보이고 별들을 낳을 수 있는 것이라면, 그와 같은 별의 발견과 산출은 에로스의 재생, 부활, 지속 이 가능하다는 것을 알려주는 일이다.

생물학적 차원 속에서도 에로스는 <죽음>이라는 타나토스적 외형을 넘어서서 다시 재생하고 부활하며 영생하는 비밀을 보여줄 수 있다. 그런 데 이런 비밀은 정신적 차원에서 더욱 유연하고 다채롭게 일어날 수 있다. 정신의 영역이란 생물이 지닌 물리적 한계를 넘어설 수 있는 곳이기에 그 야말로 마음먹기에 따라 에로스의 재생과 부활과 지속은 시공을 초월하여 창출될 수 있다. 정진규는 그의 시에서 이와 같은 정신적 차원의 에로스적 비밀과 그 매력에 이끌리고 있다. 그리고 그것을 자신의 삶 속에서 실현해 보려고 전력을 다하고 있다. 그의 이런 전력 속에서 정진규는 에로스를 볼 수 있는 <견자>의 모습과, 에로스를 낳은 수 있는 <창조자>의 모습을 하 고 있다.

3. 맺음말 - 에로스 지향성의 의미

필자는 지금까지 정진규 시에 나타난 에로스 지향성의 양상에 대해 일 곱 가지 항목으로 나누어 살펴보았다. 그렇다면 정진규가 그의 시에서 보 여준 이와 같은 양상이 지닌 의미를 어떻게 말해볼 수 있을까? 서론에서 언급했듯이 한 시인이 어떤 지향성을 강력하게 드러낸다는 사실 속에는 개인적, 시대적, 우주적 의미가 함께 들어 있는 것이다. 정진규가 에로스 지향성을 강력하게 드러낸 점에 대해서도 이와 같은 사실이 고려되어야 한다고 생각한다.

첫째, 정진규 시의 에로스 지향성은 존재와 삶을 긍정하고 싶은 한 시인의 욕구를 반영한 것이다. 삶에 대한 긍정이 이루어지는 데는 본능을 넘어 철학적 성찰이 깊이 있게 이루어진 경우가 많다. 물론 정진규는 어떤 특별한 철학을 앞세워서 존재와 삶에 대한 성찰을 가한 것처럼 겉으로 그것을 드러내지는 않았다. 그러나 그의 시 저변에는 노장적, 불교적, 샤머니즘적 성찰을 한 흔적이 들어 있으며, 그런 성찰 위에서 존재와 삶을 <經典>의 차원으로까지 승화시키고 싶다는 소망을 전하고 있는 것이 보인다. 존재와 삶을 이처럼 경전의 차원으로 승화시키고 싶다는 소망이야말로 존재와 삶을 가장 드높은 곳으로까지 고양시키고 싶다는 소망과 다르지 않다. 한 시인이 이런 소망을 가질 때 그 시인이 지닌 에로스적 힘은 상승의 길을 달리고, 어떤 타나토스적 힘도 전변시켜 궁극적으로는 존재와 삶을 긍정하도록 만든다.

둘째, 정진규 시의 에로스 지향성은 타나토스적 힘이 강력하게 지배하고 있는 현대사회 혹은 현대문명사회에 대해 저항하며 이런 사회가 안고 있는 부정적 힘의 치유를 꿈꾸고 있는 것이라 보인다. 각 시대는 그 시대마다 에로스의 힘과 타나토스의 힘 중 어느 하나가 지배하고 있는 형태를 보이는 것이 일반적이다. 우리가 살고 있는 현대문명사회는 그 어느 때보다도 타나토스적 힘이 넓고, 강하고, 거칠게 내재돼 있는 사회이다. 정진규는 이런 사회적 현실의 인식 위에서 그 타나토스적 힘의 횡포와 위험을 막고 넘어설 수 있는 에로스적 힘을 발견하고 창출하고 유포시키고 싶은 것이다. 이와 같은 정진규의 시 속의 에로스적 힘과 그 지향성들을 만나다 보면 현사회와 문명이 가하는 타나토스적 압력을 얼마간이라도 견디고 넘어설 수 있는 힘이 생기며, 타나토스적 힘에 의하여 짓밟히고 소외됐던 에로스적 세계를 만나는 기쁨의 시간이 다가온다.

셋째, 정진규 시의 에로스 지향성은 인위적인 사회나 가공적인 추상의 세계 이전 혹은 이후의 차원에 생기 넘치는 에로스적 힘과 그 세계가 살아 있다는 것을 알려주는 것이라 생각된다. 인간들이 이 세상에서 겪는 불행은 인위적인 사회나 가공적인 추상의 세계를 에로스적 힘과 그 세계보다 우위에 두거나 그런 세계를 절대화함으로써 일어나는 경우가 많다. 그런 점에서 정진규 시의 에로스 지향성은 선후 및 경중이 바뀌었던 세상의 흐름과 질서에 반성과 충격을 가하는 의미를 담고 있다.

넷째, 정진규 시의 에로스 지향성은 존재와 세계에 대한 생태학적 사유의 중요성을 일깨우는 것으로 보인다. 정진규는 <비움>이라는 테마를 가지고 동양적 사유에 집착하였다. 그것은 여러 가지 의미를 가지고 있지만 결국 자신의 삶의 저변에 건강하고 자유로운 에로스적 힘을 유지시키고 그 속에서 이 힘을 생성시키고 싶다는 소망의 표현이라 볼 수 있다. 정진규의 이러한 소망은 더욱 발전하여 마침내 그로 하여금 존재와 세계를 생태학적으로 사유하고 그것의 본질적인 중요성을 알리는 계기가 되었다. 이와 같은 정진규 시를 읽고 나면 인간 자신을 포함한 세계 전체가 생태적 건강성과 자유를 회복하고 있는 것처럼 느껴진다.

다섯째, 정진규 시의 에로스 지향성은 존재와 세계야말로 에로스적 힘이 충만할 때 가장 <에로틱>하다는 사실을 알려준다. <에로틱>하다는 것은 그 존재와 세계가 매력적인 아름다움 속에 있다는 것을 의미한다. 이와 같은 에로스적 힘의 충만함은 인간의 미감을 자극하는 것이며, 동시에 인간들이 지닌 미의식의 원천을 밝혀주는 것이 되기도 한다. 정진규의 이런 시를 읽으면서 아름다움은 기하학적 구도 속에 있는 것일 수도 있지만, 생생한 에로스적 구체성과 생명성 속에 있는 것임을 느낄 수 있다.

V. 〈몸〉과 치유의 생태학

1. 문제제기

근대문명은, 그리고 그 속에서 이루어진 우리들의 삶은 어느 시대, 어느 문명 속에서의 삶보다도 더 크고 심각한 질병과 상처를 그 속에 품고 있다. 과학정신과 합리주의의 토대 위에서 성장성, 효율성, 생산성을 목표로 달려온 근대문명과 그 속에서 이루어진 우리들의 삶은 그것이 성취한 긍정적 성과 못지 않게, 아니 그 긍정적 성과의 높이 이상으로 질병과 상처를 품어 안게 되었던 것이다. 따라서 앞으로 우리 시대의 문명과 그 속에서 이루어질 우리들의 삶은 계속하여 성장성, 효율성, 생산성을 목표로 하여 무반성적으로 질주하기보다 그간의 문명과 삶 속에 내재되었던 질병과 상처를 돌보고 치유하는 일이 필요하다고 생각된다.

우리 시대의 문명과 그 속에서 이루어지는 우리들의 삶 속에 내재한 질병과 상처의 내용은 거칠게 말하여 〈소외〉의 문제라고 볼 수 있다. 소외란 그 개념 규정이 아주 다양할 수 있으나, 여기서는 한 존재가 타율적인 삶을 살아가는 데서 오는 고통이라고 규정하려 한다. 타율적인 삶은 스스로의 내적 욕구에 의하여 창조된 삶이 아니라, 외부로부터 주어지거나 강요된 잣대에 의하여 이루어지는 삶을 말한다. 한 존재가 이와 같은 삶을 살아가게 될 때 그 존재는 타인의 삶을 삶으로써 마침내 질병과 상처로 얼룩진 상태가 되고 만다.

어느 시대, 어느 문명 속에서의 삶이라고 소외가 없었겠는가마는, 근대문명 속에서 한 존재가 겪는 소외의 총량은 그 어느 때, 어느 곳에서보다 크다. 여기서 존재라 함은 인간뿐만 아니라 자연 그리고 물건까지를 통틀어 지칭한다. 이렇듯, 근대문명 속에서 살아가는 한 존재의 소외가 유례를 찾아보기 어려울 만큼 대단한 것이라고 할 때, 그것은 존재와 존재 사이에 내재한 지배와 착취, 투쟁과 갈등, 분열과 단절, 허위와 위장, 타산과 계략 등이 어느 때, 어느 곳에서보다도 심각하다는 것을 의미한다.

우선 인간들을 중심으로 살펴볼 때, 이 시대, 우리들의 문명 속에서 이루어지는 인간들은 그들의 삶 속에서 몇 겹으로 소외를 경험하고 있다. 자아와 자아 사이에서, 인간과 인간 사이에서, 인간과 사회 사이에서, 인간과 물건 사이에서, 인간과 자연 사이에서, 인간과 우주 사이에서 그들은 엄청난 소외를 경험하고 있는 것이다. 그럼으로써 인간들은 심각한 정도의 질병과 상처를 안고 살아가게 되었고 그것은 근본적인 치유를 필요로 하게 된 단계에 직면하기에 이른 것이다.

그러나 소외는 인간들만의 문제가 아니다. 앞에서도 잠시 스치며 말했듯이, 우리 시대 속의 소외는 인간, 자연, 물건 등이 함께 겪는 질병이고 상처이다. 인간은 그들의 탄생 이래 가장 성공한 듯한 외양을 갖고 있지만, 실제 그 이면에 엄청난 소외를 숨기고 있으며, 인간의 문명사가 전개되는 데 지대한 희생을 감당해야 할 자연 또한 엄청난 소외 속에서 신음하고 있다. 뿐만 아니라 인간들이 그들의 문명 속에서 자연을 재료로 삼아 만들어낸 물건 또한 엄청난 소외를 경험하며 일회용 소비물품으로 전락해 있다. 요컨대 인간과 자연 그리고 물건이 함께 소외의 늪에서 고통받고 있다는 말이다.

이렇게 본다면 인간과 자연, 그리고 물건이 함께 치유되어야 할 존재이다. 생태계의 회복은 자연의 치유만으로 가능한 것이 아니라 인간과 물건이 함께 치유되어야 가능한 것이다. 그 가운데서도 이와 같은 소외를 발생시키는 데 주도적 역할을 해온 인간들이 치유될 때, 비로소 생태계의 근본적인 치유가 가능하다고 볼 수 있다.[1]

그렇다면 인간들이 사회와 문명을 발달시키면서 야기한 소외의 문제를 어떻게 치유할 수 있을까. 그것도 현대 문명사회를 만들면서 야기한 그 어마어마한 소외의 문제를 어떻게 치유할 수 있을까. 필자는 인간들이 처한 소외의 문제를 해결하게 되면 자연스럽게 자연과 물건에 가해진 소외의 문제도 해결될 수 있고, 생태계 회복의 문제도 해결될 수 있다는 전제 아래 인간들의 소외 문제 해결방식을 조심스럽게 생각해 보고자 한다. 다시 말하자면 인간들의 소외의 크기는, 자연과 물건들의 소외의 크기와 비례한다는 전제 아래, 그리고 인간들의 소외의 문제는 결과적으로 자연과 물건들의 소외의 문제를 낳는다는 전제 아래, 인간들의 소외의 문제란 생태계 전체의 소외의 문제와 직결돼 있다는 전제 아래, 우리 시대를 살고 있

---

1) 인간은 자연생태계를 파괴시킨 주범이다. 그러나 이것은 자연생태계의 파괴라는 일로 끝나지 않고, 인간 한 사람 한 사람은 물론 그들이 함께 살아가는 인간생태계와 그들이 속해 있는 사회생태계까지 심각하게 파괴되는 일로 이어졌다. 자연생태계가 건강성을 찾으면 인간과 인간생태계 그리고 그들의 사회생태계가 회복될 것 같지만, 지금 이 시점에서 보면 역으로 인간 한 사람 한 사람, 그리고 그들이 살아가는 인간생태계와 사회생태계의 건강성이 회복되어야만 자연생태계의 회복도 가능하다는 생각이 든다. 물론 이들 양자는 서로 상보적이다. 그러므로 선후관계를 따지기 어렵지만, 방금 언급한 바와 같은 시각의 전환도 필요하다고 본다.

는 인간들의 소외의 문제를 해결하고자 그 방식을 탐구해보고자 한다는
것이다.2)

그와 같은 일을 함에 있어서 정진규 시인이 그간 출간한 시집, 그 가운
데서도『별들의 바탕은 어둠이 마땅하다』3),『몸詩』4),『알詩』5),『도둑이 다
녀가셨다』6)라는 네 권의 시집을 자료로 삼고자 한다. 그 까닭은 이 자리
가 문학과 생태계의 관련성을 논하는 자리이고, 또한 이 네 권의 시집 속
에서 정진규 시인이 탐구하는 <몸>과 <몸적 세계>의 발견과 재인식이야
말로 현대인들이 안고 있는 소외 문제 해결에 상당한 도움을 줄 뿐만 아
니라 생태계 회복의 길이 어떤 것인지를 알려주는 데에도 훌륭한 길잡이
가 되고 있기 때문이다.

앞서 언급한 소외의 문제를 해결하는 데는 수많은 방법이 있을 수 있다.
그 많은 방법 가운데 하나를 필자는 정진규 시인의 시 속에 나타난 <몸>
과 <몸적 세계>의 발견과 재인식을 통하여 보고 있는 것이다.7)

---

2) 이제 생태계 문제는, 생태계 파괴의 현실을 지적하고 고발하는 차원에서 더
   나아가 <치유>의 문제를 논하는 단계로 본격적으로 나아가야 한다고 생각한
   다. 그리고 그때의 치유는 인간과 자연 그리고 물건을 함께 대상으로 삼아야
   한다고 생각한다. 이런 판단 아래 <치유의 방식>이 다양하게, 그리고 깊이
   있게 탐구될 때, 생태계 문제의 해결은 한 단계 더 높은 곳으로 발전할 수 있
   을 것으로 본다. 그런 점에서 본 논문에서 <치유>의 문제를 강하게 들고 나
   온 것은 의미가 있다고 본다.
3) 정진규,『별들의 바탕은 어둠이 마땅하다』, 문학세계사, 1990.
4) 정진규,『몸詩』, 세계사, 1994.
5) 정진규,『알詩』, 세계사, 1997.
6) 정진규,『도둑이 다녀가셨다』, 세계사, 2000.
7) 필자가 이 논문에서 사용한 <몸>과 <몸적 세계>의 개념은 제2장에서 밝혀놓
   았다. 지금까지 정진규 시의 <몸>의 문제를 논의한 글은 꽤 있으나, 이것을
   생태학적 치유의 문제와 관련시켜 논의한 글은 없다.

2. <몸>의 의미와 그 표현 양상

1) <몸>의 의미

1990년대에 들어오면서부터 우리 주변에서는 <몸>에 대한 논의가 활발해졌다. 그때의 논의는 대부분 사회학적 시각에서 접근한 것이었다. 요컨대 몸이 사회적 의미를 갖게 된다는 것이 핵심이었거니와, 좀더 자세히 언급하자면 몸이라는 생래적이며 가치중립적인 실체가 사회 속에서 사회적 의미를 입게 됨에 따라 몸이 본래 지닌 본래의 가치중립적인 실체는 사라지고 사회적 외피만이 몸을 통해 작동하게 되었다는 것이다.

이런 논의에서 지적되고 있듯이, 사회 속에 들어간 몸은 몸의 본모습을 상실하고 사회적 도구가 되고 만다. 이때 몸은 지위경쟁과 인정투쟁의 대상이 되기도 하고, 소비를 자극하고 창출하는 기구가 되기도 하며, 정서를 표현하고 조작하는 대리물이 되기도 하는 것이다.[8]

몸은 사회 속에서 이른바 <사회적 압력>에 의하여 소외되기 시작한 것이다. 더욱이 몸과 정신(혹은 영혼)을 이분화시킨 문명화된 사회 속에서 몸은 정신의 우월성 밑에서 심각하게 억압당한 것이다. 인간들과 그들이 만들어낸 문명화된 사회는 몸이라는 존재를 아예 망각하고 살도록 부추기는 형편이며, 문명화의 정도가 심하면 그럴수록 몸의 외부를 둘러싸는 사회적 의미와 장치, 그리고 억압기제는 부피와 강도를 더해갔다.[9] 이 점과 관련하여 우선 다음과 같은 정진규의 시 한 대목을 보기로 하자.

---

8) 크리스 쉴링, 『몸의 사회학』, 임인숙 옮김, 나남출판, 1999 ; 브라이언 터너, 『몸과 사회』, 임인숙 옮김, 몸과마음, 2002 ; 이홍균, 『사회적 압력과 소외』, 학문과사상사, 2002 등은 이와 같은 사실을 직시하게 하는 데 좋은 안내서가 된다.
9) 노르베르트 엘리아스, 『문명화과정 1.2』, 박미애 옮김, 한길사, 2003 참조.

몸이 놀랬다
내가 그를 下人으로 부린 탓이다
새경도 주지 않았다
몇십 년만에
처음으로
제끼에 밥 먹고
제 때에 잠 자고
제 때에 일어났다
몸이 눈 떴다

— 「몸詩·66 - 병원에서」의 부분10)

위 시의 제목이 「몸詩·66 - 병원에서」라는 점을 눈여겨볼 때, 위 시 속의 화자인 나는 병원에 있다. 그가 병원에 있다는 것은 그라는 존재가 질병과 상처, 곧 소외 속에서 고통받고 있다는 뜻이다. 그렇다면 그는 왜 이런 가운데 고통을 받고 있는 것일까. 이 물음에 대한 답은 위 시의 본문 속에 나와 있다. 그것은 <내가 그(몸 - 필자)를 下人으로 부린 탓>이다. 그것도 <새경도 주지 않>고 그(몸)를 下人으로 부린 까닭이다. 문명화된 사회 속에서 정신과 의지와 욕망의 우월성을 고집해온 인간들은 그들의 몸을 <下人>처럼 부렸다. 여기서 몸을 하인처럼 부렸다는 것은 그들의 몸을 도구나 수단처럼 다루었다는 것이다. 도구나 수단으로 전락된 몸은 그것의 본모습을 지킬 수가 없었다. 몸은 사회적 욕망과 의미와 기호를 담는 그릇이었으며 그것을 표현하는 방법적 존재에 불과하였다. 몸이 이처럼 수단화된 자리에 주인행세를 하며 끼여든 것이 사회적 압력이고 그 압력을 전달하는 정신, 즉 사회적 욕망과 그 의미였다.

이런 인간은 자아정체성을 사회 속에서 찾는다. 그런 인간은 사회적 의

---

10) 정진규, 『몸詩』, 77면.

미와 욕망과 기호에 의하여 <만들어진> 존재이다. 그렇다면 이런 존재의 출현이 생태계 문제와 어떤 관련을 갖고 있는 것일까. 필자는 생태계 파괴야말로 사회적 욕망이 빚어낸 산물이라고 생각한다. 몸의 생리적 욕구와 사회적 존재로서의 인간이 갖고 있는 사회적 욕망은 상당히 다르다. 전자가 한계 내에서의 욕구를 의미한다면, 후자는 무한 속에서의 욕망을 의미하기 때문이다. 인간들은 사회적 욕망을 충족시키고 그럼으로써 자아우월성을 획득하려는 야욕 속에서 생태계를 파괴하기 시작하였다. 지금도 인간의 사회적 욕망은 결핍상태에 놓여 있으며, 그 사회적 욕망을 충족시키지 않는 한 인간들은 불행하다고 느낀다. 그리고 그 사회적 욕망의 실현에 의하여 긍정적 자아정체성이 확립되는 것처럼 느끼는 인간일수록 소외의 심각성은 대단할 것이다.[11]

<몸>이란 인간이 이 세상에 태어날 때 지니고 나온 생래적이며 가치중립적인 존재이다. 이 몸은 인간존재의 토대이며, 처음이자 마지막과 같은 것이다. 인간은 사회적 존재이기 이전에 생물로서의 몸이며, 사회적 욕망 이전에 생물로서의 욕구를 갖고 있는 존재이다. 인간은 생물로서의 몸으로 태어나며, 생물로서의 몸으로 돌아간다. 그런 점에서 인간이 몸으로서의 자신을 돌보지 않는다거나 못한다는 것은 인간존재의 토대와 처음 및 마지막 자리를 방치한다는 것과 같은 의미이다. 더 나아가 인간이 몸으로서의 자신을 억압하거나 학대한다는 것은 역시 인간존재의 토대와 처음 및 마지막 자리를 억압하거나 학대한다는 것과 같은 뜻이다. 이와 같은 몸은 방치, 억압, 학대 속에서 참는 데까지 참는다. 그러나 그것이 일정 단계

---

11) 정진규는 자아우월성, 곧 <화자우월성>을 적극 경계한다. 이 우월성으로 인하여 <몸>과 <몸적 세계>의 발견이 어려워지고, <몸>과 <몸적 세계>는 왜곡되기 때문이다. 이런 <화자우월성>의 다른 쪽에 자아해체, 자아초월 등의 세계가 놓여 있다. 정진규, 「몸의 말 - 화자우월성에 대하여」, 『질문과 과녁』, 동학사, 2003, 26~30면.

를 넘어서게 되면, 자신의 존재를 다양한 방식으로 알리기 시작한다. 몸이 자신을 알리는 극단적인 방법은 극단적인 가학과 극단적인 자학이다. 이와 같은 가학과 자학 속에서 몸은 한 인간을 소외의 극단으로 몰아가고, 몸 자체의 죽음을 도모함으로써 복수의 방법으로 자신을 알린다.

　몸은 살아 있다. 몸은 존재의 토대이자 중심이며 처음이자 마지막이다. 몸이 허약하다는 것은 존재의 토대, 즉 하체가 허약하다는 뜻이며, 몸이 불안하다는 것은 존재의 중심 즉 오장육부가 불안정하다는 뜻이고, 몸이 부유한다는 것은 존재의 처음과 마지막, 즉 머리와 발이 부유한다는 뜻이다.

「몸詩」란 시를 쓰다 보니
「몸詩」란 말씀의 집이
몇 채쯤 되다 보니
별일이 다 많구나
엘레난가 뭔가 하는 여성잡지에서
여자들의 눈, 코, 귀, 입을
시로 써 달랜다
미친 놈!
누가 보았는가 싶어 얼른
뒤부터 돌아다봤다

— 「몸詩 · 27 - 완벽한 바구니」의 부분[12]

　위 인용시 속의 화자는 시인으로서 소위 여성지 기자로부터 <여자들의 눈, 코, 귀, 입을 / 시로 써 달>라는 원고청탁을 받는다. 그러나 이 청탁을 받은 시인인 화자는 <미친 놈!>이라고 욕을 해댄다. 왜 그럴까? 시인인 화자의 마음속엔 이미 몸으로서의 모습을 상실한 여성들의 눈, 코, 귀, 입의

---

12) 정진규, 『몸詩』, 109~110면.

모습이 떠오르기 때문이다. 몸으로서의 눈은 본래 보는 것이 그 본질이다. 그리고 코는 냄새 맡는 것이, 귀는 듣는 것이, 입은 먹는 것이 본질이다. 그러나 이와 같은 몸으로서의 얼굴 각 부분은 사회 속에 들어오면서 사회적 지위경쟁을 위한 도구이자 상품창출과 소비를 위한 도구가 되어버렸다. 따라서 몸으로서의 얼굴 각 부분이 지닌 본질은 억압 및 방치되고 그들 각각의 사회적, 시장적 의미와 역할만이 전면으로 나서게 되었다. 사회 속에서 인간들은 그들의 몸의 어떤 부분도 발굴하여 지위경쟁과 상품창출 및 소비의 수단으로 삼는다. 우리 인간들의 눈썹조차도 몸으로 그냥 남아나지 못한다. 아니 배꼽조차도 몸으로 그냥 남아나지 못하고 사회적으로 수단화된다. 위 인용시 속의 시인인 화자는 이런 몸의 모습에 분노하며 <미친 놈!>이라는 욕을 뱉어낸 것이다.

인간들의 몸이 이처럼 사회적 압력에 의하여 도구화될 뿐만 아니라, 인간들은 물건들을 그들의 몸이 확대된 것으로 간주함으로써 물건의 소유와 지배에 열중한다. 자아의 정체성을 무형의 사회적 지위뿐만 아니라 유형의 물건을 소유하는 일에 의하여 확립하는 인간들에게 더 많은 물건과 더 좋은 물건을 소유하는 것은 그들의 자아정체성을 긍정적으로 만들어 가는 일이라 생각된다. 따라서 그런 인간들은 물건의 소유와 지배를 통하여 그 자신을 더 강하게, 더 크게, 더 높게 만들어가려는 욕망으로 안달이다. 그런데 그 욕망은 그 끝이 없다는 데 문제가 있다. 그리고 그 욕망이 충족되면 그럴수록 생태계의 파괴는 더욱더 심각해진다는 데에 문제가 있다. 인간들이 몸의 사회적, 시장적 확대에 열광하면 그럴수록 생래적이며 가치중립적인 인간의 몸은 소외되고, 생태계의 건강성은 악화되는 것이다.

요컨대 인간의 몸이 사회적으로 도구화되면 그럴수록, 그리고 물건의 소유에 의하여 몸의 확대를 꾀하면 그럴수록 인간의 본래적인 몸은 소외되고 생태계의 환경 역시 파괴되는 것이다.

정진규의 시에서 우선 몸은 사회적 욕망과 의미와 압력과 기호에 의하여 왜곡되기 이전의 생래적이며 가치중립적인 존재를 뜻한다. 그것은 시원의 것이며, 전일성의 것이며, 분화되기 이전의 것이다. 굳이 추상적인 말을 빌려 표현하자면 『주역』에서 말하는 태극과 같은 상태의 것이다.

정진규는 그의 시에서 이와 같은 몸을 발견하고 그 앞에서 찬사와 함께 황홀한 심정을 토로한다. 그가 이런 몸을 가지고 있었음에도 불구하고 지금까지 사회적 압력에 굴복하여 살다보니 이런 몸을 <발견>하거나 <절감>하지 못하였다는 아쉬움과 그런 몸이야말로 진이자 선이고 미라는 자각이 그를 지배하고 있기 때문이다.

한 인간이 몸을 발견하고 그 몸의 진실을 아는 일이 이렇게 힘든 것이라면 우리들의 삶과 생의 과정에 큰 문제가 가로놓여 있는 것이 아닌가. 우리는 태어나면서부터 사회공부를 열심히 하고, 시장의 논리에 생애를 바치지만, 나 자신이 시원의, 전일성의 몸이라는 사실을 배우지도 않고 이 점을 아는 일에 시간과 정성을 바치지도 않는다. 그럼으로써 우리는 몸을 가지고 있되 몸을 망각하고 있거나 그 몸을 극단으로 왜곡시키는 비극에 빠져든다.

다음으로 정진규의 시에서 몸은 사회적으로 분화되고 왜곡된 존재가 초월을 통하여 재통합의 전일성에 도달한 경우를 뜻한다. 이미 사회적으로 분화되고 왜곡된 것이라 하여 희망이 없는 것이 아니라 그것이 자아초월, 자아해체의 노력을 통하여 조화로운 통합을 이루었을 때, 정진규는 그것을 또한 <몸>이라고 말한다. 필자는 이와 같은 몸의 상태를 『주역』에서 말하는 제11번째 地天泰괘와 제63번째 괘인 火水旣濟괘의 상태와 같은 것으로 이해한다. 이 두 가지 괘는 『주역』에서 가장 완벽한 조화의 상태를 이룬 것으로, 한 유기체가 도달할 수 있는 최고, 최선의 이상태라 할 수 있다.13)

정진규는 그의 존재 속에서 위에서 언급한 두 가지 <몸>의 상태를 발견한다. 그런가 하면 그는 세계 속에서 이와 같은 <몸>의 상태를 발견한다. 필자는 전자와 구분하여 후자의 경우를 <몸적 세계>라 칭하고자 한다. 그러니까 <몸적 세계>란 세계 속에 존재하는 <몸>의 상태를 지칭하는 말이다.

정진규가 발견한 혹은 발견하고자 하는 <몸>과 <몸적 세계>는 존재와 세계의 처음 자리이자 그들이 도달해야 할 도달점이다. 이런 <몸>과 <몸적 세계>를 찾고, 인식하고, 만들어 나아갈 때, 존재와 존재 사이의 간격이 제거되고, 전 존재가 빈틈없이 연결되는 일이 가능해진다. 이와 같은 첫 자리와 도달점을 망각하거나 무시한 채, 부차적인 삶과 세계 속에서 방황하거나 그것을 절대시할 때, 인간 및 인간생태계의 건강성은 물론 자연 생태계의 건강성도 회복되거나 유지되기 어려운 것이다.

2) <몸>의 표현양상

(1) 낳다

정진규는 세계나 존재를 유기체로 읽고 있다.[14] 다시 말하면 생물로 읽고 있다. 이러한 그에겐 극소의 세계나 존재부터 극대의 세계나 존재에 이르기까지 모든 세계나 존재가 다 살아 있으며, 살고자 하며, 살아나야 한다는 생각이 들어 있다. 그러니까 그가 말하는 몸은 유기체로서의 몸이며, 그 몸은 살아 있으며, 살고자 하며, 살아나야 하는 생물로서의 몸이다.

세계를 이처럼 생물인 유기체로, 혹은 몸인 유기체로 읽고 있는 사람에

---

13) 정효구, 『우주공동체와 문학의 길』, 시와시학사, 25～27면 참조.
14) 세계를 유기체로 읽고 있느냐, 아니면 무기체로 읽고 있느냐, 아니면 이 양자의 대립 및 공존으로 읽고 있느냐 하는 점은 상당히 중요한 문제이다.

게 가장 중요한 것은 그 세계가 생물인 유기체를 혹은 몸인 유기체를 <낳을 수 있느냐>하는 점이다. 낳을 수 있다는 것은 어떤 세계가 진정 건강하다는 표시이다. 낳는다는 것만큼 그 세계가 건강한 생물임을 표시할 수 있는 일은 달리 없다.

정진규의 시엔 <낳는다>는 말이 열쇠어로 등장한다. 그는 어떤 세계를 마주하면 그 세계가 생명을 <낳을 수 있는가> 하는 점에 먼저 관심을 기울인다. 그리고 그 세계가 낳을 수 있다는 점을 보거나 확인하게 되면 그 순간 황홀한 상태에 빠져든다.

실제로 한 세계나 존재가 건강한 유기체이자 생물로서의 몸을 낳을 수 있다는 것은 엄청난 사건이다. 우선 그 세계나 존재가 건강성을 유지하고 있지 못하면 결코 건강한 유기체이자 생물로서의 몸을 낳을 수 없거니와, 한 세계나 존재가 진정 건강한 상태를 유지한다는 것은 말처럼 쉬운 일이 아니기 때문이다.

정진규가 <낳는다>는 동사적 현실에 관심을 넘어 애착을 갖는 점은 그의 많은 시에서 나타난다. 그 가운데서도 다음과 같은 두 편의 시는 가장 대표적인 경우이다.

> ① 얼마라던가 그 정확한 단위는 잊었지만 아무튼 몇 만 톤, 그런 정도의 어마어마한 힘! 이른봄 언 땅 밀고 나오는 여린 새싹 한 잎의 힘을 그 초록힘을 수치로 산출해보면 그렇다고 했다 우리 여자들이 밀물 썰물로 제 몸 속에 가두고 있는 바다, 애기를 낳는 오늘 아침 산책길에서 풀밭에서 그 초록힘들의 무리를, 낳는 힘들을 보았다 뾰족뾰족 땅을 들추고 있었다 나도 이 봄에 손자 하나를 더 보았다 손자가 둘이다! 그렇다면 나도 이제 십만 톤은 넘는다고 할 수 있다 이 풀밭의 새싹들의 초록힘들을, 낳는 힘들을 모조리 모으면 얼마가 될까 우리나라엔 풀밭이 많다
>
> — 「우리나라엔 풀밭이 많다」의 전문[15]

② 기억나지 않지만 물 속엔 깨끗한 물 속엔 꽃의 두근거림이 있다고
   누군가가 말했다 이른 새벽에 봄날 새벽에 안개를 헤치고 가서 풀밭
   을 한참 걸어가서 물가에 당도하여서 젖은 발로 그걸 보고 들었다
   고! 그는 다시 말했다 햇살이 그의 따뜻한 혀로 이슬들 핥기 시작한
   바로 그때쯤, 마침내 물 속에서 솟아오른 꽃을 두고 오, 물이 알을
   낳았다고! 그러니까 꽃은 알이다 그러니까 물은 子宮이다 두근거림
   이란 회임한 내 아내의 배에 귀를 대고 내가 듣던 바로 그런 소리다
   내게도 그런 날이 있었다 상처를 핥아다오, 물 속 꽃의 두근거림아!

   ── 「몸詩·36 - 물 속엔 꽃의 두근거림이 있다」의 전문[16]

인용시 ①을 보면 <낳는다>라는 말을 매개로 하여 건강한 유기체로서의 몸인 땅과, 역시 건강한 유기체로서의 몸인 초록의 새싹이 연결돼 있다. 건강한 유기체로서의 몸인 땅은 낳을 수 있는 존재이고, 그 존재에 의하여 건강한 유기체로서의 몸인 새싹이 탄생된 것이다. 정진규에게 이 둘은 건강한 유기체로서의 몸을 가진 존재이며, 이와 같은 일이 가능할 수 있게 된 것은 <낳는다>는 일이 가능했기 때문이다.

다시 인용시 ②를 보면 역시 <낳는다>라는 말을 매개로 하여 건강한 유기체로서의 몸인 물과 역시 건강한 유기체로서의 몸인 꽃이 연결돼 있다. 물이 꽃을 낳은 것이다. 그니까 몸이 몸을 낳은 것이다. 정진규는 이런 연못의 풍경을 보며 회임한 아내의 배에 귀를 대고 아이의 탄생을 기대하던 그 시간을 떠올린다. 여기서 아내도, 태어날 아이도 모두 몸이자 몸적 세계이다.

이런 예비적 사실 위에서 <낳는다>는 말에 다시 주의를 기울여 보기로 하자. 한 세계나 존재가 낳을 수 있다는 것은 그 세계나 존재가 생태적 건강성을 갖고 있다는 뜻이다. 마찬가지로 그로부터 탄생된 생명이 역시 생

---

15) 정진규, 『도둑이 다녀가셨다』, 13면.
16) 정진규, 『몸詩』, 26면.

태적 건강성을 갖고 있다는 의미이다. 이처럼 모든 세계와 존재가 진정 건강한 생명을 낳을 수 있다면, 우리가 살고 있는 세계의 생태적 건강성은 이룩되었다고 볼 수 있다.

그러니, 우리가 살고 있는 세계의 생태적 건강성 정도를 측정하기 위해서는 다음과 같이 질문해볼 일이다. 이 세계 속의 모든 존재들이 과연 얼마나 건강한 생명을 낳고 있으며 낳을 수 있느냐고 말이다.

(2) 알몸

세계나 존재를 유기체로 읽는 정진규는 세계나 존재에 덧붙여진 모든 부차적 의미나 기호가 제거된 <알몸>의 상태에 애착을 갖는다. 알몸이란 정진규가 말하는 몸 혹은 몸적 세계의 표상이다. 그런 점에서 <알몸>을 몸이라고 불러도 무방할 것이다.

그럼에도 불구하고 굳이 <알몸>을 몸 혹은 몸적 세계와 구별하여 보고자 하는 것은 그가 <몸> 앞에 <알> 자를 붙인 <알몸>이란 말을 통하여 특별히 강조하고 싶은 내용이 있기 때문이다.

<낳는다>라는 행위를 통하여 우리들이 살고 있는 세계 속으로 알몸이 나온다. 그러나 그 알몸이 세계 속으로 들어오자마자 그 몸에는 수많은 인간적 의미들과 기호들이 따라붙게 된다. 인간의 알몸뿐만 아니라 나무, 꽃, 하늘, 땅 등과 같은 자연의 알몸도, 연필, 종이, 그릇 등과 같은 물건의 알몸도 이 세계 속에 들어오기만 하면 그날부터 알몸 이외의 의미와 기호에 의해 변형되고 변질되기 시작한다. 하나의 예를 들어보기로 하자. 자연의 알몸인 땅은 본래 생명을 낳고 키우는 장소이다. 그런데 이 땅에 온갖 사회적, 인간적 의미가 덧붙여짐으로써 땅은 등기가 되고, 값이 부여되고, 빈부의 잣대가 되고, 농업의 토대가 된다. 이와 같은 사회적, 인간적 의미는 땅을 알몸인 땅의 상태로부터 멀어지게 한다.

그런 점에서 인간들이 살고 있는 사회와 세계는 알몸인 존재를 지배하고 왜곡시키는 중심이다. 이 세계 속에서 알몸인 상태로 살아갈 수 있는 존재도, 그렇게 살아남을 수 있는 존재도 없다. 말하자면 모든 존재는 사회적, 인간적 옷을 입고 본래의 모습으로부터 멀어지는 것이다.

정진규는 이런 사회적, 인간적 옷이 부차적일 뿐만 아니라 존재를 왜곡 및 변질시킨다는 판단 아래, 그 이면에 처음부터 존재했던 <알몸>으로서의 몸을 구해내고자 한다. 알몸인 몸에는 아무런 분열이 없다. 그리고 이런 몸에는 소외가 없다. 그것은 신생의 것이며, 제자리를 지키고 있는 것이며, 인위성이 끼어 들기 이전의 것이다. 알몸인 몸의 상태를 만남으로써 우리는 존재와 세계의 외피에 짓눌렸던 그간의 삶을 반성적으로 돌아볼 수 있고, 외피의 절대성을 상정하고 사는 우리들의 삶이 실은 본질적인 것과 부차적인 것을 전도시킨 삶임을 인식할 수 있게 된다.

정진규는 알몸인 몸의 상태에 열광한다. 그는 알몸인 몸을 볼 수 있고, 찾아낼 수 있고, 창조할 수 있는 그만의 눈으로 자아와 세계의 곳곳을 탐색한다. 그런 과정 속에서 그가 시 속에 표현한 알몸인 몸의 모습은 무척이나 다채롭다.

> ① 목욕을 시켰는지 목에 뽀얗게 분을 바른 아이가 하나, 사람의 알인 아이가 하나 해질무렵 골목길 문간에 나앉아 터질 듯한 포도알들을 한 알씩 입에 따 넣고 있었다
>
> — 「포도를 먹는 아이 - 알4」의 부분[17]
>
> ② 가끔은 햇볕에 내어 말리거나 擧風이라도 했으면 싶은데 때론 뽀송 뽀송한 잠자리가 그립기도 할 터인데 늘 젖어 있는, 서귀포 앞바다 중문 대포엘 가보면 하루종일 아랫도릴 남빛 바다로 썻고 서 있는

---

17) 정진규, 『알詩』, 16면.

끼끗한 바위들이 雲集해 서 있다. 一群이란 말로는 모자란다 어디서
떼지어 달려오다 바다에 묶인 저의 恨들을 저렇게 씻고 또 씻어도
다 씻지 못함은 저를 씻음이 아니라 세상의 아랫도릴 씻고 있음이란
생각이 들었다 내가 씻지 않으니까 나를 대신 씻어주고 있다는 생각
이 들었다 나이 들자 날로 부실해져가는 나의 下焦를 씻어주고 있음
이란 생각이 들었다 지금 세상의 하초들은 모두 부실하다는 생각이
들었다 끼끗한 바위들, 내가 海印佛들이라 이름했다 감히!

— 「海印佛 - 알5」의 전문18)

　　인용시 ①에서 <아이>와 <포도알>은 모두 알몸인 몸이다. 정진규는
아이를 <사람의 알>이라고 말한다. 사람이 낳은 알, 그것이 아이이고, 그
아이는 알몸의 상태로 신생의 것이다. 뿐만 아니라 포도알은 포도의 알이
다. 그것 역시 알몸인 몸의 상태로 신생의 것이고 전일성의 것이다. 이런
알몸인 몸 속엔 아직 어떤 소외도 끼어들지 않았다. 그것은 존재의 처음이
자 마지막이며, 어떤 부차적인 인간적, 사회적 의미보다도 본질적인 것이
다. 사람의 알인 아이와 포도의 알인 포도알, 즉 알몸인 몸들의 이음새 없
는 완벽한 만남을 위 인용시 ①에서 볼 수 있다.
　　다음으로 인용시 ②를 보면, 정진규는 서귀포 앞 바다의 <끼끗한 바
위들>에서 알몸인 몸의 모습을 읽고 황홀해 한다. 이 <끼끗한 바위들>
은 그들의 알몸 상태를 건강하게 유지하기 위하여 계속하여 바닷물로 자
신들의 <아랫도릴> 씻어내고 있다. 정진규는 이와 같은 바위들의 <아랫
도릴> 보면서 <세상의 下焦>들을 떠올린다. 그러면서 세상의 하초가, 그
리고 자신의 하초가 부실하다는 생각에 도달한다. 여기서 하초란 알몸인
몸을 말하는 것으로 볼 수 있다. 그러니까 결국 이 세상의 모든 존재들은
알몸인 몸이 부실한 상태로 살고 있다는 것이다. 정진규는 이런 현실적 자

---

18) 위의 책, 17면.

각 속에서 서귀포 앞 바다의 <끼끗한 바위들>을 <海印佛>이라고 부른다.
이렇게 본다면 정진규가 발견하고 재인식하고자 하는 알몸인 몸이란 <부
처>와 같은 존재이다. 다시 말해 정진규는 알몸인 몸에서 부처의 모습을
보고 있는 것이다. 또 달리 말해 그는 세상 곳곳에서 부처와 같은 존재를
찾아내고 있는 것이다.

한 인간은 물론 생태계 전체의 건강성을 측정하려면 그들 각각의 알몸
인 몸이 진정 건강한가를 측정해 봐야 한다. 다시 말해 <하초>가 진정 건
강한가를 물어봐야 한다. 이런 물음은 우리가 사회적으로 성공을 하였는
가 하는 물음과 다르다. 아무리 사회적으로 성공하였어도 알몸인 몸이 부
실하다면 그의 성공은 소외 속에 있다. 그리고 그 사회적 성공을 향한 욕
망으로 인하여 우리들의 알몸인 몸은 소외를 당하고 말게 된다.

정진규가 알몸인 몸에 애착을 갖는 것은 앞서 말했듯이 그것이 존재와
세계의 첫 자리이자 마지막 자리이고, 모든 존재와 세계의 출발점이자 도
착점이며, 모든 존재와 세계가 살아가는 터전이자 토대이기 때문이다. 알
몸인 몸을 돌보고, 그것의 건강성을 회복하고, 그 알몸인 몸을 끊임없이
발견하며 재인식할 때 비로소 생태계의 참다운 회복이 가능할 수 있다.

(3) 열리다

정진규의 시에 나타난 몸과 <몸적 세계>의 표출양상을 살펴보는 데 열
쇠어가 될 또 하나의 말은 <열리다>이다. 이것은 <낳다>와 <알몸>이라
는 말에 이어지는 것으로 존재와 존재가 통합하여 더 큰 온전한 하나로
생성되는 데에 작용한다. 그리고 진정한 몸과 몸적 세계는 그것이 타존재
를 향하여 열릴 때 비로소 그런 존재가 될 수 있다는 점을 인식하게 한다.

정진규의 시에서 <열리다>와 같은 의미를 갖고 그 기능을 하는 다른
말은 <허락하다>와 <드나들다>이다. 한 존재가 알몸인 몸으로 자신을

열었을 때, 다시 말하면 다른 존재를 허락하였을 때, 그리하여 존재와 존재가 드나들 수 있게 되었을 때, 알몸인 몸은 또다른 알몸들과 통합되어 더 큰 알몸인 몸으로 탄생되는 신비를 이룩하는 것이다.

필자는 앞에서 한 존재가 <낳다>라는 동사의 성격을 만족시킬 수 있을 때, 그리고 <알몸>인 상태를 인식하고 지킬 수 있을 때, 한 존재로서의 건강성은 물론 생태계의 건강성이 회복될 수 있다고 말했다. 그런 사실 위에서, 한 가지 덧붙이자면 한 존재는 <열리다> 혹은 <허락하다>는 동사의 성격을 만족시킬 수 있을 때, 그 자신뿐만 아니라 생태계 전체의 보다 확대된 건강성을 이루어낼 수 있다.

그렇다면 어떻게 할 때 한 존재는 열릴 수 있는가. 필자는 여기서 자아초월과 자아해체의 문제에 대해 언급하고자 한다. 한 존재가 자신을 열 수 있는 것은 그가 자아초월과 자아해체를 이룩할 수 있을 때이다. 한 존재는 자아몰각의 상태에서 자아발견의 상태를 지나 다시 자아팽창과 자아우월주의로 나아가지 않고 자아초월과 자아해체로 나아갈 때 그 자신을 타존재에게 열고 타존재를 허락할 뿐만 아니라 타존재와 더불어 서로를 드나들 수 있는 관계가 된다. 사실 생태계 파괴의 문제는 모든 존재가, 그 가운데서도 인간이란 존재가 자아팽창과 자아우월주의에 빠짐으로써 일어난 것이다. 자아팽창과 자아우월주의는 그런 인간 자신을 소외시킬 뿐만 아니라 자연과 물건까지도 함께 소외시킨다. 자아팽창과 자아우월주의는 자신을 이기적인 중심에 설정하고 다른 모든 존재를 타자화시킨다. 그럼으로써 중심과 주변 사이의 단절 및 소외가 발생하게 된다. 여기서 한 존재는 타존재를 향하여 열리거나 그들을 허락하지 않고, 타존재를 소유, 지배, 침략, 도구화한다.

지금까지 인간과 인간 사이는 물론, 인간과 자연 사이, 인간과 물건 사이에 이런 관계가 성립됨으로써 그들 사이의 단절과 소외가 발생하게 되었다. 그리고 그것은 인간생태계뿐만 아니라 자연생태계, 더 나아가 우주생태계를 파괴하는 요인이 되었다.[19]

그렇다면 문제는 비교적 선명해진다. 한 존재가 자아팽창과 자아우월주의를 극복하고 자아해체와 자아초월로 나아갈 때, 존재와 존재는 알몸인 몸의 상태에서 또다른 알몸인 몸을 만남으로써 더 큰 알몸인 몸의 상태로 나아갈 수 있는 것이다. 존재가 자아초월과 자아해체를 이룩하여 타존재를 향하여 사심없이 열릴 수 있을 때 그 존재가 다른 존재와 결합하여 더 큰 알몸인 몸으로 탄생될 수 있는 가능성은 무한에 가깝다. 이런 가운에서 알몸인 몸은 고착된 것을 발견하는 것이 아니라 부재하는 것을 생성하는 일이 된다.

> ① 이슬은
> 하늘에서 내려온 맨발
> 풀잎은
> 영혼의 깃털
> 고맙다
> 서로 편히 앉아 쉬고 있다
> 허락하고 있다
>
> — 「몸詩・17 - 和」의 전문[20]

> ② 자유라는 말을 알고 있다 쑥부쟁이 하나라도 그러하지만 좋은 사람들과 함께하면 나는 자유로워진다 좋은 사람이란 잘 보존된 환경이 아닌가 나는 언제나 그렇게 대답해왔다 좋은 사람들은 절실함을 간절함을 가지고 있다 나의 빈자리를 그걸로 채워준다 나의 어머니는

---

19) 인간은 자아몰각의 상태에서 자아발견에 이르는 기적을 낳았다. 이와 같은 자아발견은 자아팽창으로 이어짐에 따라 숱한 사회적 갈등과 생태계 파괴를 가져왔다. 이제 우리에게 필요한 것은 자아발견에서 자아초월과 자아해체로 가는 일이다. 이것이 앞으로의 과제이다.

20 정진규, 『몸詩』, 64면.

나의 허기를 아시고 늘 고봉밥을 주셨다 때로는 나도 그걸 그들에게
줄 수가 있다 한 짝이 된다 비인 틈이 있어야 자유롭다는 말은 틀린
말이다 그건 일순의 유희다 비인 틈이 없음이 우리를 충만케 한다
충만은 둥글다 탱탱한 활시위가 된다 둥글다가 우리를 멀리 날게 한
다 상처야 있게 마련이지만 우리는 그걸 서로 둥글게 쓰다듬는다 우
리집 뜨락의 감나무는 해거리를 한 번도 한 적이 없다 올해도 한 접
은 우리가, 한 접은 아우네가 가져다 먹었다 한 그루 감나무랑도 잘
놀았다 까치도 몇 마리 다녀갔다

— 「자유에 대하여」의 전문21)

인용시 ①에서 이슬과 풀잎은 서로를 허락하며 한 몸이 되어 있다. 이슬
도 풀잎도 모두 자아초월과 자아해체를 이룩했기 때문에 이 일이 가능하
다. 이 두 존재는 각자가 알몸인 몸이면서, 또한 서로가 결합하여 제3의 알
몸인 몸을 만들어내고 있다. 이들 속엔 드나듦이, 상호간의 교감과 소통이
들어 있다.

인용시 ②에도 알몸인 몸들이 자아해체와 자아초월을 통하여 새로운 알
몸인 몸을 만들어내는 모습이 여러 가지로 나타나 있다. 인용시 ②에서 쑥
부쟁이, 좋은 사람, 어머니, 고봉밥, 감나무, 까치, 아우네와 화자의 집은
모두 알몸인 몸이다. 정진규가 이 시에서 한 말을 빌려오면 <잘 보존된 환
경>이다. 이들은 하나같이 자아초월과 자아해체를 통하여 다른 존재와 교
감하고 있다. 그런 교감 속에서 이들은 하나로 결합된다. 정진규는 이런
알몸인 몸을 가리켜 <둥글다>고, <충만>하다고 말한다. 그리고 이러한
만남과 결합과 하나됨 속에 진정한 자유가 스며 있다고 말한다. 그러니까
정진규가 생각하는 자유는 존재가 자아초월과 자아해체를 통해 새로운 알
몸인 몸을 이룩할 수 있을 때 찾아오는 것이다.

위의 두 인용시 속에서 생태계는 건강하고 아름답다. 존재들 사이의

---

21) 정진규, 『도둑이 다녀가셨다』, 78면.

모든 소외와 반목을 극복한 그들 모습엔 인용시 ①의 부제처럼 <和>의 신비가 들어 있고, 인용시 ②의 제목처럼 <자유>가 깃들어 있다. 그것이 어떤 생태계이든, 그 생태계가 건강하다는 것은 그 속에 <和>와 <자유>의 신비가 들어 있다는 것을 의미한다고 말해도 좋을 것이다.

참고로 밝히면 정진규의 시에 자주 등장하는 <절>, <밥>, <쌀>, <알>, <눈물>, <별> 등은 모두 알몸인 몸이면서 자아초월과 자아해체를 통하여 이룩한 새로운 알몸인 몸이다. 정진규가 그의 시에서 애용하는 이런 말들 속에도 <和>, <자유>, <충만함>, <건강함> 등의 의미가 깃들여 있다.

3. <몸>과 치유의 생태학

필자는 이 글을 시작하면서 다음과 같은 전제를 제시하였다. 현재 인간 뿐만 아니라 자연과 물건까지도 질병과 상처 속에서 신음한다. 성장성과 효율성 그리고 생산성을 지상과제로 삼는 현재의 시장과 사회 속에서 질병과 상처로 표상된 소외의 총량은 그 어느 때보다도 대단하다. 이제 우리는 앞으로 질주하기보다 우리가 만들어놓은 질병과 상처들을 발견하고 치유하는 일이 필요하다. 그 치유의 방법은 간단하지 않고, 가능성만으로는 무척이나 다양하다고 할 수 있다. 그렇지만 정진규 시에 나타난 <몸>의 문제를 탐구함으로써 한 가지 가능성을 엿볼 수 있을 것이다.

앞서 말했듯이 인간과 자연 그리고 물건까지 모두 질병과 상처 속에서 고통받고 있다. 그런데 자연과 물건의 이와 같은 소외 현실을 치유하기 위해서는 인간이 먼저 나설 수밖에 없다. 인간이 바로 인간 자신과 더불어 자연과 물건까지도 심각한 소외 속에서 고통받게 만들었으며 인간들이 치유되지 않고는 자연과 물건의 치유가 이루어질 수 없기 때문이다.

인간들의 자아중심적 이기주의에 의하여, 그리고 그들이 만든 사회 속의 강력한 생산과 소비의 확대재생산이라는 기제와 지위경쟁이라는 메커니즘에 의하여, 인간들은 인간들의 사회생태계뿐만 아니라 자연생태계까지도 위태롭게 만들었다. 그러니까 이 우주 속의 개체들뿐만 아니라 그들 사이의 관계가 모두 위태롭게 된 것이다.

그렇다면 어떤 방식으로 치유가 가능할까. 인간과 인간사가 이 세상에서 사라진다면 자연과 물건들의 위기는 스스로의 자생능력에 의해 극복될 수 있을 것이다. 그러나 인간들이 이땅에서 존속하고 그들에 의하여 인간사가 계속되는 한, 인간과 인간사에 대한 치유가 선행되어야만 문제가 근본적으로 해결될 수 있을 것이다.

인간과 인간사에 대한 치유는 사회적 제도와 같은 인위의 장치에 의하여서도 얼마간 가능할 것이다. 그러나 그것이 외부적인 장치라고 할 때 그것의 효과에는 한계가 있을 것이다. 그렇다면 사회적인 인공의 장치와 더불어 보다 근원적인 <자각의 방식>에도 커다란 관심을 기울이는 것이 필요하다고 말하지 않을 수 없다.

필자는 한 인간이 진정 생태적으로 건강한가를 측정하는 방법은 그 인간이 진정 자유로운 존재이며 자유로운 삶을 살아가는가 하는 물음과 그에 대한 답으로 가능하다고 본다. 우리가 한 인간으로 자유로운 삶을 살아간다는 것은 참다운 <홀로서기>(無依)가 가능해진 것이라고 볼 수 있다. 한 인간이나 존재가 <홀로서기>를 할 수 있을 때, 그는 주변의 것을 도구화하거나 대상화할 욕망으로부터 자유로워진다.

그렇다면 과연 어떻게 했을 때 앞의 물음에 대하여 <그렇다>는 답을 내어놓을 수 있을까. 필자는 여기서 한 인간이 <그렇다>는 답을 내어놓기까지의 4단계에 걸치는 치유의 방식에 대해 말하고자 한다. 그러면서 정진규의 시에서 탐구된 몸의 문제가 이 4단계의 치유 방식과 어떻게 연관돼

있는지를 언급하고자 한다.22)

먼저 <그렇다>는 답을 내놓기 위한 첫 번째 단계는 우리들 각자가 인간사회 속에서 <사회적 자유>를 획득하는 것이다. 사회적 자유란 우리 자신이 한 사람 한 사람의 개인으로 사회 속에서 인정과 존중을 받고 있으며 주체로 살고 있다는 의미를 갖는다. 사회 속의 모든 개인이 사회적 자유를 얻고 주체로 살아갈 때 이들의 사회생태계는 건강해진다.

일제강점기 하의 저항시, 카프시, 해방 후의 다양한 사회비판시, 문명비판시 등은 모두 이와 같은 사회적 자유를 꿈꾼 시들이다. 한 인간이 사회적 존재임을 인정하는 한에서, 이와 같은 사회적 자유를 꿈꾸는 일이 사회생태계의 건강성을 이룩하는 일로 이어진다는 것은 자연스럽다.

두 번째 단계는 한 인간이 사회적 존재로 살아간다는 일의 부차성을 이해하고 자신을 사회적 의미로부터 자유로운 자연, 생물, <알몸> 등과 같은 존재로 규정하는 일이다. 여기서 인간은 사회적 존재이기 이전에 자연이며 생물이고 알몸이라는 인식이 가능해진다. 이런 인식이 가능해질 때, 인간들은 사회적 존재로서의 성공보다 자연이며 생물이고 알몸으로서의 자신의 건강성에 유의할 것이다. 그리고 사회적 의미와 욕망에 의하여 짓눌리고 왜곡됐던 그들의 몸을 돌보기 시작할 것이다. 나는 사회적 존재이기 이전에 알몸이다라는 자기규정을 하는 것만으로도 인간들은 상당히 자유로워진다. 더욱이 그 사회적 의미라는 것이 가변적이고 유한하며 허무하기까지 한 것이라는 점을 직시할 때 알몸으로서의 자신을 자각한 사람의 자유의 폭과 깊이는 훨씬 넓고 깊어진다.

정진규의 시에 나타난 <몸>과 <몸적 세계>는 사회적 의미망에, 그것도 왜곡된 사회적 의미망에 갇힌 한 인간을 치유하여 무척이나 자유로운

---

22) 필자는 이 문제에 대해 졸고인 「<넘어>와 <그리고>의 생태학」, 『시작』, 2004, 봄, 57~76면에서 논의한 바 있다.

존재로 재생하게 하는 데 큰 이바지를 하고 있다. 인간이 자신을 <몸>과 <몸적 세계>로 인식하고, 그와 같은 선상에서 자연과 우주야말로 사회적 의미로 분식될 수 없는 <몸>이며 <몸적 세계>라는 점을 인식할 때 인간과 자연 및 우주 사이의 단절된 벽이 허물어지고, 이들이 거대한 <몸>이자 <몸적 세계>로 통합되는 신비가 일어난다.

세 번째 단계는 한 인간이 자신을 생물로서의 개체화된 <몸> 혹은 <몸적 세계>라고 규정한 이후, <나는 물질이다>라는 규정을 통해 더 근본적인 세계로 내려가는 것이다.[23] 한 인간이 나는 물질이라고 자기규정을 할 때, 몸을 가진 개체는 무의미해지며, 처음도 끝도 없는 물질의 세계만이 남는다. 여기서 물질들은 어떤 화학적 반응도 일으킬 수 있으며, 개체소멸을 통해 크나큰 자유를 얻는다. 정현종의 시에서 간혹 이런 모습을 볼 수 있다. 그러나 정현종의 많은 시는 인간과 인간사회에 대한 비판과 분노가 자연에 대한 지나친 집착과 과찬으로 이어져 있는 경우가 많다. 이때 자연은 또다른 측면에서의 인간적, 사회적 의미가 덧붙여진 존재로 변모되고 만다. 우리 시단엔 이런 시가 생태시의 이름을 갖고 수없이 많이 등장한다. 필자는 자연에 대한 집착과 과찬도 참다운 자유와 생태계 회복을 위해 바람직한 태도가 아니라고 보며, 이것이야말로 방금 말한 바와 같이 인간적, 사회적 의미를 부여한 결과로 나온 것이라 생각한다.

네 번째 단계로 자신을 물질적 세계로 확대 및 침잠시킨 사람이 도달할 수 있는 세계는 <虛>, <無>, <空>과 같은 이름으로 불릴 수 있는 현상계 너머의 세계이다. <허>, <무>, <공>과 같은 세계는 있는 것도 아니고 없는 것도 아닌, 현상계 너머의 세계이다. 앞서 언급한 사회, 몸, 물질 등이 현상계 안의 세계라면 지금 언급하고 있는 <허>, <무>, <공>과 같은 세

---

23) 고이즈미 요시유키, 『들뢰즈의 생명철학』, 이정우 옮김, 동녘, 2003 참조.

계는 이들과 다른 차원의 것인 것이다. 한 인간이 나는 공이다, 허다, 무다라고 자기규정을 할 때, 인간적 욕망은 제로에 가까워지며, 존재와 존재 사이에 아무런 막힘이 없이 통합이 이루어지며, 자유는 무한으로 찾아온다. 여기서 한 인간은 <無依>한 존재가 된다.[24]

이런 세계를 우리는 최승호의 시에서 볼 수 있다. 특히 그의 시집 『달마의 침묵』[25]은 그 점을 인상깊게 보여준다. 한 인간의 생태적 건강성과 그 인간들이 만든 사회생태계의 건강성, 그리고 더 나아가 자연생태계와 우주생태계의 건강성은, 한 인간에게 깃든 자유의 크기와 관련된다고 본다. 한 인간이 사회적 자유를 얻는 데서 알몸으로서의 자유를 얻는 데로, 다시 물질로서의 자유를 얻는 데서 현상계 너머의 자유를 얻는 데까지 이르는 동안, 자유의 크기는 더욱 커지고 그만큼 생태계의 건강성도 더욱 증진되리라 본다. 물론 이런 단계가 시적 수준의 단계를 말하는 것은 아니다.

필자는 치유를 통한 생태계의 건강성 회복을 위해서 여러 방법이 있겠으나 위에서 제시한 방법이 매우 유효할 수 있다는 제안을 하는 것이다. 그러면서 정진규 시에 나타난 몸의 발견과 재인식은 두 번째 단계까지 이른 경우이며 그것을 통해서도 적잖은 치유와 생태계 회복이 가능하다는 말을 하고 있는 것이다. 생태계의 가시적인 기본단위는 개체의 몸이다. 그 몸이 질병과 상처 속에서 신음하면 생태계는 위태로운 것이다. 이런 점에서 볼 때, 정진규가 몸과 몸적 세계의 중요성을 깨닫게 한 것은 매우 소중한 의미를 갖는다고 할 수 있다.

---

24) 라마나 마하리쉬, 『나는 누구인가』, 이호준 옮김, 청하, 1987 참조.
25) 최승호, 『달마의 침묵』, 열림원, 1998.

4. 맺음말

다시 언급하지만 지금은 성장보다 치유가 필요한 시기이다. 그러나 필자가 이런 말을 한다고 해서 성장의 엔진이 속도를 늦추거나 멈출 것을 기대한다면 그것은 너무나 순진한 태도일 것이다. 이미 성장의 엔진은 그 누구도 통제할 수 없을 만큼 스스로의 독자적인 추진력을 생산해내며 앞으로 나아가고 있기 때문이다.

조금 과격하게 말한다면 이 세계에서 인간과 지구가 사라진다 하여 큰일이 날 것은 없다. 결국 현상계란 흐름의 한 순간이고, 無邊의, 無限의, 無形의 <허>와 동행하기 때문이다. 그렇다고 하여 현재, 이곳에서 이루어지고 있는 우리들의 삶을 부정할 수는 없다. 우리들의 삶이 <아무 것도 아닌 것>일 수 있지만 동시에 그것은 <모든 것인 것>일 수밖에 없기 때문이다.26)

우리들이 살고 있는 지금 이곳에서의 삶을 <모든 것인 것>으로 볼 때, 우리들 각 개인뿐만 아니라 우리들과 함께 살고 있는 생태계의 건강성을 위해 노력해야 한다. 필자는 <모든 것인 것>인, 지금 이곳에서의 우리들의 삶이 건강하게 이루어지려면 앞의 제3장에서 언급한 네 가지 단계의 자아규정과 그로 인한 자유의 획득 및 창조가 매우 유익할 것이라 보는 것이다.

그러면 정진규 시의 <몸>과 <몸적 세계>에 대한 발견 및 재인식은 우리 시단의 과도한 자연예찬자나 자연숭배자들의 생태적 관심과 어떻게 다른가? 전자가 인간적, 사회적 의미로 채색되기 이전의 또는 그것을 넘어선

---

26) 이 점에 대해 더 자세한 것은 졸고 「<넘어>와 <그리고>의 생태학」, 『시작』, 2004, 봄호를 참조할 것.

알몸의 상태를 통하여 생태계의 건강성을 지키고 키우는 데 이바지하고 있다면, 후자는 자연의 알몸인 상태를 인식하거나 고려하지 않은 채, 자연에 대한 인간적 집착과 편견으로 인하여 생태계의 실상을 과장시키거나 왜곡시키는 경우가 대부분이어서 아쉬운 점이 있다. 자연에 대한 인간적 왜곡과 과장은 생태계의 건강성 회복에 큰 도움을 주기 어렵다. 자연은 지배하기 위한 인간적 집착의 대상도, 과찬하기 위한 인간적 집착의 대상도 아닐 때, 제모습을 지켜갈 수 있다고 본다. 말하자면 집착과 애착을 넘어 무심한 관계를 이룩할 수 있을 때 서로가 제 모습을 지켜갈 수 있다고 본다. 그런 점에서 정진규가 사회적, 인간적 의미로 덧씌워지기 이전의 혹은 그것을 넘어선 상태의 알몸인 몸을 보여준 것은 큰 의미를 갖는다고 볼 수 있다.

글을 마치면서 필자는 인간과 자연은 물론 물건까지도 동시에 치유할 수 있는 많은 방안이 제시되기를 기대한다. 그럼으로써 치유를 통해 생태적 건강성을 회복하는 일이 다급한 이 때에 힘을 모아 문제해결에 기여할 수 있기를 바란다.

Ⅵ. 美意識의 세계

1. 문제제기

이 글은 정진규 시에 나타난 미의식을 탐구하는 데 그 목적을 두고 있다. 여기서 <미의식>이라고 함은 한 인간이 무엇에서 혹은 무엇을 볼 때 아름다움을 느끼느냐 하는 문제와 관련된다.

시인을 포함한 모든 인간들은 무엇인가에서 혹은 무엇인가를 볼 때 아름다움을 느낀다. 인간들은 무엇인가에서 혹은 무엇인가를 보면서 아름다움을 느낄 때, 비로소 자신들을 지배했던 모든 소외와 갈등의 상태로부터 벗어난 <온전한 상태>에 가까이 갈 수 있다. 이런 <온전한 상태>를 지향하는 것은 모든 인간의 공통된 본능이라고 생각한다. 인간들은 그가 의식하든, 그렇지 않든 간에, 아름다움을 발견하고 느끼고 창조함으로써 <온전한 상태>에 도달하고자 하는 속성을 갖고 있다.

정진규의 시를 보면 <아름다움>에 대한 시인의 지대한 관심이 지속적으로 나타나고 있다. 그는 특별히 <아름다움>이라는 말을 쓰고 있지는 않지만, 그가 형상화한 세계는 그가 지향하고 있는 <아름다움>의 세계임을 알 수 있다. 그는 이런 아름다움의 세계를 만남으로써 <온전한 상태>가 되고자 한다. <아름다움>의 세계에 대한 정진규의 갈망은 그의 여러 시집을 통해 강하게 나타난다. 그렇다면 그는 무엇에서, 무엇을 볼 때 아름다움을 느끼고 있는가 하는 점이 중요하다.

사람에 따라, 시공에 따라, 아름답다고 느끼는 세계는 서로 다르다. 그러나 이런 다름 속에서도 공통적인 점은, 앞에서도 말했듯이, 그들이 아름답다고 느끼는 세계를 만날 때, 마침내 <온전한 상태>에 접근한다는 점이다. 그리고 이런 상태를 향한 지향성은 아주 강렬하다는 것이다.

시인이란 언어를 통해 자신을 표현하는 사람의 일종이다. 물론 시인은 언어를 통해 그 어떤 것도 표현할 수 있다. 그러나 시인이 표현한 것의 이면을 들여다보면 그 속에는 그들이 아름답다고 느끼는 세계가 숨어 있는 것을 볼 수 있다. 다만 시인에 따라 그 아름다움의 세계에 몰두하거나 그것을 특별하게 의식하는 정도가 다를 뿐이다. 그러므로 가능성만을 놓고 말하자면, 모든 시인들의 <미의식>을 탐구해 볼 수 있다.

여기서 정진규 시인의 시에 나타난 미의식을 살펴보고자 하는 까닭은, 정진규 시인이야말로 그 어떤 시인보다도 강하게 아름다움의 세계에 이끌리고 있으며, 아름다움의 세계를 갈망하고 있으며, 아름다움의 세계를 지속적으로 표현하고 있기 때문이다. 정진규 시인이 그가 지향하는 아름다움의 세계에 이토록 몰두하고 있다는 것은 그가 그만큼 자기소외와 갈등이 없는 <온전한 상태>를 지향하고 있다는 말과 다르지 않다.

이런 전제 아래 다음은 정진규 시에 나타난 미의식이 어떤 양상을 띠고 있으며 그것이 지닌 의미는 무엇인가를 살펴보기로 한다.

2. 미의식의 세계

정진규의 시를 보면 그가 지닌 미의식의 문제가 주체의 문제와 깊은 관련을 맺고 있음을 알 수 있다. 그의 시를 <주체탐구>의 시라고 표현해도 크게 무리가 없을 만큼, 정진규는 그의 시를 통해 주체의 문제 앞에서 고민하는 모습을 보여주고 있다. 이런 정진규는 주체의 문제를 어떻게 할 것이냐 하는 고민 속에서 그가 지닌 미의식을 드러내고 있다.

여기서 주체라 함은 <자기중심적인 개인>을 의미한다. 이 <자기중심적인 개인>의 확대 과정이 인간의 역사이자 개인의 역사이기도 하고, 특히 자본주의를 토대로 한 근대사의 흐름이기도 하다. 그런데 문제는 정진규가 이런 <자기중심적인 개인>의 확대 과정 속에서 아름다움을 느끼지 못하고 있다는 것이다. 그렇다면 그는 어디서 아름다움을 느끼고 있는 것인가.

주체의 문제를 앞에 놓고 정진규 시에 나타난 미의식을 살펴보면, 그는 <탈주체의 상태> 속에서, <비주체의 상태> 속에서, <초주체의 상태> 속에서 아름다움을 느끼고 있다. 결국 그는 <자기중심적인 개인>의 확대과정이 아닌, 그것의 축소과정 및 초월의 과정 속에서 아름다움을 느끼는 것이다.

정진규는 이런 <자기중심적인 개인>의 축소과정 및 초월의 과정 속에서 그가 만난 혹은 만나고자 하는 아름다움의 세계를 <玄府>[1]라고 부른다. 그는 <玄府>에서 아름다움을 느끼고, <玄府>를 발견하고 그것에 도

---

1) 정진규, 「몸의 말」, 『정진규 짧은 시론 : 질문과 과녁』(서울 : 동학사, 2003), 21~30면. 이 글은 원래 2000년에 출간된 그의 시집 『도둑이 다녀가셨다』(세계사)의 뒷부분에 실린 <絅山詩室詩話> 중의 한 편이다.

달하고자 시를 쓰며, 그런 세계에 도달함으로써 비로소 자기소외와 갈등
에서 벗어난 <온전한 상태>에 가까이 가 있음을 느낀다.

　아래에서는, 이와 같이 그가 <자기중심적인 개인>의 확대과정을 축소
하거나 초월하고자 하는 데서 아름다움을 느끼고 있다는 전제 아래, 구체
적으로 <탈주체의 상태> 속에서, <비주체의 상태> 속에서, 그리고 <초
주체의 상태> 속에서 그가 어떻게 아름다움을 발견하고, 느끼며, 창조해
나아가는지를 살펴보기로 한다.

1) 脫主體의 아름다움

　탈주체란 <자기중심적인 개인>의 상태를 벗어나서 <이타적인 개인>
의 상태로 접어든 것을 의미한다. 에너지의 방향이 주체의 이익을 위해 집
중되었던 상태에서, 타존재의 이익을 위해 돌려진 상태, 그것을 <탈주체
의 상태>라고 말할 수 있을 것이다.

　정진규의 시에서 아름다움은 이와 같은 상태를 보거나 느꼈을 때 이
루어진다. 이런 정진규시 속의 미의식을 풀어보는 데는 그가 자신의 작
품「아버지의 정미소」에서 그의 감성의 출발지점은 <아버지의 정미소>
였다고 말한 점이야말로 매우 중요한 시사점을 제공한다.

　필자는 이로부터 정진규 시의 미의식을 풀어 나아가고자 한다. 그는 자
신의 시「아버지의 정미소」에서 다음과 같이 말하고 있다.

　　지난 늦가을 밤, 이 밤 너의 정서는 주로 어떤 거냐고 노란 은행잎
　떨어지는 인사동 밤거리를 함께 걸으며 네가 물어왔을 때 이를테면
　나의 대답은 엉뚱했다 우리집은 정미소였다 아버지의 정미소, 늦가을
　마다 밤새워 하얀 쌀들을 가마니 가마니 밤새워 찧어내던 아버지의
　정미소, 하얀 쌀과 아버지, 발동기 소리가 내 마음의 곳간에서 아득히
　들려오고 있다고 정서는 곳간과 같은 것이라고 나는 말해주었다 지금

은 그 옛날 집을 허물고 새집을 지었지만 아버지의 정미소, 거기 딸
렸던 곳간 하나는 낡은 채로 지금도 시골집 그 자리에 그대로 남아
있다 곳간 하나는 허물지 못하셨다 올해로 여든다섯이 되신 아버지가
아직 거기 생존해 계시다

— 「아버지의 정미소」의 전문[2]

위 시를 보면 알 수 있듯, 정진규의 감성의 토대는 <아버지의 정미소>
가 지닌 의미를 풀어보는 데서 밝혀질 수 있다. 좀더 구체적으로 말하자면
<아버지의 정미소> 가운데서도 쌀이 가득 들어 있는 <(쌀가마니) 곳간>
의 의미를 풀어보는 데서 밝혀질 수 있다. 그렇다면 <아버지의 정미소>와
<(쌀가마니) 곳간>이 의미하는 바는 무엇인가? <늦가을마다 밤새워 하얀
쌀들을 가마니 가마니 찧어대던 아버지의 정미소>와 하얀 쌀가마니가 가
득히 쌓여 있던 정미소의 <곳간>은 무엇을 의미하는 말일까?

<정미소>와 그 속의 <곳간>은 생명을 살리기 위해 자신의 목숨을 헌
신하는 <하얀 쌀>이 머무는 공간이다. 쌀은 인간의 생명창조와 생명연
장을 위해 그 목숨을 바치는 곡물과 식사의 대표적 상징이다. 여기서 쌀
은 <탈주체적 존재>이다. 쌀은 <자기중심적 이기성>을 버림으로써 인간
의 생명창조와 생명연장을 위한 <먹이>가 되는 존재이다. 사실 모든 생명
을 가진 존재는 다른 생명 있는 것들을 죽여서 먹음으로써 그 자신의 생
명을 유지시킨다. 그런 점에서 우주 속의 생명계는 비극적 속성을 그 안에
내장시키고 있다. 이런 비극적 속성을 지닌 생명계 속에서 쌀은 인간의 생
명창조와 생명연장을 위해 그 존재를 헌신하는 표상물인 것이다.

정진규는 이런 쌀 앞에서, 그리고 그런 쌀들의 장소인 정미소와 곳간에
서 한없는 아름다움을 느낀다. 정미소와 곳간 속의 하얀 쌀들과 그 쌀들을

---

2) 정진규, 『도둑이 다녀가셨다』, 81면.

품고 있는 정미소와 곳간이야말로 탈주체적 삶이 무엇인지를 알려주는 대
표적 존재들이기 때문이다.

이런 점에서, 정진규가 그의 감성의 토대는 정미소와 곳간이라고 했을
때, 그의 이러한 감성의 토대를 형성하는 것은 탈주체적 아름다움이라고
말해 볼 수 있다.

정진규는 이 세상에서 가장 따뜻한 상징은 <하이얀 쌀 두어 됫박>이라
고 말한다. 그는 「따뜻한 상징」이란 그의 시에서

> (…) 요즈음 추위는 그런 것 때문이 아니라고 하지만, 요즈음 추위는
> 그런 것 때문이 아니라고 하지만, 그들의 문전마다 쌀 두어 됫박쯤씩
> 말없이 남몰래 팔아다 놓으면서 밤거리를 돌아다니고 싶다 그렇게 밤
> 을 건너가고 싶다 가장 따뜻한 상징, 하이얀 쌀 두어 됫박이 우리에
> 겐 아직도 가장 따뜻한 상징이다.3)

라고 말하고 있다. 여기서 그가 말하는 <따뜻한 상징>, 곧 <하이얀 쌀
두어 됫박>은 탈주체의 삶이 어떤 것인지를 보여주는 아름다움의 표상
이다.

정진규는 「밥詩」 연작 9편을 쓴 바 있다. 여기서 <밥>은 <쌀>의 다른
이름이다. 그의 「밥詩」 연작을 보면, 그는 밥 앞에서 한없는 아름다움을
느끼고 있다. 그 밥 가운데서도 남에게 <먹히는> 밥 앞에서 그는 아름다
움을 느끼고 있다. 이런 <탈주체적 아름다움>의 표상인 <먹히는 밥>을
그는 다음과 같이 다양하게 표현하고 있다.

> ① (…) 저승길 잘 모시고 가달라고 제 어머님 잘 모시고 가달라고 밥
>   한 상 잘 차려올렸사오나 노자도 두둑히 드리긴 드렸사오나 어머니,

---

3) 정진규, 『뼈에 대하여』(서울 : 정음사, 1986), 21~22면.

평생을 나의 밥이셨던 당신, 마지막 밥 한 상마저 당신의 것이 아니
었습니다

— 「밥詩 · 8」의 부분⁴⁾

② (…) 거기서 저희는 절밥을 얻어먹었어요 세상에서 가장 정갈하게
비워낸 절밥 한 상 세상에서 가장 넘치게 고봉으로 담겨진 절밥 한
상 차려주셨어요 供養이라고 했어요 그날 이후 저희 내외도 그런 절
밥 한 상 세상에 차려내자면서 예까지 오기는 왔지요 부끄럽게 예까
지 오긴 왔지요

— 「밥詩 · 7」의 부분⁵⁾

③ (…) 오늘은 나의 사랑하는 부처님과 예수님께 나의 밥을 나누어 드
리고 싶다 부처님과 예수님이 겸상으로 밥을 드시는 모습을 보고 싶
다 그분들은 자주 밥알을 흘리실 것 같다 숟가락질이 젓가락질이 서
투르실 것 같다 다 내어주시고 그분들의 쌀독은 늘 비어 있었을 터
이니까 그분들은 언제나 우리들의 밥이었으니까 늘 시장하였을 터이
니까 밥을 드신 지가 한참 되셨을 터이니까

— 「밥詩 · 1」의 부분⁶⁾

　인용시 ①에서 정진규는 어머니의 죽음 앞에서 <평생을 나의 밥이셨던
당신>이라고 어머니를 지칭하며 그에게서 무한한 아름다움을 느낀다. 여
기서 어머니는 <탈주체의 아름다움>을 보여주는 존재이다. 그리고 인용
시 ②에서 정진규는 <절밥 한 상 세상에 차려내>는 것이 그의 부부가 지
닌 삶의 목표였다고 말하면서 절밥 한 상을 세상에 차려낼 때 비로소 그
의 삶이 <탈주체의 아름다움>을 지닌 삶이 될 것이라고 알려준다. 다시
인용시 ③에서 정진규는 예수와 부처를 거론하며 그들의 <쌀독은 늘 비어

---

4) 정진규, 『별들의 바탕은 어둠이 마땅하다』, 36면.
5) 위의 책, 35면.
6) 위의 책, 29면.

있었을> 것이라고 말한다. 그들의 쌀독이 이렇게 늘 비어 있었다고 생각
되는 것은 그들이야말로 <우리들의 밥>으로 살아왔기 때문이라는 것이
다. 실제로 예수과 부처가 <우리들의 밥>으로 살아왔는가 그렇지 않은가
하는 사실은 여기서 크게 중요하지 않다. 그것보다는 정진규가 이들의 삶
을 그렇게 인식하고 있다는 점이 중요하며, 그런 인식 속에서 아름다움을
느끼고 있다는 점이 중요하다.

정진규가 쌀과 밥의 상징을 통하여 <탈주체의 아름다움>을 이야기하
는 시는 또 있다. 여기서 그 쌀과 밥은 <젖>이라는 말로 변주돼 나타나
있다.

> 몇 해 전 요즈음 나는 잘 먹힌다고 쓴 적이 있는데, 그러면서도 행
> 복한 것은 아니었는데, 그저 빼앗기고 있다는 기분이었는데 오늘은
> 아이에게 젖을 물리고 있는 한 엄마를 보면서 고함치도록 행복하였다
> 그는 정말 잘 먹히고 있었다 아이가 배가 고플 때쯤이면 젖이 찌르르
> 신호를 보낸다고 했다 이건 분명 먹이다가 아니라 먹히다이다 먹히다
> 는 고함치도록 행복하다이다 그러니 모유가 제일이다! 그대 오늘 사
> 랑이 고픈가 이 몸이 지금 찌르르르 신호를 보낸다
>
> — 「交感」의 전문7)

위 인용시의 주요 인물은 <아이에게 젖을 물리고 있는 한 엄마>이다.
정진규는 이런 엄마를 보면서 <정말 잘 먹히고> 있는 사람이라고 생각한
다. 그는 이런 엄마의 모습 앞에서 <고함치도록 행복하다>고 외친다. 빈
틈이 없이 완벽하게 자신을 타존재에게 헌신하는 모습이 여기에 들어있기
때문이다. 정진규는 이런 외침과 더불어 자신도 누군가에게 <먹히고> 싶
다는 소망을 피력한다. 젖을 물릴 때가 되면 <찌르르르> 신호가 온다는

---

7) 정진규, 『도둑이 다녀가셨다』, 17면.

위 인용시의 엄마처럼, 그에게도 사랑이 <고픈> 사람에게 사랑을 먹이고
싶다는 신호가 <찌르르르> 오고 있다는 것이다. 쌀과 밥의 다른 이름인
젖, 그리고 젖의 다른 이름인 사랑은 그 자체로도 탈주제의 아름다움을 안
고 있는 표상이지만, 엄마와 정진규 시인에게 <탈주체의 아름다움>을 살
게 해주는 <물질>이기도 하다.

　정진규의 미의식을 알려주는 탈주체의 아름다움에 대하여 논하면서 두
가지 특징을 발견하게 되었다. 그 하나는 정진규의 탈주체적 아름다움 속
에 <어머니>로 표현되는 <모성성>이 근본을 이루고 있다는 점이다. <정
미소>, <곳간>, <쌀>, <어머니>, <밥>, <供養>, <예수>, <석가모니>,
<쌀독>, <젖>, <(애기)엄마>, <사랑>, <(정진규) 시인> 등은 모두 모성
성의 표상이다. 다른 하나는 정진규의 탈주체적 아름다움이 관념의 세계
가 아닌, 구체적 생명의 세계에 토대를 두고 있다는 점이다. 쌀 - 밥 - 젖
으로 이어지면서 탈주체의 아름다움이 구현되는 그의 시적 현장은 그의
미의식이 구체적 생명의 표상인 <몸>의 인식에 근거해서 형성되고 있다
는 것을 보여주고 있다.

2) 非主體의 아름다움

　비주체란 주체가 대상에 전혀 관여하지 않는 것을 뜻한다. 우리들의
삶이 주체와 대상 사이의 관계를 형성하는 일로 이루어진다고 본다면,
비주체의 삶이란 대상을 침범하지도 대상에 예속되지도 않는 삶이라 할
수 있다.

　비주체의 삶을 지향하는 사람은 주체야말로 그것이 주관적인 이기성에
토대를 두고 대상을 소유하거나 추상화시킬 때, 그 대상의 완벽성을 그르
치거나 왜곡시키는 존재라고 믿는다. 그러므로 그런 사람들은 대상을 있

는 그대로 바라볼 뿐, 주체가 우월하다는 생각을 갖고 대상을 주도해 나아
가지 않는다. <주체우월성>, 곧 정진규가 말하는 <화자우월성>8)은 대상
의 완벽한 모습을 일그러뜨리는 주요 원인으로 여겨진다.

정진규는 주체우월성 혹은 화자우월성을 경계하며 대상이 지닌 있는 그
대로의 아름다움을 보존하고, 만나고, 보여주려고 노력한다. 이처럼 대상
이 그 자체로 완전하다는 믿음은 대상이란 그 자체의 내적 움직임에 의하
여 스스로 완성된 세계를 만들어간다고 보는 데서 비롯된다. 그리고 그렇
게 만들어진 세계는 완전할 뿐만 아니라 아름답다고 생각하는 데서 비롯
된다.

> 글씨 모르는 대낮이 마당까지 기어나온 칡넝쿨과 칡순들과 한 그루
> 木百日紅의 붉은 꽃잎들과 그들의 혀들과 맨살로 몸 부비고 있다가
> 글씨를 아는 내가 모자까지 쓰고 거기에 이르자 화들짝 놀라 한 줄금
> 소나기로 몸을 가리고 여름 숲속으로 숨어들었다 매우 빨랐으나 빵소
> 니라는 말은 가당치 않았다 상스러웠다 그런 말에 寂滅寶宮이 없었다
> 들킨 건 나였다 이르지 못했다 未遂에 그쳤다

— 「未遂 - 알6」의 전문9)

위 시에서 대상은 <글씨 모르는 대낮>이다. 그리고 주체는 <글씨를 아
는> 시인 자신이다. 글씨 모르는 대낮은 칡넝쿨과 칡순들과 木百日紅과
함께 마당에서 완벽한 구도를 만든 채 놀고 있다. 이런 완벽한 구도 속으

---

8) 정진규는 「몸의 말」이라는 글 중, <화자 우월성에 대하여>에서 다음과 같이
   말하고 있다 : <또 愚를 범했다. 살아가는 시간 속의 일들이라는 것이 하찮은
   욕망들이 저지르는 어리석음과 어리석음의 이어짐에 지나지 않는 것이기야
   하지만 바로 그것을 또 잊고 있었다. 똑똑한 또하나의 내가 따로 분리된 자리
   에서 나를 부리고자 했다. <몸>이 말을 듣지 않았다. 우월코자 하는 또하나
   의 나 속에 나는 아직도 갇혀 있다.> 정진규, 「몸의 말」, 『정진규 짧은 시론 :
   질문과 과녁』, 26면 참조.
9) 정진규, 『알詩』, 18면.

로 <글씨를 아는> 시인이 들어가고자 했다. 그러나 그것은 불가능한 일이었다. <글씨를 아는> 시인이 그들의 구도 속으로 들어가고자 하는 순간, 대상이 만든 구도는 사라져버리고 말았기 때문이다. 여기서 <글씨를 모르는 대낮>을 자연의 표상으로, <글씨를 아는> 시인을 인간(주체)의 표상으로 해석해본다. 그리고 <글씨를 모르는 대낮>을 무위의 표상으로, <글씨를 아는> 시인을 유위의 표상으로 해석해본다. 그렇게 놓고 본다면, 유위성을 띤 인간의 참여와 간섭이 시작되는 순간, 무위성을 띤 자연의 완벽한 구도는 일그러지는 것으로 볼 수 있다. 정진규는 이런 자연의 무위적 구도와 풍경 앞에서 아름다움을 느낀다. 그때 주체는 비주체가 되어 그러한 자연의 무위적 구도와 풍경으로부터 벗어나 있다. 요컨대, 자연 혹은 대상은 그 자체로 완벽하며 아름답다는 것, 거기에 인간의 유위가 끼어들 틈이 없다는 것, 인간의 유위가 끼어드는 순간 주체우월성 혹은 화자우월성에 의하여 자연 혹은 대상의 완벽성과 아름다움이 사라진다는 것, 이런 것들이 위에서 언급한 내용을 통하여 도출해낼 수 있는 중요한 점들이다.

정진규의 또다른 시 「놀이」를 보기로 한다.

> 일곱 살 내 손자의 놀이를 나는 따라갈 수가 없다 땀을 뻘뻘 흘리면서 열심히! 열심히 놀고 있는 상욱이의 놀이, 내가 비집고 들어갈 틈이 거기엔 없다 열심히 일한다고 해야 문맥이 맞는데 열심히 놀고 있다? 얼마나 놀랍고 신선한 문맥인가 물음표를 온몸으로 달고 있는 모든 것에는 新生이 가득하다 新生은 땀을 뻘뻘 흘리게 한다
>
> ― 「놀이」의 전문[10]

위 시에서 일곱 살짜리 상욱이는 자연과 같은 성격을 가진 대상이다. 그는 오직 노는 일에 <몰두>하고 있다. 그것도 <땀을 뻘뻘 흘리면서> 자신

---

10) 정진규, 『도둑이 다녀가셨다』, 40면.

의 일인 놀이에 몰두하고 있다. 그의 놀이는 하도 완벽해서 어느 것의 가담도 허락할 수 없다. 주체인 시인은 이런 상욱이의 모습을 보면서 아름다움을 느낀다. 그리고 그가 그런 상욱이의 놀이 현장 앞에서 비주체적 존재가 될 수밖에 없음을 말하고 있다. 주체인 시인이 참견함으로써 상욱이라는 대상의 완벽성과 아름다움은 파괴되고 만다. 주체인 시인은 그것을 알고 비껴 선다. 그러한 주체의 비껴 섬 속에서 상욱이라는 자연이자 대상은 완벽하고 아름다운 놀이를 계속할 수 있다.

정진규는 그 자신도 이와 같은 자연 혹은 대상이 되고 싶어한다. 그것이 쉽지는 않지만 그는 자기자신이 자연 혹은 대상처럼 자족적인 구도와 아름다움 속에서 살아가는 것을 보고 싶어한다. 그렇다면 그것은 어떻게 가능할까? 정진규는 주체우월성 혹은 화자우월성을 가지고 자기자신을 해석하거나 평가하거나 도구화하거나 주장하지 않을 때, 비로소 그 자신도 자연 혹은 대상과 같은 삶을 살 수 있다고 본다. 다시 말하자면 정진규는 이렇게 자기자신을 해석하거나 평가하거나 도구화하거나 주장하지 않을 때, 주체와 다른 존재 곧 <몸>이 된다고 생각한다. 정진규에겐 『몸詩』라는 시집이 있고, 이 시집의 화두가 바로 <몸>이라는 말이다. 몸이란, 정진규에게 있어서 주체가 개입하지 않는 자연 그대로의 자기자신 혹은 완벽한 구도와 아름다움을 가진 자기자신을 의미한다고 볼 수 있다.

<몸>을 발견한 정진규는 그 자신을 소외시키지 않게 된다. 왜냐하면 그는 <몸>을 발견함으로써 주체가 개입된 상태가 아니라, 주체를 배제하거나 넘어선 상태에서 자연의 모습으로 살아가고 있기 때문이다. 이처럼 자기자신에게서 주체의 개입을 허락하지 않는 <몸>의 상태를 발견한 정진규는 그런 <몸>으로부터 아름다움을 느낀다. 이렇게 본다면 정진규가 말하는 <몸>은 비주체의 아름다움을 갖고 있는 중요한 존재이다.

몸이 놀랬다
내가 그를 下人으로 부린 탓이다
새경도 주지 않았다
몇십 년 만에
처음으로
제 끼에 밥 먹고
제 때에 잠자고
제 때에 일어났다
몸이 눈 떴다

(어머니께서 다녀가셨다)

— 「몸詩 · 66 - 병원에서」의 전문11)

정진규는 그의 몸을 <下人>으로 부린 까닭에 몸이 아프게 된 것을 알아챈 것이다. 여기서 몸을 하인으로 부린다는 것은 몸의 소리를 듣기보다 몸에 주체가 무작정 개입했다는 것을 의미한다. 정진규는 자신의 몸을 하인으로 부리는 동안 자기소외와 질병 속에서 허덕인 것이다. 그러나 그는 <몇십 년 만에> <처음으로> 몸의 소리를 들었다. 주체가 주인이 아니라 몸이 주인이 된 것이다. 몸이 주인이 된 상태를 그는 <제 끼에 밥 먹고> <제 때에 잠 자고> <제 때에 일어났다>고 표현했다. 이런 몸을 보고 그는 아름다움을 느끼고 있는 것이다.

또한 정진규는 시간적으로 주체가 개입되기 이전의 존재나 그런 상태에 강하게 이끌린다. 그가 자주 언급하는 알, 직전, 아기 등과 같은 말이 다 이런 존재나 상태를 보여주는 것들이다. 알과 관련해서 보면 정진규에겐 『알詩』라는 시집이 있다. 그에게 알은 주체가 개입되기 이전의 <첫자리>에 놓여 있는 것이다. 이런 <알>은 세상 속으로 들어오면서, 다시 말하자

---

11) 정진규, 『몸詩』, 77면.

면 주체의 개입에 의하여 왜곡된 모습으로 변해가게 된다. 정진규는 세속
사회에서 이렇게 왜곡된 모습들을 거둬내고, 그것들이 처음으로 나타났던
시원의 상태를 찾아내고자 한다. 그 시원의 상태가 바로 <알>이라는 말로
표상되었거니와, 정진규는 이런 <알>의 상태에서 무엇보다 큰 아름다움
을 느낀다.

　<직전>과 <아기>도 <알>의 변주형태라고 볼 수 있다. 한 존재가 세속
사회로 나오기 이전의 그 순수한 시간, 그 시간을 정진규는 <직전>이라고
불렀다. 그리고 세속사회의 관념이 끼어들기 이전의 인간, 그런 인간을 정
진규는 <아기> 혹은 <천사>라고 불렀다. 이처럼 주체가 개입되기 이전
의 상태나 존재를 떠올리게 되면, 주체의 개입에 의하여 세속사 속의 변화
가 일어난 것들이야말로 한낱 인간들의 <침범>에 의한 <환상>에 불과한
것이라는 생각을 할 수도 있다.12) 물론 우리는 <알>의 상태에 머물러 있
을 수는 없다. 그 <알>은 세속사회 속으로 들어올 수밖에 없기 때문이다.
그럼에도 불구하고 이와 같은 <알>의 발견이 중요한 의미를 가질 수 있
는 것은 그 <알>이 우리로 하여금 세속사가 전개되기 이전의 <첫자리>
를 기억하게 함과 더불어 세속사 속에서의 삶을 그 <첫자리>와 같은 것
으로 만들고 싶은 소망을 갖게 하기 때문이다.

　　몇 해 전 우리집에 오신 첫 천사께서 이젠 나이 들어 영검스러움이
　　없어지자 새로운 천사 한 분을 다시 보내주셨다 코도 입도 귀도 다
　　있으시다 눈썹도 있으시다 눈도 반짝 떠 보이셨다 천사께서 최초로

---

12) <침범>과 <환상>에 의하여 인간들은 유위의 역사를 만들어내었다. 침범이란
　　인간의 자기중심적 이기성이 대상과 세계에 가해졌다는 것이요, 환상이란 인
　　간들이 대상과 세계를 향하여 끝도 없이 의미를 부여한다는 것이다. 인간들은
　　이러한 <침범>과 <환상>에 의하여 그들의 욕구를 만족시켜 가기도 하지만,
　　이러한 <침범>과 <환상>으로 말미암아 끝없는 결핍과 갈증에서 헤어나지
　　못하기도 한다.

보신 빛! 그걸 나는 훔쳤다 나누어주셨다 몇 해쯤은 거뜬할 것이다
돋보기가 필요 없을 것이다

— 「신생아실에서」의 전문13)

위 인용시에서 <천사>와 그 천사가 <최초로 보신 빛>이 바로 세속사
가 전개되기 이전의 <첫자리>에 해당되는 것들이다. 정진규는 이런 <첫
자리>에 해당되는 것들로부터 아름다움을 느낀다. 그 <첫자리>에 해당되
는 것들에는 주체가 전혀 끼어든 바 없다. 이들에게는 아무런 세속의 흔적
이 붙어 있지 않은 것이다.

정진규는 그의 이런 미의식을 「시는 시를 기다리지 않는다」14)라는 자
신의 짧은 시론에서도 아주 잘 보여주고 있다. 그는 여기서

> 아마도 앞의 <시>는 글쓰기 이전의 시를, 뒤의 <시>는 글쓰기 자
> 체로서의 시를 뜻하는 것이었음을 짐작하기란 그리 어렵지 않았다.
> 문자 이전의 시, 그것은 다만 싱싱한 혼돈일 뿐 시는 아니지 않는가
> 라는 질문이 재빠르게 내 안에서 고개를 들었고, <기다리지 않는다>
> 는 말에서는 글쓰기로서의 시 자체에 대한 가치폄하의 뉘앙스가 느껴
> 지지 않는 것도 아니었지만, 그보다도 더 중요한 것이 바로 <싱싱한
> 혼돈>이라는 생각이 앞섰다. (중략) 무엇이 큰 <시>인가.
> 다음과 같은 시를 읽고 났을 때 나는 차라리 자유롭다. 적어도 원초
> 적 일상의 싱그러움이 거기엔 있다. 우리가 무수히 지어 붙인 이름들
> 로부터 그 상처들로부터 또한 자유롭다. 욕망으로부터 자유롭다. 우리
> 가 가서 기대게 하는, 우리를 기다리지 않지만 우리로 하여금 <시>
> 를 쓰게 하는 바로 그 <시>가 무엇인가를 알게 한다.15)

---

13) 정진규, 『도둑이 다녀가셨다』, 27면.
14) 정진규, 「시는 시를 기다리지 않는다」, 『정진규 짧은 시론 : 질문과 과녁』,
    10~13면.
15) 위의 글, 11~12면.

라고 말한다. 정진규는 대문자 <시>의 세계를 소문자 <시>의 세계보다
더욱 중요한 것으로 생각한다. 그 까닭은 소문자 <시>의 세계 이전에 존
재하는 대문자 <시>의 세계, 곧 <싱싱한 혼돈>과 <원초적 일상의 싱그
러움>의 세계야말로 세속사와 주체의 흔적이 가해지기 이전에 있는 세계
이기 때문이다. 다시 말하자면 그 세계는 주체가 이름을 붙이기 이전의 세
계이며, 상처가 가해지기 이전의 세계이며, 욕망이 따라붙기 이전의 세계
이기 때문이다.

지금까지 정진규 시에 나타난 비주체의 아름다움을 대상 혹은 자연에
온전히 자리를 내주는 일, 세속사와 주체의 개입이 일어나기 이전의 <첫
자리>를 발견하는 일로 나누어 논의하였다. 전자에서 주체가 대상 혹은
자연으로부터 비껴 서 있다면, 후자에서 주체는 아예 <첫자리>의 출현 다
음에나 나타날 수 있는 것이다. 전자가 공간적인 비주체의 아름다움을 보
여주는 것이라면, 후자는 시간적인 비주체의 아름다움을 알려주는 것이라
할 수 있다.

3) 超主體의 아름다움

초주체란 주체가 자신을 개인적 영역에서 이끌어내 우주적 존재로 확대
시키는 것을 뜻한다. 거칠게 말하자면 한 인간은 개인적 존재이며, 사회적
존재이며, 우주적 존재이다. 이 중 사회적 존재도 개인의 영역을 넘어선다
는 데서 초주체의 성격을 얼마간 지니고 있지만, 사회적 영역 역시 인간의
세계라는 점을 감안해보면, 초주체가 된다는 것은, 자신을 개인적 영역에
서 이끌어내 우주적 존재로 확대시키는 것이라고 말해볼 수 있을 것이다.

정진규는 사회나 현실, 시대나 역사에 큰 관심을 갖고 있지 않다. 그는
이런 인간들의 세계보다 자연 및 우주적 세계에 큰 관심을 보여주고 있다.

그의 이런 관심은 이성적 탐구에 의하여 나타났다기보다 기질적인 특성에
의하여 나타났다고 보는 편이 옳을 듯하다.

따라서 정진규는 사회나 시대 속에서 아름다움을 느끼기보다 자연이나
우주 속에서 아름다움을 느낀다. 그리고 그가 사회나 시대에 참여함으로
써 아름다움을 창조하고자 하기보다 자연이나 우주의 일원이 됨으로써 아
름다움의 세계를 만들어내고자 한다.

초주체의 아름다움을 찾아내고, 만들어내고 싶어하는 정진규에게 주체
인 시인 자신뿐만 아니라 우주 속의 삼라만상들도 모두 우주적 존재로 자
신을 초월시키는 것이 보인다. 그의 시를 읽어가다 보면 <열린다>는 표현
이 자주 등장한다. 여기서 <열린다>는 것은 시인 자신을 포함한 우주 삼
라만상이 자신을 개인적 영역에서 벗어난 우주적 존재로 초월시키고 있다
는 뜻이다.

> 햇살들이 따가웠다 자잘한 돌들마저 따끈따끈했다 조금씩들 열어놓
> 고 있었다 새들의 허공을 나마저 자유롭게 드나들던 날, 나도 허공
> 한 채를 짓고 있던 날 온다는 그를 위해 단산한 지도 벌써 오랜 한
> 여자가 정갈하게 새 옷 갈아입고 장보러 가고 있는 十里길 언덕, 들
> 국들마저 자잘한 들국들마저 노오랗게 흔들리고 있었다 고요한 가벼
> 움 속으론 아직 날 수 있는 늦가을 풀벌레들이 낮은 소리를 내며 낮
> 게 낮게 날고 있었다 마을이 잠시 수런거렸다
>
> — 「가을산책」의 전문[16]

위 인용시엔 햇살들, 돌들, 새들, 한 여자, 들국들, 풀벌레들, 그리고 시
인이 등장한다. 이 모든 존재들은 다 자신을 <열어놓고> 있다. 말하자면
이들은 초주체로서 우주적 존재가 되어 서로를 함께 허락하며 어울려 있

---

16) 정진규, 『도둑이 다녀가셨다』, 15면.

다. 여기엔 주체의 이기성이나 주체의 폐쇄성 또는 주체의 우월성이나 주체의 폭력성이 끼어들어 있지 않다. 오직 모든 존재가 우주적 교감을 이룩하며 자신을 <열어놓고> 있는 상태에 있는 것이다.

정진규는 그의 시 「日常」에서 다음과 같은 말을 하고 있다.

> 어제는 진종일 새들하고 놀았다 나는 본래 산비둘기하고 제일로 친하다 몸으로 날을 수도 있고 걸을 수도 있음이 하늘과 땅을 드나들 수도 있음이 경계를 몸으로 지울 수도 있음이 새들의 그 통달이 나는 그저 부러웠다 그리로 가고 싶은 나는
>
> —「日常」의 부분17)

위 시를 보면 시인은 <새들>하고 하루종일 놀았다. 시인이 이처럼 새들과 함께 놀았다는 것은 그들 사이에 <열어놓고> 사는, 초주체의 만남이 있었다는 뜻이다. 시인은 <새들> 중에서도, 특히 <산비둘기>에 대해 마음을 무한히 <열어놓고> 있었다고 말한다. 그가 이렇게 산비둘기에 대해 마음을 무한히 <열어놓고> 있던 까닭은, 그 산비둘기들야말로 <통달>의 삶을 살고 있기 때문이다. 그렇다면 <통달>의 삶이란 무엇을 의미하는가? 정진규의 위 시를 보면, <통달>의 삶이란 경계를 몸으로 지우고 넘나들 수 있는 삶을 말한다. 경계를 지우고 넘나들 수 있을 때 모든 존재는 초주체의 우주적 삶을 살 수 있다. 이런 초주체의 우주적 삶 앞에서 정진규는 아름다움을 느끼고 있는 것이다.

초주체의 우주적 삶을 그리워하는 정진규는 그 자신이 <자기중심적인 개인>으로 갇히거나 주체로서의 진정한 건강성을 상실하였을 때, 우주적 삶을 살고 있는 다른 존재 혹은 생명들을 떠올림으로써 그 자신을 다시금

---

17) 위의 책, 58면.

건강하고 열려 있는 우주적 존재로 재생시킨다.

> ① 나도 한 척 낡은 배를 가지고 이 세상 바다를 떠돌고 있네만 진짜
> 바다 냄새가 나는 金判乭 자네를 생각하면, 지난 舊正 무렵 이젠 밥
> 술이나 좀 들게 되었다고 큰아이도 이젠 대학에 진학하게 되었다고
> 새로 산 오리털 잠바를 입고 나를 찾아 주었던 金判乭 자네를 생각
> 하면, 그대 닳아진 엄지손톱 사이 끼어 있던 생선 비늘 그대 삶의
> 비늘 그 싱싱한 비린내를 생각하면, 그날 그대가 가져다 주었던 上
> 等品 오징어 한 축 그걸 염치없이 다 먹어버린 下等品 나를 생각하
> 면, 자꾸만 낡아가고 있을 뿐인 나의 배를 생각하면, 그저 떠돌고 있
> 을 뿐인 나를 생각하면, 변비 같은 거로나 쩔쩔매고 있는, 세상이 풀
> 리지 않아 쩔쩔매고 있는 나를 생각하면, 아 金判乭 그대처럼 그날
> 그대가 맛있게 들이켰던 한 잔의 毒한 쐬주처럼 무엇이 온다, 무엇
> 이 온다, 분명히 온다 바다, 金判乭 자네의 바다로 내게도 무엇이 온
> 다 싱싱한 것들이 몰리어 온다 떼지어 온다 그대 팔뚝에 새긴 푸른
> 文身도 굵은 고딕體로 달려오고 있다 사상이라고 쓱 하트에 화살을
> 박은, 파르르 떠는 화살 하나를 박은
>
> — 「어부 金判乭의 文身」의 전문18)

> ② 내가 다녀온 카리브해 저 푸르고 푸른 칸쿤의 바다 그걸 눈앞에 펼
> 쳐놓고 자꾸 달아나려 하지만 그걸 잡아다 놓고 밀물 썰물로 펼쳐놓
> 고 들숨 날숨 운동을 하고 있다 정신까지는 아니고 흐르는 피를 가
> 만히 끌어당겼다 놓아주었다 그저 그런다 새 공기가 들어갈 비인 칸
> 을 만들어 준다 새벽마다 일어앉아 내 몸의 生家復元을 하고 있다
>
> — 「맨손체조 - 알 46」의 전문19)

인용시 ①을 보면 어부 金判乭과 시인이 서로 대비되고 있다. 시인은 자
신과 대비되는 어부 김판돌을 떠올리면서 자신을 건강한 우주적 생명체로

---

18) 정진규, 『별들의 바탕은 어둠이 마땅하다』, 66면.
19) 정진규, 『알詩』, 69면.

되살리고자 한다. 시인에 따르면, 김판돌은 <진짜 바다냄새>를 품고 있는 어부이다. 그에게선 항상 <싱싱한 비린내>가 나고, 그에게선 항상 <上等品 오징어 한 축>의 의미가 전달돼 오고, 그에게선 항상 <싱싱한 것>들이 느껴진다. 그에 반해 시인은 그 자신을 <下等品>과 같은 존재로, 이 세상이란 바다에서 낡은 배를 이끌고 <쩔쩔매는> 존재로 생각한다. 이러한 자의식 속에 있는 시인은 어떻게 해서든지 자신도 김판돌처럼 <上等品>과 같은 존재로, 그의 몸과 삶 속에 <싱싱한 것>들을 품고 살아가는 존재로 만들고 싶어한다. 요컨대 시인은 어부 김판돌로 상징되는 다른 우주적 존재로 인하여 그 자신 역시 우주적 존재로 재생시켜 나아가고 있다.

인용시 ②를 보면 인용시 ①의 어부 김판돌의 자리에 멕시코 칸쿤의 바다가 들어가 있다. 시인은 그의 몸이 건강한 우주적 존재로 살아나지 못할 때, 저 멕시코 칸쿤의 바다를 끌어다 <들숨 날숨>을 해보고 있다. 이런 과정 속에서 시인의 몸과 삶 속으로 멕시코 칸쿤의 바다가 들어오게 되고, 시인은 그 멕시코 칸쿤의 바다가 지닌 생명감으로 인해 <生家復元>을 이루게 되는 것이다. 시인이 <生家復元>을 이룩한다는 것은 그가 건강한, 열려 있는 우주적 존재로 거듭나게 되었다는 의미를 갖는다.

이와 같은 초주체적 생명들이 서로 어울려 가는 세계 속엔 <자유>가 찾아온다. 그것은 모든 존재가 거품, 과장, 욕심, 폭력 등이 없이 무심한 상태로 어울려 있기 때문이다. 이들의 어울림은 전존재가 마치 한몸처럼 이루어져 그들 사이에 소외나 단절의 <빈틈>이 없다. 정진규가 꿈꾸는 것은 그 자신뿐만 아니라 삼라만상이 초주체적 차원에서 서로 어울림으로써 참다운 <자유>의 상태를 구현하는 것이다.

자유라는 말을 알고 있다 쑥부쟁이 하나라도 그러하지만 좋은 사람

들과 함께하면 나는 자유로워진다 좋은 사람이란 잘 보존된 환경이
아닌가 나는 언제나 그렇게 대답해왔다 좋은 사람들은 절실함을 간절
함을 가지고 있다 나의 빈자리를 그걸로 채워준다 나의 어머니는 나
의 허기를 아시고 늘 고봉밥을 주셨다 때로는 나도 그걸 그들에게 줄
수가 있다 한짝이 된다 비인 틈이 있어야 자유롭다는 말은 틀린 말이
다 그건 일순의 유희다 비인 틈이 없음이 우리를 충만케 한다 충만은
둥글다 탱탱한 활시위가 된다 둥글다가 우리를 멀리 날게 한다 상처
야 있게 마련이지만 우리는 그걸 서로 둥글게 쓰다듬는다 우리집 뜨
락의 감나무는 해거리를 한 번도 한 적이 없다 올해도 한 접은 우리
가, 한 접은 아우네가 가져다 먹었다 한 그루 감나무랑도 잘 놀았다
까치도 몇 마리 다녀갔다

— 「자유에 대하여」의 전문[20]

위 시에서, 시인이 말한 <잘 보존된 환경>은 <초주체적 존재>를 의미
하는 것으로 생각할 수 있다. 시인은 이런 <잘 보존된 환경>, 즉 <초주체
적 존재>의 예로 <쑥부쟁이> <좋은 사람> <어머니> <감나무> <까치>
등을 들고 있다. 여기서 그가 예로 들어 보인 것들은 그것들만이 초주체
적 존재라는 뜻이 아니라 그들과 같은 삶을 사는 존재라면 어떤 것이든
지 <초주체적 존재>가 될 수 있음을 알려주는 것이다. 시인은 이러한 초
주체적 존재들의 어울림을 보며 <둥글다> 혹은 <둥글게 쓰다듬는다>라
는 말을 사용하고 있다. 여기서 <어울림>과 <둥글다> 그리고 <둥글게
쓰다듬는다>는 모두 초주체적 존재들의 빈틈없는 만남 속에서 탄생되는
<자유>의 상태를 알려주는 것이다.

주체가 자신을 이처럼 우주적 존재로 확대시키거나 초월시킬 때, 그 주
체뿐만 아니라 그 주체들의 만남 속에서도 자유가 싹튼다. 그 자유의 맛을
느끼거나 그 자유의 표정을 보았을 때, 정진규는 비로소 아름답다는 말을

---

20) 정진규, 『도둑이 다녀가셨다』, 78면.

꺼내게 된 것이고, 그런 아름다운 세계를 꿈꾸며 그는 시를 쓰고 삶을 영위해가게 된 것이다.

지금까지 정진규 시에 나타난 초주체의 아름다움에 대하여 논의하면서 그것을 <자유>의 문제로 귀결시켰다. 그러고 보면 자유란 아름다운 것이고, 그 자유의 상태가 도래하기 위해서는 초주체적 삶, 즉 우주적 삶이 전제되어야 하는 것이다.

3. 맺음말

인간은 누구나 아름다움에 대한 지향성을 가지고 있고, 그 아름다움의 세계에 닿았을 때 자기소외가 없는 <온전한 상태>에 가까이 갈 수 있다는 전제 아래 이 글을 시작하였다. 그리고 시인이란 아름다움의 세계를 꿈꾸는 대표적인 사람들인데, 정진규 시인이야말로 그 어떤 다른 시인들보다도 강하게 아름다움의 세계를 꿈꾸었을 뿐만 아니라 그런 세계를 찾아내고 만들어내고자 노력한 시인이라는 전제 아래 이 글을 시작하였다.

아름다움과 관련된 한 인간의 내면의식을 미의식이라고 규정하면서 정진규 시에 나타난 미의식의 양상을 구체적으로 탐구해본 결과 다음과 같은 결론이 얻어졌다.

정진규는 <탈주체의 상태>, <비주체의 상태>, <초주체의 상태>에서 아름다움을 느끼고 있었다. 이런 상태란 주체가 가진 이기성과 폐쇄성, 그리고 폭력성과 가해성이 제거된 상태이다. 정진규는 주체 속에 깃들어 있는 이런 속성들을 넘어섬으로써 <비어있음의 충만함>을 이룩한 세계에 이르고자 하였다. 여기서 <비어있음>이란 주체의 이기성과 폐쇄성 그리고 폭력성과 가해성을 넘어선 상태이며, <충만함>이란 그런 상태에의 도달로 말미암아 창조되는 아름다움의 세계이다.

　결국 정진규의 시에서 문제가 되는 것은 자기중심성을 꿈꾸는 주체이다. 주체는 바깥세상을 자신 속으로 끌어들여 <소유>하고, 자신을 바깥세상 속으로 확대시켜 바깥세상을 <침범>하며, 자신을 바깥세상과 구별시켜 바깥세상을 <배제>시킨다. 주체의 이런 자기중심성을 넘어선 상태를 앞에서 탈주체의 상태, 비주체의 상태, 초주체의 상태라고 불렀다. 그리고 정진규는 이런 상태 속에서 아름다움을 느낀다고 말하였다.

　주체의 자기중심성을 말하면서 주체에 끼여든 <과잉 쾌락성>[21]을 생각한다. <과잉 쾌락성>이란 인간이 생물학적 존재로 살아갈 때 필요한 의식주 이상의 모든 것을 지칭한다. 그렇게 본다면 인간의 삶은 <과잉 쾌락성>으로 둘러 싸여 있고, 인간은 <과잉 쾌락성>을 추구하다 일생의 대부분을 보내며, <과잉 쾌락성>을 소유하지 못하여 소외와 열등감에 시달리며, <과잉 쾌락성>을 증폭시키고 유포시켜야 GNP를 높일 수 있는 모순 속에서 살고 있다.

　주체가 세속적으로 지향하는 <과잉 쾌락성>이 얼마나 허망한 것인가를 알게 되면, 인간은 비록 세속사회의 일원으로 살고 있다 하더라도 세속사회의 잣대로부터 얼마간 벗어나 인간의 <첫자리>를 잃지 않을 수 있다. 정진규는 탈주체, 비주체, 초주체의 상태를 꿈꾸면서 그런 상태 속에는 <과잉 쾌락성>이 끼어들 틈이 없다고 생각한다. 그리고 그는 이런 <과잉 쾌락성>이 제거되었거나 무력화되었거나, 아예 나타나지 않은 세계에서 아름다움을 느낀다고 시사하였다.

　정진규가 그의 시에서 보여주는 이런 아름다움의 세계를 따라가다 보면 <과잉 쾌락성>의 횡포를 넘어설 힘과 지혜가 생긴다. 그리고 주체가

---

21) 이 점과 관련해서는 권택영, 『지젝이 본 후기산업사회 : 잉여 쾌락의 시대』 (서울 : 문예출판사, 2003)가 큰 도움을 줄 것이다.

<과잉 쾌락성>에 예속되었을 때 그 주체의 삶이 도구적으로 변질되며, 그 <과잉 쾌락성>을 넘어섰을 때만이 비로소 주체의 삶이 <존재하는 삶>이 될 수 있다는 사실을 인식하게 된다. 정진규 시를 읽는 재미는 이런 <과잉 쾌락성>을 버려보는 데에, 그로부터 비껴나 보는 데에, 그를 넘어서는 데에 있다.

아름다움의 세계를 꿈꿀 수 있고, 만날 수 있고, 창조할 수 있는 자는 행복한 자이다. 그런 점에서 정진규를 보고 행복한 자라고 말하여도 크게 잘못된 점이 없을 것이다.

Ⅶ. 자연과 자연성

1. 문제제기

정진규는 1960년 「동아일보」 신춘문예를 통하여 등단한 이래 지금까지 약 40년에 가까운 세월 동안 지속적으로 시를 써온 우리 현시단의 원로 가운데 한 사람이다. 그 동안 정진규가 발간한 시집으로는 『마른 수수깡의 平和』, 『有限의 빗장』, 『들판의 비인 집이로다』, 『매달려 있음의 세상』, 『비어있음의 충만을 위하여』, 『연필로 쓰기』, 『뼈에 대하여』, 『별들의 바탕은 어둠이 마땅하다』, 『몸詩』 그리고 『알詩』가 있다.

나는 개인적으로 정진규가 발간한 여러 권의 시집 가운데서 단연 최고의 수준을 자랑하는 것은 최근에 발간된 『몸詩』와 『알詩』라고 생각한다.[1] 이 두 시집을 통하여 정진규는 그가 등단 이래 연마해온 시인으

---

1) 이 글은 정진규의 시집 『도둑이 다녀가셨다』(세계사, 2000)와 『本色』(천년의 시작, 2004)이 발간되기 이전인 1998년에 쓴 것이다.

로서의 시적 자질을 유감없이 발휘하고 있으며, 그만이 구축할 수 있는 개성적인 시세계를 훌륭하게 마련해놓고 있기 때문이다. 나는 이 두 시집을 보면서 오랜 시간 동안 어떤 문제에 집중해온 사람이 어느 순간 질적 비약을 이루면서 새로운 경지를 열어보이는 것 같은 느낌을 받지 않을 수가 없었다. 하지만 이런 이유 이외의 다른 이유로 인하여 나는 또한 이 두 시집에 대하여 특별한 관심을 기울이고 있는데, 그것은 바로 정진규의 이 두 시집이야말로 정진규의 정신이 기본적으로 자연 및 자연성에 맞닿아 있다는 것을 가장 잘 보여주는 시집이기 때문이다. 그의 이 두 시집 어디를 펴봐도 우리는 그의 정신이 방금 언급한 자연 및 자연성을 근간으로 삼아 창조되었다는 것을 어렵지 않게 확일할 수 있는 것이다. 따라서 정진규의 최근 시집 『몸詩』와 『알詩』는 정진규의 시와 자연 및 자연성의 관계를 탐구하는 데 더할 나위 없이 적합한 시집이다. 그리고 이 두 시집은 시인이 파악한 자연 및 자연성이 우리 시사의 미래 속에서 가질 수 있는 의의를 이해하는 데 좋은 시사점을 제공해주기에 충분하다. 따라서 나는 정진규의 이 두 시집을 중심으로 하여 그의 나타난 자연 및 자연성의 실상을 점검하고 더 나아가 그것이 지닌 의미를 살펴보고자 한다.2)

그런데 한 가지 기억해야 할 점은 정진규의 이 두 시집에 자연 및 자연성의 문제가 비중있게 내재돼 있다고 하더라도 그가 계획적으로 자연(성)을 시 속에 이끌어들인 시인은 아니라는 점이다. 그보다 정진규는 자신도 모르게 그 쪽으로 몸과 마음이 이끌려 들어가는 시인이라고

정진규, 『몸詩』(서울 : 세계사, 1994).
———, 『알詩』(서울 : 세계사, 1997).
2) 정진규 시에 대한 논의는 얼마간 있으나, 자연 및 자연성의 문제와 관련된 논의는 아직 없다.

보는 편이 타당할 만큼 기질적으로 자연지향적이다. 물론 그렇다고 해서 그가 자연에 대한 아무런 자각도 없는 시인이라는 뜻은 아니다. 그는 분명 자연에 대하여 남다른 자각과 통찰을 하고 있으며 그것이 하나의 내적 필연성을 유발하고 있다. 하지만 그것이 인위적인 계산에 의하여 유발된 것이 아니라는 점을 기억할 필요가 있다. 따라서 정진규의 시를 읽다보면 우리는 이 시인이야말로 생래적으로 자연인의 기질을 누구보다 많이 갖고 있는 시인이 아닌가 하는 생각을 자주 하게 된다. 나는 방금 정진규를 가리켜 <생래적으로 자연인의 기질을 많이 갖고 있는 시인>이란 말을 사용하였거니와, 이 말의 의미는 그가 사회적 존재로서 인위적인 의도에 지배를 받기 이전의 상태에 기질적으로 깊이 맞닿아 있다는 것이다. 이처럼 그는 자연인에 가까운 기질을 잘 살리면서, 그러나 자연에 대한 자각과 통찰을 함께 해나아가면서 우리로 하여금 자연 및 자연성에 대한 사색을 풍부하게 할 수 있고 그것의 소중함에 눈뜰 수 있게끔 그의 시 속에 자연 혹은 자연성의 영역을 훌륭하게 마련해놓고 있다.

이미 두 권의 시집 이름이 『몸詩』와 『알詩』라는 데서 시사되듯이 정진규의 두 시집 속에서 <몸>과 <알>은 자연과 자연성의 대표적 표상물이다. 정진규는 이 <몸>과 <알>이라는 말을 소위 시의 화두로 삼아 그가 내적으로 지향하고 꿈꾸는 바를 형상화시켜 나아간 시인이다. 나는 개인적으로 정진규가 몸과 알을 발견하고 이것을 화두로 삼아 그의 시세계를 구축해 나아갈 수 있었던 것은 그에게는 물론 우리 시단에 커다란 행운이라고 생각한다. 왜냐하면 먼저 이 두 가지 존재의 발견으로 인하여, 정진규는 흔들리지 않는 정신의 중심과 토대를 갖게 되었으며, 그의 40년에 가까운 시작업의 결실을 이 자리에서 훌륭하게 거둘 수 있게 되었기 때문이다. 그리고 우리 시단은 인간이 사회적 인간이기 이전의 한 생물학적 존재로서 세계의 어디까지 내려갈 수 있는가를 적나라하게 직시할 수 있었기 때문이다. 또한 이 이외에도, 우리 시단은 정진규가 발견한 몸과 알로 인하여 그 동안 주변부에 소외시켜 놓았던 몸과 알의 진정한 가치를 재발견할 수 있었기 때문이다.

정진규처럼 관념 이전에 몸이, 문화 이전에 알이 있다는 사실을 자각하고, 그것으로부터 세상의 모든 것들을 이해해 나아가는 사람에게는 세상의 그 어떤 화려한 유혹도 그의 중심을 와해시키는 장애물이 될 수 없다. 그것은 세계와 존재의 처음이자 마지막을 그가 보았기 때문이다. 그러나 이와 달리 세계의 근저에 놓여 있는 몸과 알을 발견하지 못하고 살아가는 사람은, 그가 가진 것이 제아무리 화려한 외양을 자랑하는 것이라 하더라도, 아스팔트 위에 까치발을 뜨고 서 있는 사람처럼 불안한 상황으로부터 온전히 놓여날 수가 없다. 따라서 나는 정진규가 최근의 두 시집에서 발견한 몸과 알을 정진규 개인에게나 우리시단에서나 아주 소중한 것으로 평가하면서 이 두 가지 말을 화두로 삼아 그가 특히 어떤 자연과 자연성을 발견하고 그 의미를 창출해내었는지, 이 점을 상세하게 살펴보고자 한다.

2. 자연과 자연성의 양상[3]

1) 살

정진규는 모든 존재에 <살>을 입힌다. 따라서 그가 그려보인 대상은
포동포동(?) 살이 올라 있다. 그는 정신, 영혼, 이성, 관념 등과 같은 추상적
세계 이전에, 하나의 존재가 살아있다는 것의 징표로 관능, 감각, 느낌 등
과 같은 세계가 있다는 것을 알려준다. 여기서 관능, 감각, 느낌 등의 말로
표현된 세계는 모든 존재가 살아서 느끼는 살을 갖고 있다는 의미이다. 살
이 썩는다는 것, 그것은 하나의 존재가 죽음을 맞이하였다는 의미이다. 살
이 없다는 것, 그것은 하나의 존재가 대지의 생명력을 상실하였다는 의미
이다. 살로 느끼지 못한다는 것, 그것은 하나의 존재가 추상화되었다는 의
미이다. 살을 부정한다는 것, 그것은 밥먹고 숨쉬며 사랑하는 생물이기를
그친다는 의미이다. 이처럼 정진규에게 모든 존재는 피가 잘 흐르는, 세계

---

3) 정진규의 시집 『몸詩』와 『알詩』에 나타난 자연 및 자연성의 양상과 그 의미는
   몇 가지 항목으로 나누어서 살펴볼 경우 무리가 따른다. 실제로 그의 시집 속
   에 수록된 작품 한 편 한 편을 읽어가다보면, 각 작품마다 구별되는 자연과
   자연성의 다양한 양상과 그 의미를 만나게 된다. 그리고 이런 사실을 곧바로
   몇 가지 항목으로 나누어 살펴볼 경우, 단순화의 오류를 범할 위험이 크다는
   것을 알게 된다. 그렇다고 해서 모든 작품을 다 따로 떼어서 다루는 것에도
   무리가 따른다. 왜냐하면 작품 수도 많을 뿐만 아니라 작품들 사이의 유사성
   과 연계성 또한 상당히 크기 때문이다. 따라서 나는 이 글을 통하여 하나의
   타협책으로 정진규 시에 나타난 자연 및 자연성의 양상과 그 의미를 가능한
   한 여러 가지 항목(실제로는 아홉 가지 항목으로 나누었다)으로 나누어 각 항
   목의 변별성과 각 항목 간의 연계성을 세심하게 살려가는 방식을 채택하기로
   한다. 그렇게 할 경우, 다소 논의가 장황해질지 몰라도 실제로는 정진규 시의
   자연과 자연성의 양상 및 그 의미를 보다 다양한 측면에서 만나볼 수 있을
   것이라 생각한다.

전체를 실감있게 느낄 수 있는, 살을 가져야만 살아있는 것이 된다. 마치 삶의 본능에 크게 지배당한 사람처럼, 자신의 눈에 보이는 모든 것들을 살려내고자 애를 쓰는 정진규에게, 제일 먼저 필요한 것은 이처럼 모든 존재에게 그들이 느낄 수 있는 살을 입히는 것이요, 그들 존재로부터 살의 신비한 감각작용을 읽어내는 것이다. 여기서 우리는 정진규가 얼마나 존재의 생물적인 속성을 살려내려고 노력하는지 알 수 있다. 그리고 이 존재의 생물적 속성을 살려내는 것이 진정 존재의 근원을 긍정하고 그것에 가 닿는 일임을 강조하고 있다는 것을 알 수 있다. 몇 작품의 실례를 들어보기로 한다.4)

① 이번 여름 전주 덕진공원 연못 가서 햇살들이 해의 살들이 이른 아침, 꼭 다문 연꽃봉오리들마다에 플러그를 꽂고 안으로 들어가는 걸 보았다

— 「플러그 - 알2」의 부분

② 아이는 마지막 한 알까지 다 먹었다 포도라는 이름이 완전히 지워졌다 아이가 말랑말랑하게 웃었다

— 「포도를 먹는 아이 - 알4」의 부분

③ 뜨락에 낡은 신발 몇 켤레로 남기고 떠난 그들의 길이 맨발이 얼마나 따가우랴 비오지 않는 날이 석 달 열흘까지 가리라 뜨락에 겨우 3박 4일 잡초로 자라면서 나는 목이 말랐다 살로 가보면 살로 아픈 곳이 곳곳에 있다 빈집들이 짓는 빈집들이 와글와글하다 할 수 있다

— 「빈집 - 알 15」의 부분

④ 당신은 산미나리아재비꽃을 본 적이 있는가 그 노오란 頂生의 꽃가

---

4) 앞으로의 인용시는 모두 정진규의 시집 『몸詩』와 『알詩』 속에 들어 있는 것이다. 그래서 따로 주석을 달아 출처를 밝히지 않기로 한다.

루를 만져본 적이 있는가 그걸 핥고 지나가는 바람의 살결도 나는
만져본 적이 있다

— 「하얀 몸 - 알 27」의 부분

⑤ 달 뜨는 밤이면, 마음 달뜨는 밤이면 나 서울 떠나 북으로 양수리,
남으로 안양쯤 겨우 벗어나고 있다 달빛 밟고 있다 (중략) 달빛 냄새
가 난다고 누가 말한다

— 「몸詩 · 53 - 행복論」의 부분

위에서 방금 예로 든 것 이외에도 정진규가 관능, 느낌, 감각이라고 부
를 만한 살의 세계를 살려낸 경우는 상당수다. 그는 한결같이 이런 작품들
을 통하여 무엇보다도 먼저 너의 살로 직접 느끼는 것이 가장 진실하고
행복한 세계인식의 방법이 아니냐고 은밀히 말을 건넨다. 살을 맞댐으로
써 느낄 수 있는 실감, 그리고 살을 맞대는 것처럼 느낄 수 있는 몸의 느
낌을 그는 존중하는 것이다.[5]

그러면 위의 인용문을 통하여 정진규가 말하는 관능, 느낌, 감각의, 이
른바 살의 세계를 살펴보기로 하자. 먼저 정진규는 인용시 ①에서 햇살을
해의 살이라고 풀어 말한다. 따라서 해의 살이 된 햇살로부터 우리는 살아
숨쉬는 살의 느낌을 생생하게 전해받는다. 여기서 해는 더 이상 생명이 없
는 입자나 파동이 죽은 사물이 아니다. 그것은 생의 살을 갖고 있는 생명
으로 다시 태어나게 되고, 이것을 보면서 우리는 物活할 수 있는 존재의
신비를 체험한다. 다음으로 인용시 ②를 볼 것 같으면, 정진규는 이 시에
서 <아이가 말랑말랑하게 웃었다>는 표현을 하고 있다. 원래 이 작품은
포도를 먹는 아이의 모습과, 그 아이의 몸 속으로 자신의 존재를 즐겁게

---

5) 살의 느낌과 가치에 대해 말한 정진규의 산문으로는 「관능의 에너지」가 대표
   적이다. 이 산문은 그의 시집 『알詩』의 뒷부분에 부록으로 수록돼 있다.

지워가고 있는 포도의 모습이 참으로 아름답게 중첩되는 작품이다. 거기다가 방금 말한 것과 같이 <아이가 말랑말랑하게 웃었다>는 식으로 살의 표현을 더함에 따라 정말로 이 작품의 아름다운 장면은 보다 생생한 실감을 동반하며 독자들 속으로 파고들지 않을 수 없다. 셋째로 인용시 ③을 보면, <살로 가보면 살로 아픈 곳이 곳곳에 있다>는 표현이 나온다. 이 인용시의 다른 부분도 정진규의 구체적인 감각과 느낌의 세계를 설명해주는 데 부족함이 없지만, 특히 지금 인용한 <살로 가보면 살로 아픈 곳이 곳곳에 있다>는 표현이야말로 정진규의 이런 세계를 설명해주기에 가장 적합한 예이다. 여기서 정진규는 관념이나 계산이 아닌 몸을 가지고 그 몸으로 직접 느끼고자 할 때만이 몸 전체가 아픔으로 다가오는 곳이 느껴진다는 말을 하고 있는 것이다. 원래 이 작품은 모든 사람이 떠난 농촌 고향마을을 그가 방문하고 쓴 작품이다. 그는 거기서 골다공증 환자처럼 숭숭 비어 있는 집들을 보면서 몸 전체가 살아있는 느낌으로 아파오는 것을 느꼈던 것이다. 그야말로 육화된 아픔, 몸으로 말하는 아픔, 몸이 찾아낸 아픔을 그는 말하고 있는 것이다. 넷째로 인용시 ④를 잠깐 볼 것 같으면, 정진규는 이곳에서 <산미나리아재비꽃>을 앞에 두고 살의 아름다움에 대하여 말하고 있다. 그는 우리에게 산미나리아재비꽃의 꽃가루를 <만져본> 적이 있느냐고, 그리고 그 산미나리아재비꽃의 꽃가루를 <핥고> 지나가는 <바람의 살결>을 <만져본> 적이 있느냐고 물음을 던진다. 그 속에는 이런 것들을 만져볼 때만이 진정 그 꽃을 알 수 있고 만날 수 있고 느낄 수 있다는 시인의 뜻이 담겨있다고 할 수 있다. 어쨌든 정진규는 산미나리아재비꽃을 살로 만나기를 바라는 시인이며 바람에서 그 바람의 살결을 만져보라고 제안하는 사람이다. 끝으로 인용시 ⑤를 볼 것 같으면, 정진규는 여기서 <달빛을 밟는다>는 표현과 <달빛 냄새가 난다>는 표현을 통하여 살로서 느끼는 일의 비밀을 전하고 있다. 그에게는 달빛도 살의 감각으로 밟아야만 하는 대상이고, 또한 그 달빛으로부터 역시 살의 감각으로 냄새를 맡아야만 하는 대상이다. 이렇게 함으로써 정진규는 그의 눈에 보이는 모든 존재와 대상을 살아 숨쉬는 생명체로 만들고 있으며, 그것들을 대하는 시인 자신과 우리들 또한 언제나 살아 숨쉬는 생명체로 이 땅에서 살아가도록 만들고 있다.

나는 이와 같은 정진규의 정신세계를 통하여 세계와 존재를 수식화, 기계화, 법칙화, 공식화, 무기물화시켰던 근대적 세계관에 대한 항의를 간접적으로 읽는다. 그 동안 근대인들이 모든 것을 수식화, 기계화, 법칙화, 공식화, 무기물화시킨 것은 세계와 존재를 죽은 것처럼 간주한 데서 비롯된 것이다. 세계와 존재를 죽은 것처럼 간주하고 그것들을 하나의 공식으로 이해하고자 할 때, 세상과 만나는 우리의 태도는 단순해지고 그 속에서 살아가는 우리들은 편리함만을 추구하게 될 것이다. 그러나 문제는 이렇게 됨으로써, 세계는 죽음의 지대가 되고, 우리의 삶은 살아있는 존재와 함께 이루어지는 것이 아니라 죽어서 공식이 된 물건과 함께 이루어지는 것이 되고 만다는 것이다. 이런 상황 속에서 세계와 존재를 살리는 방법은 무엇일까. 나는 정진규가 그토록 애착을 보이고 또 이끌림을 당했던 느낌, 관능, 감각의 세계, 그러니까 살의 세계를 되살리는 일이라고 생각한다. 죽어서 뼈만 남았거나 해체되어버린 모든 존재에게 살을 입혀주자, 그렇게 함으로써 살을 입고 숨쉬며 살아있는 존재가 되도록 하자, 그때에만 비로소 이 땅이 살아있는 것들의 향연장이 될 게 아니냐, 아마도 정진규는 이와 같은 속마음을 품고 있는 것으로 보인다.

내가 맨 먼저 정진규의 시에 나타난 자연 및 자연성을 논하면서 살의 문제를 들고 나온 것은 모든 죽어 있는 것들 혹은 죽여버린 것들에 싱싱한 살을 입히는 일이 그 무엇보다도 선행될 때만이 세계와 존재가 자연 및 자연성을 회복할 수 있다는 믿음이 있었기 때문이다.

2) 생물

　인간은 사회적 존재이기 이전에 생물학적 존재이다. 그런가 하면 인간은 <생각하는 동물>이기 이전에 <몸을 가진 동물>이다. 인간이 사회적 존재로서 만든 사회가 인간이 낳은 욕망의 산물이라면, 인간이 생물학적 존재로 살아가는 것은 욕망 이전의 우주적, 자연적 행위이다. 마찬가지로 인간이 생각하는 동물로 규정된 것은 역시 인간이 낳은 욕망의 산물이지만, 인간이 몸을 가진 동물로 살아간다는 것은 욕망 이전의 우주적이며 자연적인 행위이다.

　우리는 지금까지 인간이 생물학적 존재라는 사실을 폄하하거나 간과하고, 그 대신 인간이 역사적이며 사회적인 존재임을 강조하는 데서 인간적인 자부심을 확인해왔다. 또한 인간이 몸을 가진 동물로서 몸의 자연적 지배를 받으며 살아간다는 사실을 폄하하거나 간과하고 그 대신 인간의 생각하는 기능을 실제 이상으로 높이 평가하면서 그것을 인간의 우월감을 입증하는 자료로 삼아왔다. 이런 연장선상에서, 인간들은 자신들이 우주상의 수많은 생물들보다 더 우월한 것으로 간주하였고, 인간처럼 생각하는 기능을 갖지 못한 수많은 생물들을 우주상의 열등한 존재처럼 평가하였다. 따라서 인간들은 자신들이 생물이라는 사실과 몸을 가지고 산다는 사실을 애써 인정하지 않으려는 관성을 갖게 되었으며, 인간이 이 우주상에서 최고의 자질을 가진 존재, 즉 가장 성공한 존재라는 주관적 평가 속에서 살아가게 되었다.

　하지만 잠시만 다시 생각해본다면, 인간들이 자신들의 생물학적 속성을 기꺼이 인정하고 그것을 긍정적으로 수용하면서 이들이 가진 가치를 새롭게 발견해나아갈 때, 인간들의 삶은 진정 행복해질 수 있다고 보인다. 또한 자신들을 이 우주상의 수많은 생물들과 대등한 존재로 겸허히 인정하고 그런 생물들이 가진 긍정적 가치를 재발견할 때, 비로소 인간들의 위상은 분명해지고 이 우주상에서 다른 생물들과 살아가는 일에 무리가 생기지 않을 것이라고 생각한다.

나는 개인적으로 우리들의 인간규정이 다음과 같은 절차를 밟아야 한다고 생각한다 : 첫째, 인간은 물질의 흐름이자 기의 흐름이다. 둘째, 인간은 자연이다. 셋째, 인간은 생물이다. 넷째, 인간은 몸을 가진 동물이다. 다섯째, 인간은 정신을 가진 동물이다. 그럼에도 불구하고 실제로 우리의 인간규정은 역순으로 이루어져왔다. 따라서 인간들은 자신들을 이성적 동물 혹은 정신적인 동물로 규정짓는 데 최선의 노력을 기울였고, 인간이 몸을 가진 동물이라든가, 생물의 일종이라든가, 자연의 한 부분이라든가, 기와 물질의 聚散으로 이루어졌다든가 하는 규정은 돌아보지 않으면서 누군가가 그렇게 인간을 규정한다면 이것이 마치 인간을 모독하는 것처럼 탐탁지 않게 생각하곤 하였다. 그러나 이제 우리들의 생각은 완전히 바뀌어야 한다. 우리는 인간이 가진 작은 변별성에 취해서 인간이 다른 존재들과 함께 공유하고 있는 근본적 토대를 망각한다면, 그것이야말로 어마어마한 위험성을 가져올 수밖에 없기 때문이다. 따라서 우리는 이제 인간을 앞에서 말한 순서로 규정지어야 한다. 그리고 우리가 물질과 기의 흐름으로 이루어졌다는 사실을, 우리가 자연이라는 사실을, 우리가 생물이라는 사실을, 우리가 몸을 가진 동물이라는 사실을 아주 기꺼이 적극적으로 수용하고 그것이 가진 긍정적 가치를 재발견해야만 할 것이다. 그렇게 함으로써, 우리는 우리 자신의 토대를 부정하거나 폄하하지 않는 지혜를 얻을 수 있을 것이며, 더 나아가 우리와 공통된 토대 속에서 함께 살아가는 다른 존재들(동물, 생물, 자연, 무기물, 물질 등등)을 우리 자신과의 유기적인 연관 속에서 맞이할 수 있을 것이기 때문이다.

정진규는 그의 시에서 인간이 생물이자 몸을 가진 동물이라는 점에 크게 관심을 기울이면서 이들의 의미를 재발견하는 데 기여하고 있다.
그럼으로써 그는 우리들이 머리만 비대해진 기형적 자기인식과 세계인
식 속에서 살아가는 우매함을 수정해주고, 또한 우리로 하여금 진정 생
물의 모습을 회복할 수 있도록 이끌어주고 있다. 몇 작품을 인용해보기
로 한다.

　① 몸이 놀랐다
　　내가 그를 下人으로 부린 탓이다
　　새경도 주지 않았다
　　몇십 년만에
　　처음으로
　　제 끼에 밥 먹고
　　제 때에 밥 먹고
　　제 때에 일어났다
　　몸이 눈 떴다

　　(어머니께서 다녀가셨다)

　　　　　　　　　　　　　　　　— 「몸詩·66 - 병원에서」의 부분

　② 그러나 맹목의 아버지! 나는
　　그가 밥을 잘 먹는지 잠을 잘 자는지
　　그의 몸이 질문의 집이 될 만한지
　　그게 걱정일 뿐이다
　　그게 가장 정답에 가깝다

　　　　　　　　　　　　　　　　— 「몸詩·43 - 질문의 집」의 부분

　먼저 인용시 ①을 보기로 하자. 정진규는 이 시를 통하여 그가 지금까지
얼마나 몸을 학대했는지에 대하여 말하고 있다. 추측건대 그는 지금까지
정신의 우월성을 믿고, 마치 정신이 상급자로서 몸을 하급자처럼 부릴 권

리가 있다는 듯이, 그리고 몸이 요구하는 목소리에는 아예 귀조차 기울일 필요가 없다는 듯이 살아왔을 것으로 짐작된다. 다시 말해 그는 언제나 탐욕스럽고 변덕스럽기 짝이 없는 정신과 마음만이 자신의 정체성을 뒷받침해주는 것처럼 생각하고 몸을 부록처럼 주변부로 밀쳐놓았을 것이다. 그러나 누가 뭐라해도 몸은 우리 인간들의 정체성을 뒷받침해주는 제일 요인이다. 비록 정신처럼 자기를 분명한 언어로 표출할 줄도, 또 꾀를 부리며 책략을 쓸 줄도 모르는 것이 몸이지만, 몸은 하나의 존재를 구성하는 바탕이자 핵심이다. 인용시 ①을 보면 정진규는 이런 사실을 뒤늦게 인식하고 그의 몸을 돌보는 데 관심을 쏟고 있다. 그는 새롭게 몸의 소중함을 발견하고 그 몸이 요구하는 목소리를 진지하게 경청하면서 몸을 모시고자 하였던 것이다. 정진규는 이런 사실을 위의 인용시 ①에서 <제 끼에 밥 먹고 / 제 때에 밥 먹고 / 제 때에 일어났다>고 적고 있다. 그는 이렇게 자신의 몸을 돌봄으로써 비로소 몸이 눈을 뜨게 되었다는 것을 알게 되었거니와, 이것은 몸의 가치를 근본적으로 재발견한 것이 된다. 몸을 부정하고 정신이니 영혼이니 이념이니 이성이니 하는 것들에만 신들려 있을 때, 몸은 그들의 억압에 짓눌려서 시들어 사라질 수밖에 없다. 그러나 문제는 몸이 시들어 사라지는 그 순간, 그토록 위세가 당당했던 우월자로서의 정신이니 이념이니 영혼이니 하는 것들이 흔적도 없이 사라지고 만다는 것이다. 나는 감히 말한다. 우리는 몸을 재발견하고 몸을 섬겨야 한다고. 분명 이것은 인간들이 몸의 말초적인 쾌락에 복종해야 한다는 의미가 아니다. 그보다는 인간이 생물이라는 사실을 자연스럽게 수용하고 그 생물로서의 몸이 가진 의미를 제대로 자각하면서 자신의 몸이 진정 피가 잘 도는 싱싱하고 아름다운 몸이 될 수 있도록 돌보자는 것이다.

　정진규는 앞의 인용시 ②에서도 ①의 경우와 같은 내용을 전하고 있다. 앞의 인용시 ②는 이 시인이 예술공부하러 이국에 간 딸을 생각하며 쓴

시이다. 그런데 흥미로운 것은 아버지로서 이 시인이 딸의 정신적 성숙을
기원하기 이전에 <밥을 잘 먹는지 잠을 잘 자는지> 그것만을 <맹목의 아
버지>가 되어 궁금해하고 있다는 사실이다. 정진규는 이 걱정의 내용이야
말로 <정답>이라고 말할 수밖에 없는 절대적 진리에 가깝다고 단언한다.
그 어떤 것도 대신할 수 없는 살아있는 몸의 요구, 그리고 그에 대한 겸허
한 응답과 그를 섬기는 자세, 이것이 생을 살아가는 가장 본질적이고 아름
다운 모습이라고 그는 생각하는 것이다.
　　바로 정진규의 이와 같은 생각은 그로 하여금 다음과 같은 시를 쓰게
만들기도 한다.

　　가끔은 햇볕에 내어 말리거나 擧風이라도 했으면 싶은데 때론 뽀송
　뽀송한 잠자리가 그립기도 할 터인데 늘 젖어 있는, 서귀포 앞바다
　중문 대포엘 가보면 하루종일 아랫도릴 남빛 바다로 씻고 서 있는 깨
　끗한 바위들이 雲集해 서 있다. 一群이란 말로는 모자란다 어디서 떼
　지어 달려오다 바다에 묶인 저의 恨들을 저렇게 씻고 또 씻어도 다
　씻지 못함은 저를 씻음이 아니라 세상의 아랫도릴 씻고 있음이란 생
　각이 들었다 내가 씻지 않으니까 나를 대신 씻어주고 있다는 생각이
　들었다 나이 들자 날로 부실해져가는 나의 下焦를 씻어주고 있음이란
　생각이 들었다 지금 세상의 하초들은 모두 부실하다는 생각이 들었다
　깨끗한 바위들, 내가 海印佛들이라 이름했다 감히!

—「海印佛 - 알5」의 전문

　　상당히 재미있는 작품이다. 정진규는 위의 인용시에서 서귀포 앞바다의
바위들을 <감히!> <海印佛>이라고 이름붙였다. 그 까닭은 이 바위들이
하루종일 남빛 바다로 자신들의 아랫도리(下焦)를 씻고 있었기 때문이다.
그렇다면 아랫도리를 씻는다는 것은 무엇을 의미하는가. 아니, 그보다 먼
저 정진규가 말하는 아랫도리, 즉 하초란 무엇을 의미하는가. 나는 정진규

VII. 자연과 자연성　263

가 말하는 바 아랫도리를 인간을 포함한 만물의 생물학적 토대라고 생각한다. 그러니까 이 우주 속에서 하나의 생물로서 우리가 가지고 있는 몸, 아마도 사람들은 이것을 가리켜 형이하학적인 세계라고 말하는 것 같다. 지금까지 인간의 위대성과 변별성을 주장하기 위하여 인간이 지닌 정신(이성, 영혼 등)이나 관념의 세계를 형이상학적인 세계라고 지칭하고 그것을 실제 이상으로 고평해온 인간들에게 형이하학적인 세계는 터무니 없이 낮게 평가받아왔다. 그러나 나는 거꾸로 생각한다. 인간은 먼저 그 자신이 형이하학적인 존재임을 있는 그대로 인정하고 그것이 가진 진정한 가치를 찾아내야 한다고 생각한다. 그리고 그 다음으로 인간들이 형이상학적인 존재임을 함께 인식하면서 인간의 진정한 모습이 어떤 것인가를 균형있게 파악해야 한다고 믿는다. 이런 점에 비추어볼 때, 정진규는 형이하학적인 세계의 가치를 제대로 발견한 사람이다. 그가 위의 인용시에서 아랫도리 혹은 하초라고 말한 세계야말로 인간을 포함한 만물의 형이하학적인 측면을 의미하는 것이기 때문이다. 따라서 정진규가 바위들이 아랫도리를 씻는다고 말한 것은, 인간을 포함한 만물의 형이하학적 혹은 생물학적 토대를 그 어떤 것보다도 소중하게 여기고 이것을 끊임없이 돌보고 있다는 의미이다. 이런 생각을 갖고 있는 정진규의 눈에는 우리가 살고 있는 이 문명사회란, 하초를 돌보지 않는, 그리하여 하초가 형편없이 허약해진 사회로 비친다. 달리 말해 우리가 살고 있는 이 문명사회는 두뇌와 욕망만이 지나치게 비대해져 있는 기형사회라는 것이다. 그는 이와 같은 사회의 부작용을 알고 그것을 넘어서기 위한 하나의 안으로 <하초를 씻어주기>라는 상징적 표현을 이끌어들인 것이다. 이러한 생각을 갖고 있는 정진규에게, 자신의 하초를 바닷물로 쉬지 않고 씻으면서 서 있는 일군의 바위들은, 바다에 모양을 드리우고 있는 일종의 불상, 즉 해인불로 여겨졌던 것이다.

이처럼 한 시인이 생물로서의 몸을 발견하고 그것이 가진 참다운 뜻을 알게 되었다는 것은 세속의 허황한 논리에 맹목적으로 집착하지 않는다는 것을 의미한다. 그리고 또한 이것은 한 사람이 진정 생의 처음이자 마지막이 무엇인가를 제대로 읽어낼 수 있게 되었다는 것을 의미한다. 따라서 생물로서의 몸을 우리가 분명하게 인식하고 그것의 의미를 재발견한다는 것은 세속의 무수한 욕망으로부터 얼마간 거리를 두고 자유로울 수 있다는 것을 뜻하기도 한다. 아마도 그런 사람들은 자신의 몸이 지닌 자연성을 알고 섬기는 것만으로도 생의 소외감과 상실감을 거의 느끼지 않을 수가 있을 것이기 때문이다. 그런 점에서 우리가 생의 소외감과 상실감을 극복하는 길은 먼저 우리 자신이 생물이자 몸을 가진 동물임을 자각하고 그것을 긍정적으로 수용하는 것이라고 생각한다. 우리들이 자연 속의 생물이라는 사실과 우리의 몸이 생물학적 차원에 기본적인 토대를 두고 있다는 사실을 알고 인정할 때, 우리는 그만큼 더 넓은 세계에 유기적으로 몸을 대고 살아가는 일이 가능하기 때문이다.

한편 정진규는 그가 만나는 인간들은 물론 인간 이외의 대상에서도 그것들이 가진 생물적인 속성 혹은 몸의 속성을 찾아내는 데 깊은 관심을 보이고 있다. 일반적으로 생물의 속성 중 가장 중요한 것은 그들이 <살아있다>는 것이며 또 살아있는 존재답게 알을 슬을 수 있다는 것이다. 우리는 정진규의 시에서 이런 사실을 그가 날생(生) 자를 여러 작품에서 특별히 강조하며 쓰고 있다는 점과, 생물이나 몸이 살아있음을 생생하게 표현한 경우가 많다는 것, 그리고 알을 슬을 수 있는 조건을 살아있는 존재의 제일 조건으로 여기고 있다는 데서 찾아볼 수 있다.

① 이젠 生理의 날들도 다 지나고 꽃부터 서둘러 피워내던 우리집 마
  당 산수유, 목련, 앵두, 영산홍, 넝쿨장미, 맨 마지막 대추꽃들의 날

들도 다 지나고 몰큰몰큰하던 날들도 다 지나고 모두 알을 배고 있
다

— 「늦봄 - 알 56」의 부분

② 이 몸의 어둠들이 또록또록 눈을 뜨고 있었다 강원도 정선 佳水里
길 일백리, 정말 물 좋은 그 純生의 강물에 가서 오밤중이면 나타나
미역을 감는다는 수달 내외를 그렇게 기다렸다 (중략) 내 눈으로만,
내 몸이 지닌 純生의 빛으로만 純生을 확인하는 게 그게, (겨우 남은
한 쌍 수달 내외를 확인하는 게) 마땅하다고 믿었다

— 「수달을 기다리며 - 알 22」의 부분

③ 아기의 손을 쥐니 가득 조여오는 生動! 온몸이 개운했다

— 「몸詩 · 59 - 吉日」의 부분

세 편의 작품을 인용하였다. 우선 나는 인용시 ①에서 <生理의 날들도
다 지나고>라는 표현과 <모두 알을 배고 있다>는 표현에 주목하고자 한
다. 정진규는 꽃들이 피는 것을 生理를 하는 것으로 받아들였다. 그리고
꽃이 진 이후에 나무의 몸이 붇거나 열매가 달리는 것을 알을 배고 있는
모습으로 파악하였다. 여기서 生理란 여성들의 月經을 가리키는 개념이지
만 나는 이 개념 이외에도 좀더 확대시켜서 이것을 物理라는 말과 心理라
는 말에 대비시켜 이해하고자 한다. 좀 거칠게 말한다면 하나의 인간이(여
성이) 생물이라는 징표는 그가 생리를 한다는 데서 나타난다. 생리를 한다
는 것은 그것이 생물의 몸으로 살아간다는 것을 뜻한다. 또 다르게 말하자
면 生理를 한다는 말 속의 生理란 생물의 이치를 뜻하는 것으로서, 사물의
세계가 가진 物理나 정신의 세계가 가진 心理와 구별된다. 이런 구도 속에
서 우리가 物理라고 말하면 그 말로부터 살아 숨쉬는 생물의 속성이 빠져
있는 것을 느끼고, 心理라고 말할 때에도 역시 그 말로부터 우리는 생물의
몸이 제거된 느낌을 받는다. 어쨌든 정진규는 생물에 집착하는 시인이다.

그러므로 그는 세계의 만상으로부터 생물적인 속성을 읽어내어 그것에 살아움직이는 역동성을 부여하고자 한다. 다음으로 인용시 ②의 경우를 보도록 하자. 정진규는 이 시에서도 <純生>이라는 표현을 세번씩이나 쓰면서 생물적인 속성에 집착한다. 인용시 ②를 통해서 보자면, 그에게는 먼저 수달이 純生의 존재이고, 다음은 강물이 純生의 존재이며, 그 다음은 시인의 몸이 純生의 존재이다. 그는 純生의 강물에서 純生의 몸으로 純生의 수달을 만나보고자 하는 것이다. 이로 인하여 정진규는 순수한 생물들의 살아움직이는 만남을 이 장면에서 아름답게 구현하고 있는 셈이다. 다시 말해서 모든 존재가 순수한 생물이 되어 하나로 어우러지는 장면, 그것이 바로 인용시 ②에서 정진규가 만들어내는 장면이다. 끝으로 인용시 ③의 경우를 보자. 인용시 ③은 시인 자신의 생일이자 첫 손자의 백일날을 맞이하여, 늙은 시인이 첫 손자의 손을 쥐어볼 때 느낀 감정을 표현한 것이다. 정진규는 인용시에서 보이는 바와 같이 첫 손자의 손을 잡고서는 그 느낌을 <가득 조여오는 生動! 몸이 개운했다>라고 표현하고 있다. 나는 이 표현 속에 들어 있는 生動이라는 말을 약동하는 힘이라고 풀어볼 수도 있지만, 그 대신 생물이 된 아이의 기운이라는 뜻으로 풀어보고자 한다. 生動이라는 말을 이렇게 풀어보고 나면, 인용시 속의 늙은 시인이 첫 손자의 손을 잡고 감동한 것은 일체의 세속적 기미가 제거된 맨몸 그대로의 생물을 만났기 때문이라고 그 이유를 설명해볼 수 있을 것이다. 이처럼 늙은 시인은 생물을 만났기 때문에 그로 인하여 <온몸이 개운했다>고 쓴 것이리라. 몸이 개운하다는 것은 인간이 가진 생물로서의 욕구를 아주 만족스럽게 잘 충족시켰다는 뜻이 될 터인즉, 위와 같은 해석에 무리가 없다고 보아도 괜찮을 것이다.

　지금까지 살펴본 바처럼 정진규는 생물의 가치를 재발견한 사람이다. 그는 인간들의 폭력적인 선입견 때문에 주변으로 밀려났던 생물의 가치를 당당하게 중심권으로 끌어들인 사람이다. 따라서 정진규의 노력과 통찰에 힘입어 지금까지 억압되었던 생물적 특성이 진정 해방을 얻게 되고, 더 나아가서는 모든 존재가 생물학적 혹은 몸적 토대 위에 서 있다는 자각을 새로이 하게 되었다. 그는 무기물에도 살을 입혀서 생물로 만들었고, 관념이나 추상에도 살을 입혀 생물로서의 살아있는 기운을 갖게 했으며, 소외당한 생물들에게도 생물이 가진 참다운 의미를 재발견하여 다시 살아나도록 이끌어주었다. 그런가 하면 그는 인간들이 스스로의 몸이자 토대인지도 모르고 학대했던 생물로서의 속성을 기꺼이 수용하여 그것의 신비와 즐거움을 만끽하도록 안내하기도 하였다. 정진규의 이런 노력에 따라 그가 펼쳐 보인 세계는 한 바탕 <純生物>들의 건강한 향연장이 되었고, 죽음의 본능에 지배당한 이 세상의 시들고 황폐한 땅들이 새순처럼 다시 솟아오르는 활력을 되찾게 되었다.

3) 알몸과 맨발

정진규의 시를 읽어가다 보면 <알몸> <맨몸> <맨발> 등과 같은 말을 수시로 만나게 된다. 그는 어떤 가식, 형식, 장식, 수식, 거품, 군더더기 등도 끼어들지 않은 상태를 지향하기 위하여 이와 같은 말을 사용하고 있다. 사실 인간사라고 하는 것은 태초의 알몸을 끝도 없는 가식, 형식, 장식, 수식, 거품, 군더더기와 같은 것으로 덧씌운 역사라고 할 수 있다. 그런데 인간들의 역사 속에서 이 같은 알몸을 가두고 장식하는 정도는 시간이 흐를수록 보다 대단해져서, 이제 웬만한 통찰력이 있는 사람이 아니라면 인간에게서는 물론 주위에 존재하는 모든 것에게서 알몸을 제대로 보지 못한다. 뿐만 아니라 아예 주객이 전도되어서 소위 역사적, 문화적 존재가 된 것에 큰 자부심을 갖고 사는 많은 인간들은 알몸의 상태를 저급하고 부끄러운 것으로, 그에 반하여 형식과 군더더기로 덧씌워진 인공의 상태를 고급한 것으로 간주하기도 한다. 그렇지만 조금 다르게 본다면, 역사니 문화니 하는 것들은 알몸의 부록과 같은 것에 지나지 않는다. 그것들은 영원히 이 대지에 뿌리내리지 못하고 떠 있는 것들이다. 그리고 또한 이것들은 인간과 존재의 알몸 상태를 계속하여 왜곡시키는 폭력적 실체이기도 하다. 따라서 알몸의 진실을 발견하지 못한 채 인공의 형식과 장식에 의지하여 생을 전개해 나아간다면, 그 주체가 누구이든지 간에 부차적인 삶만을 허무하게 사는 꼴이 되고 말 것이다.

정진규는 알몸을 가둔 시대에, 알몸을 숨겨버린 시대에, 알몸이 왜곡된 시대에, 알몸이 억압된 시대에, 그 알몸의 진실을 찾아내고자 노력하는 시인이다. 그에게 알몸을 찾아낸다는 것은 인간과 모든 존재의 자연성을 찾아내는 일이며 동시에 그들을 자연의 상태로 이끌어내는 행위이다.

나는 지금까지 많은 시인들의 작품을 읽으면서, 정진규만큼 알몸(알몸의 다른 이름으로는 맨몸, 맨살, 맨발 등을 들 수 있다)의 상태와 그 진실에 크나큰 관심과 애착을 가진 시인을 달리 찾아볼 수가 없었다. 그의 시집 속에 수록된 작품 어디를 펴도 수시로 만날 수 있다고 약간의 과장기를 섞어 말하는 것이 무방할 정도로, 정진규는 소위 알몸주의자이다.

실제로 알몸의 상태는 참으로 아름다운 면을 갖고 있다.. 언제나 알몸으로 살아가는 자연을 봐도 이 점을 확인할 수 있고, 언제나 옷으로 몸을 감추는 인간들의 알몸을 선입견 없이 바라보더라도 그 알몸의 상태는 참으로 아름답다. 옷이라는 것은 일차적으로 기후의 횡포에 적응하기 위하여 생겨났을 것이다. 그러나 이런 현실적인 이유보다 더 중요한 것은 옷이 사회적 신분과 권력의 상징물이자 인간욕망의 반영물로 그 기능을 하면서 보다 발전돼 나아갔다는 것이다. 이렇게 본다면 옷은 알몸을 방어하는 수단이 아니라 자기과시의 수단이자 자기욕망의 실현수단이다. 바로 이런 점으로 인하여 사람들은 알몸의 상태를 추하고 부끄러운 것으로 만들어버렸고, 그 대신 옷으로 장식한 상태를 아주 예의 바르고 아름다운 것으로 믿게 만들었다. 한 마디로 말하자면, 우리가 살고 있는 이 문명(?)의 시대는 알몸의 아름다움을 상실한 어두운 시대이다. 사람들은 알몸을 덧씌운 것들의 지배를 받고 세뇌를 당하여, 그 알몸이 자신의 몸인지도 모르고 학대하거나 그것이 지닌 참된 의미를 망각한 채 알몸을 주변으로 밀어내고 있다.

이런 점들을 고려하면서 정진규가 전해주는 알몸의 세계에 귀를 기울여 보기로 한다.

> ① 바알간 맨발로 바람을 헤치고 날아간다
> 바알간 맨발로
> 얼어붙은 강물 위를 쉬지 않고 나른다
>   (중략)
> 바알간 맨발로 날아오르는 우리들의 새에게
> 절을 하자,
> 절을 하자,
>
> —「몸詩·31 : 바알간 맨발로 날아오르는 우리들의 새에게」의 부분

> ② 옷 입고 오는 비를 나는 본 적이 없다 처음부터 젖어있는 알몸이기에 그는 따로 젖을 필요가 없다 갈아입을 필요가 없다 늘 옷을 입고 다니는 나는, 알몸일 수 없는 나는 젖는다 언제나 갈아입는다 아직 들키지는 않았지만 젖은 마음의 옷들이 내게는 꽤 여러 벌이다
>
> —「옷 - 알 26」의 부분

> ③ 네 마음의 들판을 맨발로 헤매이다 돌아온 지금, 발바닥에 박힌 황홀한 가시! 부어 오르지 않았다 곪지도 않았다
>
> —「맨발 - 알9」의 부분

④ 누구나 문맹의 최초의 숲으로
   알몸이 되어 돌아간다
   그걸 수정해본 적이 없다

— 「아름다운 지구 - 알25」의 부분

　먼저 인용시 ①을 보기로 하자. 정진규는 이 작품 속에서 <바알간 맨발>이라는 말을 몇번이고 반복한다. 정진규는 바람을 헤치고 강물 위를 쉬지 않고 날아가는 새에게서 아무런 수식도 하지 않은 이 <바알간 맨발>을 본 것이다. 그에게는 이처럼 일체의 어떤 장식도 걸치지 않고 있는 그대로의 알발이 되어 날아가는 새가 한없이 부럽고 존경스럽다. 그는 이와 같은 자신의 마음을 <바알간 맨발로 날아오르는 우리들의 새에게 /절을 하자 / 절을 하자>라는 말로 나타내고 있다. 이렇듯 새의 바알간 맨발은 시인의 마음을 한껏 사로잡은, 감동과 외경의 대상이 된 것이다. 그는 자신의 이런 마음을 인용시 ②에서도 계속하여 표현하고 있다. 정진규는 이 작품에서 알몸으로 내리는 비와 옷을 입고 살아가는 자기자신을 대비시킨다. 그리고는 알몸으로 내리는 비를 부러워하면서 언제나 옷을 갈아 입고 옷이 젖고 마는 자기자신의 처지를 안타까워한다. 그는 이런 심정 속에서 알몸으로 살아가는 존재야말로 그 자체로서 하나의 온전한 세계를 이룩하고 있는 것이기에 더할 것도, 뺄 것도, 으시댈 것도, 초라해할 것도 없지 않느냐는 생각을 전하고 있다. 이렇게 본다면 인간들이 알몸으로 살지 못한다는(않는다는) 것은 인간에게 엄청난 부담과 고통을 주는 것이다. 그러나 이것은 누가 시켜서 그렇게 된 것이 아니다. 인간 스스로가 그렇게 만든 것이다. 최승호의 시에 나오는 한 표현을 빌자면 인간들은 스스로 만든 쇠고랑을 다리에 차고 춤을 추며 사는 것과 같다.[6] 하지만 옷이 상징하

---

6) 최승호, 「쇠사슬을 차고 춤을 추도다」, 『눈사람』(서울 : 세계사, 1996), 76면.

는 장식과 형식과 수식을 존중함으로써 인간들이 느끼는 세속적 기쁨을 무시할 수는 없을 것이다. 적어도 그것은 인간의 엄청난 탐욕을 만족시켜 줄 것이기 때문이다. 정진규는 인용시 ②에서 알몸의 진선미가 어떤 것인지를 알면서도 실상 자신은 한 사람의 인간으로서 그 알몸의 진선미에 다가갈 수 없다는 것을 안타까워한다. 세속적 형식과 욕망의 허망함을 알면서도 그 세계를 떠날 수 없는 갈등이 이 속에 있는 것이다.

다음으로 앞의 인용시 ③을 보기로 한다. 정진규는 이 시를 통하여 어떤 인위적 가식도 덧씌우지 않은 상태에서 다른 사람과 온전하게 맨살로 만나는 광경을 그려보이고 있다. 그는 이렇게 맨살의 상태에서 누군가와 만나고 난 날에는 발에 못이 박힌 것까지도 황홀하기만 할 뿐, 그것이 아프지도 않고 곪지도 않는다고 말한다. 주지하다시피 인간사 속에서 이루어지는 인간과 인간의 만남이란 항상 몇 겹의 옷을 끼어 입고 자신을 감추거나 위장시킨 상태에서 이루어진다. 그러므로 단 한 번도 우리는 맨몸의 상태로 서로가 교감을 이룩한 것 같은 개운한(혹은 황홀한) 느낌을 갖기가 어렵다. 이런 인간사 속에서 살아가는 동안, 사람들은 알몸의 상태로 타인을 만나고자 하는 것이 얼마나 위험하고 무모한 일이며, 타인에게서 알몸의 상태로 다가오기를 기대한다는 것이 또한 얼마나 미숙한 기대인가 하는 것을 깨우치게 된다. 그러나 인용시 ④에서 정진규가 말하듯이 인간은 누구나 죽음으로써 <문맹의 최초의 숲으로 / 알몸이 되어 돌아간다>. 그리고 사람들은 이것을 안다. 하지만 아는 것은 어디까지나 앎의 세계에 속하는 것일 뿐, 인간들은 그들이 만든 이 세상 속에서 알몸을 내놓지도 알몸을 기대하지도 못한다. 이미 인간들의 세상 속에는 참으로 많은 장식품들이 가득하고 인간들은 그 장식품을 사용하는 데 익숙해져 버렸으므로 지금까지 살펴본 바처럼 정진규는 일체의 인간사 속에 깃든 인공의 형식들을 거둬내고 그 속에 절대진실의 상태로 놓여 있는 알몸을 찾아내는 데 관심을 기울이고 있다. 제아무리 인간사의 형식들이 무성하게 솟아오르는다 하더라도 그것은 하나의 장식일 뿐, 그것 자체가 절대진실이 될 수는 없다는 걸 우리는 안다. 맨몸으로 이 세상에 태어나는 순간부터 우리는 수도 없이 많은 유형무형의 인공적 장식들에 속수무책으로 지배를 당하거나 어느 때는 앞장 서서 그 장식들을 만드느라고 혈안이 되어 있지만, 잠시 흥분된 정신을 가다듬고 내면을 직시하다보면, 아마도 대부분의 사람들은 우리가 알몸의 상태로 되돌아갈 수밖에 없고, 알몸의 상태만이 절대진실이라는 것을 알아챌 수가 있을 것이다. 인간들은 문화니, 사회니, 문명이니, 제도니, 물건이니 하는 것들을 만들어내었다. 그리고 그것 앞에서 커다란 자부심을 느끼기도 했고, 어느 때는 자부심을 넘어서 자만심을 느끼기도 했다. 그러나 이 모든 것들은 인간들이 살기 위한 방편이거나 인간들의 욕망이 만들어낸 2차적 산물들일 뿐, 인간의 본 모습은 우리 주위의 수많은 자연들처럼 알몸에 불과하다. 따라서 정진규가 앞의 인용시 ④에서 말한 것처럼 우리는 죽음으로써 문맹의 상태로 돌아간다. 그리고 알몸의 상태가 되어버린다. 이것은 비극도 희극도 아닌, 있는 그대로의 자연적 진실이자 우주적 진실에 불과하다.

인간들이란 바로 이와 같은 존재이기 때문에 알몸의 상태에 대한 그리움과 갈증을 갖고 있다. 그들은 알몸의 상태 앞에서 황홀해 하며, 자신들도 모르는 사이에 알몸의 상태를 지향하기도 한다. 그러나 인간들이 살아가는 세상은 온통 알몸의 상태를 차단하고 억압하는 것들로 가득하여서, 사람들은 그들의 본능적인 그리움과 갈증을 돌보지 않은 채, 세상의 흐름 위에 모르는 척 휩쓸려서 살아간다. 우리가 정진규의 시에 나타난 알몸의 세계를 만나고 황홀해하는 것은 앞서 말한 바와 같이 제아무리 세상이 장식으로 뒤덮여 있어도 우리들의 심저에 알몸에 대한 그리움과 갈증이 있기 때문이다. 이와 같은 그리움과 갈증은 우리의 알몸이 자연임을 입증해

주는 부분이다.

4) 싱싱한 생명

　문명의 도시는 죽은 것들로 가득하다. 이 문명의 도시에서 인간들이 만든 모든 것들은 다 죽은 것들이다. 이렇게 생각하고 나서 우리가 살아가는 우리의 주변을 한 번 둘러보자. 그러면 우리들의 눈 앞으로 온통 죽은 것들이 한꺼번에 밀려올 것이다. 집, 빌딩, 텔레비전, 전축, 책, 전화기, 그릇, 액자, 화분, 과자, 아이스크림, 자전거, 자동차, 라디오, 이불, 연필, 종이, 볼펜, 신발, 식탁, 아스팔트 등등, 그 이름들을 여기에 열거하는 것이 불가능할 정도로 많은 것들이 다 죽은 것들이다. 실제로 이것들은 죽은 것인데도 우리의 생활 속에서 살아있는 것처럼 기능을 하고 대접을 받는다. 어쩌면 살아있는 것 이상의 대접을 받는다. 하지만 그것들이 제아무리 살아있는 표정을 짓고, 살아있는 존재 이상의 대접을 받는다 하더라도, 우리는 이들이 죽은 것들임을 마음 속 깊은 곳에서까지 부정할 수는 없을 것이다. 이런 점에서 문명이 발달한다는 것은 죽은 것들을 더 많이 만들어낸다는 말과도 같다. 그리고 우리가 더 부자가 된다는 것도 이렇게 죽은 것들을 더 많이 소유한다는 말과도 같다. 그러고 보면 문명의 도시는 인간들이 가진 죽음의 본능이 가장 적나라하게 지속적으로 드러난 장소이기도 하다. 앞에서도 말했듯이, 우리가 문명이라는 이름으로 만들어낸 물건들은 모두가 살아있는 것들을 죽여서 인간의 욕망을 충족시키기 위하여 만들어낸 것들에 불과하기 때문이다. 다들 알다시피 죽은 것들과 함께 사는 일은 무척이나 편안하다. 그것들은 말이 없기 때문이다. 그러나 다른 한편 죽은 것들과 사는 일은 자신들까지도 죽음의 세계로 이끌어가는 위험한 일이다. 왜냐하면 죽은 것들과는 생기를 나눌 수가 없기 때문이다.

정진규는 지금 죽은 것들로 가득한 도시 속에서 살아있는 것들을, 그것
도 싱싱하게 살아있는 것들을 찾아헤맨다. 그는 문화적 인간이기를 혹은
문명의 인간이기를 포기하거나 거부한 사람처럼, 죽은 물건이나 죽은 형
식에는 아무런 애착도 느끼지 못하고, 그 대신 싱싱하게 물기오른 생명들
에 애착을 넘어 집착을 한다. 그가 싱싱하게 살아있는 생명 앞에서 환호하
는 정도는 너무나도 대단한 것이어서, 그의 시를 읽는 독자들이 때로 위태
로움을 느낄 정도이다. 우선 작품을 인용하고 계속하여 이 문제를 논의해
나아가기로 한다.

> 더러 목격자가 있었다고는 하지만 서울에는 제비가 없다 제비가 오
> 지 않는다 지금은 4월하고도 하순이다 지금이 봄이라는 것이 믿어지
> 지 않는다 기상청에서마저 서울에는 둥지 틀 진흙도, 새끼들의 노오
> 란 입에다 물려줄 통통한 벌레들도 이제는 없다고 발표했다
>
> 제비 보러 가자
> 제비 보러 가자
>
> 어디쯤 가야 할까 남으로 고창이나 북으로 속초쯤 가면 될까 속초는
> 너무 산이 높을까 높아서 넘어갈 수 없을까
>
> 제비 보러 가자
> 제비 보러 가자
>
> 이 몸에도 진흙이 없었구나 벌레들이 없었구나 몸 찾으러 가자 몸
> 찾으러 가자 알을 슬러 가자
>
> — 「제비 - 알54」의 전문

위의 인용시에 따르자면, 문명의 집결지인 서울에는 싱싱한 생명의 상
징인 제비가 오지 않는다. 그 까닭은 둥지 틀 진흙과 새끼 기를 벌레가

없기 때문이다. 여기서 진흙과 벌레는 살아있는 것의 대표적 표상이자
살아있는 것들을 살릴 수 있는 것의 대표적 표상이다. 그런데 이런 살아
있는 것들은 없고 온통 도시 전체가 죽어 있는 것들로 가득하니, 이곳에
제비가 찾아올 리 만무하다. 정진규는 이와 같은 도시의 황폐한 현실을
보면서 무척이나 다급한 심정이 되어 제비를 찾는다. 그는 이 제비를 찾
고 싶다는 강한 소망 때문에 <제비 보러 가자>고 몇 번이고 외친다. 도
대체 어디쯤 가면 제비를 볼 수 있을까 가늠해보며 그는 이렇게 외치는
것이다. 싱싱한 생명을 보고자 하는 시인의 갈망은 이토록 크지만, 실제
로 어디서 그것을 만날 수 있을까 하는 점은 명확하지 않다. 이런 가운
데 시인은 자기자신의 몸을 둘러본다. 그리고 그는 마침내 도시만 죽은
것들로 가득찬 것이 아니라 자신의 몸도 죽은 것들로 가득차 있다는 것
을 발견한다. 말하자면 그는 자신의 몸에도 살아있음과 살려냄의 표상
인 <진흙>과 <벌레>가 없다는 것을 안 것이다. 그렇다고 해서 싱싱한
생명에 대한 갈증을 무시할 수는 없다. 오히려 이와 같은 상황이기 때문
에 그는 더욱더 싱싱한 생명을 애타게 그리워하고, 그 자신의 몸 또한
싱싱한 생명이 되기를 갈망한다.

   ① 모두 버리고 떠난
    비인 집 뜨락에
    햇살 뜨겁게 넘치고 있을
    비인 집 뜨락에
    홀로 당도해 보시라
    명아주,
    소리장군,
    까마중,
    장떡할멈,
    이런 그리운 잡풀들이
    저희들끼리 깊게 무성해 있을 것이다

당신도 거기 가서 그렇게 무성해지시거라

— 「몸詩·23 - 그리운 잡풀들」의 부분

② 나는 추워서, 올 겨울이 유난스레 추워서, 잡히는 게 없어서, 내 안
에 살아있는 것이라곤 물고기 한 마리 없어서! 얼음낚시를 생각해냈
다 투명한 얼음 밑으로 헤엄치던 강원도 靜巖寺 앞 개울가서 보았던
熱目魚들을 떠올렸다 가서 얼음 꽝꽝 깨고 열목어 한 마릴 움켜쥐었
다 두 눈이 바알갰다 얼음 밑에다 알몸을 가둔 알몸을 건져내었다
두 손 빠듯이 쥐어보았다

— 「얼음낚시 - 알3」의 부분

③내가 다녀온 카리브해 저 푸르고 푸른 칸쿤의 바다 그걸 눈앞에 펼
쳐놓고 자꾸 달아나려 하지만 그걸 잡아다 놓고 밀물 썰물로 펼쳐놓
고 들숨 날숨 운동을 하고 있다 정신까지는 아니고 흐르는 피를 가
만히 끌어당겼다 놓아주었다 그저 그런다 새 공기가 들어갈 비인 칸
을 만들어준다 새벽마다 일어앉아 내 몸의 生家復元을 하고 있다

— 「맨손체조 - 알46」의 전문

인용시 ①을 통하여, 시인은 시골의 빈집 마당에 저희들 스스로 무성하
게 살아있는 여러 가지 풀들을 찾아내어 우리에게 보여준다. 그가 보여준
이 풀들은 누구의 보살핌도 받지 않고, 누구를 의식하며 살아가는 것들도
아닌 채, 그저 스스로의 자족적인 목적에 따라 <깊게 무성>히 살아있는
것들이다. 여기서 우리가 주목해야 할 부분은 그 풀들이 <깊게 무성>히
살아있다는 부분이다. 왜냐하면 시인은 다른 점 때문이 아니라 무엇보다
도 그 풀들이 <깊게 무성>히 살아있다는 사실에 의하여 그들에게 이끌림
을 당하고 마음을 빼앗긴 것이기 때문이다. 이런 사실은 인용시 ①의 맨
뒷행에 있는 <당신도 거기 가서 그렇게 무성해지시거라>라는 표현을 보
면 분명해지거니와, 여기서 우리는 바로 그 뜨락의 무성한 풀처럼 우리의
몸도 <깊게 무성>히 살아나기를 소망하는 것이 시인의 속마음이라는 걸

알 수 있다. 다음으로 정진규는 인용시 ②를 통하여 싱싱한 생명에 대한 보다 간절한 자신의 소망을 표현하고 있다. 인용시 ②를 볼 것 같으면, 시인은 자신의 몸 안에서 단 하나의 살아있는 생명도 제대로 만나지 못하는 안타까움 속에 있다. 그는 이것을 춥다고 표현하였다. 그래서 그는 이 죽음에 가까운 추위를 쫓아보기 위하여 강원도 정암사 앞 개울가에서 보았던 열목어를 떠올렸다. 그곳에 가서 얼음을 꽝꽝 깨고 열목어 한 마리를 손에 움켜쥐고 그는 비로소 싱싱한 생명의 기운을 얼마간이나마 몸 속에 되살린 느낌을 가졌다. 그는 열목어를 가리켜 <얼음 밑에다 알몸을 가둔 알몸>이라고 표현하였고, 그 알몸인 열목어를 <두 손 빠듯이 쥐어보았다>고 말하였다. 여기서 알몸인 열목어는 싱싱한 생명의 표상이다. 그리고 그것을 두 손 빠듯이 쥐어봄으로써, 정진규는 생명의 싱싱한 감각을 확인할 수 있었던 것이다. 끝으로 인용시 ③을 보기로 하자. 정진규는 이 시에서 카리브해의 푸르고 푸른 바다를 싱싱한 생명의 표상으로 떠올린다. 그에게 이 바다는 그가 들숨 날숨 운동을 하면서 몸의 피를 잘 흐르게 만들어주는, 살아있는 푸른 생명이다. 그는 이 바다를 떠올리고 그 바다의 기운을 몸 속에 받아들임으로써 자신의 몸을 싱싱하게 일깨우는 자신의 모습을 가리켜 <生家復元>을 하고 있는 것으로 표현하였다. 나는 여기서 <生家>의 生이라는 말에 주목을 한다. 이 말을 통하여 우리는 정진규에게 자신의 몸이 말 그대로 살아있는 집이라는 점을 확인할 수 있기 때문이다. 이렇게 살아있는 집으로서의 그의 몸을 쓰러지지 않게 되살리는 데는 싱싱한 생명과 그 기운을 자신의 몸 속에 받아들이고 그것을 키워가는 일이 필요하다고 그는 생각한다. 바로 그와 같이 자신의 몸을 살아있는 집으로 온전하게 복원하기 위하여 그는 싱싱한 생명을 찾아 헤매고 그것을 자신의 몸 속으로 이끌어들이는 것이다.

5) 생명의 잉태와 탄생

정진규는 생명의 잉태와 탄생이라는 문제를 아주 중요하게 생각하고 있다. 그의 시집 『몸詩』와 『알詩』 속에는 이 같은 생명의 잉태와 탄생에 관련된 시가 상당수 들어있다. 생명이 생명으로 기능하기 위해서는 <알을 슬을 수 있어야 한다>는 것, <알을 낳을 수 있어야 한다>는 것, <알을 품을 수 있어야 한다>는 것, <알을 부화시킬 수 있어야 한다>는 것, <부화시킨 생명을 먹여 기를 수 있어야 한다>는 것 등을 그는 여러 작품에서 반복하여 역설하고 있다. 앞장에서도 살펴보았듯이, 그는 싱싱한 생명에 대한 갈증을 갖고 있는 사람이다. 그것이 어느 정도냐 하면, 싱싱한 생명이 부재하는 상황에서는 온몸이 말라붙거나 얼어붙는 것만 같아서 그 자신이 살아있다는 느낌을 갖지 못할 정도이다. 그런데 그는 단순히 싱싱한 생명이 그 앞에 현상적으로 존재하는 것을 바라는 게 아니다. 그는 앞서 말했듯이 알을 슬을 수 있고, 낳을 수 있고, 품을 수 있고, 부화시킬 수 있고, 부화시킨 것들을 먹여 기를 수 있는 생명의 작용을 원하는 것이다. 우리가 살아가는 이 세계가 싱싱한 생명들의 향연장이 되려면, 방금 말한 바와 같이 그 생명들이 생명의 잉태, 해산, 양육 과정에 끊임없이 참여할 수 있어야 한다. 생명의 잉태, 해산, 양육 과정에 참여할 수 없는 생명들이란 실제로는 반쯤 죽어있는 것에 불과한 것이기 때문이다. 생명의 온전한 작용에 대한 정진규의 관심이 어떠한가를 구체적인 그의 작품을 통하여 살펴보기로 하자.

> ① 부활절이라 했다 오리알 거위알 달걀들을 한 바구니씩 가득 넘치게
> 선물로 받았다 그의 일생을 그는 내게 그렇게 건네주었다 벌써부터
> 오리와 거위와 닭들이 내좁은 마당을 아침부터 저녁까지 마구 뒤뚱
> 거렸다 위층 아래층 방방이 뛰어다녔다 나의 자궁을 열고 들어가는

알들의 발뒤꿈치가 뽀얬다 그렇게 싱싱했다 부활하고 있었다

— 「부활절 - 알11」의 전문

② 땅콩 껍질을 까면서도 나는 알을 깐다고 말한다 땅콩 알을 깐다고
생각한다 정확하게는 알 껍질을 깐다지만 알을 깐다고 해야 알을 낳
는다가 되기 때문이다 낳는다가 좋다 그래야 마음이 놓인다 어제는
백련사 숲길을 오르면서 <3월부터 4월까지는 새들의 산란기이니 조
용히 해 주세요> 이렇게 써붙인 푯말 속의 <산란기>라는 말을 <알
까는 때>로 읽었다 새끼를 못 까는 여자하고는 연애도 언제나 가짜
였다

— 「따뜻한 한몸 - 알20」의 부분

③ 내 어렸을 적 우리집 암탉은 하루에 한 알씩 어김없이 알을 낳았다
저녁 무렵 둥지에 손을 넣으면 언제나 따뜻한 것이 만져지었다 곧
밤이 왔지만 우리 식구들은 둥글고 따뜻한 잠을 잘 수 있었다 따뜻
한 알들이 우리 식구들의 잠속을 굴러다녔다 아침이면 노오란 병아
리들로 삐약거렸다

— 「암탉 - 알24」의 부분

인용한 세 작품은 모두 생명의 잉태와 탄생의 문제를 다루고 있다. 우선
인용시 ①을 볼 것 같으면, 여기서 시작의 계기가 된 것은 부활절이다. 시
인은 부활절을 맞이하여 오리알 거위알 달걀들을 한 바구니씩 선물을 받
은 것으로 되어 있다. 그런데 문제는 이렇게 부활절에 받은 알들을 앞에
놓고 펼쳐지는 시인의 상상력이 아주 흥미롭다는 점이다. 인용시에 잘 나
와 있듯이, 시인은 이 알들이 자신의 자궁을 열고 들어가는 상상에 사로잡
힌다. 참으로 뽀얀 발뒤꿈치를 아름답게 보이면서 그 알들은 시인의 자궁
속으로 들어가는 것이다. 시인의 자궁 속에서 알들은 마침내 부화(부활)되
고, 그렇게 부화되어 나온 오리와 거위와 닭들이 자신의 마당에서 아침부
터 저녁까지 뒤뚱거리며 노는 것을 그는 또한 상상한다. 이와 같은 상상을

통하여 시인은 생명이 그의 몸 속에서 만들어지고 그 생명들이 세상 가득히 뛰어다니는 기쁨을 만끽한다. 알들이 시인의 자궁 속으로 들어간다는 상상, 그리고 그 부화된 생명들이 자신의 앞마당에서 뒤뚱거리며 뛰어다니는 장면의 상상은 참으로 인상적일 뿐만 아니라, 정진규의 정신이 어디를 지향하고 있는 것인지, 그 지향점을 아주 잘 나타내주는 부분이다.

인용시 ②에서도 생명의 잉태와 탄생에 관한 문제가 아주 흥미롭게 형상화돼 있다. 땅콩을 까면서 알낳는 장면을 상상하는 것, 새들의 산란기라는 팻말을 보고 알 까는 때라고 읽어보는 것 그리고 아이를 낳지 못하는 여자와의 사랑은 가짜 사랑에 불과하다고 말하는 것 등이 특히 흥미로운 부분이다. 여기서 보이듯이 정진규는 생명의 잉태와 탄생에 관심을 넘어 애착을 보인다. 그는 세상을 이렇게 읽고 느껴야만 스스로 살아있다는 느낌을 받는 사람이며, 그렇게 해야만 세상을 살릴 수 있다고 생각하는 사람이다.

인용시 중 마지막 작품인 인용시 ③의 경우도 아주 흥미롭다. 시골에서 살아본 사람들이라면 더욱더 공감을 하기에 좋은 작품이다. 시인은 이 작품에서 하루에 한 알씩 어김없이 알을 낳는 어렸을 적 자기집의 암탉을 떠올린다. 이 암탉은 둥지 속에 묵묵히 알을 낳았고, 저녁이면 시인은 둥지 속에 손을 넣고 암탉이 낳은 알의 온기를 느끼곤 했다. 물론 시인은 그 알을 둥지에서 꺼내왔을 것이다. 시인은 그 알로 인하여 자신의 가족들이 둥글고 따뜻한 잠을 잘 수 있었다고 말한다. 왜 그럴까. 추측하건대 그 알에서 느낀 온기와 그 알이 가진 원만함 그리고 생명력을 느끼면서 가족들은 그렇게 잘 수가 있었을 것이다. 특히나 아침이면 병아리가 되어 삐약거리는 이 달걀의 신비는 그들에게 생의 신비와 기쁨을 맛볼 수 있게 하는 것이었을 터이다.

생명의 잉태와 탄생은 이 세계가 살아있을 수 있는 원동력이다. 비록 그

것이 고통스럽고 어려운 것이라 할지라도, 이 일이 멈춘다면 세계는 죽은
것들의 공동묘지나 다름이 없을 것이다. 그러나 우리가 살아가는 이 시대
는 여러 가지 면에서 불임의 징후를 드러내고 있다. 파괴돼가는 생태계 속
에서 수많은 종들이 사라지고, 사라지지는 않았지만 살아있는 것들조차
제대로 숨쉬고 사랑하면서 생명을 마음껏 잉태하고 탄생시키기에는 열악
한 환경이기만 하다. 아마도 정진규가 생명의 잉태와 탄생에 이토록 열광
을 하는 것은 그가 이처럼 열악한 환경을 직시하고 있음은 물론 그 속에
서 자신의 몸 또한 싱싱한 생명의 작용을 잃고 있는 것이 아닌가 하는 느
낌을 갖기 때문일 것이다.

그런데 정진규는 단순하게 생명의 잉태와 탄생을 환호하기만 하는 시인
이 아니라, 근본적으로 맹목(?)에 가까운 열정으로 생명을 잉태하고 그것
을 탄생시키려고 하는 생명들의 행위가 얼마나 큰 연민의 대상이 될 수
있는가 하는 점도 깊게 생각하고 있다. 더욱이 그렇게 잉태되고 탄생된 생
명들이 서로에게 먹이가 되는 관계 속에서 살아갈 수밖에 없는, 이른바 생
명의 운명적 조건을 생각할 때, 이들에 대한 연민의 감정은 보다 깊어지지
않을 수가 없을 것이다. 한두 작품의 예를 들어보기로 한다.

① 알을 가득 밴 여치, 그 알들이 목구멍까지 차오른, 그 속이 다 들여
　다뵈는, 연록색 여치를 말한 일본 사람 요시노 히로시를 오늘 아침
　우리집 식탁에서 확인했다 그의 연록색 목소리는 가벼웠다 그 정도
　가 아니었다 청어구이를 먹다가 청어의 알들이 청어의 대가리까지,
　아가미 바로 밑까지 가득 차오른 것을 나는 보았다 목이 메어서 밥
　을 먹는 일을 그만두었다 물고기는 목구멍까지가 아니라 대가리까지
　이다 대가리는 영혼의 장소라고 믿는 버릇이 있기에 더욱 그러했다

— 「청어구이 - 알29」의 부분

② 내 어렸을 적 우리집 암탉은 하루에 한 알씩 어김없이 알을 낳았다

저녁 무렵 둥지에 손을 넣으면 언제나 따뜻한 것이 만져지었다 곧
밤이 왔지만 우리 식구들은 둥글고 따뜻한 잠을 잘 수가 있었다 따
뜻한 알들이 우리 식구들의 잠속을 굴러다녔다 아침이면 노오란 병
아리들로 삐약거렸다 하지만 너무너무 자주 낳으니까 미주알이 빠져
있었다 늘 미안했다 지금도 가끔 시골엘 가보면 미주알이 빠진 암탉
들을 볼 수가 있다 지금도 나는 늘 미안하다 미주알이 빠지도록 낳
고 또 낳을 수밖에 없는 것이 알이다 알이어야 한다 우리들은 우리
들의 둥글고 따뜻한 잠을 위한 암탉들을 우리들의 뜨락에 놓아 먹일
수밖에 없다 지금도 나는 늘 미안하다

— 「암탉 - 알24」의 전문

　인용시 ①에는 일본 시인 요시노 히로시가 말한, 목구멍까지 가득하게
알을 밴 여치와, 정진규가 말하는, 머리까지 알을 가득하게 밴 청어가 등
장한다. 정진규는 이 머리까지 알을 가득 배고 있는 청어구이를 자신의 식
탁에서 발견하고는 이내 목이 메어서 밥을 먹지 못하고 숟갈을 놓아버린
다. 더욱이 사람들이 영혼의 장소라고 믿는 머리까지 알을 배어야 하는 청
어의 모습을 보면서 그는 숟갈을 놓을 수밖에 없었던 것이다. 왜 이와 같
은 청어의 모습이 그의 목을 메이게 만든 것일까. 그 하나는 아마도 어쨌
든 이 땅에 생명을 낳아 자기생의 연속적 고리를 단절시키지 않으려는 생
명들의 필사적인 노력에 연민을 느꼈기 때문일 것이고, 다른 하나는 그토
록 필사적인 노력을 했음에도 불구하고 결국은 식탁 위에서 알밴 몸을 제
물로 내놓아야 하는 생명의 비극적인 조건을 그가 떠올렸기 때문이었을
것이다. 이런 점은 인용시 ②에서도 그대로 나타난다. 인용시의 앞 부분은
생명의 잉태와 탄생에 대한 신비 그리고 기쁨을 말한 반면, 그 후반부는
이런 일의 고통과 그 일로 인해 생기는 연민의 마음에 대하여 말하고 있
다. 구체적으로, 정진규는 인용시 ②의 후반부에서, 알을 너무나 자주 낳았
기 때문에 늘상 암탉의 미주알이 빠져 있었다는 사실, 그렇지만 미주알이

빠지도록 알을 낳을 수밖에 없는 것이 생명의 본질임을 인정할 수밖에 없다는 사실, 그리고 이런 가운데서도 인간들은 자신들의 따뜻한 삶을 위하여 여전히 암탉들을 뜨락에 놓아 먹일 수밖에 없다는 사실을 통하여 그가 왜 암탉에게 연민의 마음을 느낄 수밖에 없는가 하는 점에 대하여 밝히고 있다. 정진규는 이런 자신의 마음을 위 인용시에서 <나는 늘 미안하다>는 말의 반복적 표현으로 드러내고 있다. 이 작품을 읽는 사람들은 누구나 미주알이 빠지도록 알을 낳을 수밖에 없는 암탉(생명)의 운명적 조건 과 그 속에 깃든 생의 커다란 모순상을 깊이 실감하고 난처한 심정에 빠지지 않을 수가 없을 것이다.

한편 생명의 잉태와 탄생이라는 문제에 애착을 갖고 있는 정진규는 여성과 모성에 남다른 중요성을 부여하고 있다. 그 까닭은, 비록 수컷의 참여가 없는 것은 아니지만, 그래도 생명을 잉태하고 탄생시키는 일은 암컷의 본업이기 때문이다. 방금 앞에서 인용된 인용시 ①의 청어도 알을 그렇게 배고 있는 것을 볼 때 암컷임이 분명하고, 인용시 ②의 닭도 암탉임이 시 속에 그대로 밝혀져 있다. 다른 작품에서 이 점을 살펴보기로 하자.

① 그래,
　이 세상에서 가장
　완벽한 바구니는 여자의 몸이야
　완벽한 집은 여자의 몸이야
　당신도 거기서 왔어
　그가 당신을 빚어내었어
　너를 그대를 담아낼 수 있는 나의
　오직 하나의 바구니!

— 「몸詩 · 27 - 완벽한 바구니」의 부분

② 집에
　한 여자를 두고 있는 내가

밖에서
또다른 여자들을 만나고 있다
여자들은 가장 좋은 내 상징이다

— 「몸詩·37 - 새벽」의 부분

③ 그는 다시 말했다 햇살이 그의 따뜻한 혀로 이슬들 핥기 시작한 바
로 그때쯤, 마침내 물 속에서 솟아오른 꽃을 두고 오, 물이 알을 낳
았다고!
그러니까 꽃은 알이다 그러니까 물은 子宮이다 두근거림이란 회임
한 내 아내의 배에 귀를 대고 내가 듣던 바로 그런 소리다 내게도
그런 날이 있었다

— 「몸詩·36 - 물 속엔 꽃의 두근거림이 있다」의 부분

먼저 인용시 ①을 보면 여자가 <완벽한 바구니>로, 또 <완벽한 집>으
로 묘사돼 있다. 정진규는 이처럼 완벽한 바구니 또는 완벽한 집인 여자의
몸에서 모든 생명이 빚어졌고 그리고 나왔다고 말한다. 따라서 이와 같은
여자들은 인용시 ②에서 보이는 바와 같이, 그가 언제나 만나고 싶어하는
대상이다. 그는 집에 아내를 두고 있으면서도 밖에 나와 또다른 여자들을
만난다. 다시 한 번 더 말한다면, 그 까닭은 여자들이야말로 그에게는 생
명과 관련된 가장 좋은 상징으로 느껴지기 때문이다. 인용시 ③으로 오면
물이 자궁을 갖고 꽃을 낳는 이미지가 나온다. 나는 여기서 자궁에 애착을
보이는 시인의 마음과 회임한 아내의 배에 대고 생명의 소리를 듣고 황홀
해하던 시인의 모습을 만난다. 남자인 시인이자 시적 화자는 자궁도 없고
생명도 낳을 수가 없다. 대신 그가 찾아가고 맞아들이는 것은 여성이며 그
여성이 가진 자궁인 것이다. 여성의 회임과 생명의 탄생은 아무런 인위적
간극이 끼이지 않은 자연의 행위이다. 이런 점에서 여성과 자궁 그리고 생
명의 잉태와 탄생에 정진규의 마음이 쏠리는 것은 자연의 행위에 마음이
쏠리는 것과 다르지 않다.

끝으로 한 가지 흥미로운 것은 회임을 할 수도 생명을 탄생시킬 수도 없는 남성 시인 정진규는 여성처럼 입덧하기를 꿈꾸기도 하고 만월처럼 둥근 배로 아이를 낳고 싶어하는 꿈을 표현하기도 한다는 점이다. 이것은 여성 및 모성 그리고 자궁을 남성들이 새롭게 평가하기 시작하였다는 것을 의미하며, 더 나아가 인위적 성격이 강한 남성들이 자연의 성격이 강한 여성의 진정한 의미를 발견하기 시작하였다는 것을 뜻하기도 한다. 인위는 잠시 자연을 이기는 척할 수 있다. 그러나 영원히 자연을 이기는 인위는 이 세상에서 찾아내기 힘들 것이다. 남성과 여성의 관계도 이와 같다.

6) 無縫과 直方

문명사회에서 인간들이 만들어낸 물건들이란 그것이 어떤 것이든지 간에 <꿰맨 자국>을 갖게 마련이다. 왜냐하면 인간이 만들어낸 모든 것들은 인간의 편리를 위하여 조작된 것이기 때문이다. 따라서 어찌보면 문명이 발달했다는 것은 인간들의 꿰매는 능력이 향상되었다는 말과도 같으며, 인간들이 꿰매서 조작하고자 하는 욕구가 커졌다는 것과도 같은 말이다. 꿰맨 것은 그것이 어떤 것이든지 간에 자연스럽지 않다. 그것은 꿰매지 않은 자연 그대로의 상태를 임의로 왜곡시킨 것이다. 이렇게 볼 때, 인간이 만든 모든 물건들은 상처자국을 갖고 있으며, 온전히 결합할 수 없는 틈을 갖고 있다.

정진규가 그의 시에서 <無縫>의 상태를 그토록 그리워하는 것은 다름 아니라 그의 마음 이 자연 및 자연성을 그리워한다는 징표이다. 꿰맨 인공의 자국이 하나도 없는 상태, 그것을 우리는 자연에게서밖에는 볼 수 없을 것이다. 자연이란 말 그대로 <스스로 그러한 것>이어서, 그곳에는 인공의 꿰맨자국이 끼어들 틈이 없다. 그것들은 그 자체로 꿰매지 않은 한 필의

천처럼 완전하다. 정진규가 이와 같은 無縫의 상태를 얼마나 그리워하고
사모하는가 하는 점은 아래의 인용문에서 아주 잘 드러날 것이다.

① <알>은 알몸을 가둔 알몸이다. 순수생명의 실체이며 그 표상이다.
흔히 말하는 부화를 기다리는 그런 미완으로서의 존재가 아니라, 그
것 자체가 완성이며 원형이다. 하나의 小宇宙이다. 이 소우주에는 어
디 은밀히 봉합된 자리가 있을 터인데 그런 흔적이 전혀 없다. 無縫
이다. 절묘한 신의 솜씨! 알, 실로 둥글다. 소리와 뜻이 한몸을 이루
고 있는, 몸으로 경계를 지워낸 이 절대 순수생명체에 기대어 나는
지금 어두운 통로를 어렵게 헤쳐나가고 있다.

— 시집 『알詩』의 「자서」의 부분

② 그냥 보아서는 어렵다 八色조차 우리 눈은 한눈으로 가려내지 못한
다 八色鳥의 八色은 따로따로 놀지 않는다 이음새가 절묘하다 서로
끌고 당겨서 一色을 빚어낸다 鳥類保護協會 회원 이향란이가 가져다
준, 가만히 바위 위에서 졸고 있는, 경남 거제도 동부면 학동리에서
윤무부 새박사가 찍었다는 八色鳥의 사진을 며칠 들여다보다가 또
한 수 배웠다 오, 一色의 美人이여

— 「몸詩 · 72 - 八色鳥」의 전문

인용문 ①은 「자서」란을 통하여 시인이 직접 자신의 시정신을 고백한
부분이다. 이 인용문에서 잘 보이듯이 정진규는 그의 시집 『알詩』에서 화
두로 삼은 알을 완전한 하나의 소우주로 파악한다. 그런데 그 소우주는 인
용문 ①의 밑줄친 부분에서 보이듯이 봉합된 자리가 전혀 없는 無縫의 경
지이다. 시인은 이 무봉의 알을 보면서 <절묘한 신의 솜씨!>라고 찬탄을
한다. 그래 우리가 주변에서 만나는 알의, 더 나아가 자연의 모습에서 어
디 봉합된 그 인공의 흔적을 만날 수 있던가. 정진규의 말처럼 알은, 그리
고 자연은 무봉의 완벽한 소우주를 그나름대로 갖고 있다. 뿐만 아니라 자
연의 개체 하나하나는 물론 거대한 자연(우주) 전체가 실은 인간들이 인공

으로 봉합할 수 없는 완벽한 무봉의 상태다. 제아무리 인간들의 인공적인 힘이 대단하다고 하더라도 봄에 무봉의 상태로 꽃이 피는 것을 누가 막을 것이며, 아침에 해가 뜨고 저녁에 해가 지는 이 무봉의 계절을 누가 막을 것인가.

인용문 ②에는 알 혹은 자연의 표상인 팔색조가 등장한다. 정진규는 이 작품을 통하여 팔색조의 팔색을 우리의 눈이 따로따로 구별할 수가 없다는 것을 말한 뒤에, 실은 우리의 눈이 구별할 수 있도록 팔색이 따로 떨어져 있는 것이 아니라 무봉의 상태로 완벽하게 하나가 되어 있다는 것을 말하고 있다. 얼핏보면 팔색조는 여덟가지 색으로 이루어진 것 같다. 그러나 정진규는 이 모든 것이 절묘하게도 <一色의 美人>처럼 무봉의 완전함을 그대로 드러내고 있음을 깨닫고 놀라워한다. 정진규는 이러한 놀라움 속에서, 짜집기가 불가능한 자연, 짜집기가 불필요한 자연 그리고 짜집기라는 말조차 없는 자연의 온전한 아름다움에 한없이 이끌린다. 그는 자신의 몸을, 그리고 우리가 살고 있는 세계를 상처내고 싶지 않은 것이다. 그러한 세계를 어색하게 이어놓고 싶지 않은 것이다. 그 자신도 하나의 알이나 자연처럼 무봉의 자연스러움 속에서 조용히 살고 싶은 것이다. 나는 알이나 자연이 무봉한 세계를 창조하는 것이야말로 이들이 지닌 無爲의 능력이라고 생각한다. 아무것도 억지로 하지 않음으로써 이음새 없는 무봉의 세계를 만들어내는 것, 그것이 바로 알 혹은 자연이 지닌 무위의 힘이다.

정진규의 시에서 다음으로 생각해보아야 할 점은 <直方>의 문제이다. 정진규는 <無縫>이라는 말을 통하여 지금 이곳에 있는 알이나 자연의 완전한 결합상과 그것이 가진 신비로움 및 아름다움에 대해서 이야기하였다. 이와 비교해볼 때, 그는 <直方>이라는 말을 통하여 알(몸) 혹은 자연의 동적인 움직임이 일체의 틈도 없이 온전한 하나로 연속돼 있다는 점에 대하여 이야기하고 있다. 정진규는 지금과 다음 사이의 틈을 참지 못한다. 그리고 다음과 그 다음 사이의 틈을 참지 못한다. 즉 시간의 선후관계에 따라 아무런 이탈이나 사이도 일어나지 않는 경지, 그들 간의 충분한 내적 필연성에 의하여 완벽한 하나로 연속되는 경지를 그는 소망하고 있다. 그에게 사이나 틈이 벌어진다는 것은 불순물이 끼어든다는 것이며 또한 그들이 서로 남남이 되어 단절 및 소외의 상태로 내몰리는 일이다. <直方>의 문제에 관련된 몇 작품을 예로 들어본다.

① 길이 열릴 때 보면 밝음이 늘 어둠 안쪽에서 몸을 키워 키를 키워 밤을 새워 어둠 밖으로 길을 내놓던데, 엄지발가락 하나가 상해 있던데, 어렵게 거미줄 뽑듯 시작하던데, 오늘은 그렇게 보이지가 않았다 直方으로 왔다 길이 밝음 그대로 몸이 되어 덩어리로 그냥 걸어나왔다 낙산 의상대 가서 바다에서 뜨는 해를 새롭게 만났다 어둠과 이미 한평생 잘 살고 나온, 한살림 차렸던 흔적이 역력한, 이미 싸움을 끝낸, 피냄새가 나지 않은 해를 새로 보았다

— 「몸詩·86 - 낙산 의상대에 가서」의 전문

② 기억나지 않지만 물 속엔 깨끗한 물 속엔 꽃의 두른거림이 있다고 누군가가 말했다 이른 새벽에 봄날 새벽에 안개를 헤치고 가서 풀밭을 한참 걸어가서 물가에 당도하여서 젖은 발로 그걸 보고 들었다고! 그는 다시 말했다 햇살이 그의 따뜻한 혀로 이슬들 핥기 시작한 바로 그때쯤, 마침내 물 속에서 솟아오른 꽃을 두고 알을 낳았다고!

— 「몸詩·36 - 물 속엔 꽃의 두근거림이 있다」의 부분

③ 하늘을 나는 새들은 날개를 지녔고 미물인 벌레들마저 그러하고 물 속을 헤엄치는 물고기들은 부레와 지느러미를 가지고 있다 그걸로 저들의 길을 만들고 있다 (중략) 나무와 풀잎들은 다르다 그들도 이파리와 뿌리를 지니고 있지만 언제나 거기에 있다 언제나 거기서 기다리고 있다 하늘 더듬이와 땅속 더듬이로만 자라고 있다 몸으로 키우는 길을 아느냐 그들의 숲속에 나 절 한 채 지어두

고자 한다

— 「길 - 알32」의 부분

세 편의 시를 부분적으로 또는 전문으로 인용해보았다. 이 세 편의 작품은 틈없이 자신을 <直方>으로 창조해나가는 모습들을 담고 있다. 정진규는 이와 같은 모습을 자연에서 보고, 자연에 대한 무한한 외경의 마음을 갖는다. 먼저 인용시 ①에는 바다에서 뜨는 해의 모습을 그려보이고 있다. 인용시 ①의 정황으로 볼 때, 시인 겸 시적 화자는 동해안에 있는 낙산 의상대에 가서 일출광경을 바라보고 있다. 그는 이 일출광경을 바라보면서 바다와 해가 결코 단절된 몸이 아닌, 오직 하나로 온전히 결합된 몸임을 확인한다. 그는 바다에서 나온 해를 가리켜, <밝음 그대로 몸이 되어 덩어리로 그냥 걸어나왔다>고 표현하였다. 그가 쓴 다른 표현을 빌면 해가 바다에서 <直方>으로 나온 것이다. 따라서 해는 바다에 이어져 있고, 그렇게 나온 해는 그 자체로 완전한 하나의 몸을 이룬다.

인용시 ②에는 물 속에서 솟아오른 꽃에 관한 이야기가 들어있다. 시인은 물 속에서 솟아오른 꽃을 가리켜, 물이 알을 낳았다고 하였다. 여기서 물과 알인 꽃은 두 개의 개체가 아니라 하나의 이어진 한몸이다. 따라서 알인 꽃은 물로부터 <直方>으로 나온 것이다. 거기에는 어떤 틈도, 사이도, 거리도 존재하지 않는다.

시인은 이와 같은 세계를 다른 많은 자연 속에서 본다. 인용시 ③을 보면, 자연의 일원이자 상징인 새들, 물고기들, 벌레들, 식물들 모두가 다 자신의 몸 그 자체로 <直方> 길을 창조한다. 한 마디로 말해 그들은 자신의 몸으로 직접 길을 만든다. 어쩌면 그들의 움직임 자체가 하나의 완전한 길이다. 시인은 이것을 보면서 이와 같은 세계 속에 자신이 머물 한 채의 집을 짓고 싶다고 한다. 틈과 사이가 입을 벌리고 위협하지 않는 자족적이며 완전한 자연의 세계, 모두가 직방으로 길과 집을 만들면서 하나로 이어져 있는 세계 속으로 그도 찾아들고 싶은 것이다.

문명이란 직방으로, 덩어리로, 통째로, 무봉으로 존재하는 세계를, 계속하여 단절시키고 차단시키고, 해체시키고, 분석해놓고, 이어깁는 특성을 갖고 있다. 구체적으로 말하면, 문명은 어떤 것이 직방으로 오게 하지 않고 사람의 손을 거쳐 오게 한다. 그러므로 그 사이에 사람이 만든 틈이 들어온다. 또 문명은 어떤 것을 덩어리로, 통째로 내버려두지 못하고 사람의 힘으로 조각조각 찢고 해체시키고 분석한다. 그래서 그들 사이에는 인간이 만들어놓은 사이가 끼어든다. 뿐만 아니라 문명은 무봉의 상태를 그냥 두고 바라보려 하지 않는다. 사람들은 문명의 이름으로 이들을 찢어내서 다시금 자신들의 편의에 의하여 마치 창조주나 되는 것처럼 짜집기한다. 그래서 그들 사이에는 거리가 심연처럼 끼어든다. 정진규는 이와 같은 문명인식 속에서 무봉과 직방의 상태를 그리워하고, 그 자신도 하나의 자연처럼 그런 세계 속으로 들어가고자 하는 소망을 간절히 피력하고 있다.

7) 최초와 始原

문명은 직선적 세계관 위에서 발전한다. 그러므로 과거나 과거의 것들은 계속하여 낡은 고물이 되거나 버려야 할 쓰레기가 되어 있다. 문명의 세계에서 최초나 시원의 시공으로 돌아간다는 것은 야만의 세계로 퇴행을 하거나 후퇴하는 것을 의미한다. 오직 미래의 발전을 향하여 관심이 쏠리고, 끊임없이 새것에 의하여 과거의 것들이 도태되는 세계가 문명의 세계이다. 그러므로 문명의 세계에 사는 사람들이 어찌하여 오래된 것에 관심을 쏠을 것이며 어쩌자고 과거의 세계에 연연해하는 마음을 갖겠는가.

그러나 자연의 세계는 다르다. 그 세계에서는 끊임없는 순환과 재창조의 신비가 나타나기 때문에 새것과 헌 것, 유용한 것과 쓰레기가 따로 구분되지 않는다. 예를 들어 어제 아침은 낡아서 버려야 할 것이고, 오늘 아침은 새것이라서 취해야 할 것이라고 말할 수 없다. 또 지난 해 봄은 낡은 봄이고 올해의 봄만이 새로운 봄이라고 이분화할 아무런 근거가 없다. 어제의 아침도, 지난해의 봄도, 그런가 하면 오늘의 아침도, 올해의 봄도 다 같이 최초의, 시원의 신비와 비밀을 그 속에 간직하고 있다. 따라서 최초와 시원의 시공을 그리워한다는 것은 언제나 자연사와 우주사 속에 스며 있는, 적어도 인간의 손길에 의하여 왜곡되지 않은, 자연 그대로의 순수한 상태를 그리워한다는 것과 같다. 또한 봄의 새싹만이 최초나 순수를 표상하는 것이 아니라, 있는 그대로의 무위한 세계라면 그것이 어느 것이든지 간에 최초나 순수를 표상할 수 있는 것이다. 어쩌면 최초의 시원의 세계에 우리의 마음이 쏠리는 까닭은, 인간이 <자연의 자식>일 때를 기억하는 행위이거나, <자연의 자식>이기를 소망하는 행위일 것이다. 왜냐하면 제아무리 문명이 발달한다고 하더라도, 인간들은 문명의 인간이기 이전에 생물로서의 자연이기를 포기할 수 없기 때문이다. 윤구병은 그의 책 『잡초는 없다』에서 인간은 <사람의 아들>이기 이전에 <자연의 아들>이라고 한다. 그러므로 그는 인간교육이 필요하다면 그 교육은 인간이 <자연의 아들>임을 먼저 깨닫게 하고, 그 다음으로 <사람의 아들>임을 가르쳐야 한다고 말한다.7) <아들>이라는 표현이 조금 거슬리기는 하나, 기본적인 생각에서는 그에게 공감을 표한다.

정진규의 시에는 최초와 시원의 상태를 그리워하는 작품이 아주 많다. 그는 최초 혹은 시원의 세계 앞에서 성소를 대할 때와 같은 태도가 된다. 가능한 한 그 세계를 훼손시키지 않고 그대로 유지하려는 마음, 그것과 내

---

7) 윤구병, 『잡초는 없다』(서울 : 보리출판사, 1998), 29~33면.

밀한 만남을 가지려는 소망, 그것 앞에서 전폭적으로 몸을 열고자 하는 겸허한 마음 등이 그에게 생기는 것이다. 사실 최초의, 시원의 시공이 자연에서처럼 순환하거나 제생되는 것이 아니라면, 이들을 향한 우리의 욕망을 어떻게 충족시킬 수 있단 말인가. 문명의 논리에만 의지해서 산다면, 인간들은 이들을 향한 욕망을 충족시키려고 끝도 없이 새로운 물건을 만들어내다가 지쳐서 쓰러질지도 모른다. 그러면 이제 정진규의 실제 작품을 예로 들면서 좀더 구체적인 논의를 해보기로 하자.

> ① 나는 분명히 쾌차할 것이다 벌써 순백의 은총 하나가 내 곁에 당도해 있다 그는 맨발로 걸어왔다 우리집엔 요즈음 天使 한 분이 와 계시다 우리 식구들은 그 아기 天使의 옹알이로 소리로 교감하는 聖家族이 되어 있다 아무 부족함이 없다 우리집의 말씀은 우리집의 構文은 날마다 <최초의 사물 앞에 최초로 서 있다> 그분께서 내게 그와 함께 걸음마를 가르치신다
>
> ― 「몸詩 · 78 - 병에 대하여」의 부분

> ② 나는 한밤내 닫혀 있던 우리집 대문의 빗장을 열면서도 빗장을 깐다고 말한다 처음으로 만나는 바깥에는 신선한 대기에는 아직 상처가 나 있지 않다 알이 있다 새들이 날아간 자죽이 있기야 하지만 그걸 상처라고 말할 수는 없다
>
> ― 「따뜻한 한몸 - 알20」의 부분

> ③ 이른 새벽 화계사 눈 내린 겨울 솔숲으로 나를 데리고 갔어요 櫛文으로 흐르는 맨몸의 솔바람소리 싸아한 내음새 그 가운데서도 깊게 패인 櫛文, 속살이 보이는 빗살무늬 하나는 물론 정중하게 비껴갔어요 그 때문지 않은 첫번째 자리엔 이 몸을 들어 앉힐 수가 없었어요 손댈 수가 없었어요 아무리 내가 건달이라 할지라도 숫처녀에겐 그럴 수가 없었어요 사람으로서의 염치가 아닐지요 탐하지 않았어요 잘한 일이지요 은혜가 왔어요 이윽고 櫛文의 싱그러운 냉기들이 엉킨 내 실핏줄들을 곱게 빗질했어요 그래서 한 삼 년쯤 내가 더 살

수도 있겠다는 마음의 푸른 등뼈 하나가 고맙게도 꼿꼿이 다시 서는
깊은 솔바람 소리를 나는 들었어요

— 「戀書 - 알17」의 부분

　인용시 ①에는 시인이 순백의 은총, 천사 한 분, 아기 천사 등으로 부른, 최초 혹은 시원의 상징인 아기가 등장한다. 그의 다른 작품을 보건대 이 아기는 시인의 손자로 추측된다. 시인은 이 손자에게서 최초와 시원의 상징성을 발견하고 그에게 한없이 이끌린다.

　그 아기는 아직 언어가 분화되기 이전의 옹알이를 한다. 그의 식구들은 이 아기의 옹알이에 맞춰 모두가 아기처럼 옹알이로 말을 한다. 시인은 이렇게 최초의, 시원의 자리에서 서로 교감하는 자신의 가족을 가리켜 <聖家族>이라고 칭한다. 그러면서 그는 아기가 자신에게 최초와 시원의 상징인 걸음마를 다시 가르친다고 말을 한다. 요컨대 시인은 아기에 의하여 다시금 최초와 시원의 시공으로 돌아갈 수가 있었던 것이다. 시인은 이런 자기자신과 자기가족의 사는 모습을 날마다 <최초의 사물 앞에 최초로 서 있다>는 말로 표현하고 있다.

　최초와 시원의 존재는 정진규에게 성스러운 것으로 받아들여진다. 그가 인용시 ①에서 아기를 천사, 은총 등과 같은 말로 성스럽게 표현하였듯이, 그것들은 세속의 때묻은 세계와 구별된다. 이런 점은 인용시 ②에서도 동일하게 나타나는데, 정진규는 인용시 ②를 통해서 볼 때, 어둠의 밤을 지나 처음으로 만나게 되는 바깥의 신선한 대기를 최초의, 시원의 존재로 성스럽게 맞이한다. 그는 아직 상처나지 않은 아침의 신선한 대기를 방금 태어난 알과 같은 것으로 인식한다. 알이 가지고 있는 순수성과 완전성 그리고 창조성 앞에서 그는 몸을 조심하며 환호하는 것이다.

　인용시 ③을 보면 그가 최초의, 시원의 존재 앞에서 얼마나 조심을 하고

절제를 하면서 그것을 지켜내려고 노력하는가 하는 점이 아주 잘 나타나 있다. 인용시 ③에서, 최초의, 시원의 상징은 <이른 새벽 화계사 눈 내린 겨울 솔숲의, 櫛文으로 흐르는 맨몸의 솔바람>이다. 그는 이렇게 부는 바람 가운데서도 특히 깊게 패여 속살까지 드러내놓고 부는 솔바람 무늬 하나에 집착을 한다. 그에게 이 솔바람 무늬 하나는 때묻지 않은 최초의, 시원의 대표적 존재이다. 그는 이 앞에서 그것에 세속적인 자신의 몸을 들어앉힐 수도, 손댈 수도 없으며, 그것을 탐할 수도 없는 겸허한 심정이 된다. 그는 비움과 절제의 힘으로 그 최초의, 시원의 존재를 고스란히 그대로 지킨다. 그런데 참으로 이상한 일이 일어났다. 그것은 시인이 이토록 엄격한 자기절제와 자기극복의 노력으로 그 최초의, 시원의 세계를 지켜내자, 그 세계가 시인에게 엉킨 몸을 제대로 풀어주고 막힌 몸을 제대로 흐르게 하는, 이른바 은혜를 가져다 주었다는 것이다. 결국 시인은 그 최초의, 시원의 순수세계를 지킨 덕택에 그도 최초의, 시원의 순수생명으로 돌아갈 수 있는 힘을 선사받은 것이다. 이렇게 본다면 정진규에게 최초의, 시원의 세계는 우리의 낡은 세포를 다시 살려내고, 우리의 막힌 기를 다시 흐르게 하고, 우리의 혼탁한 마음을 다시 평화로 인도하는, 영원한 절대순수생명의 상징인 셈이다.

정진규의 다른 시를 보면 이 최초의, 시원의 세계를 그리워하는 그의 소망은 <속살>에 대한 집착을 낳는 것으로 보인다. 그는 <속살> 앞에서 속수무책으로 무너진다. 그 속살은 이 시인이 입었던 세속의 옷들을 한꺼번에 벗겨내는 기능을 한다. 이런 정진규 시인에게 시인이 해야 할 일은 <속살>을 발견하고 <속살>을 지키는 것으로 여겨지기도 한다. 이 점을 그는 자신의 작품 「몸詩·67」에서 다음과 같이 적고 있다.

또 기차를 타는 일이 시작되었다 방학 동안엔 쉬고, 한 주일에 두번

씩 기차를 탄다 地方大學 아이들을 가르치러 간다 밀알같이 잘 생긴
젊은 아이들을 만나러 간다 (중략) 내가 해야 할 일은 너희들을 가둔
지식의 甲殼을 벗기는 일이니까, 삶은 꽃게 속살을 함께 맛있게 발라
먹는 일이니까, 그래 너희들은 딱정벌레가 아니야 지식의 딱정벌레들
거짓말쟁이들을 나는 싫어해, 그래, 로맨티스트래도 좋아 나는, 너희
들이 거기서 자유롭기만 하다면, 그래, 시인은 술주정도 용서 받을 수
있다고 믿는 너희들이 나는 그냥 예뻐! 이제 가을이 깊어갈 것이다
나는 마굿간 건초더미의 마른 풀잎 냄새를 너희들에게 가르칠 것이다

— 「몸詩 · 67 - 기차를 타고」의 부분

위 시에는 속살과 대비되는 말로 지식의 甲殼, 딱정벌레, 거짓말쟁이들
이 나온다. 정진규는 이것들을 과감히 벗겨내고 그 속에 들어있는 최초의,
시원의 속살을 찾아내야 한다고 역설한다. 그는 자신이 지방대학의 밀알
같이 잘 생긴 젊은이들을 만나서 해야 할 일은 그들이 가진 지식의 갑옷
을 벗겨내고 그 안에 들어있는 속살을 제대로 발견하여 자유롭게 살아가
도록 만드는 일이라고 생각한다. 사실 지식의 갑옷은 우리가 최초의, 시원
의 세계로 돌아가려고 하는 것을 방해하는 때가 많다. 그것은 더 많은 문
명의 옷들을 생산해 내라고 끊임없이 재촉한다. 그리고 로맨티스트보다는
리얼리스트가 되어야 한다고 주장한다. 그러나 정진규는 위 작품에서 보
이듯이, 로맨티스트라고 비난을 받을지언정, 시인으로서 아이들에게 가르
칠 내용은 <마굿간 건초더미의 마른 풀잎 냄새>라고 한다. 여기서 <마굿
간 건초더미의 마른 풀잎 냄새>는 자연의 속살이 풍기는 냄새와 다름없
다.

자연은 언제나 최초의, 시원의 세계로 산다. 왜냐하면 그들은 어떤 경우
에도 다른 것들과 공산품처럼 같을 수 없으며, 단 한 순간도 이전의 그 모
양 그대로 멈춰 있지 않기 때문이다. 따라서 자연으로 산다는 것은 언제나
최초의, 시원의 세계를 창조하며 산다는 말과도 다르지 않다. 인간이 만든

물건이나 인간이 만든 관념 속에는 낡은 것이나 쓰레기라는 존재가 있을 수 있다. 왜냐하면 그것들은 죽어있는 것들이기 때문이다. 하지만 앞에서도 말했듯이 자연의 세계는 늘상 최초의, 시원의 세계를 만들어낸다. 정진규가 이 세속사회의 한 문명인으로서 최초의, 시원의 세계를 그리워하는 저변에는 이와 같은 의미가 들어있다고 볼 수 있다.

8) 만물의 열림과 내통

만물은 열려 있으면서 동시에 닫혀 있는 모순 속에 있다. 만물의 개체화된 외양을 보면 모든 만물은 닫혀있는 것처럼 보인다. 그러나 개체화된 외양의 이면을 보면 모든 만물은 끝도 없는 무한 속에 열려있다. 하지만 인간은, 그 중에서도 문명사회의 인간은 열려진 부분보다 닫혀진 부분을 더 많이 갖고 산다. 비유적으로 말하자면, 문명사회의 인간들은 남이 모르는 비밀번호와 열쇠를 가지고 살아간다. 그러므로 이런 사회에서 자기자신을 모두 열어보인다는 것은 심하게 말하여 죽음을 각오한다는 것을 의미하는지도 모른다. 이처럼 자신을 열어보이지 않고, 수천겹으로 차단시키는 이 문명의 도시사회 속에서 우리는 서로 내통하는 즐거움과 보람을 거의 잃고 살아간다. 우리는 하나의 외로운 원자가 되어 끊임없이 자기단속을 하며 홀로 살아가는 것이다. 그럴수록 우리의 껍질은 보다 단단해지고 우리 스스로 마련한 감옥은 점점 더 어두워만 간다.

그러나 제아무리 문명이 발달하고 우리가 그 세계에 익숙해진다 하더라도, 인간들은 기본적으로 자연이자 생물이기 때문에 자기자신을 다른 존재에게 열어보이고 싶고, 그런 가운데서 다른 존재와 내통하고 싶은 소망을 버릴 수가 없다. 아니, 그런 소망 이전에 자연이자 생물로서의 인간은 다른 존재에게 자신을 열어보이고 서로 내통하지 않는다면 이 우주에서 살아갈 수가 없다. 최후까지 별별 수단을 다 써서 자신을 닫고만 산 사람이 있다 하더라도, 생물학적인 죽음 앞에서조차 열리지 않을 수는 없는 것이다.

정진규는 만물이 자신을 열어보인 상태에 대하여 그의 시에서 다음과 같은 방식으로 전하고 있다.

① 수유리라고는 하지만 도봉산이 바로 咫尺이라고는 하지만 서울 한복판인데 이건 정말 놀라운 일이다 정보가 매우 정확하다 훌륭하다 어디서 날아온 것일까 벌떼들, 꿀벌떼들, 우리집 뜨락에 어제 오늘 가득하다 잔치잔치 벌였다 한 그루 활짝 핀, 그래 滿開의 산수유, 노오란 꽃숭어리들에 꽃숭어리들마다에 노오랗게 취해! 진종일 환하다 나도 하루종일 집에 있었다 두근거렸다 잉잉거렸다 이건 노동이랄 수만은 없다 꽃이다! 열려 있는 것을 마다할 것이 어디 있겠는가

— 「산수유 - 알1」의 부분

② 이슬은
  하늘에서 내려온 맨발
  풀잎은
  영혼의 깃털
  고맙다
  서로 편히 앉아 쉬고 있다
  허락하고 있다

— 「몸詩 · 17 - 和」의 전문

③ 몸이 더워지니 나도 요즈음엔 사람들이나 나무나 풀꽃이나 무엇이나 아주 잘 허락한다고 갑갑지 않다고 남들이 칭찬을 한다 기쁘다!

— 「몸詩 · 87 - 오이풀 냄새」의 부분

인용시 ①에는 <滿開한 산수유꽃>이 열린 것의 상징으로 등장한다. 정진규는 봄이 되어 자신의 앞마당에 활짝 핀 산수유꽃을 보고 그들이 자신

의 몸을 완벽하게 열어보인 것으로 생각하고 있다. 그는 산수유꽃이 자신의 몸을 이처럼 활짝 열어놓았기 때문에 먼 곳에서부터 벌들이 떼로 찾아와 그 속에서 취한 듯 잉잉거리며 잔치판을 벌인 것이라고 믿는다. 시인은 이런 풍경을 보고 그 자신도 또한 가슴이 두근거리는 것을 느낀다고 말한다. 아마도 시인 자신이 인용시의 맨 뒷부분에서 말했듯이 <열린 것을 마다할 것이 없을 것>이기 때문일 것이다. 이처럼 정진규의 눈에 자연은 사람보다 훨씬 잘 자신의 몸을 열어놓는다. 꽃이 식물들의 성기라면, 식물들은 성기까지 내놓고 자신을 열어보이는 것이다. 만약 식물들이 자신을 열어보이지 않는다면 어떻게 열매맺을 수 있단 말인가. 그리고 그 열매를 또한 열어보이지 않는다면 어떻게 후손을 퍼뜨릴 수 있단 말인가. 정진규는 이런 자연을, 그 가운데서도 특히 식물들을 보면서 열어보임 혹은 열림의 의미를 짚어나아가고 있다.

인용시 ②는 서로가 자신을 열어보임으로써, 다시 말하자면 서로가 타존재를 허락함으로써 얼마나 평화롭고 아름다운 세계가 만들어지는지를 보여준 경우이다. 정진규는 이 시에서 이슬과 풀잎이 서로를 허락하면서 얼마나 편안히 앉아 쉬고 있는가를 보여주고 있다. 이렇듯 자신을 열어보이기 위해서는 세계를 느끼고자 하는 생명감과 더불어 자신의 탐욕을 지워버리고자 하는 無私의 마음이 필요하다. 비록 시인의 눈에 포착된 하나의 주관적 형상에 불과하지만, 인용시 ②의 서로를 허락하며 어우러진 장면은 앞서 방금 말한 두 가지 조건이 갖추어지지 않는 한 이룩하기 어렵다.

정진규는 자신의 몸도 하나의 자연으로 부드럽게 열리기를 바란다. 그래서 그의 몸이 모든 만물을 허락하고 싶어한다. 어느 것도 장애로 여기지 않고, 어느 것에도 장애가 되지 않는 融通無碍의 경지를 그는 기다리고 있는 것이다. 인용시 ③에는 정진규의 이런 소망이 나타나 있다. 그는 자신

의 몸이 둥글게 잘 열려서 남들에게 갑갑하다는 느낌을 주지 않게 된 시
간에 대하여 기뻐하고 있다. 그러나 자신의 몸이 둥글게 잘 열린다면 남들
에게 갑갑한 느낌을 주지 않는 것은 물론, 자기자신에게도 자신의 몸이 갑
갑한 느낌을 주지 않을 것이다.

이렇게 정진규는 자기자신을 포함한 만물의 열림을 소중하게 생각하고
그 세계를 그리워한다. 그렇지만 정진규가 이보다 더 소중하게 생각하고
그리워하는 것은 그렇게 열린 만물이 서로 깊이 내통하는(혹은 드나드는)
세계이다. 정진규는 만물이 내통하지 않는다면 알을 슬을 수 없다고 생각
한다. 사실 그렇다. 만물이 내통하지 않는데, 어떻게 혼자서 알을 슬을 수
있단 말인가. 적어도 인공물을 제외한 모든 것들이 알을 슬어서 이 땅을
생명의 땅으로 만들어 나아가려면 서로를 열고 끊임없이 드나들어야 한
다. 암수가 드나들어야 하고, 하늘과 땅이 드나들어야 하고, 바다와 산이
드나들어야 하고, 불과 물이 드나들어야 하고, 바람과 햇빛이 드나들어야
하고, 꽃과 벌이 드나들어야 하고, 또 무엇과 무엇이 계속하여 끝도 없이
드나들어야 한다. 이렇게 만물이 서로 드나드는 이치를 보면, 이 세계 속
의 만물은 서로가 한 몸인 것이나 마찬가지이다. 다만 형식상으로 개체와
종이 구별될 뿐, 그들의 몸 속에는 만물의 속성이 다 들어있기 때문이다.

정진규는 내통 혹은 드나듦의 세계와 관련해서 다음과 같은 시를 쓰고
있다.

> ① 사전을 뒤적거려 보니 꿀벌들은 꿀을 찾아 11킬로미터 이상 往復한
> 다고 했다 그래, 왕복이다 나의 사랑도 일찍이 그렇게 길 없는 길을
> 찾아 왕복했던가 너를 드나들었던가 그래, 무엇이든 왕복일 수 있어
> 야지 사랑을 하면 그런 특수 통신망을 갖게 되지 光케이블을 갖게
> 되지 그것은 아직도 유효해! 한 가닥 염장 미역으로 새카맣게 웅크
> 려 있던 사랑아, 다시 노오랗게 사랑을 採蜜하고 싶은 사람아, 그건

아직도 유효해!

— 「산수유 - 알1」의 부분

② 어느 날 이 벌판으로 흘러가는 시냇가에서 한 처녀가 빨래를 하고 있었다. 이때 두 神이 벌로 찾아왔다. 한 신은 검붉은 얼굴에 강한 근육이 울퉁불퉁한 남신이었고, 또 한 신은 둥근 얼굴에 샛별같이 눈동자가 반짝이는 아주 부드러운 여신이었다. 신은 평화롭고 기름진 벌의 경치를 보면서 「야! 우리가 살 곳은 여기로구나!」 하고 감탄하여 외쳤다. 이때 빨래하던 처녀가 신들의 외치는 우레 같은 큰 소리에 놀라며 소리나는 곳을 바라보았다. 아! 산과 같이 거대한 남녀가 자기 쪽으로 발을 옮겨 걸어오고 있는 것이 아닌가. 겁에 질린 처녀는 「산 봐라!」하고 힘을 다해 외마디소리를 지르고는 정신을 잃고 쓰러졌다. 「산과 같은 사람 봐라!」 해야 할 말을 너무 급하여 「산 봐라!」 하고 외쳤던 것이다.
발 아래서 들려오는 비명소리에 두 신은 발을 멈추었는데 다시는 발을 옮길 수 없게 되었다. 처녀의 외침에 따라 그 자리에서 두 신은 산으로 변했던 것이다. 자기들의 소원대로 벌을 안고 처녀의 말을 따라 산이 된 것이다. 여신은 남산 서쪽에 아담하게 솟아오른 부드럽고 포근한 望山이 되고, 남신은 검은 바위와 붉은 흙빛으로 울퉁불퉁한 산맥을 모아 장엄하게 자리한 南山이 된 것이라 전한다.

박혁거세가 알에서 태어났던 卵生의 그때는 이토록 사람이나 神들이 산이나 들판이나 강물들이 나무나 풀잎들이 바위들이 모든 사물들이 서로의 이름을 바꾸어가며 지워가며 몸을 바꾸며 서로를 드나들었던 모양이다 마음만 먹으면 알로 돌아갈 수가 있었던 모양이다 다시 태어날 수가 있었던 모양이다

야, 산(알) 봐라!

— 「卵生說話 - 알40」의 부분

정진규가 위의 인용시 ①을 통하여 우리에게 전하는 내용은 다음과 같다. 꿀벌은 꿀을 찾아 11킬로미터 이상을 왕복한다고 한다. 꿀벌이 왕복하

는 것은 길 없는 길을 찾아 꽃을 드나드는 행위와 같다. 그런데 사랑을 해야만 길 없는 길을 찾아 다른 존재의 몸 속을 드나들 수 있다. 나도 내 마음 속에 염장 미역처럼 웅크리고 있던 사랑을 되살려내 다른 존재의 몸 속을 드나들고 싶다. 이런 일은 우리들에게 지금까지 유효하다. 대충 이와 같이 내용이 정리되는 위 인용시 ①을 통하여 정진규는 존재와 존재가 서로의 몸 속으로 드나들며 내통하는 일이 얼마나 소중하고 아름다운 일인가에 대하여 말하고 있다. 실제로 인용시 ①의 꿀벌은 봄날 만개한 산수유의 꽃봉오리 속을 드나든 것이다. 위에서 인용하지는 않았지만 정진규는 인용시 ①의 앞 부분에서 꿀벌들과 산수유 꽃이 서로 내통하는 풍경을 보고 <잔치잔치 벌였다>고 극찬을 아끼지 않았다. 이처럼 꿀벌과 산수유꽃이 서로 드나듦으로써 꿀벌은 꿀을 낳게 되고, 산수유는 빨간 열매를 맺게 된 것이다. 따라서 꿀 속에는 산수유가, 산수유 열매 속에는 꿀벌이 들어 있는 셈이 되고, 이들 양자 사이의 외형적 구별은 큰 의미를 상실하고 말게 되는 것이다.

인용시 ②에는 정진규가 생명의 열림 혹은 내통의 문제와 관련해서 말하고 싶어하는 내용이 가장 잘 들어 있다고 볼 수 있다. 정진규의 말에 따르면, 이 인용시 「卵生說話」는 尹京烈翁의 경주 남산 이야기 앞부분을 그대로 옮겨 놓고, 이에 대한 자신의 느낌을 작품의 끝에 달아놓은 것으로 되어 있다. 이야기의 내용인즉, 아름다운 땅 경주에 남신과 여신이 찾아와 그곳에서 삶의 터를 물색하던 중, 이들의 모습을 보고 놀란 처녀들이 <산과 같은 사람 봐라!>라고 해야 할 말을 너무 급해 <산 봐라!> 했더니, 그만 이 두 남신과 여신이 그 소리를 듣고 각각 望山과 南山이 되어 지금까지 그곳에 산으로 서 있다는 것이다. 정진규는 윤경렬 할아버지가 한 이와 같은 내용의 이야기를 그대로 옮겨 적은 후, 위 인용시 ②의 뒷 부분에서 볼 수 있듯이 <박혁거세가 알에서 태어났던 卵生의 그때는 이토록 사람이

나 神들이 산이나 들판이나 강물들이 나무나 풀잎들이 바위들이 모든 사물들이 서로의 이름을 바꾸어가며 지워가며 몸을 바꾸며 서로를 드나들었던 모양이다>라고 해석하였다. 즉, 외형적인 개체의 구분을 넘어 그들이 속으로 서로 깊게 섞이거나 내통하면서 하나의 거대한 유기적 전일성의 세계를 만들어내고 있다는 해석이다. 바로 이러한 사실 때문에 정진규는 인용시 ②의 맨 뒷 부분에서 <야, 산(알) 봐라!>라고 외치면서, 산을 알로 읽고, 알을 산으로 읽을 수 있었던 것이다.

이렇게 존재와 존재가 몸 속으로 서로를 지우며 내통하기 때문에 사실은 서로가 구별된 외형을 갖고 다시 태어날 수 있다는 역설이 위 두 인용시 속에 들어있다. 그런데 정진규는 존재와 존재가 내통함으로써 하나의 유기적인 전일성의 세계를 만들어내는 것에도 주목을 하지만, 이와 더불어 그렇게 할 때에 새로이 알(생명)이 탄생할 수 있다는 사실에도 크게 주목을 한다. 정진규의 이런 모습은 그의 작품 「알로 새를 낳고 싶다 : 알61」 속에서 <알을 슬자면 서로를 드나들어야 / 드나드는 일을 치뤄야 마땅한 것을>이라는 말을 통해 아주 분명하게 드러난다.

9) 自遊, 화엄, 만다라

정진규는 自遊의 상태를 그리워한다. 나는 여기서 <自由>라고 쓰지 않고 <自遊>라고 썼다. 그 까닭은 정진규의 자유가 법률적인 한도 내에서의 자유가 아니라, 세속의 모든 조건과 형식과 억압을 극복한 상태에서의 자유이기 때문이다. 自遊란 삶이 無償인 놀이의 경지에 와 있는 것을 의미한다. 다시 말하면 이 우주 속에서 逍遙遊의 경지에 가 있는 것을 의미한다. 어떻게 이것이 쉽사리 가능하겠는가마는, 자신을 완벽하게 지우고 우주의 흐름에 겸허히 합류할 수 있다면, 우리는 순간적이나마 이와 같은 경지를 체험할 수 있을 것이라고 생각한다. 우리는 이러한 경지에 이른 인간을 達人, 道人, 至人, 眞人이라고 부르기도 한다.

나는 여기서 자유의 경지에 있는 것 그 자체를 말하고자 하는 것이 아니다. 그보다는 이와 같은 경지에 이르기 위해서는 자신을 철저하게 지워서 자연 중의 자연인 물질 혹은 기의 흐름에 깊숙히 합류시키는 일, 우주의 거대한 흐름 속에 자신을 흐름으로 풀어놓는 일, 그리고 자신이 하나의 생물임을 인정하고 생물로서의 법칙을 겸허히 수용하고 인정하는 일 등이 선행되어야만 이와 같은 자유의 경지에 오를 수 있다는 것을 말하고자 하는 것이다. 따라서 자유의 경지에 이르는 것은 자기자신을 우주의 토대에 이르도록 해체시킬 수 있어야만이 가능하다. 이렇게 볼 때, 인류가 지금까지 만들어온 문명이란 자기해체가 아니라 자기집착에 바탕을 둔 것이고, 또한 자기해방을 가져왔다기보다 자기구속을 이끌어왔다고 보는 것이 일면 타당하다.

정진규는 생의 과정 전체가 自遊로운 놀이처럼 승화된 모습을 자연에서 찾는다. 어디 자연이라고 생명의 고통을 넘어서 이처럼 놀이의 경지에 올라가 살 수 있도록 되었을까마는, 적어도 정진규는 그런 모습을 자연 속에서 가장 잘 찾을 수 있다고 믿는 것 같다. 그러므로 그의 시 가운데는 다음과 같은 작품들이 들어 있다.

① 나무들은 기름 잘 먹은 심지들을 가지고 논다 봄이 오면 흠뻑 젖어 있는 초록 심지들, 거기 수없이 많은 불꽃들을 달아내고 있다고 꽃 피웠다고 작년처럼 말할까 하다가 수없이 내어걸린 등불들이라고 바꾸어 말했다 그렇게 하는 것이 몸이 있어 보였다 불꽃들이라고 했을 때는 목이 말랐는데 살 타는 냄새가 났는데 등불들이라고 말하자 나도 따뜻하게 젖어들었다

— 「동백꽃 - 알64」의 부분

② 어제는 안성 칠장사엘 갔다 잘생긴 늙은 소나무 한 그루 羅漢殿 뒤 뜰에서 혼자 놀고 있었다 비어 있는 자리마다 골고루 잘 벋어나간 가지들이 허공을 낮게 높게 어루만지고는 있었지만, 모두 채우지는 않고 비어 있는 자리를 비어 있는 자리로 또한 채우고 있었지만, 제 몸이 허공이 되지는 않고 허공 속으로 사라지지는 않고 허공과 제 몸의 경계를 제 몸으로 만들고 있었다 그래서 허공이 있고 늙은 소 나무가 있었다 서러워 말자

— 「이별 - 알63」의 전문

인용시 ①에는 <나무> 일반이, 인용시 ②에는 구체적인 <늙은 소나무>가 자유의 경지에 올라간 주체로 나온다. 이 가운데 우선 인용시 ①을 보면, 정진규는, <나무들은 기름 잘 먹은 심지들을 가지고 논다>는 말을 작품의 맨 앞에서 하고 있다. 이 말을 통하여 우리는 봄이 와서 나뭇가지에 싹이 트고 그 싹이 하루가 다르게 성장하는 모습을 상상할 수 있다. 그런데 정진규는 이후 그런 나무에서 꽃이 피는 것을 또한 본다. 그는 이렇게 나무에 핀 꽃들을 보고 불꽃 대신 등불을 연상한다. 정진규는 그가 나무에 핀 꽃들을 불꽃 대신 등불로 연상하고 나니, 목이 마르지도 않고 살 타는 냄새가 느껴지지도 않았다고 토로하였다. 그 대신 따뜻하게 젖어들 수 있었다고 하였다. 여기서 불꽃이 자기집착에서 나오는 의지력과 창조력을 상징한다면, 등불은 자기해체의 지워냄과 따뜻함을 상징한다. 결국 정진규는 봄의 나무처럼 우주의 흐름 속에서 자족적인 생명활동을 하고, 자기해체의 무심함을 이룩해 나아갈 때, 비로소 자유의 경지에 도달할 수 있다는 것을 시사하고 있는 셈이다.

다음으로 인용시 ②를 보면 정진규는 안성 칠장사 뒤뜰의 늙은 소나무 한 그루가 혼자 놀고 있었다는 말을 하고 있다. 그는 이 소나무에게서 어느 것에도 흔들리지 않고 묵묵히 자유의 즐거움을 누리고 있는 모습을 발

견한 것이다. 그런데 이 시에서 흥미로운 것은 소나무가 그를 둘러싼 허공과 서로 넘나들면서도 실제로는 서로를 침범하지 않고 온전히 상호간에 자유의 경지를 지켜나아가고 있는 데 있다. 이렇게 되기 위해서는 조급해하거나 탐욕에 빠지지 않고, 있는 그대로의 자신과 타인의 모습을 긍정하면서 우주적인 흐름 속에 자신을 풀어놓는 일이 필요하다. 잘 노는 자에게는 막힘도, 뭉침도, 어거지도, 기대도 없다. 그들은 그저 시냇물처럼 무심히 흐를 뿐이다.

나는 정진규가 바라는 최고의 모습은 우주 전체가 하나로 어우러져 노는 모습이 아닌가 한다. 자유의 경지에 도달한 각각의 만물들이 이 우주 속에서 서로 간에 완벽한 조화를 이루면서 놀고 있는 상태, 그리하여 더 이상 인간의 인위적 힘에 의하여 어찌해 볼 수 없는 완벽한 어울림의 상태를 정진규는 소망하고 있는 것으로 여겨진다. 나는 이와 같은 세계를 화엄의 세계 혹은 만다라의 세계라고 이름붙여보고자 한다. 그런데 정진규의 시를 읽어가다 보면, 이러한 화엄의 세계 혹은 만다라의 세계를 파괴하는 존재가 바로 인간이다. 인간들의 속기가 가시지 않는 한, 그들은 만물의 어울림이라는 이 우주적 요구에 충실할 수가 없기 때문이다.

> ① 글씨를 모르는 대낮이 마당까지 기어나온 칡덩쿨과 칡순들과 한 그루 木百日紅의 붉은 꽃잎들과 그들의 혀들과 맨살로 몸 부비고 있다가 글씨를 아는 내가 모자까지 쓰고 거기에 이르자 화들짝 놀라 한 줄금 소나기로 몸을 가리고 여름 숲속으로 숨어들었다 매우 빨랐으나 뺑소니라는 말은 가당치 않았다 상스러웠다 그런 말엔 寂滅寶宮이 없었다 들킨 건 나였다 이르지 못했다 未遂에 그쳤다
>
> — 「未遂 - 알6」의 전문

> ② 물소리 들리니? 방울과 방울들이 몸 부비는 소리 들리니? 물의 알과 알들이 껍질도 없는 알들이 몸 부비는 소리 들리니? 하늘에선 별들

이 하늘의 씨앗들이 또한 그렇게 몸 부비고 지금 나는 물을 만지고 있다 알몸이 되고 있다 내 몸을 담그고 있다 甲峰 계곡물에 몸을 담그고 있다 이 편지 받거들랑 너도 옷을 벗거라 몸을 벗거라 씻거라

— 「뻘밭 - 알49」의 전문

정진규는 인용시 ①에서 글씨를 모르는 대낮과 글씨를 아는 시인 자신을 대비시킨다. 정진규의 짤막한 시론 「**시**는 시를 기다리지 않는다」를 보면 그의 정신이 어디를 지향하고 있는지 잘 알 수 있다.8) 여기서 글씨를 모르는 대낮과 글씨를 아는 시인은 각각 <**시**>와 <시>에 대응된다. 전자의 글씨를 모르는 대낮 혹은 <**시**>는 문자 이전, 형식 이전, 문명 이전, 이름 이전, 구별 이전의 성성한 혼돈이나 자연 그대로의 상태를 의미한다. 그에 비해 후자의 글씨를 아는 시인이나 <시> 자신은 인위의 형식, 문자, 문명, 이론, 구별 등과 같은 말로 표현할 수 있는 세계를 의미한다. 따라서 정진규는 그가 비록 시인이기 때문에 인공의 언어와 형식에 의존하여 역시 인공의 시를 쓸 수밖에 없으나, 그가 쓰는 시의 세계가 글씨를 모르는 대낮의 상태 혹은 그가 <**시**>라고 표현한 상태에 이르기를 바라는 것이다. 정진규에게 문자, 문명, 이름, 형식 등과 같은 것은 몸의 수식사에 지나지 않는다. 그에 비하자면 문자 이전, 문명 이전, 이름 이전, 형식 이전의 그 성성한 혼돈이나 자연의 상태는 수식이 더해지기 이전의 주체이다. 이와 같은 정신을 갖고 있는 정진규에게 문자 이전의 상태에 있는 대낮이 칡덩쿨과 칡순들과 木百日紅과 그 꽃잎들과 혀와 맨살로 몸을 부비며 놀고 있는 풍경은 하나의 완벽한 화엄이나 만다라의 세계처럼 보였다. 서로를 열어놓고, 서로를 허락하며, 서로가 자유로운 상태에서, 몸 전체로 어울려 있는 상태, 그것이 바로 위의 인용시 ①에 나온 화엄 혹은 만다라의 풍경인

---

8) 정진규, 「시는 시를 기다리지 않는다」, 『알詩』(서울 : 세계사, 1997), 100~102면.

것이다. 이런 풍경 속에 글씨를 잘 아는, 시인, 게다가 모자까지 쓴 세속의 시인이 침입한다. 그러자 그 아름답고 완벽하던 풍경은 일순간에 일그러지고 만다. 속기를 완전히 던져버리지 못한 시인이 그 어울림의 세계를 파괴해버린 것이다. 이 점은 문명 사회를 살아가는 우리들에게 무척이나 시사적이다. 결국 완벽한 어울림의 세계에 침입자의 모습으로 들어와 그 세계를 일그러뜨리고 있는 주체가 바로 인간 자신들이기 때문이다.

인용시 ②에는 알몸인 물방울들이 서로 몸을 부비며 어울림의 우주를 만들어내는 모습, 하늘의 알몸인 별들이 역시 서로 몸을 부비며 어울림의 우주를 만들어내는 모습, 그런 물과 별의 세계를 보고 시인 자신도 알몸의 물방울과 알몸의 별이 되어 이들의 세계와 함께 어우러지는 모습, 시인이 자신의 친구에게 옷을 벗고 알몸의 물방울과 별이 되어 함께 어우러지라는 부탁의 말 등이 들어 있다. 정진규가 이 시에서 묘사해낸 세계는 인간인 시인 자신과 시인의 친구까지 글자 이전의 알몸으로 그들의 속기를 온전히 지워버렸을 때, 비로소 만물이 어울린 화엄 혹은 만다라의 세계가 이룩될 수 있다는 의미를 담고 있다.

정진규는 시인 자신은 물론 인간까지 포함된 화엄 그리고 만다라의 세계를 그리워한다. 그리고 그는 이러한 세계가 만들어지기 위해서는 자신을 지우고 비우는 일이 선행되어야 한다는 생각을 갖고 있다. 따라서 그의 시에는 자기자신을 지우고 비우며 자유의 경지를 얻으려고 하는 인간, 배우기 이전에 이미 몸으로 지우고 비울 줄을 아는 자연의 모습이 자주 등장한다.

> ① 그동안 내가 겪었을
>   눈 내리는 밤의 다른 추억들도
>   내리는 눈으로 다 지워지고
>   그렇게 눈 내리는 숲으로만 갔다

그렇게 가서 나도
한 그루 가문비나무로 서 있게 되었다
붙박이로 서 있게 되었다
즐겁게 그쪽 몸이 되는
즐겁게 그쪽 몸이 내 몸이 되는
아름다운 굴종을 알았다

— 「눈 내리는 숲이 되어 - 몸詩 · 13」의 부분

② 목욕을 시켰는지 목에 뽀얗게 분을 바른 아이가 한, 사람의 알인 아
  이가 하나 해질 무렵 골목길 문간에 나앉아 터질 듯한 포도알들을
  한 알씩 입에 따 넣고 있었다 한 알씩 포도라는 이름이 그의 입안에
  서 맛있게 지워져가고 있었다 이름이 지워져간다는 것이 저토록 아
  름다울 수 있다니! (중략) 아이는 마지막 한 알까지 다 먹었다 포도
  라는 이름이 완전히 지워졌다 아이가 말랑말랑하게 웃었다 아까보다
  조금 더 자라 있었다 이름이 뭐냐고 물을 수가 없었다 아이는 이제
  자러 갈 시간이었다

— 「포도를 먹는 아이 - 알4」의 부분

두 편 다 아름다운 작품이다. 그 중 인용시 ①에는 시인이 눈 내리는 숲
속으로 걸어들어가 자신도 한 그루 가문비나무가 되어 숲의 몸이 되었다
는 이야기가 들어 있다. 그는 이처럼 자신의 외형적 개체성을 버리고 숲과
한 몸이 된 것을 가리켜 <아름다운 굴종>이라고 표현하였다. 결국 그는
<아름다운 굴종>을 통해서만이 내 몸이 그쪽 몸이 되고, 또 그쪽 몸이 내
몸이 되는 역설적 조화의 세계가 펼쳐진다는 것을 알고 있는 셈이다. 그러
니 남은 문제는 어떻게 <아름다운 굴종>을 몸으로 익히느냐 하는 점이다.
  인용시 ②는 정진규의 많은 작품 중에서도 특히 아름다운 작품이다. 이
작품에는 목욕을 하고 뽀얗게 분을 바른 아이 하나와, 그 아이의 입으로
한 알씩 지워지고 있는 포도알의 어울림이 최상의 상태로 나타나 있다. 시
인은 목욕을 하고 뽀얗게 분을 바른 아이를 보고 <사람의 알>이라는 생

각을 한다. 여기서 사람의 알인 이 아이는 아직 문명과 문자 이전의 싱싱한 혼돈 그 자체이다. 그런 아이와 역시 문명과 문자 이전의 싱싱한 혼돈 그 자체인 포도알이 서로 만난다. 시인은 그야말로 싱싱한 혼돈 그 자체인 아이가 자연 그대로의 상태에서 가짐직한 自遊의 경지를 본다. 그러기에 이 아이는 너무나도 천진스럽게 그리고 자연스럽게 포도알을 먹을 뿐이다. 그런데 정진규는 아이의 입으로 한알씩 들어가는 포도알에서 지워짐의 아름다움을 본다. 그리고 그는 이 포도가 마지막 한 알까지 완벽하게 지워짐으로써 그 천진스러운 아이와 하나의 몸이 되는 것을 또한 본다. 포도가 지워짐으로써 아이는 <말랑말랑하게> 웃을 수 있었다. 뿐만 아니라 그는 조금 더 자랄 수 있었고, 만족감을 안은 채 잠을 자러 갈 수도 있었다.

위의 두 인용 작품은 <아름다운 굴종>과 <지워짐의 아름다움>이 어떤 것인가를 보여주면서, 동시에 이를 통해서만이 싱싱한 혼돈인 생명들의 틈 없는 어울림과 조화가 이룩될 수 있다는 것을 보여준다. 나는 이런 어울림과 조화의 세계를 정진규의 시 곳곳에서 발견하고 이들을 화엄의 세계 혹은 만다라의 세계라고 불렀던 것이다.

3. 맺음말

지금까지 꽤 긴 분량의 글로 정진규의 시세계가 가진 자연 및 자연성에 대하여 논의해왔다. 비유하는 것이 허용된다면 그에게 시는 눈물이나 땀방울과 같은 것이다. 무슨 말이냐 하면, 그에게 시는 비록 그것이 인위의 언어와 형식과 제도에 기대서 쓰여질 수밖에 없는 문화적(문명적) 행위이지만, 그럼에도 불구하고 그는 시가 눈물이나 땀방울 등과 같은 존재가 되기를 바란다는 것이다. 그렇다면 눈물, 땀방울 등과 같은 말은 무엇을 의미하는가. 정진규의 말을 빌려오면, 이들은 몸의 알이다. 이것을 내 식으로 바꾸어 표현하자면, 이들은 몸의 자연이자 자연의 알이다. 또 다시 내 식으로 더 풀어서 말하자면 이들은 자연인 몸과 한 치의 틈도 없이 이어진, 자연의 한 종류라는 것이다. 요컨대 이들은 자연인 몸이나 몸인 자연의 한 부분이다. 아니 자연인 몸이나 몸인 자연 그 자체이다. 따라서 정진규에게 시는 앞서 말한 바 있던 <시> 이전의 <**시**>를 살려내는 행위이다. 나는 이런 지향성을 갖고 있는 정진규의 시세계에서 그의 시가 지닌 자연 및 자연성의 징후를 농후하게 보았고, 그것을 아홉 가지 항목으로 유형화해서 살펴보았다. 적어도 정진규에게 시는 인공의 언어와 형식에 기대고 있다는 점에서 문화적 행위이자 문명인의 작위이지만, 그가 이 세계의 한계를 끊임없이 넘어서서 인공의 언어와 형식 이전을 살려내고자 한다는 점에서 자연의 행위이자 자연인의 목소리이다.

정진규 시의 화두를 세 개만 들자면 밥과 몸과 알이다. 이들은 바로 인공의 문명 이전에 존재하면서 세계의 근원이자 토대를 이루는, 이른바 생물학적 세계의 핵심이다. 나는 이 밥과 몸과 알을 자연 및 자연성의 다른 이름으로 해석한다. 물론 생물학적 토대 이전에 더 중요한 토대로서 물질적 토대가 있다. 그러므로 물질적 토대에 관심을 갖는 사람에게는 밥, 몸, 알 등과 같은 존재 대신에 물, 흙, 공기, 불 등과 같은 존재가 화두로 다가올 것이다. 정진규의 시에는 이런 물질적 세계에 대한 깊은 탐색이 나타나지 않는다. 그러므로 나는 그를 <생물학적 토대를 살려내고자 하는 자연(성)의 시인>으로 규정하고 싶다. 그에게 시인은 생물이 될 수 있는 사람이다. 그에게 시는 생물을 만드는 일이다. 우리가 그의 시에 환호하게 되는 까닭은, 이 엄청난 물건의 시대에 그리고 형식의 시대에, 그가 우리로 하여금 당신은 생물이니 생물로서의 삶을 살아야 한다고 말하면서, 우리가 그동안 소외시키고 억압시키고 왜곡시켰던, 저 문명 이전의 오래된 생물학적 본성을 살려내주기 때문이다.

인간은 생물이 되어야만 정진규가 바라는 바처럼 <알을 슬을 수 있고, 알을 낳을 수 있고, 알을 품을 수 있다>. 그럼에도 불구하고 인간들이 생물이 되기를 포기한 채 인공의 문명적 존재만을 닮고자 할 때, 이 세계는 알을 슬 수도, 낳을 수도, 품을 수도 없는, 石女와 石男으로 가득찰 것이다. 어쩌면 조금씩, 아니 꽤 많이, 이 세계의 현대인들이 石女와 石男의 기미를 띠고 살아가는 지금, 우리는 각자 자신들의 몸과 자궁이 건강한가를 점검해야 할 것이다.

Ⅷ. 긍정과 승화의 시론

1. 문제제기

정진규는 1969년 그 자신의 시적 전개과정에서 이른바 <전환의 시론>이라고 부를 수 있는 「시의 애매함에 대하여」와 「시의 정직함에 대하여」를 『詩人』지에 발표하는 것을 시작으로, 이후 여러 지면에 시에 대한 길고 짧은 글들을 꾸준히 선보였다. 그가 시비평가로 공식적인 등단을 하였다거나 본격 평론가로 활동하였다고까지는 말하기 어려울지 몰라도 그는 시에 관한 산문을 쓰는 데 상당한 시간과 노력을 들였다고 보인다. 그에겐 두 권의 시론집이 있다. 그 하나는 1983년도에 출간된 『韓國現代詩散藁』이고 다른 하나는 2003년도에 발간된 『질문과 과녁』이다. 이 이외에도 그는 1987년도에 발간된 그의 문학선집 『정진규 文學選』의 뒷부분에 시와 관련된 적잖은 글들을 수록하고 있다.

그의 이와 같은 시론들은 시인으로서의 정진규뿐만 아니라 그의 시세계를 깊이 이해하도록 하는 데 도움을 주고 있으며, 더 나아가 시와 시인

일반, 그리고 당대의 시단에 대한 사유를 깊이 있게 하는 데 충분한 자극
과 충격을 추고 있다.

그의 시론은 크게 有機體시론과 求道시론에 닿아 있다. 그것은 그가 시
와 시인을 자연의 生體와 같은 것으로 파악하고 있으며, 시를 통해 인간으
로서의 원초적, 시대적, 개인적 소외를 극복하고자 하는 데 뜻을 두고 있
다는 의미이다. 시와 시인이 이처럼 이 우주 속에서 하나의 生體로 존재하
며 살아갈 수 있을 때, 그리고 시인의 시쓰기가 구도행위의 일종일 수 있
을 때, 시와 시인은 물론 그들이 놓여 있는 시대와 그들을 만나는 독자 또
한 생명감과 구원에의 가능성 속에서 특별한 시간을 보낼 수 있을 것이다.

2. 시인이라는 존재

1) 司祭로서의 시인

정진규에게 있어서 시인은 司祭이다. 이 전제 혹은 명제를 이해하고 수
용할 때 그의 시론은 물론 그의 시작품까지도 보다 잘 이해하고 공감하며
즐길 수 있다. 사제란 무엇인가? 사제란 신의 일을 이 세속의 땅에서 행하
는 사람이다. 사제란 이 땅의 세속적 삶을 신화적 삶으로 끌어올리려고 하
는 사람이다. 사제란 인간으로 하여금 신과 화해하고 그 신화적 세계를 사
모하도록 하는 사람이다. 사제란 긍정과 믿음 속에서 낙원을 지향하는 사
람이다. 사제란 이 땅의 인간사 속에 담긴 고통을 그 자신의 것으로 끌어
안고 발효시키는 사람이다. 사제란 사랑과 헌신과 겸허로 이 세속의 사람
들 하나하나가 그들 나름의 비의를 지닌 사제가 되도록 이끌어주는 사람
이다. 사제란 신화적 세계로 가는 제단을 생이 다할 때까지 쌓아가는 길
위의 인간이다.

사제를 두고 더 많은 말을 할 수 있을 터이나 이쯤에서 줄이기로 한다. 그러면 정진규는 실제로 그의 시론에서 사제로서의 시인에 대한 규정을 어떤 말로 어떻게 하고 있는가.

> 그러나, 아무래도 시인은 하나의 司祭라고 나는 생각해 오고 있다. 그가 어떤 소재를, 어떤 시어를 선택하든 그것은 그의 자유다. 그것이 실명의 것이든 무엇이든 매우 자유롭게 자신의 시 속에 수용할 수 있다는 것은 하나의 상식이며 언제나 옳다. 포에틱 딕션, 그것을 현대 시인들이 하나의 터부로 상정한지는 이미 오래였다. 문제는 그 자신이 얼마나 아프고 괴로운 갈등의 사제로서 그것들을 위한 사원을 짓고, 제단을 쌓았느냐에 따라서 그것들의 정립여부가 결정지워진다는 데에 있다.[1]

위 인용문은 김영태의 시집 『客草』에 대한 정진규의 서평 속에 들어 있는 부분이다. 정진규는 여기서 김영태의 시를 통해 시인의 소재 선택과 시어 선택 일반에 대해 말하고 있지만 그것보다 더 중요한 부분이 시쓰기의 주인공인 시인이야말로 <司祭>와 같은 존재라고, 그의 속마음을 글의 첫머리에서 분명하게 내보인 것이다.

그는 사제로서의 시인이 해야 할 일과 관련하여, 그 시인이 자신의 시쓰기와 관련된 것들을 <얼마나 아프고 괴로운 갈등> 속에서 받아들여 풀어내며 그것들을 위한 <사원을 짓고, 제단을 쌓았느냐> 하는 점이 중요하다고 말한다. 결국 소재와 시어는 물론 시의 모든 대상과 자료들이 시인의 갈등과 고뇌 속에서 사원과 제단의 구실을 할 만큼 성숙해졌느냐 하는 것이 문제라는 말이다. 성숙이란 숙성이기도 하다. 시의 모든 대상과 재료가 숙성하여 마침내 잘 익은 과일과 포도주처럼 사원과 제단의 모습을 띠었

---

1) 정진규, 「김영태 시의 새로운 미학 - 시집 『客草』와 우리 가락」, 『한국현대시산고』(민족문화사, 1983), 88~89면.

을 때 비로소 그 시인은 사제와 같은 역할을 자신의 시쓰기에서 이룩하였다고 말할 수 있다는 것이다.

결국 위 인용문에서 사제로서의 시인이 해야 할 일은 <아프고 괴로운 갈등>의 시간을 온몸으로 통과하는 것이고, 그것을 통해 마침내 사원과 제단의 높은 세계로 나아가는 것이다. 사제로서의 시인에게 주어진 이와 같은 사명은 달리 말해 세속과 신성, 현실과 신화, 타락과 순수, 인공과 자연 사이에 서서 이들을 서로 차단시키거나 배제시키지 않고 그들의 대립, 상충, 모순관계를 직시하면서도 이들 사이의 연속, 화해, 상생, 초월 등을 이루어내는 일이다. 정진규가 전환시론으로 발표한 「시의 애매함에 대하여」와 「시의 정직함에 대하여」에서 핵심 문제로 삼고 있는 애매함과 정직함의 관계, 더 나아가 그가 평생의 과제로 삼고 있는 시성과 산문성의 관계 또한 이와 같은 논리 위에 놓여 있는 것이다. 정진규는 이런 고뇌와 고통의 과정 속에서, 그러나 그것의 숙성과 발효 속에서 성취 혹은 생성된 시의 세계를 가리켜 <비극적 황홀>의 세계라고 말한다. 비극과 황홀이라는 상반된 세계가 여기서 순간적으로 통합되는 신비가 일어나는 것이다.

사실, 사제란 비록 신의 일을 하는 사람이지만 이 땅에서 세속인들과 더불어 사는 사람이다. 따라서 그는 세속을 피하는 것이 아니라 그것을 애정과 헌신과 사명으로 포용하여 끌어안고 그 너머를 꿈꾸는 자이다. 그러나 그 일은 결코 쉽지 않으며 그것이 일시적으로 실현된 것 같아도 다시 시지프스의 운명처럼 어느새 그의 몸과 마음은 세속의 한가운데에 떨어져 깊은 심연 속에서 절망하고 신음하는 것이 사실이다. 그러나 사제의 삶은, 아니 시인과 우리 인간 모두의 삶은 참으로 놀라운 부분을 갖고 있는 것이라서 그런 비극의 반복 속에서도 어느 순간 여름 하늘에 뜬 무지개처럼 문득 신화적 세계가 현현하는 것을 보거나 그 세계 속으로 진입하는 기적을 체험한다. 그 순간 사제와 시인을 비롯한 인간 모두는 역설적 황홀경에 빠져들거니와 그것을 가리켜 정진규는 <비극적 황홀>이라고 명명한 것이다.

그러면 정진규의 시론에서 사제로서의 시인이 성숙하여 도달하고자 하는 그 신화적 세계는 어떤 실상을 하고 있는가. 그의 시론을 보면 그 세계는 <玄府>, <원형의 세계>, <순수의 공간>, <영원성의 세계>, <실재의 세계>, <자유와 평화와 사랑의 세계>, <싱싱한 혼돈의 세계>, <원융의 세계>, <무위의 자연>, <꿈의 세계>, <초일상의 세계> 등과 같은 말로 다양하게 묘사 혹은 표현돼 있다. 이 속에서 한 존재는 모든 인간적 한계를 뚫고 넘어선 <融通無碍>의 경지를 <몸>으로 실감한다. 그러나 이들은 구체적인 어떤 종교의 이상향을 가리키기보다 그 모든 것의 원형이자 인간들이 꿈꾸는 최고상태로서 세속적으로 훼손되지 않은 전일성의 낙원과 같은 세계라고 보는 게 타당하다.

정진규는 비극적 황홀경을 창조하고 경험하고 전파하는 사제로서의 시인으로 그 자신은 이런 신화적 세계를 <드나들 뿐>이라고 고백한다. <드나든다는 것>은 그 자신이야말로 이 세속에서 살아가는 시인에 불과하기에, 영원히 그 신화적 세계에 상주하지 못하고 그 세계를 일시적으로만 만나는 기쁨을 누린다는 것이다. 그러나 이것은 정진규의 한계라기보다 이 세속에서 살아가는 사제 혹은 시인 일반의 한계라고 보는 것이 적합하다. 더욱이 그런 세계를 창조하고 생성하며 그곳을 드나드는 경지에까지 도달하는 일도 사실은 상당히 힘든 일이라고 보는 것이 올바르다. 이런 그의 모습은 아래의 인용문을 통하여 잘 만나볼 수 있다.

> <현부玄府>를 전에 없이 즐겁게 드나들고 있다. 시를 쓰는 일은 <현부玄府>를 드나드는 일이다. (중략) 오래 전부터 <현玄>자字의 그윽함에 매료되어 왔었지만, 이토록 <현부玄府>를 나의 은밀한 또 하나의 정부政府로 믿었던 적은 없었던 것 같다. 나는 이 <현부玄府>를 드나

드는 아름다운(즐거운) 굴종의 신민臣民으로서 요즈음 매우 충실하다
할 수 있다.2)

전체적으로 보면 그는 요즘 어느 때보다 玄府로 표상된 신화적 세계를
잘 만나고 있는 형편이지만, 인용문 첫 행의 행간을 잘 읽어보면 그의 이
런 <드나들고 있>다는 한계상황이 여실하게 토로돼 있다. 그렇다면 그 신
화적 세계인 현부는 본래부터 존재하는 것일까. 아니면 시인 스스로 만들
어가야 하는 것일까. 이 물음에 미리 답을 하면, 정진규에게 신화적 세계
란 관념으로 고착되어 미리부터 존재하는 피안의 세계가 아니라, 그것을
상상하고 상정하는 시인이 사제와 같은 삶으로 제단을 쌓아 삶의 여정에
서 생성하고 내면화하는 세계이다. 그러므로 사원으로서의 신화적 세계는
획득과 창조와 체화의 도정 위에 언제나 놓여 있는 것이다.

시인을 사제로 상정할 때, 그 시쓰기는 구도의 길로 이어진다. 이것은
비장하고 숭고하고 엄숙하다. 그러나 그와 같은 무거움에도 불구하고 이
목표가 심중에 숨어 있을 때 시인의 삶과 시쓰기는 한없이 진지하고 성실
해질 수 있다. 여기서 시인은 예인이라기보다 수도자와 같고 그가 창조한
시 역시 인공의 예술이라기보다 무위의 경전과 같은 신성성과 초월성을
갖게 된다. 이와 같은 정진규의 시론을 보면 조선시대의 載道論이 연상된
다. 그러나 그의 재도론은 이념적이기 이전에 삶과 몸과 현실의 한가운데
서 창조적으로, 개성적으로 솟아오른 自生의, 自發의, 自律의, 自由의, 自
遊의 세계를 지향하고 있다. 그런 점에서 정진규에게 사제로서의 시인은
聖者이자 裸者이고, 선비이자 혁명가이며, 정착자이자 노마드이고, 臣民이
자 아나키스트이다.

---

2) 정진규, 「몸의 말 - 玄府를 드나들며」, 『질문과 과녁』(동천사, 2003), 21~22면.

2) 여성으로서의 시인

정진규에게 시인은 여성과 같은 존재로 인식된다. 시와 시인의 창조성, 그리고 이들 속에 내재된 사랑, 자유, 포용, 평화, 화해, 화응, 관계, 생명, 헌신, 인내 등의 속성은 그에게 시와 시인을 여성적인 것이자 여성적인 것의 덕목으로 생각하게 만들었다. 시인을 이처럼 여성으로 이해할 때, 시는 만들어지는 기술(계)적 세계가 아니라 낳아지는 자연의 세계이고, 목적을 앞세운 도구적 세계가 아니라 목적 이전에 존재하는 생명적 세계이다.

> 자물쇠를 여성으로, 열쇠를 남성으로 나타내는 관습적 비유는 잘못된 것이다. 열쇠는 여성이다. 배태된 생명을 그는 이 세상에서 가장 아름답게 열어 보인다. 그것 하나만으로도 열쇠는 여성이다. 다만 그는 <열어 보일 때>, 그 때까지를 가장 소중하게 지킬 따름이다. 그것이 여자의 신비다. 물리적인 힘만으로는 어쩌지 못하는 빗장 하나씩을 여자들은 지니고 있다.
> 페미니즘 문학론의 창조적 자유로서의 모태가 바로 여기에 있다. 그 가운데서도 시가 더욱 그러하다. 시의 본성은 아무래도 여성적이다. 시는 감추기가 아니다. 가두기가 아니다.
> 시 속의 화자話者는 환희와 충만 속에 있기보다는 결핍과 단절과 어둠 속에 있을 때가 더 많지만, 그의 손에는 마침내 그것들을 충만과 만남과 밝음으로 자리바꿈해 내는, 여성의 그것과 같은 말씀의 열쇠꾸러미가 들려져 있다. 그래서 <여자의 방房>에는 시가 있고, 시의 <씨방>은 바로 <여자의 방房>일 수가 있다.[3)]

인용문에서 정진규는 여성을 <열어 보이는 자> <열어주는 자>로 등식화하고 있다. 그것은 <감추는 자> <가두는 자>와 대비된다. 그렇다면 무엇을 열어 보이고 열어준다는 것인가. 인용문에 따르면 결핍과 단절과 어둠의 현실을, 충만과 만남과 밝음의 세계로 열어 보이고 열어준다는 것이

---

3) 정진규, 「쌀 씻어 안치는 소리」, 『질문과 과녁』, 182면.

다. 이것은 물리적인 힘만으로 어쩔 수 없는 여성의 소중한 생래적 능력이
라고 그는 생각한다. 여성들이 그의 몸속에 배태된 생명을 낳는 일이 바로
이 영역에 속하는 대표적인 것이라고 그는 말한다. 그 낳는 일은 아주 상
징적인 것으로서 그 속에는 생과 세계에 대한 긍정, 포용, 승화, 재생, 부
화, 부활 등의 의미가 담겨 있다. 바로 이 의미를 이 땅에 구현시키는 상징
적 이름이 여성이고 그 일은 시인의 일이기도 하다.

이처럼 어둠에서 밝음으로의 열림 혹은 열어줌의 전변이 승화이다. 승
화란 정진규에게 시인의 특질이자 사명이며 목표이다. 그는 말하기를 <인
간은 근원적으로 정신의 승화를 거치지 않고는 못 견디는 존재>4)라 한다.
여기서 그 정신의 승화 작용을 업으로 삼고 있는 자, 그가 바로 시인이다.
그리고 그때의 그 시인이란 앞서 언급했듯이 여성으로서의 시인이다. 승
화란 <살림의 일>이다. 세상의 어떤 것도 살려내는 신비가 그것이다. 정
진규는 여성의 방, 여성의 자궁, 여성의 몸에서 이 일이 가능하다고 보는
것이다. 그리고 앞에서 말했듯이 시인이야말로 이런 여성의 방과, 자궁과,
몸을 갖고 있는 이러한 살림의 창조자라는 것이다.

① 여자는 나이가 들수록 여자가 되어 간다고 믿게 되었다. 남자는 나
   이가 들수록 아이가 되어 간다는 말이 그래서 옳다. 그런 마지막 남
   자를 여자는 받아들일 줄 아니까. 다 낳아 보고 다 키워 보고 그러
   고서도 마지막으로 한 번 더 낳고 더 기르고 싶은 것이 여자라는 걸
   알게 되었다. 시詩는 그렇게 가야만 한다는 걸 알게 되었다.5)

② 이러한 내 어머니의 밥은 그냥 밥이 아니라 그것도 고봉밥이었다.
   한 그릇 다 채우고도 모자라 그 위에 봉우리 하나를 더 얹은 넘치는
   충만의 그것이었다. 당신의 기다림과 사랑을 이렇게 실물화하셨던

---

4) 정진규, 「시를 위한 몇 개의 설문」, 『한국현대시산고』, 256면.
5) 정진규, 「생각들」, 『질문과 과녁』, 131~132면.

어머니의 고봉밥에서 나는 두 가지의 시법詩法을 터득했다. 그 하나
는 시詩가 아무리 결핍과 상처와 혹은 갈등과 절망을 그 인식의 바
탕으로 한다 할지라도 그 궁극은 충만과 화해, 저 어머니의 고봉밥
과 같은 사랑의 양식樣式이라는 본질적인 자각이었으며, 다른 하나는
역시 어머니의 저 고봉밥처럼 시詩란 보이지 않는 것을 보이게 하는,
안과 밖이 하나의 몸으로 다시 태어나게 해야 하는 가장 적극적인
사랑의 실체화라는 깊은 깨달음이었다.6)

인용문 ①에서 여성은 낳고, 기르고, 키우는 삶을 알고 실천하는 자의
상징이다. 낳는다는 것, 기른다는 것, 키운다는 것은 긍정과 창조와 생성과
승화의 삶을 산다는 뜻이다. 그것을 할 수 있을 때, 그 때 시인이 될 수 있
고, 시의 길은 바로 그 길이라고 정진규는 생각한다. 그런 사유 위에 인용
문 ②의 어머니가 있다. 어머니는 여성의 대표적 표상이자 좋은 시인의 다
른 이름이다. 그 어머니는 기다림과 사랑의 힘으로 충만과 화해 그리고 전
일성의 세계를 낳는 사람이다. <고봉밥>은 그런 승화의 실체이자 실물이
다. 정진규에게 시는 이런 고봉밥의 모습이다. 그것을 달리 말하면 사랑과
화해와 충만함의 양식이다.

시인됨을 여성의 속성에서 찾은 정진규의 위와 같은 시론은 긍정과 사
랑을 바탕으로 한 재생과 치유의 시학이라 부를 수 있다. 끊임없이 상처를
어루만져 새살이 돋도록 만드는 힘, 그것은 일체에 대한 긍정과 사랑에서
비롯되는 것이며, 그 재생과 새살의 가능성 및 영속성은 치유의 길을 열어
가는 일이기 때문이다.

여성으로서의 시인이 이런 과정에서 낳은 상징이 정진규가 말하는 <따
뜻한 상징>이다. 그것은 고봉밥처럼 둘레가 환하다. 정진규가 사랑하는
<환한 봉분> <하얀 쌀밥> <쌀 씻어 안치는 소리> <겨레> <백성> 등

---

6) 위의 글, 121~122면.

과 같은 말이 그와 같은 상징의 예들이다. 이런 말들 둘레에서 환한 빛이 나는 것은 그것이 승화의 산물이며 충만의 넘치는 빛을 지니고 있기 때문이다. 요컨대 <따뜻한 상징>을 낳는 자, 그가 여성으로서의 시인이다.

3) 내재적 生命律의 구현자

정진규에게 시인은 내재적 생명률의 구현자이다. 이 말은 시인이란 타율 속에서 자율을, 외압 속에서 실재를, 정형률 속에서 내재율을, 기능성 속에서 존재성을, 가면 속에서 진정성을 지켜나가고 창조해 나아가는 사람이란 뜻이다.

정진규에게 우리가 살고 있는 세속사회의 주류는 타율, 외압, 정형률, 기능성, 가면의식 등이 지배하는 것으로 인식된다. 그 속에서 인간들은 의식적, 무의식적으로 엄청난 소외를 느끼며 외형의 삶을 타성적으로 혹은 고통스럽게 살아간다. 정진규에게 시인이란 이런 현실 속에서 자신의 진면목을 찾는 사람이다.

자신의 진면목이란 무엇인가. 그것을 정진규는 제몸, 제목소리, 제맛, 절대안정, 무아, 몰입, 본체 등과 같은 말로 대신하고 있다. 겉치레, 기교, 가식, 명령, 권력, 관념, 규범 등 어느 것에도 휘둘리거나 예속당하지 않은 자기다움의 진정성, 자기다움의 生體가 전해주는 세계를 듣고 표현하고 창조할 수 있을 때, 비로소 시인으로서의 자격을 갖고 있다는 것이다.

> 이 밖에도 <내 일상으로부터>, <역사와 사회로부터>, <모든 사물들로부터>, <모든 깨달음으로부터>, <모든 노래들로부터>, <남이 쓴 시로부터>, 심지어는 <내 시로부터>, <화자 우월성으로부터>, <몽상으로부터>, <시라는 것 자체로부터> 내 시쓰기는 자유롭기를 끊임없이 꿈꾸고 있다. 시詩는 자신만이 지니고 있는 성령性靈의 본체本體 탈환이다. 시는 그 행동양식이다. 그것이 시의 정체正體라는 것을 이

번 몇 편의 시를 쓰고 나서 나는 다시 확인하였다.[7]

위 인용문을 보자면 정진규는 기존의 어떤 것으로부터도 자유로워지기를 꿈꾸는 작업이 시쓰기였고, 그 시쓰기에서 그가 실천하고자 하였던 것이라고 개인적인 소회를 피력하고 있다. 그러나 그것은 곧 시 일반론으로 확대되어 <시는 자신만이 지니고 있는 성령性靈 본체本體 탈환이다>라는 시창작 정의를 단호하게 내놓고 있다. 性靈이란 무엇인가. 여기서 떠오르는 것이 『中庸』의 <天人論> 첫 구절이다. 거기서 말하기를 <하늘이 命賦한 것이 性이요, 性에 따르는 것이 道요, 道를 마름하는 것이 敎다(天命之爲性 率性之爲道 修道之爲敎)>라고 하였다. 그렇다면 性靈이란 하늘이 명하여 인간 개개인에게 부여한 본성으로서의 영적인 세계를 지칭한다고 볼 수 있다. 따라서 정진규에게 시인이란 그것의 본체를 찾아내어 느끼고 만날 때, 그리고 그것을 표현하고 창조할 수 있을 때, 비로소 참다운 시인으로 내재적 생명율을 구현한 것이 된다. 자기자신의 존재 혹은 몸의 가장 근원적인 소리를 듣고 그에 따라 틈과 간격 그리고 가식이 없는 시를 쓰는 것, 그것이 바로 정진규가 바라는 시인상이다.

그렇다면 정진규는 시인의 몸 속 근저에는 그 性靈이 때를 기다리며 그 존재를 알리고 있다는 생각을 갖고 있는 것인가. 답은 그렇다이다.

미래의 시인들이여. 그대들도 저러한 현실에 시달리고 있지나 않은지, 자신의 것을 내보이면 읽히지 않을 것을 두려워한 나머지 <유자서有字書>만 내보이고 <유현금有弦琴>만 내보이는 영합주의迎合主義의 비겁을 저지르고 있지나 않은지. 자신이 가진 저 소중한 <무자서無字書>와 <무현금無弦琴>, 아직 태어나지 않은 당신들의 새로운 <서書>와 <금琴>을 울면서 포기하고 있지나 않은지. 미래의 시인들에게 할 말

---

7) 정진규, 「게으름에 대하여」, 『질문과 과녁』, 58면.

이 있다면 나는 오직 이뿐이다. 당신들의 내면엔 분명 <신현神絃>과
<신운神韻>이 있다. 그것을 찾아내라. 이하李賀의 표현대로 그대들의
저러한 사고를 읽어 화충花蟲이 좀먹지 않게 할 사람은 반드시 어딘
가에 있음을 믿는 외로운 자존이 시인됨의 시정신임을 잃지 말자.8)

미래의 시인들에게 주는 위 글에서, 특별히 주목할 것은 그 시인들 각각
의 내면에 살아 있는 <신현神絃>과 신운神韻>을 찾아내라는 것이다. 그
것은 아직 그 누구도 이 세상에 내보이지 않은 <無字書>나 <無弦琴>과
같은 것이라고 정진규는 말한다. 神絃과 神韻으로 표현된 性靈, 그것이 시
인마다의 내면에 각자 다른 모습으로 존재한다는 이 믿음은 그로 하여금
시인과 시쓰기에 대한 정의를 특징 있게 하도록 만든다. 시를 쓰기 이전에
시인으로서 갖추어야 할 것, 시를 쓰면서 시인으로서 구현하여야 할 것이,
바로 性靈이라는 생각이 여기에 깃들여 있는 것이다.

性靈, 神絃, 神韻 등의 중요성을 강조하면서 그가 시인과 시쓰기의 타부
로서 제일선에 놓고 있는 것이 도구성, 획일성, 안일함, 가식성, 조작성 등
이다. 시인이 살아있다는 것은 이들을 극복하는 데 있고, 그들을 극복하였
을 때 비로소 자기구원이 가능하며 또한 위장된 폭력적 현실에 저항하는
것이 가능하다는 게 정진규의 생각이다. 자기구원은 이렇듯 자기 자신에
정직할 줄 알 때, 자기다움을 돌볼 수 있을 때 온다. 그리고 직접적 저항은
아닐지 몰라도 왜곡된 세속의 교정과 그에 대한 저항 역시 이런 자기다움
을 찾고 지킬 수 있을 때 가능하다.

정진규가 강조하는 내재적 생명률의 구현자인 시인은 자신의 내면에 존
재하는 性靈뿐만 아니라 대상들의 내면에 살아있는 그들의 性靈을 감지하
고 들을 줄 알아야 한다. 정진규는 시인으로서의 삶뿐만 아니라 시쓰기란

---

8) 정진규, 「미래의 시인들에게」, 『질문과 과녁』, 61면.

시인 혼자만의 성령을 배타적으로 표출하는 것으로 가능하다고 보지 않는다. 그는 시인의 성령과 대상의 성령이 함께 교감하고 화응하고 상생할 때 비로소 내재적 생명률이 창조될 수 있다고 보는 것이다. 따라서 대상의 성령을 듣는 것이 소중하거니와 그 소리를 듣기 위해서 시인이 주의해야 할 점이 소위 <화자우월주의>라고 정진규는 말한다. 화자우월주의란 시인이 제멋대로 대상 위에 군림하여 그 대상을 왜곡하는 것이다. 그때 시인은 우월감을 느낄지 모르나 참다운 시인정신으로부터 멀어진다는 것이다. 정진규는 이와 같은 점과 관련하여 다음과 같은 말을 전하고 있다.

> 또 하나는 보다 본격적인 시정신의 문제이겠는데, 대상을 수용하는 이른바 <화자 우월주의> 상위 시각이다. 이는 간단히 말해서 자신만의 말을 하고 태어나는 대상의 말을 듣지 않는 일방적인 화법을 뜻한다. (중략) 시의 작동이란 그 순간부터가 대상과의 합일을 뜻한다. 상호 교감交感의 구체적 활동을 뜻한다. 대상들이 하는 말을 듣기 시작해야 한다. 그것을 듣는 귀가 열렸을 때 시를 쓰는 몸에는 율律의 무늬가 일기 시작한다. 그 율律의 무늬가 바로 시詩가 아니겠는가.9)

대상의 性靈을 듣기 위한 전제조건이 화자우월주의에서 벗어나는 일이라는 것이다. 화자우월주의를 벗어난다는 것은 정진규가 그토록 강조해온 비워내기와 겸허해지기를 시인이 실천하는 일이다. 이 때 시인은 대상을 향해 몸이 열리며 그 대상의 性靈, 즉 율동이 전달받는다고 정진규는 생각한다. 그가 궁극적으로 꿈꾸는 것은 시인과 대상과의 교감과 합일, 그 가운데서 시인의 몸속에 일어나는 율의 무늬를 포착하는 것이다. 그것이야말로 그가 소망하는 참다운 시의 모습이기 때문이다.

내재적 생명률의 구현자로서 시인을 규정한 정진규의 이와 같은 시론은

---

9) 위의 글, 61~62면.

시인을 포함한 이 우주 속의 모든 존재들이 훼손되지 않은 원형의 삶(속살만의 삶)을 살기 바라는 始原의 시학이자 존재의 시학이다. 어떤 누구도 간섭하거나 대신할 수 없는 그 자신만의 고유한 율동을 시로써, 삶으로써 드러내는 일, 그런 가운데 대상과 대상 사이, 사물과 사물 사이에 교감과 화응의 물결이 일렁이는 일, 그것을 발견하고 포착하고 향유하는 일, 그런 일들을 시인의 책무로 생각하는 그의 시론은 개성과 창조의 진정한 속뜻을 음미케 하는 시학이다. 그리고 자기다움을 지키며 사는 일이 어떤 것인지를 근원적으로 반성하게 하는 자아성찰의 시학이기도 하다.

3. 시라는 존재

1) 생명체 혹은 유기체로서의 시

시인과 시가 엄격히 구분돼서 논의되기는 어렵다. 그러나 이 장에서는 가능한 한 시인이 창조한 시작품 자체에 초점을 맞추고 정진규가 시에 대해 어떤 생각을 갖고 있는지 살펴보기로 한다.

그때 제일 먼저 언급되고 논의되어야 할 것이 그가 시를 하나의 생명체 혹은 유기체로 보고 있다는 점이다. 시를 생명체 혹은 유기체로 보는 시각은 오랫동안 내려온 소위 유기체 시론의 전통에서 낯설지 않은 경우이다. 이것은 시라는 문화양식을 생물학적 차원에서 바라보는 일로 시의 인위성 이전에 그것의 자연성을 강조하는 시학이다. 시가 언어의 인공적 조합물이 아니라 생명체와 같은 것으로 여겨질 때, 시는 만들어지는 것이 아니라 낳아지는 것이고, 작품 전체는 쌓아 올린 건축물이 아니라 틈과 억지 없이 맞물려 있는 생물의 몸과 같은 것이다.

정진규는 생명체로서의 시의 창작을 <자연분만>이라는 말로 표현한다.

그에게 생명체와 같은 시는 생명의 일처럼 자연분만으로 탄생되는 것이다. 이때 시인과 시작품 사이에는 아무런 억지나 속임수도 끼어들지 않는다. 그것은 열 달을 기다렸다 어머니의 몸을 통하여 이 땅에 나오는 신생아의 탄생과 같은 것이다.

최근에 다음과 같은 시를 한 편 썼다. 썼다라기보다 <씌어졌다>라고 해야 더 가까운 표현이 될 것이다. 그만큼 이 시에는 시 자체로서의 자율성이 앞서고 있다. <감정의 유로流露>로 정의되는 낭만주의 시의 본질론과는 다른 생명의 작동 같은 것이 거기 있었음을 말하고자 함이다. 시에도 <생태>라는 것이 있음을 나는 근간 적극 동의해 오고 있다. 제 스스로 언어의 몸짓을 하는 시와 더불어 나는 이즈음의 내 삶을 이끌고 있다. 내 의지로서의 이른바 언어적 조율이 없는 것은 아니었으나, 그건 언제나 후행의 작업으로 왔다. 그런만큼 퇴고의 시간이 전에 없이 줄어들었다.[10]

위 인용문에서 정진규는 시를 <썼다>고 말하기보다 시가 <씌어졌다>고 말한다. 이것은 시가 의지의 산물 이상의 것이자 이전의 것임을 알려주는 내용이다. 그것은 달리 말하여 시인이 의도적으로 시를 만들어낸 것이 아니라 시 자체가 그 나름의 자율성 속에서 성장하고 성숙하여 이 세상 속으로 나왔다는 것이다. 정진규는 이와 같은 것을 가리켜 시 속에 <生態>라는 것이 있다고 말한다. 시 자체가 가지고 있는 생태적 흐름과 질서 그리고 그 율동이 시 속에 있어서 시인이 작위적으로 시를 통제할 수만은 없다는 것이다. 여기서 비교가 허락된다면 이와 같은 시의 생태적 자율성은 어머니의 뱃속에 잉태된 아기의 생태적 자율성과도 유사하다. 어머니는 그가 비록 창조의 주체와 같은 모습을 띠고 있지만 그의 몸속에서 자라는 아기의 생태적 자율성을 그의 의지와 의도대로 통제할 수 없기 때문

---

10) 정진규, 「만들 것인가, 발견할 것인가」, 『질문과 과녁』, 49면.

이다. 그러나 이런 점과 더불어 기억해야 할 점은 사정이 그렇다 하더라도 시인의 시작행위는 자연분만의 그것과 같고 시는 그렇게 자연분만된 생명체라는 것이다. 이렇듯, 시가 자연분만의 생명체일 때, 그 시는 생명체로서의 시인의 몸의 延長이고 확대이다.

따라서 이 땅에 탄생된 생명체로서의 시 또한 유기적 구조물로 기능해야 한다. 정진규는 그것을 말하기 위하여 이른바 속경첩 이론, 이음매(레가토) 이론, 꼭지 이론, 緣起 이론을 내놓는다. 방금 여러 가지 말들 뒤에 이론이라는 용어를 썼지만 그것이 학적 견고성을 가진 것은 아니다. 하지만 이들은 시가 유기적 구조물로서 온전히 상통하는 하나의 구조가 되어 작용하고 존재하는 것을 설명하는 데 유용한 이론적 역할을 한다.

① 하긴 여러 해 서울 인사동이라는 마을에 머물다 보니, 의지에 관계 없이 온갖 골동품들을 보고 즐길 수 있는 안복眼福을 누렸고, 특히 못이나 <경첩> 따위를 쓰지 않고서도 <몸으로 맞물려 있는> 목기류木器類들, 그 소목장小木匠들의 솜씨에서 한 걸음 더 속으로 걸어 들어간 <속경첩>의 현상을 발견하고 전율한 바 있지만 —.(해인사海印寺라든가, 옛날의 고찰古刹들은 모두 그렇게 지어졌다는 이야기를 들었다. 영혼의 집이기 때문이다.)
그렇다. 시도 사랑도 이렇게 <몸으로 맞물려> 있어야 한다. 그게 시의 <몸>이다. <겉경첩>이 아닌 <속경첩>까지 가야 한다.11)

② 우리 삶의 원초적인 시발점인 생명의 탄생이 바로 그러한 <이음매>로 되어 있다. 생명의 탯줄이라는 것이 그렇지 않은가. 탯줄은 <레가토>를 나타내는 <슬러> 그 자체이다. 이 같은 육체적 탯줄을 있게 한 사랑 또한 그렇다. 이 이음매가 한 남자와 한 여자 사이에 생겨날 때, 비로소 그 절대적인 교감의 추상 공간이 구체적인 공간으로 자리바꿈하는 세계를 탄생케 한다. 그 모습과 과정이 다를 따름이지 개인과 개인, 개인과 집단, 사물과 사물, 사물과 인간, 이 모든

---

11) 정진규, 「시의 경첩을 위하여」, 『질문과 과녁』, 15면.

것들이 <레가토>, 바로 그러한 탯줄의 구조로 맞물려 있다. 이제 곧
봄이 올 것이다. 창 밖의 꽃나무들이 저마다 다투어 꽃을 피워낼 것
이다. 아름다운 생명의 분출마다 <꼭지>를 달고 있음을 보게 될 것
이다. <레가토>가 거기에도 있음을 보게 될 것이다. (중략) <꼭지>
라는 또 다른 이름으로 <레가토>를 빚어내는 생명의 세계에 우리
또한 동참케 될 것이다. 그것은 우주의 한 관습이다. 생명의 수로다.
모든 것들이 안과 밖을 그 수순手順이 <→>이 되든, <←>이 되든
우리를 하나로 이어 주는 실체 그 자체이다.12)

인용문 ①의 핵심은 시도, 사랑도, 삶도 <몸으로 맞물려> 있어야 한다
는 것이다. 이때 몸으로 맞물린다는 것은 그 속에 속경첩이 마련돼 있다는
것이다. 속경첩은 눈에 보이지 않지만 존재와 존재를 한몸으로 이어준다.
시가 유기적 구조를 갖고 있다는 것은 바로 이와 같은 속경첩으로, 몸으로
그 속의 시적 요소들이 맞물려 있다는 뜻이 된다.

인용문 ②로 오면, 속경첩이 <이음매> <레가토> <슬러> <꼭지> 등
과 같은 말로 쓰이고 있다. 정진규는 이 모든 것들을 <생명의 탯줄>로 읽
는다. 그 말은 달리 <우주의 관습> <생명의 수로>와 같은 말로 표현되고
있다. 요컨대 정진규가 위의 두 인용문을 통해 말하고 싶은 것은 시는 물
론 삶과 세계 전체가 실은 그 이면에 속경첩 등이 의미하는 바 생명의 탯
줄로, 몸으로 맞물려 있다는 것이다. 그것은 실재이며 우리가 창조해야 할
세계이기도 하다는 것이다. 장회익에 따르면, <생명체는 잘 조직화된 복
잡한 체계로 낮은 엔트로피, 높은 질서의 내부 시스템을 구축하고 있다.
각각의 부분들이 다른 부분들과 상호작용을 하면서 하나의 통합된 전체로
서의 생명체를 형성한다>고 한다.13) 이 말은 생명체로 시를 규정할 때, 그

---

12) 정진규, 「사랑의 이음매를 위하여」, 『질문과 과녁』, 171~172면.
13) 장회익, 「현대과학의 생명이해」, 우리사상연구소 편, 『생명과 더불어 철학하
   기』(철학과현실사, 2000), 132~135면 참조.

생명체의 유기적 구조의 통합성이 어떤 것인지를 보다 분명하게 이해할 수 있도록 도움을 준다. 이와 같이 시의 구조를 유기적인 것으로 파악한다는 것은 시를 구성하는 각 요소들이 전일성의 한 몸 속에 서로가 피의 순환을 이루어주는 가운데 살아있다는 것을 의미하는 것이다. 그것을 정진규 식으로 표현하면 그때 시는 참다운 생명체인 영혼의 집이 된다.

그의 이와 같은 시론은 너와 나로 표상되는 세계가 단절, 배제, 차별, 갈등, 투쟁, 소외 등으로 해체되고 분열되는 이 시대에 실은 그 외피의 근저에 몸으로 맞물린 전일성의 세계가 놀라운 생명체의 삶을 형성하고 있다는 것을, 그리고 그 외피를 극복한 자리에 역시 몸으로 맞물린 전일성의 창조적인 생명체의 세계가 이룩될 수 있음을 시사해주는 일이다. 전자가 <中>의 세계라면 후자가 <和>의 세계이다. 정진규는 이것을 시가 앞서서 담당하고 있으며, 그렇게 해야만 한다는 견해를 피력하고 있는 것이다.

2) 방법 이전의 카오스의 세계

정진규의 시론에서 카오스는 각별한 의미와 중요성을 갖는다. 그는 이것을 싱싱한 혼돈, 직전의 세계, 무위의 자연, 기교 이전의 자리, 언어 이전의 생명 등과 같은 말로 표현하기도 하는데 여기서 말하고자 하는 것은 그가 시를 방법(코스모스) 이전의 카오스의 단계에서 포착하고 있다는 것이다. 見者로서의 시인의 눈을 강조하는 그는 견자로서의 시인이 보아야 할 시적인 지점의 핵이 이곳에 있다고 생각하는 터이다.

그의 시론 가운데 하나인 「**시**는 시를 기다리지 않는다」는 이와 같은 그의 시관을 보여주는 데 매우 소중한 자료이다. 그는 김인환 교수의 대학원 강의실에서 나왔다는 이 말을 붙들어 발전적으로 자기화시키면서 앞의 <**시**>와 뒤의 <시>에 대한 자신의 생각을 전하고 있다. 결국 그에겐 두 가지의 시가 있는 셈인데 그는 이를 두고 이렇게 말한다.

> <**시**는 시를 기다리지 않는다>
> 앞의 <**시**>는 대문자로, 뒤의 <시>는 소문자로 구분해 적었다. (중략) 그 말에 대한 풀이를 더는 듣지 못했지만 아마도 앞의 <**시**>는 글쓰기 이전의 시를, 뒤의 <시>는 글쓰기 자체로서의 시를 뜻하는 것이었음을 짐작하기란 그리 어렵지 않았다. 문자 이전의 시, 그것은 다만 싱싱한 혼돈일 뿐 시는 아니지 않는가라는 질문이 빠르게 내 안에서 고개를 들었고, <기다리지 않는다>는 말에서는 글쓰기로서의 시 자체에 대한 가치폄하의 뉘앙스가 느껴지지 않는 것도 아니었지만, 그보다도 더 중요한 것이 바로 그 <싱싱한 혼돈>이라는 생각이 앞섰다.
> 요즈음 우리 시 속의 사물들이나 상황은 너무 글쓰기에 갇혀 있다. <**시**>는 없고 <시>만 있을 때가 더 많다. 비유도 그렇다. 좋은 시는 비유로 가두는 시가 아니라 비유로 열어 주는 시일 터이다. 그래서 <섬광閃光>이 없다. 설사 그것이 문자 이전의 <**시**>의 세계에 대한 <반복>과 <유사>, <복제>에 머문다 할지라도 그 원초적 일상의 싱그러움이 있는 시 쪽을 나는 지지한다. 제멋대로 상처를 내고 있는 시들을 읽어 가노라면 실로 민망하다. 까불지 않는 시가 좋다. 아무리 잘 쓴 시라고 해도 그것은 문자 이전의 <**시**>를 <배가>시키는 정도에 머물 수밖에 없다는 <미메시스>의 논리를 우리는 외면할 수 있을까.14)

정진규가 구분하는 두 가지 시는, 언어로 씌어지기 이전의 싱싱한 혼돈, 즉 카오스 상태로서의 <**시**>와, 언어로 씌어진 이후의 질서체계로서의 <시>이다. 정진규의 소망은 이 두 가지 시가 모두 싱싱한 혼돈 또는 싱싱한 생명체로 살아 있기를 바라는 것이지만, 그는 전자의 완전성과 근원성에 비해 후자의 한계성과 이차성을 인정할 수밖에 없는 것이다. 이런 그에겐 대문자로서의 <**시**>의 세계가 먼저 있고, 다음으로 소문자 <시>

---

14) 정진규, 「시는 시를 기다리지 않는다」, 『질문과 과녁』, 11면.

의 세계가 있는 것이다. 그것을 정진규는 아무리 잘 쓴 시라고 해도 그것은 문자 이전의 <**시**>를 <배가>시키는 정도에 머물 수밖에 없다고 말한 것이다. 그러니 문자 이전의 <**시**>가 발견되거나 감득되거나 찾아오지 않는다면 시쓰기는 불가능한 것이다. 그럼에도 불구하고 시를 쓰고자 한다면 그것은 싱싱한 혼돈이 부재한 假花나 造花와 같은 것이라는 게 정진규의 생각이다. 따라서 시는 그에게 먼저 대문자 <**시**>의 세계로 존재한다. 방법, 기교, 언어, 비유, 상상력, 구성 등과 같은 개념은 모두 <**시**> 이후의 <시>의 세계이다.

여기서 온전한 무위로서의 혼돈에, 인공이라는 구멍을 뚫음으로써 혼돈이 질식해버리고 말았다는 『노자도덕경』의 한 장을 떠올릴 수 있다. 시쓰기가 싱싱한 혼돈에 대한 자각과 배려와 외경 없이 구멍 뚫기의 일환과 같은 무책임한 언어의 시장이 된다면 그때 시는 살림의 일이 아닌 죽임의 일에 참여하는 것이 될 터이고, 그렇게 만들어진 시 속엔 어떤 싱싱한 생명감과 혼돈의 에너지가 깃들 수가 없을 것이기 때문이다. 여기서도 시는 기술 이전의 예술이지만, 예술 이전의 경전이고, 경전 이전의 자연이자 카오스라는 생각을 할 수 있다. 정진규는 그런 사고 위에서 그의 시론을 전개하고 있는 것이다.

> 그래서 나는 다시 적었다.
> 시는 시를 기다리지 않는다
> (다만 우리가 가서 기댈 뿐이다.)

시가 시를 기다리기 때문에 시를 쓰는 것이 아니라, 우리가 기댈 곳이 거기 있어 시라는 한 담화discourse가 태어날 따름이라 나는 믿는다, 여기서 <기댄다>는 말은 의존이나 구원 따위의 도덕적 관념들과는 사뭇 다른 질감의 것이다. <기댄다>는 말 속에는 움직임이 있고 <살대임>이 있다. 이쪽의 모자람과 왜소함이 부끄럽게 느껴지게 하거나 그것들 때문에 이쪽이 주눅 들게 하지 않는 넉넉함이 있다. 갇힘에서 열림으로 가는 은밀한 통로通路 하나를 허락받는 은근하고 따뜻한 눈짓이 있다. 혹은 첫 번째로 열리는 산뜻한 새벽 공기가 있다.15)

위 인용문에서 주목할 것은 대문자 <시>는 소문자 <시>를 기다리지 않는다는 것이다. 대문자 <시>는 그 자체로 자기 충족적이고 온전하다는 뜻이다. 무위로서의 자연과 카오스는 인간이 보충하여 채워 넣을 세계가 아니라는 것이다. 그렇다면 이런 우주관과 세계관 속에서 시인이 해야 할 일은 무엇인가. 정진규는 대문자 <시>에 가서 기대는 일이라고 말한다. 그것은 시인 혹은 인간의 필요 때문이다. 우리들은 그곳에 기댐으로써만이 살 수 있다는 생각과 그렇게 함으로써만이 시라는 담화가 태어날 수 있다는 생각을 하고 있는 것이다. 그러나 여기서 또 한 가지 주목할 것이 있다. 정진규는 대문자 <시>의 세계를 소문자 <시>의 세계 앞에 두고 있지만 그렇다고 하여 그것을 상하관계, 서열관계, 우열관계 등으로 고착시키고자 하지 않는다. 시쓰기란 대문자 <시>의 세계에 기대는, 다시 말하면 살을 대는 일이라고 보기 때문이다. 기댄다는 것과 살을 댄다는 것은 무상의 사랑과 자발적인 참여가 있는 것이다. 그러므로 그것은 공생, 동행, 만남 등과 같은 관계의 창조이다. 그러니까 정진규에게 시란 그와 같은 관계의 창조물로 존재하는 것이다.

대문자 <시>의 세계를 강조하는 정진규는 방법과 기교우선주의, 그들의 과잉상태를 비판한다. 시란 그러므로 그에게 대문자 <시>를 만나고, 간직하고, 보여주는 일이다. 그것이 있어야 비로소 소문자 <시>의 세계는 창조될 수 있는 것이다. 그 소문자 <시>의 세계가 성공할 때, 그것은 싱싱한 혼돈인 카오스의 세계를 그 언어구조 속에 내재시키고 있을 것이다.

---

15) 위의 글, 11~12면.

시는 만드는 것이 아니라 낳는 것이라는 생각, 시는 쓰는 것이 아니라 씌어지는 것이라는 생각, 시는 도구적 존재가 아니라 내재적 율동의 생명체라는 생각, 시는 궁극적으로 부정이 아니라 긍정 쪽에 있다는 생각, 시는 욕망의 누적이 아니라 지워서 되돌리기라는 생각, 시는 지식이 아니라 마음공부라는 생각 등이 바로 그의 이와 같은 시관과 맥을 같이한다. 이런 정진규의 카오스 시론은 불립문자의 의미를 새롭게 떠올리도록 하며, 시란 내적으로 카오스라는 몸의 연장이자 확대라는 생각에 도달할 수 있도록 한다.

3) 몸이 있는 언어들

시에서 문제적인 것 가운데 하나는 언어이다. 시의 언어를 두고 참으로 많은 견해와 논의가 있어왔다. 시가 언어로 이루어지는 한 그런 일은 앞으로도 계속될 것이다.

정진규 역시 시의 언어에 남다른 관심을 피력해 왔다. 그런 그에게 시의 언어는 그것이 어떤 것이든지 간에 <몸>이 있어야 한다. 시의 언어가 <몸>을 갖는다는 것은 어떤 것인가.

시의 근간을 이루는 상징, 비유, 이미지, 운율 등에 대한 정진규의 말을 들어보기로 한다.

> ① 상징은 의도적인 구조물이 아니라 새로운 하나의 실체이다. 그것은 살아 있는 존재이다. 일상의 사물, 체험의 세계 속에 그것들은 자리하고 있다. 서로 분리될 수 있는 것이 아니라 그것 자체이다. 다만 우리가 그것들을 보편적이며 지시적인 기호로 가두고 있었을 따름이다, 나무는 나무일 수만은 없다는 초월적인 논리는 언제나 합당하다. 시가 이러한 기호들로부터의 해방을 꿈꾸는 자율성의 것이라는 근거는 여기에 있다.

이번의 「물고기」도 이런 의식의 한 소산이다. 실제로 지난 여름 나는 물고기를 잡으러 서쪽 바다에 가 있었다. 물고기가 잡히지 않았다. 까닭인즉 <물고기>라는 실체보다도 그 바깥의 현상들에 내가 매달려 있기 때문이었다, 그러니까 겉돌 수밖에 없었다. 갇혀 있을 수밖에 없었다. 물고기를 잡는다는 내 직접적인 행위는 그것의 극복을 위한 하나의 정신적인 싸움으로 이행되어 갈 수밖에 없었고, 그 싸움은 치열했다.

그렇게 해서 한 사흘 만에 잡은 한 마리의 물고기! 그것은 지시적인 기호로서의 한 사물에 지나지 않는 것이 아니라, 자유 그 자체이자 생명 그 자체로 내게 다가왔다, 발견이었다. 창조가 아니라 발견이었다.[16]

② 상징은 오히려 의도적인 경우보다는 극사실적인 실체로서 엄정하게 제자리를 찾았을 때(발견되었을 때) 더욱 상징적일 수가 있으며 싱싱할 수가 있다. 왜냐하면 거기에는 예정된 결론이나 규범화된 통제가 있을 수 없기 때문이다.

예컨대 <밥>이라는 아주 사실적이며 현실계계의 맨 앞자리에 놓일 수 있는 말도 전혀 의도적인 굴절이나 묘사를 거치지 않고서도 더욱 상징적이 될 수 있다는 이야기이다. 집을 떠나 돌아오지 않는 아들을 위하여 십 년, 아니 평생을 끼니때마다 어머니가 정성으로 떠놓는 그 한 사발의 <밥>은 매우 큰 상징성을 지닌다. 그 극사실적인 어머니의 행위와 함께 하는 <밥>은 어떤 묘사적인 사랑의 형태보다도 더 큰 사랑으로서의 상징성을 지니며, 강한 현실성을 동반한다. 이런 상징, 이런 현실이 진짜 상징이요 진짜 현실이라고 나는 믿는다.[17]

인용문이 조금 길어졌다. 그러나 위 인용문을 통하여 정진규가 시의 언어 가운데 대표적인 상징언어에 대하여 어떻게 생각하는지를 충분히 이해할 수 있었을 것이라 생각한다. 인용문 ①을 보면, 정진규에게 상징은 의

---

16) 정진규, 「기호로부터의 해방을 위하여」, 『질문과 과녁』, 223면.
17) 정진규, 「시를 위한 여섯 개의 노트」, 『질문과 과녁』, 177~178면.

도적인 구조물, 즉 인위적인 가공물이 아니라 일상의 사물과 체험 속에 놓여 있는 하나의 실체이다. 그러나 이 말만으로는 설명이 부족하다. 그에게 상징은 작위적으로 만들어진 기호이거나 외부에서 주어진 기호가 아니다. 그렇다면 무엇이란 말인가. 그에게 상징은 외압과 그 관념을 벗겨내고 시인이 직접 만난 裸身으로서의 실체이다. 그때 상징은 그만의 참다운 신생의 몸을 갖는다. 그리고 그 상징을 만난 시인과 발견한 시인은 그로부터 자유와 생명감을 얻는다. 정진규의 이런 상징론에 동의한다면 우리들의 일반적인 상징은 얼마나 타율적이고 세속적이고 외압적이고 지시적이며 상투적인가. 그런 상징은 우리를 풀어서 해방시키기보다 조여서 가둔다는 것이 정진규의 생각이다. 살아있는, 신생의, 몸이 있는 상징을 발견하는 자, 그가 이런 의미에서 좋은 시인이다.

인용문 ②를 보면 역시 상징은 의도적으로 만들어진 것이 아니라 <극사실적 실체>라고 되어 있다. 극사실적 실체란 일체의 예정된 결론이나 규범화된 통제가 끼어들지 않은, 있는 그대로의 사물과 삶의 실체를 뜻한다. 그러면서 그는 밥을 예로 들었다. 밥이란 삶이 고스란히 배어 있는 현실 속의 실체로서 몸이 있는 좋은 상징의 역할을 하고 있다는 것이다. 밥이란 말 속에 시인이 어떤 의미부여를 의도적으로 하거나 세속적 관념의 두께를 덧씌우지 않아도 밥은 그가 현실 속에 존재했던 그 모습 그대로 상징의 몸을 갖게 된다는 것이다. 따라서 시인은 상징을 만드는 사람이 아니라 그것을 현실 속에서 발견하는 사람이라 할 수 있다. 이때 상징은 그가 말한 극사실의 실체와 등식을 형성할 수 있다. 정진규는 이와 같은 상징을 만나거나 발견할 수 있을 때 진정한 자유와 생명감이 찾아온다고 생각하는 것이다.

몸이 있는 상징은 이처럼 가식, 외피, 억압, 왜곡, 과장, 의도, 목적 등의 것들을 제거하고 삶 속에 존재하는 속살 그대로의 실체를 제시할 때 가능

하다. 시인이 시 속에 담아놓는 상징은 바로 이와 같은 상징이어야 한다는
것이 정진규의 입장이다. 이것이 상징의 空疎性을 극복하는 방법이다.
　비유에 대해서 정진규는 어떻게 말하고 있는가.

> ① 또한, 만든 비유가 아닌, 살아 있는 비유의 실체를 거기서 만나고
> 놀라기도 한다. 진정한 비유는 우리의 삶에 구속의 옷을 입히는 것
> 이 아니라 열어주는 힘, 근원적인 자유를 허락한다는 말은 언제나
> 옳다.[18]

> ② <은유>란 무엇인가. 그것은 한낱 수사법이 아니다. 그것은 삶의 책
> 무요, 시의 책무 그 자체이기도 하다. 무슨 말이냐 하면 우리의 삶과
> 시의 궁극은 만남과 화해에 있다. 다시말해서 시는 표현의 형식에
> 있어서만이 아니라 삶을 <A=B>로 이끄는, 서로 다른 것을 하나로
> 승화시키는 정신의 은유구조를 본질로 하고 있다. 사랑이 곧 그 자
> 체이다.[19]

> ③ 비유란 <속살>을 보다 큰 감동으로 전달하기 위한 상승요인이지
> 결코 파기요인이 될 수가 없음에도 불구하고 우리 시는 그것 자체를
> 하나의 시적 미학으로까지 수용하려 드는 그런 형편에까지 가 있는
> 것이 사실이다. 그 다음에 무엇이 남을 것인가.[20]

　인용문 ①에서 정진규는 비유의 작위성을 부정하고 그것의 필연성과 자
생성을 강조한다. 비유는 재주로 만드는 것이 아니라 삶으로 생성시키는
것이라는 의미를 여기서 볼 수 있다. 재주에 의해 만들어진 비유는 재치가
돋보일지는 모르나 참다운 자유와 열림의 상태를 제공해 주지는 못한다.
그것이 재치일 때 우리는 그 재치의 권력에 구속되고 그 빈틈에 공허해진

---

18) 정진규, 「겸허와 자제의 아름다움」, 『질문과 과녁』, 202면.
19) 정진규, 「<나쁜 은유>에 대하여」, 『질문과 과녁』, 72면.
20) 정진규, 「제 소리를 위하여」, 『따뜻한 상징』(나남, 1987), 257면.

다. 그러나 그것이 살아 있는 비유로서 생성되는 것일 때 우리는 공감하며 존재의 열림을 흡족하게 체험하는 것이다. 이것이 정진규가 인용문 ①에서 들려주고자 하는 몸이 있는 비유의 본질이다.

인용문 ②에서 은유는 비유와 같은 선상의 것이다. 그는 이 은유를 수사법이 아니라 삶의 책무이자 시의 책무라고 말한다. 그것이 무슨 뜻인가. 인용문의 속 내용을 살펴보면 그것은 언어적 기법이기 이전에 삶과 세계를 하나로 잇고자 하는, 다시 말하면 화해와 만남의 장으로 승화시키고자 하는 노력의 산물이라는 것이다. 이런 숭고한 뜻과 노력의 과정 속에서 이른바 몸이라는 진정성이 탄생된다. 은유는 그렇게 몸이라는 진정성을 저변과 중심에 담고 이루어지는 언어행위이다. 은유가 재주에 의하여 함부로(혹은 가볍게) 탄생될 수 없는 요인이 여기에 있다. 은유의 이와 같은 심각성을 이해할 때, 은유는 장치를 넘어 몸이 있는 삶과 등식을 이룬다.

인용문 ③을 보면 비유에 대한 정진규의 보다 발전적인 견해가 나와 있다. 비유란 <속살>로 부를 수 있는 생과 삶의 진정성을 보다 큰 감동 안에서 만나도록 이끌어주는 동참자이지 그것만이 따로 분리되어 기법적으로 논의될 사항이 아니라는 것이다. 더군다나 시의 외형적인 기법을 시의 미학으로 간주하며 <속살>에 대한 배려나 외경 없이 그 기법의 분석에만 골몰할 때 시의 비유는 뿌리를 상실한 시든 꽃의 유희처럼 변질되고 만다는 것이다. 정진규는 비유라는 시의 기법이 만들어지는 것이 아니라 발견되고 솟아나고 우러나는 것임을 계속하여 강조하는 것이다. 비유라는 언어 이전의 몸, 비유라는 언어가 생성하는 몸, 비유 속에 깃든 몸이 훼손당하거나 부재하거나 상실되는 위험성을 그는 경고하는 것이다.

위에서 살펴본 상징과 비유는 모두 시의 언어이자 시어법에 속하는 것들이다. 정진규는 역시 이런 맥락 위에 있는 이미지에 대해서 논할 때도 같은 입장을 취하고 있다. 뿐만 아니라 그가 산문시 형태를 지속적으로 발전시키고 내면화시키면서 관심을 둔 시의 리듬에 대해서도 기본적으로는 같은 입장이다. 여기서 시의 언어가 몸을 가져야 한다는 그의 시어관을 살펴보기 위해 끝으로 리듬에 대한 그의 생각을 들어보기로 한다.

> 그런 만큼 현대시가 선택하는 이 內在律은 단순한 변조의 방법 그 자체에 머무는 것이 아니라 역사적 진실의 만남을 통하여 절실한 고뇌 가운데 성숙된 것이라야 진실의 것이라고 나는 믿는다. 단순히 定型의 破壞만을 일삼고 생명의 肉體를 부여하지 않는 內在律이 우리 시단엔 오랜 동안 창궐해 왔다. 그것이 우리 시에 난해를 가져온 중요 원인의 하나라고 나는 생각한다. 어쨌든 이 內在律은 시의 외면을 감싸는 聽覺上의 것만이 아니다. 생명의 肉體를 부여 받은 충분한 정신의 소산이다. 또한 詩의 리듬은 音樂家의 그것과는 달리 言語의 所産이다. 따라서, 意味를 떠나 존재할 수 없는 필연성을 지닌다 함은 이미 엘리옷이 開陳한 바 있다.[21]

리듬은 일차적으로 언어가 지닌 소리의 영역이다. 언어의 3요소로 형태, 소리, 의미를 들 수 있다면 바로 이 중의 소리에 직결돼 있는 것이 리듬이다. 그런데 위의 인용문을 보면 정진규는 시의 언어가 지닌 이런 리듬의 문제를 논하면서 현대시의 주류이자 그 자신의 산문시에 필수적인 내재율에 특별히 관심을 기울이고 있다. 그에게 내재율의 문제는 매우 중요한 현대시의 언어문제이자 리듬 문제라고 여겨진다. 위 인용문에 따르면 정형률과 대비되는 내재율은 단순한 외형상의 차이에 있지 않다. 내재율은 모든 시인, 모든 작품에서 다 다르게 나타나는 것으로서 그것이 각자의 개성 속에서 성공하려면 <생명의 肉體>를 부여받아야 한다는 것이다. 생명의 육체란 무엇인가. 설명하기가 그렇게 용이하지는 않으나 그렇더라도 설명을 하자면 그것은 생의 문제를 용해시키고 발효시킨 내용이라고 할 수 있

---

21) 정진규, 「의미와 리듬의 동시적 융합」, 『한국현대시산고』, 212면.

을 것이다. 요컨대 리듬이란 그 내용의 청각적 표현이자 그 내용을 내면화한 청각적 율동이다. 정진규는 시의 언어가 지닌 리듬의 문제가 단순한 소리의 차원으로 떨어지는 것을 경계하기 위하여 언어가 숙명적으로 지닌 의미성을 강조한다. 의미라는 육체가 스며 있는 리듬, 리듬이라는 율동이 살아 있는 의미를 그는 생각하는 것이다. 이처럼 시의 언어로서 리듬이 지닌 육체성, 즉 몸의 실체성을 강조하는 정진규의 리듬론은 역시 리듬이란 만들어지는 것이 아니라 생성되는 것임을 알리고 있는 것이다.

지금까지 정진규가 시의 언어에 대해 갖고 있는 생각을 살펴보았다. 결국은 <생명의 육체>, 다시 말하여 <몸>을 가진 언어일 때 그 시어는 시어로서의 진정한 역할을 할 수 있다는 내용이 핵심이다. 시어는 말의 기교가 아니라, 정진규가 말하는 바 <치름>과 <통과제의>에 의하여 태어나는 것임을 그는 말하는 것이다. 이런 점에서 시인이란 기존의 말을 빌려 쓰는 사람이 아니라 새로운 말을 낳는 사람이다. 빌리는 것이 아니라 낳는 것과 같은 언어일 때, 그 언어는 또한 시인의 몸의 延長이고 확대이다. 따라서 시인은 언어의 마술사가 아니라 언어의 생산자이다. 그리고 언어의 창고가 아니라 언어의 샘이다. 이와 같은 정진규의 시어관은 언어와 시인이 단절되는 것을, 시인과 언어가 도구화되는 것을 경계하는 논리로서 의미 깊다.

4. 시의 역할

1) 존재와 세계의 열림

정진규는 시읽기를 <姦淫> 행위로 규정한다. 시가 생성한 속살, 순수, 신화, 영원, 진실 등과 은밀한 성적 합일을 이루는 행위와 같다는 것이다.

간음은 비밀스러운 내통이다. 그와 같은 비밀스런 내통은 시인이란 그의 가장 은밀한 영혼을 시 속에 담아 놓는 사람이라는 전제가 있을 때 가능하다. 여기서 그가 말하는 姦淫은, 약간의 언어유희가 허락된다면, 觀淫이자 觀音이기도 하다. 그만큼 그에게 시쓰기뿐만 아니라 시읽기도 신성한 비의의 행위이고, 생명의 에로틱한 울림을 불러일으키는 일이다.

정진규는 독자로서의 자신의 모습을 고백하며 위에서 언급한 사실을 다음과 같이 구체화하고 있다.

그러면서 나는 천천히 생각해 갔다. 그렇다. 나는 염쟁이다! 나는 나를 다시 확인했다. 놀랍게도 또 하나의 행복한 염쟁이가 거기 있었다. 궤변일 수도 있겠지만, <글>이란, 아니 <시>란 그 편편마다가 <주검>이며 <무덤>이 아니겠는가. 끝내 번민과 갈등과 욕망의 세상을 떠돌다가 비로소 몸 속으로 온전하게 들어온 최초의 질서가 아니겠는가. 그 순결이 아니겠는가. 비로소 둥글고 환한 봉분들이 아니겠는가. 몸다운 몸들이 아니겠는가. <선종善終>, 가장 훌륭한 끝냄 그 자체가 아니겠는가. 시인들이란 본시 거듭 태어나기 위하여 거듭 죽은 사람들이 아닌가. 그렇다, 나는 염쟁이다! 나는 내 무릎을 쳤다. 저들의 몸을 씻고 옷을 입히고 염포殮布로 묶어 제자리에 뉘였으니 그게 바로 책으로 엮는 일이 아니고 무엇이겠는가. 그렇다, 책은 무덤이다.
더군다나! 그들의 최초의 질서를, 그 순결을, 그 맨몸을 내가 보았다는 것. 슬픈 누이들이여, 앞으로 다른 누가 전혀 읽지 않는다 할지라도 내가 거기 영원히 가담되어 있다는 사실만으로도 나는 그대들과 한 몸이다. 나는 온몸에 전율을 느꼈다. 아름다운 원초의 간음이 거기 있었다. 미리 읽는 행복이 거기 있었다.22)

인용문 속의 <나>인 정진규는 시잡지 편집자로서의 자신의 모습과 시를 읽는 독자로서의 자신의 모습을 성찰한 후, 시잡지를 만드는 일뿐만 아니라 시를 읽는 독자로서의 자신의 일이 어떤 의미를 갖고 있는지에 대해

---

22) 정진규, 「미리 읽는 행복」, 『질문과 과녁』, 66면.

기술하고 있다. 인용문에서 시잡지의 편집자이자 시의 독자인 정진규는
그 자신을 <행복한 염쟁이>로, <아름다운 원초의 간음자>로 규정한다.
그가 자신을 이렇게 규정할 수 있었던 데에는 시야말로 세속의 죽음을 통
해 최초의 순결한 질서를 보여주는 것이라는 믿음을 갖고 있기 때문이다.
따라서 독자이자 편집자인 그 앞에 놓인 시들은 죽음으로써 신생의 질서
를 찾아낸 주검들과 같다. 그는 이들을 殮하여 신생의 질서들이 가득한 동
산(시잡지)을 만드는 사람이며, 그 질서 앞에서 간음의 전율을 만끽하는
자라는 것이다. 이런 만듦과 만끽 속에는 어떤 틈도 없다. 그들 사이엔 합
일의 황홀함과 놀라움이 깃들일 뿐이다. 그것은 閃光의 순간이며, 행복의
시간이다.
　최초의 질서, 그 순결, 그 맨몸을 발견하고 기대하는 시인과 독자 사이
는 이처럼 아름답다. 정진규는 이러한 시읽기 속에서 찾아오는 변화를 다
음과 같이 그려 보이고 있다.

　　시의 관능적 효용.

　　역시 이것 이상의 것이 없다. 좋은 시를 발견할 수 있었던 날은 온
　몸이 개운하다. 막힌 氣가 뚫리고 햇살 한가운데로 걸어가는 내 몸
　속에서 찰랑거리는 물소리를 듣는다. 나는 <춤>을 안다.

　　날로 피폐해져가는 내 몸을 지탱케 하는 놀라운 에너지. 그게 거기
　에 있음을 나는 믿는다. 나도 내 몸이 놀랍다.

　　옛날에 남모르는 사랑을 가졌을 때 쓴 시가 있다. 체험 그대로의 시
　다.
　　<그는 麝香 가득 든 환약 한 알을 내게 먹였다 어머니였다 막힌 氣
　를 뚫고 흐르는 물소리 하날 밤새 들었다>

좋은 시에도 그것이 있다.[23]

위 인용문의 관능이란 몸의 다른 말이고 존재의 다른 말이다. 그는 좋은 시를 만남으로써, 그의 온몸이 개운해진다는 것이다. 그에게 좋은 시란 앞의 인용문이 담긴 글 「미리 읽는 행복」에서 밝힌 바처럼 세속의 죽음을 통해 최초의 순결한 질서를 생성한 시이다. 그런 시를 만났을 때, 그는 막힌 氣가 뚫리고 햇살 한가운데로 걸어가는 느낌이며 그의 몸속에서 찰랑거리는 물소리가 들리는 기분이라고 말한다. 그런 상태란 곧 춤의 그것과 같다는 것이다. 정진규는 어머니야말로 좋은 시인의 상징이라고 생각한다. 그런 어머니가 찾아낸 사향 가득한 환약, 그것을 받아먹고 그는 온몸의 막힌 기가 뚫리는 시간을 체험하였다고 고백한다.

요컨대 정진규에게 좋은 시를 읽는다는 것은 온몸이 열리는 일이다. 온몸이 맑게 트이고 환하게 열리는 일이 찾아온다면 그는 좋은 시와 간음을 경험한 것이나 마찬가지이다. 그렇게 본다면 우리가 시를 읽고자 하는 것은 그 간음의 황홀경을 체험하고 싶기 때문이다. 그 체험을 통하여 세속으로 찌들고 비틀린 우리의 몸이 정화와 재생의 시간을 만날 수 있는 것이다. 시가 세속의 장르이지만 세속을 넘어서는 것은 시의 이런 속성에 기인한다. 시는 이땅에서 도구적 존재가 되어 현실의 일에 직접적으로 참여하거나 그것의 해결을 도모할 수도 있다. 물론 그것이 한 시인의 신념이라거나 시대적 요청으로서의 긴박성을 띤다면 그것도 잘못된 것이라 하기는 어렵다. 그러나 시의 도구성을 끝까지 거부하고 초월을 꿈꾸는 자생의, 자율의, 자유의 양식을 견지하고 희망할 때, 시가 세속에서 할 수 있는 일은 방금 위에서 언급한 바와 같은 그러한 일이다.

---

23) 정진규, 「관능의 에너지」, 『알詩』(세계사, 1997), 96면. 정진규의 시집 『알詩』 속에 부록으로 달려 있음.

정진규는 시읽기를 책읽기로 확대하면서 좋은 글과 책 역시 간음의 시간을 안겨준다고 말한다. 사실 좋은 책이란 그것이 의도적인 도구성을 넘어선 것이라면 시의 내면과 크게 다르지 않을 것이기 때문이다. 시도, 글도, 책도, 진실을 발견하고 생성하려는 사람의 산물이다.

> 그런 의미에서 좋은 글은 김인환의 말대로 독자의 은밀한 더듬기를 보장해 주는 공범이다. 우리들의 정부情婦다. 내연內緣의 여자다. 아름다운 간음을 가능케 한다. 이때 쌓아지는 비의秘儀의 제단은 성스럽다. 이럴 때 우리는 행복하다. 책읽기의 행복을 몸으로 만난다. (중략) 나는 그런 행복을 몇 사람 비평가에게서 얻고 있다. 지나친 몰입이 가져온 구속으로부터 좋은 글은 닫힌 빗장을 뽑고 정신의 맥락을 되찾아 준다. 혹은 삶의 일상으로부터 폐기된 그 황폐한 공간에 새로운 나무와 풀들을 심어 자라게 한다.24)

위 인용문을 따른다면 좋은 글과 책은 속살을 내보이는 유혹자이다. 그런가 하면 그것을 읽는 독자는 속살의 매력을 볼 줄 알고 사랑할 줄 아는 관음자이다. 유혹자와 관음자 사이에 만들어지는 간음, 그것이 글과 독자의 만남이다. 정진규는 그런 만남 속에서 구속으로부터의 자유가 찾아오고, 황폐해진 마음에 생명이 뿌리를 내리며 찾아든다고 말한다. 자유와 생명감, 열림과 신생, 트임과 흐름이 그 속에서 창조되는 것이다.

이와 같은 정진규의 시론은 시읽기를 聖化시킨다. 그러나 그때의 성화는 관념적인 성화가 아니라 관능과 몸이 발하는 존재의 사실적이고도 생명적인 성화이다. 그리고 그 성화란 위압적인 천상의 것이 아니라 내 몸과 존재의 열림이라는 따뜻한 지상의 것이다. 이런 점에서 그의 시론은 계몽적이지도, 교훈적이지도, 공리적이지도, 도구적이지도, 현실 참여적이지도

---

24) 정진규, 「책읽기, 그 아름다운 간음」, 『질문과 과녁』, 164~165면.

않은 <존재의 시론>이다. 그의 정신이 제아무리 무엇인가를 도모하고 의도해도, 시대가 제아무리 요구하고 탄압해도, 생명체인 그의 몸이 열리면서 싱싱해지지 않는다면 그의 시읽기와 글읽기 그리고 책읽기는 성공적인 것이라 할 수 없기 때문이다. 간음이, 성행위가 의도만으로, 요구만으로 될 수 없는 것처럼, 그 시읽기와 글읽기, 더 나아가 책읽기는 생명의 자발적인 활동이다.

2) 삶 속의 균형잡기

타협과 초월, 성취와 성숙, 외압과 자발, 가면과 내면, 기교와 영혼, 타율과 자율, 외재와 내재, 경쟁과 화해, 배제와 화응, 단절과 교감, 세속과 순수, 타산과 진실, 보상과 무상, 기계와 생명, 현실과 신화, 인위와 무위, 채우기와 비우기, 포만감과 충만감, 뜨거움과 따스함, 딱딱함과 단단함 등과 같은 대립쌍들을 수많이 열거할 수 있을 것이다.

시 역시 인간과 인간사의 한 양식이기 때문에 이 대립쌍들 가운데 어떤 세계를 택하거나 지향할 수 있고, 우리는 그 중 하나만을 독단적으로 주장하고 옹호하며 다른 한쪽을 무시하거나 나무랄 수만은 없다. 시로 세속적 성공을 거둔다고 해서 크게 문제될 것이 없을 수도 있기 때문이며, 시의 어용적, 도구적 역할은 역사 속에서 얼마든지 있었던 것이기 때문이다.

그러나 어느 한 사람이 이들 중 뒤쪽에 있는 것을 지향하며 시를 읽거나 쓰고 있다면, 대립쌍의 앞쪽에 있는 것들은 극복해야 할 대상이 된다.

주지하다시피 세속사회의 주류를 이루는 것은 앞에 열거된 대립쌍들 중 앞쪽에 놓여 있는 것들이다. 이것은 인류사가 전개된 이래 변하지 않는 흐름이다. 인간이란 본래 그렇게 순수하고 순정한 존재가 아니며 그들이 만든 사회 역시 그런 인간들의 속성을 그대로 반영하고 있다.

그러나 현실이 그렇다고 하여 인간들이 앞서 열거한 대립쌍들의 후자 쪽을 완전히 포기하고 살 수 있는 것은 아니다. 세속의 한가운데서 세속의 문법을 따르며 성공적인 삶을 살고 있다 하여도, 존재의 안쪽 깊은 곳에서 뒤쪽의 것들이 움직이며 자신들을 알리는 소리가 들려오기 때문이다.

시는, 적어도 이 시대의 수많은 시는, 그리고 정진규가 쓰고 말하는 시는 앞에 열거한 대립쌍들의 뒤쪽에 있는 세계에서 생성되고 그 세계를 지향한다. 따라서 그들은 세속의 현실을 이해하고 포용하지만, 언제나 그것을 <넘어>서려고 한다. 그 넘어섬의 과정이 시쓰기의 과정이고 그 넘어섬의 산물이 시의 열매이다.

그러면 이런 시쓰기의 과정과 그 열매는 무슨 기능을 할 수 있는 것인가. 정진규는 그의 시론에서 삶 속에서의, 시대 속에서의 균형잡기라는 말을 내놓고 있다. 삶과 시대, 그 속의 인간들이 세속의 물길을 내며 그곳으로 쏠림현상을 보일 때, 시는 그 현상을 바로잡으며 균형과 균제의 원석으로 그 역할을 해야 한다는 것이다.

> 허겁지겁 화려한 가묘假墓 앞에 제 스스로 자신의 비석碑石을 화려하게 세우고 있는 그런 모습들은 부끄럽다.
> <무류無類>의 아름다움을 생각하자. 우리는 지금 너무 비교와 순번에 시달리고 있다. 아파트의 평수를 늘리듯 그렇게 시는 풍요로워지는 게 아니다. <궁발窮髮의 땅>을 맨발로 밤새워 걸어가고 있는 시인의 야윈 어깨 위에 내리는 별빛을 읽는 일은 언제나 소중하다.
> 그것이 시의 매력이며 감동이다. 그것이 언제나 시대의 경사를 바로 세우는 한 쪽의 무게였다. 결핍의 무게는 모든 무게를 바로잡는 균제와 균형의 원석原石이다.25)

---

25) 정진규, 「가을 산문」, 『질문과 과녁』, 226면.

인용문에 따르면 시란 이전에 유례가 없었던 그만의 독자적인 <無類의 아름다움>을 갖고 있는 양식이다. 그리고 그것은 초목 하나 나지 않는 <窮髮의 땅>을 맨발로 밤새워 걸어가는 데서 발산되는 별빛과 같은 세계이다. 이와 같은 <無類의 아름다움>과 <순수의 별빛>을 간직하고 창조하는 것이 시라면, 그런 시의 역할은 <시대의 경사를 바로 세우는 한쪽의 무게>와 같은 것이라는 게 정진규의 생각이다. 위 인용문에서 가묘, 비교, 순번 등의 말로 표상된 세속과 시대의 표정은 언제나 난폭하고 경사도가 심하다. 그런 세계를 완전히 수정하는 것은 본래부터 불가능한 일이지만, 그런 세계를 보충하고 그런 세계에 균형감각을 부여하는 것이 시가 할 수 있는 일이라면, 정진규의 시의 역할에 대한 견해는 충분히 공감을 얻을 수 있다.

균형과 균제의 원석과 같은 역할을 해야 할 시와 시인은 <싸움꾼>이기를 중단해서는 안 된다고 정진규는 말한다. 싸움꾼이라는 말이 조금 강하게 들릴지 모르겠으나 그것은 세속적 문법 및 그 세계에 대항하는 긴장력을 의미한다고 보면 된다. 싸움의 방식에도 종류와 양태가 있다. 그 중 어느 한 가지만을 옳다고 말하기는 어렵다. 다만 그것이 어떤 종류와 양태의 것이든 삶의 자율성과 생명성을 지키려는 몸을 가진 싸움꾼이라면 충분할 것이다. 바로 이런 싸움꾼으로서 싸움의 장력을 끝까지 유지할 때 시와 시인은 시대의 경사를 바로 세우는 균형과 균제의 원석과 같은 역할을 할 수 있다.

천사가 떠난 자리보다 악마가 떠난 자리가 더 위험하다. 싸워야 할 대상이 없어졌을 때 시인은 무중력 상태가 되어 버린다. 싸우는 힘이 시인을 견디게 한다. <원초적인 정기가 조금도 부패되거나 손상되지 않은 최초의 장소와 그 순간>을 시인은 꿈꾸지만, 아니 살아있을 동안 그것을 위한 상처투성이의 <싸움꾼>으로 바람 잘 날이 없지만,

그러한 장소와 순간이란 사실 이 지상에 없다. 뒤집어 말한다면 그 <싸우는 힘>을 시인에게 주기 위해서, 시인을 견디게 하기 위해서 그것 또한 있다고 해야 더 옳을지 모른다. 악마가 싸움의, 극복의 대 상이듯 그것은 시인이 악마로부터 탈환해야 할 <여기>가 아닌 <저 기>일 뿐이다. <싸우는 힘>일 뿐이다. 그 까닭일 뿐이다. (……) 악마 는 시인을 최면에 거는 무기를 가지고 있다. 시인에게 평화가 왔을 때는 일단 위험한 징후임에 틀림없는 것으로 보는 것이 옳다. 시인이 <싸우는 힘>을 잃는다는 것은 상처가 상처 그 자체가 되어 버리는 순간이다. 상처의 힘! 그 팽만한 가죽부대에 악마가 구멍을 내어 버린 것이다. 전략에 걸려 버린 것이다. 문학은, 시는 끝까지 결핍에 기댈 수밖에 없음을 믿는 것이 옳다. 결핍이, 상처가 그 자양이다.26)

위 글은 정진규가 <세상을 버렸다>고 말한 진이정 시인의 죽음을 문상하고 돌아와 쓴 글이다. 위 글에서 정진규는 <악마의 부재> <싸움의 포기> <무력한 평화> <상처의 방기>를 경계하고 경고한다. 그것은 시인이 시대와 삶의 균형과 균제를 이룩해야 할 싸움꾼으로서의 책무를 저버린 위험한 일이라 생각하기 때문이다. 정진규는 애초부터 순결한 세상은 이 땅에 도래할 수 없다고 본다. 하지만 그 세상을 자양분으로 싸움의 길 위에서 상처를 새살로, 결핍을 충만으로 바꾸어가는 것이 시인의 임무이며, 그 임무에 의하여 생과 시대의 균형이 이룩될 수 있다는 것이다.

인간의 몸도, 인간의 생도, 인간이 만든 역사도, 이 우주도 균형을 찾아가는 역동적 과정이다. 그 균형이란 언제나 역동적 균형이라서 균형의 온전함은 순간 속에 존재할 뿐이다. 그것은 인간의 몸과 생과 역사와 우주를 끝없는 격랑 속으로 몰아넣는다. 그러나 그 격랑은 균형을 꿈꾸는 격랑이다. 그런 점에서 정진규가 시의 역할로 규정한 시대의 경사 속에서의 균형잡기란 꿈꾸는 격랑의 일종이다.

---

26) 정진규, 「싸움의 힘」, 『질문과 과녁』, 232~233면.

4. 맺음말

지금까지 정진규의 시론을 유기체 시론으로, 구도시론으로 전제한 가운데 그 구체적인 양상과 의미를 살펴보았다. 살아있는 동안엔 어쨌든 긍정과 생명의 편이라는 그의 인생관과 세계관은 시론 역시 긍정의 구도시론으로, 생명의 유기체 시론으로 이끈 것이라고 본다.

물론 긍정 속엔 부정과 비판과 좌절이 들어 있지만, 그것은 긍정으로 태어나야 할 원석들이다. 그 원석들을 사랑하고 위무하고 어루만짐으로써 그는 삶과 시를 <哀而不傷> <樂而不淫>의 상태로 끌어올리는 일이라 생각하는 것이다. 그리고 모든 생명은 무기물로 돌아갈 수밖에 없는 처지이지만 우리가 생명체로서 이 땅에 살아있는 한 생명은 모든 존재와 양식의 핵심일 수밖에 없다는 것이다.

정진규의 이런 시론은 초월의 시론이면서 에로스의 시론이다. 그에겐 <넘어섬>이야말로 시와 시인됨의 조건이다. 그리고 <살려냄>이야말로 시인의 영혼이 가리키는 곳이다. 이런 정진규의 시론은 시와 시인을 肉脫시키면서 肉化시킨다. 육탈과 육화 사이에 그의 시론이 놓여 있다. 하지만 이들은 대립적인 것이 아니라 육탈을 통해 육화가 되고, 육화를 통해 육탈이 되는 동일선상의 것이다. 전자에서 자유의 가벼움을, 후자에서 생명(생명)의 싱싱함을 얻는다.

몸에서 시작하여 몸으로 돌아가고, 신화에서 시작하여 신화로 돌아가는 그의 시론에서 시인은, 모든 시쓰기는 몸에게 물어본 다음에 이루어져야 한다는 말로 시의 자율성과 진정성과 생명성을, 모든 시쓰기를 포함한 모든 삶은 순수와 조화의 신화적 세계를 꿈꾸고 있는가를 점검해야 한다는 말로 삶의 영원성과 무상성과 개방성을 역설하고 있다. 그의 이와 같은 몸

찾기와 신화찾기는 이 엄청난 세속사회의 한가운데서 시와 시인의 역할과
존재이유를 가르쳐주고 있다.

정진규의 시론은 이 어마어마한 가상과 방법의 시대에 가장 자연적인
것이 가장 미래적이며, 가장 원시적인 것이 가장 본원적인 것이고, 가장
순정한 것이 가장 영속적인 것임을 시사한다. 이런 목소리에 귀를 기울일
때, 시는 시인 본인에게는 물론 시를 읽는 모든 사람들에게까지 근원적인
것과 궁극적인 것을 놓치지 않고 살게 할 것이다.

Ⅸ. 정진규 시인과의 대담

* 선생님께서 시에 눈을 뜨게 되신 첫 계기는 언제인지요?

　먼저 정교수와 이같은 대담의 자리를 갖게 된 것을 뜻깊게 생각합니다. 평소 정교수와의 同行을 소중하게 느껴오던 터였습니다. 나의 시들을 읽으면서 <그를 읽는 동시에 나를 읽었고, 그의 고백을 듣는 동시에 나의 고백을 하였다>는 정교수의 술회는 나를 전율케 하고 행복하게 하는 바가 있었습니다. 이 쓸쓸하고 무잡한 세속사회의 삶이 한꺼번에 극복되는 느낌이었습니다.

　내가 시라기보다는 詩性에 처음 눈을 뜨게 된 계기는 어린 날 혼자서 헤매다녔던 산야의 생물들이며 그들을 안고 있었던 숲 속의 적막이 깊게 나를 이끌던 내면의 흐름, 그 그윽함에 대한 감지 같은 것이었다고 여겨집니다. 지금도 시를 쓸 때면 그 때의 어떤 열림 같은 것이 아득하게 동행함을 늘 느끼니까요. 10남매라는 많은 형제들 중 한가운데였던 나에게는 부모님의 손길이 미칠 겨를이 없었습니다. 시골 태생의 나는 그렇게 늘 혼자

였습니다. 시 같은 것을 처음 대하고 끼적거리게 되었던 것은 국어 교과서를 통해서였거나 당시 유일한 학생잡지『학원』독자시단의 학생시들이 감동 반 부러움 반으로 내게 작용했던 것으로 기억됩니다. 거기 내 시가 뽑히기도 했고 상을 타기도 했습니다.

* 안성농업고등학교 시절의 문학활동에 대해 조금 구체적으로 말씀해주십시오.

책이 귀하던 시절이라 시집 베끼기 모임을 가졌던 기억이 새롭습니다. 지금도 그 때의 빛바랜 그 노트들을 간직하고 있습니다. 국어 선생님의 하숙방에 꽂혀 있던 김소월의『진달래꽃』, 정지용의『백록담』, 서정주의『花蛇集』등을 돌려가며 밤새워 베꼈던 일은 가장 큰 공부였습니다. 동인을 만들어 등사기로 직접 밀어서 동인시집『바다로 가는 合唱』,『芽話集』을 엮어내기도 했습니다. 다른 사람들처럼 고등학교의 동창 가운데 시인이 된 사람은 없습니다. 후배로는 70년대의 시인 가운데 임홍재 시인이 있었는데 그만 일찍 세상을 뜨고 말았습니다. 그의 재기가 아깝습니다.

* 선생님은「동아일보」신춘문예로 등단하셨습니다. 등단 이전의 습작기 시절의 문학활동이랄까, 생활 등은 어떠하셨는지요?

1960년의 일입니다. 내 나이 21살 때의 일입니다. 58년에 대학에 입학해서 한참 젊은 文靑들의 모임을 예저기 기웃거리며 치기와 열정을 미처 구분하지도 못하고 있었던 시절이었습니다. 그 가운데서 그래도 내게 은연중 시의 틀을 잡아주었던 것은 고려대학이었습니다. 조지훈이라는 큰 느티가 넓은 그늘을 드리우고 있었고, 선배들과 함께 했던 창작 동인 <靑塔

會>의 활동이 큰 도움이 되었습니다. 특히 습작을 들고 성북동 선생님 댁을 드나들던 나를 내치지 않으셨던 병약한 선생님의 가래 끓던 기침 소리, 고작해야 <되었군!> 이 한 마디 뿐이셨던 선생님이 그래도 더없이 존경스러웠습니다.

그 시절 무엇보다 나는 강의 시간보다 도서관에 처박혀 있었습니다. 그때 읽은 책이 내 독서량의 대부분을 차지한다고 생각할 때가 있습니다. 우리 문학의 유산을 그 때 거의 섭렵했다는 자부심을 가져보기도 합니다. 당치도 않은 이야기이겠습니다만 그만큼 많이 읽었다는 말이 되겠습니다. 그리고 그 때 『李箱全集』을 간행하기 위해 자료를 모으고 있었던 시인 林鍾國 선배(『親日文學論』의 바로 그) 주변을 맴돌거나 萬海 韓龍雲 全集의 간행을 위해 역시 자료 수집과 원고 정리에 나서고 있었던 <靑塔會> 선배들 곁에 있다가 심부름꾼이 되기도 했던 일들이 내 등 너머 공부의 한 풍경이기도 했습니다.

내 습작기 시절은 등단 이후로도 이어지고 있었습니다. 그게 바로 서울 문리대 앞 <별장다방>이나 서로의 하숙집을 옮겨가며 만났던 <火曜會>의 활동이었습니다. 그 때의 동인들을 나는 여기저기 여러 번 거론한 바가 있습니다. 그만큼 내게 큰 영향을 준 친구들이었기 때문입니다. 그들은 이미 등단을 끝내었거나 열심히 그 준비에 골몰하고 있었던 각 대학의 쟁쟁한 시학도들이었습니다. 서울대학의 조동일(지금의 대 석학), 주섭일, 박상배, 성균관대의 주문돈, 외국어대의 이유경, 고려대의 정진규가 한 주일에 한 번씩 만나 시인론을 발표하고 특히 조동일이 직접 번역한 프랑스 시 「상징주의에서 초현실주의까지」를 텍스트로 한 그의 강론에 매료되어 있었습니다. 그 때 <현대시>에 대해 비로소 눈을 뜨게 되었다고 기억합니다.

* 고려대학 국어국문학과를 지망하신 특별한 동기가 있는지요.

고교 백일장에 심사위원으로 나오신 조지훈 선생님을 한 번 뵙고 저 어른의 門下에 들고 싶다는 열망이 있었습니다. 무시험 입학으로 그 꿈이 이루어졌습니다. 지금도 나는 徒弟교육의 장점을 인정하는 사람으로 앞서 말씀드렸듯이 학교 강의실보다는 선생님 댁을 자주 드나들면서 그 분의 기침 소리까지 흉내 내었던 시절 그게 바로 나의 대학시절이라 할 수도 있습니다. 그 분은 절묘하게도 佛家의 지식과 체취, 그 사상과 미학을 儒家의 선비정신에 접합시켜 체질화하신 분이지 않습니까. 그게 낯설지 않고, 혹은 거북하지도 않고 친근하기까지 했습니다. 그건 아마도 내가 태어나 자란 가문의 흐름과 다르지 않기 때문이었을 것입니다. 제 조상들은 글도 하시고 벼슬도 하신 東萊 鄭門의 대단한 분들이셨습니다. (웃음)

그러나 시세계는 지훈 선생님을 닮지도 않았고 복고적인 정서에 머물지도 않았습니다. 늘 선생님은 모방의 극복을 내게 일러주셨고 나 스스로도 스스로 가는 외로움의 쓴 맛, 그 쓴 맛의 묘미를 알기까지 기다리리라 마음먹곤 했습니다. 그게 창작의 길이라 믿었습니다. 그러나 내면에 흐르는 정신과 감성의 결이야 달라질 수 있었겠습니까.

* 조지훈 선생님과 맺은 인연, 그분의 선생님에 대한 영향 등에 대해 말씀해 주십시오. 혹시 다른 시인과의 각별한 인연이나 관계가 있으면 그것도 이 기회에 말씀해 주십시오.

조지훈 선생님과의 인연, 영향 역시 앞서 말씀드린 내용과 같고 다른 시인과의 각별한 인연은 등단 이전에는 별로 없었고 대부분 등단 이후에 만나 교류하게 되었습니다. 등단 직후 조지훈 선생님에 이끌려서 그때 저녁이면 시인들이 모여들곤 하던 광화문 조선일보 뒤 아리스 다방에 나가 박남수, 박목월, 장만영 선생님을 비롯해 전봉건, 김수영, 김종삼, 김광림 시인들을 뵈올 수 있도록 하셨던 그 배려를 잊지 못합니다. 황홀하기까지 했습니다. 지금 젊은 시인들은 어쩐지 모르겠습니다만 하늘처럼 여겨지던 분들을 직접 만날 수 있었던 것은 행복이었습니다. 그게 <현대시> 동인 가입으로 이어졌고, 지금『현대시학』주간을 하고 있는 것도 그때부터의 인연이 이어진 것이라고 생각 됩니다.

  * 선생님께서 등단하신 해가 1960년입니다. 그 당시 문단에 나와서 문학 현장을 보고 느끼신 점 가운데 가장 인상적인 것이 있었다면 어떠한 것이었나요?

  우리시의 1960년대는 서로 다른 기류들이 엇갈리고 있었던 때라고 기억이 됩니다. 이른바 순수시로 표방되는 개인적인 의식의 시들이 있었는가 하면 당시의 사회적 현실과 삶을 중시하는 집단의식의 시들, 전통적인 고유 정서와 자연을 담고 있었던 서정시들이 있었습니다. 그 가운데서도 특히 <전통이냐 단절이냐>의 문제와 <참여냐 순수냐>의 문제에 대한 논의가 매우 활발했던 것이 인상적이었습니다. 당시의 상대적인 논객으로는 김수영, 이어령, 송욱, 전봉건, 김종길 이런 분들이 참여하고 있었던 것으로 기억됩니다. 어쨌든 집단의식과 개인의식이 첨예화하고 있었던 시절이었습니다.

  * 선생님의 시작과정에서 <현대시> 동인 시절을 빼놓을 수가 없습니다. 이곳저곳에서 그 시절에 대해 이미 말씀하신 바 있습니다. 그러나 이 자리에서 다시 한 번 그 시절의 동인활동에 대해 갖고 있는 생각을 전해주십시오.

나의 詩歷에서 <현대시> 동인시절은 말씀하신 바대로 빼놓을 수 없는 한 단계였음을 거듭 긍정합니다. 상호 영향 관계에 있었던 것도 사실이고 동인 활동이 표방하는 이른바 에꼴의 중요성을 알게 되었던 것도 그 때였습니다. 특히 그 때까지도 희박했다고 말할 수밖에 없는 우리 시의 내밀한 존재성에 대한 자각을 <현대시> 동인이 적극적으로 구체화하고 있었음은 누구나 긍정하는 문학사적 대목이었다고 생각합니다. 그러나 나중에 말씀드리게 되겠습니다만, 그러한 에꼴의 형성이 개인의 세계를 단면화하고 있음을 미처 눈치채지 못하고 있었던 것은 千慮一失이었다고 생각됩니다. 개인과 집단을 총체적으로 수용하지 않는데서 오는 의식의 폐쇄가 시의 까닭 없는 난해와 혼미를 불러오고 있음에 대하여 나는 고민하지 않을 수 없었습니다. 그리고 무엇보다 동인들의 시가 유형화하고 있음을 나는 스스로 지적하지 않을 수 없었습니다. 그래서 썼던 글이 「시의 애매함과 정직함에 대하여」라는 산문이기도 했습니다. 지금 읽으면 모순이 많고 어수선한 글입니다만 당시로서는 꽤 심각했었습니다. 이런저런 대목에서 <현대시> 동인 시절은 제 시에 많은 자각과 공부를 주었던 것이 사실입니다.

* 사모님(변영림 씨)께서도 대학시절 선생님과 함께 고려대학교 동인회 <청탑회>에서 문학활동을 하신 것으로 압니다. 사모님의 문학적 여정이랄까, 사모님과 선생님의 문학에 대한 관계맺기가 그 동안 어떻게 이루어져 왔는지 궁금합니다.

김종길 선생이 번역한 『20세기 영미시』를 읽다가 W. B. 예이츠의 시에 대한 한 주석에서 <靈媒>라는 말을 처음 발견하고 매우 흥분했었습니다. 그의 두 번째 부인 조오지 하이드리즈를 예이츠가 그렇게 불렀다는 대목이었습니다. 영혼의 촉매가 되어주는 존재, 무속의 언어라는 짐작이 들었습니다만, 변영림이 곧 나의 <조오지 하이드리즈>라는 생각이 들었고 어떤 시에다 그렇게 쓰기도 했습니다. 실제 그는 내 시의 촉매가 되어주곤 했습니다. 지금도 그렇지만 그에겐 사물에 대한 색다른 시적 해석 능력이 있습니다. 청탑회에서 처음 만난 그는 그의 창작활동을 그만 두고 현실적인 생활의 반려자와 내 시의 <영매>로서 40년 넘게 같이 살아오고 있습니다. 특히 그에게 현실적으로 기댄 바가 많습니다. 그가 없었다면 지금 내가 만들고 있는 시전문지 『現代詩學』의 운영도 엄두를 낼 수 없었을 것입니다.

* 1961년 23세의 나이에 결혼을, 그것도 입대한 군인의 신분으로 하셨습니다. 결혼과 입대, 그리고 시와 삶에 대한 어떤 특별한 체험이 이때에 있을 것 같습니다.

그래도 아름다웠다고 말하고 싶습니다. <그래도>라는 말의 이면이 짐작이 가시지요. 철이 없던 시절의 무모함이랄 수밖에 없는 결혼이었습니다만 며느리감의 손을 잡고 논산 훈련소까지 면회를 오셨던 아버지의 모습을 잊지 못합니다. 이미 작고하신 지 여러 해가 지났습니다만. 그때 최전방에 근무하면서 주고받은 편지가 수백 통 지금도 보관되어 있습니다. 황순원 소설 『나무들 비탈에 서다』와 일본 번역소설 『人間의 條件』이 인기가 있던 시절인데 마치 내가 그 소설들의 주인공인 양 착각하기도 했으니까요. 그 소설의 주인공들이 겪는 병영의 생활이 나와 그렇게도 닮아 있었으니까요. 나의 데뷔작 「나팔 抒情」의 배경이 되었던 제임스 존스의 소설을 영화화한 작품 「地上에서 영원으로」의 모습들이 그대로 거기 있었습니다. 그 영화의 주인공인 병사는 명배우 몽고메리 클리프트였습니다. 어쨌든 나의 이른 결혼 생활과 아내의 출산 등은 제대 후 현실적인 생활과 시의 몽상이 지니는 아득한 거리를 깨닫게 해 주었고 다시 그것을 접합하기 위한 피나는 의식의 도정을 평생 겪게 하였습니다. 철이 없었고 동시에 철이 나던 혹독한 시절이었어요.

　* 1964년, 대학을 졸업하고 교직생활을 10여 년간 하셨습니다. 당시 국어 교사로서 가장 심혈을 기울여 강의하신 부분이 있다면 그것이 무엇이 었는지요?

　좀 이상하게 들릴지 모르겠습니다만 그때 내가 가르쳤던 과목은 주로 국어문법이었습니다. 조금은 낭만적으로 문학의 꿈을 심어 주면서 아이들의 심금을 울릴 수도 있는 국어독본은 어쩐지 제 차지가 아니었습니다. 아이들이 지루해 몸을 꼬는 문법을 어떻게 재미있게 가르칠까를 생각한 나머지 그 예문을 시로 하자고 한 것이 그만 문법 시간이 시강독 시간이 되어버리고 말아서 문법의 진도는 한 학기 동안 삼분의 일도 나가지 못했던 일도 있습니다.

　* 1975년부터 소주를 만드는 진로회사 홍보실에서 1988년까지 10년이 넘게 근무하셨습니다. 선생님의 시를 보면 술을 훔쳐다 시인들과 마시는 이야기가 아주 흥미롭게 나옵니다. 이 시절, 회사원으로서의 임무와 시인으로서의 일을 어떻게 조화시켜 나아갔는지 궁금합니다.

　그렇습니다. 학교생활이 갑갑하고 그때는 소위 <연좌제>라는 것이 있어서 신원조회를 해서 집안에 공산주의자나 월북한 사람이 나타나면 교사 생활이나 군장교 생활도 할 수가 없었고 외국 여행도 어려웠습니다. 그렇게 나는 학교에서 밀려나곤 했습니다. 알고 보니 의용군으로 6·25

때 끌려간 형이(나의 시 「渡江錄」의 정진근) 월북자로 처리되어 있었어
요. 그래서 직업을 기업으로 전환했고 생활도 안정될 만한 월급을 받을
수 있었습니다. 그 무렵 나는 김종삼 시인이 좋아서 따라다니곤 했는데,
이 분이 <진로 소주>를 그렇게 즐겨하셨어요. <삼학>이란 소주도 있었
는데 오직 <진로>만. 이걸 회사에서 들고 나와 그 분이 일하던 동아방송
으로 가거나 예의 <아리스 다방>에 가서 기다리곤 했었습니다. 누구보다
그 분이 시인이라고 생각했었습니다. 그러면 그 분은 절대 빈손이 아니셨
습니다. 신문지로 싼 무엇을 내게 내밀곤 했습니다. 그것은 약간 상처가
났을 뿐 음질을 그대로 가지고 있는 클래식 L.P판이었습니다. 방송국에서
는 버리게 된. 그렇게 받은 여러 장을 지금도 지니고 있습니다. 자켓에 크
게 김종삼이라고 쓰고 날짜를 쓴, 북북 박아쓰는 예의 김종삼 선생 볼펜
글씨가 거기 적혀져 있습니다. 그래서 쓴 시가 「天使 1」, 「天使 2」, 「天使
3」이었습니다.(시집 『별들의 바탕은 어둠이 마땅하다』 수록) 김종삼 시인
은 <天使>라는 생각이 들 때가 많았습니다. 별명은 <도깨비>였습니다.
그만큼 초월적인 데가 있었습니다. 이들 시에는 저승에 간 김종삼 시인이
화가 이중섭과 함께 동행하고 있습니다. 그 시절 김종삼 선생은 빨간 사과
한 알만을 사들고 애인 집으로(아는 사람은 아는 김하림 시인) 사라지곤
했습니다. 물론 회사의 일엔 게으를 수밖에 없었으나 눈치껏 잘 해내었지
요.

* 1988년, 월간 현대시지 『현대시학』을 맡으셨던 전봉건 시인이 작고함
  에 따라 그 시지의 운영을 맡아 지금까지 이끌어 오고 계십니다. 그러
  고 보니 그간 참 많은 세월이 흘렀습니다. 선생님의 인생여정에서 이
  시기가 가진 특별한 의미가 있을 터인데 어떻게 정리하고 계십니까.

손을 꼽아 봅니다. 18년의 세월이었습니다. 어떻게 흘러왔는지 나도 알수가 없습니다. 제작비 마련에 하루도 허덕대지 않은 날이 없었습니다. 그보다도 예민하기 이를 데 없는 시인들과의 관계가 오해와 상처로 남았던 굴절의 세월은 <사람고생> 그 자체였다고 할 수도 있습니다. 때로는 모함도 받았습니다. 그게 아팠습니다. 그러나 결코 불행하다고는 생각한 적이 없습니다. 오히려 행복했습니다. 그렇게 고생스럽다가도 시인들의 원고를 받고 편집을 하고 교정을 보는 시간은 나를 지금도 더없는 충만과 행복으로 이끕니다. 그래서 여기까지 쉬지 않고 올 수가 있었던 것이지요. 역시 시인들이 있어서 『현대시학』이 있고 제가 있었습니다. 돌아보니 『현대시학』이 한 일이 결코 적지가 않았다는 생각이 듭니다. 무엇보다 우리 시문학사에 좋은 시, 좋은 시인을 보냈고 그로써 우리 시를 성숙케 했다는 자부심을 지녀보는 것은 공연한 자만일까요.

이 기간은 제 개인에게도 더없는 보탬을 주었습니다. 오늘까지 그래도 제 시가 이완되지 않고 긴장을 유지할 수 있는 것은 『현대시학』이 주는 어떤 힘이라고 생각합니다. 구체적으로 이 기간 중에 내 놓은 시집들에서 제시의 완성도와 사유의 깊이를 그나마 확인하고 있습니다. 『별들의 바탕은 어둠이 마땅하다』, 『몸詩』, 『알詩』, 『도둑이 다녀가셨다』, 『本色』 등이 이 기간에 나왔습니다. 시론집 『질문과 과녁』도 이 기간에 정리되었고요.

* 편집인(자)으로서의 선생님의 역할을 <염쟁이>의 그것에 비유한 산문이 있습니다. 매우 감동적이었습니다. 일류 <염쟁이>는 죽은 사람의 시신을 보기만 하면 그가 어떻게 살아왔는지가 한 눈에 들어온다고 들었습니다. 그 중 고단하게 살아온 사람의 시신은 더욱 공들여 염함으로써 그를 위로한다고 하기도 하고요. 선생님은 어떠십니까.

그렇습니다. 시의 편집자는 <염쟁이>와 같다는 생각을 합니다. 그 산문에 나는 다음과 같이 쓰기도 했습니다. <시인들이란 본시 거듭 태어나기 위하여 거듭 죽는 사람들이 아닌가. 그렇다, 나는 염쟁이다! 나는 내 무릎을 쳤다. 저들의 몸을 씻고 옷을 입히고 殮布로 묶어 제 자리에 뉘였으니 그게 바로 책으로 엮는 일이 아니고 무엇이겠는가. 그렇다, 책은 무덤이다. 더군다나! 그들 최초의 질서를, 그 순결을, 그 맨몸을 내가 보았다는 것. 슬픈 누이들이여, 앞으로 다른 누가 전혀 읽지 않는다 할지라도 내가 거기 영원히 가담되어 있다는 사실만으로도 나는 그대들과 한 몸이다. 나는 온몸에 전율을 느꼈다. 아름다운 원초의 간음이 거기 있었다. 미리 읽는 행복이 거기 있었다.> 시는 새로 태어나기 위하여 거듭 죽는 시신들이라는 역설적 정의가 거북할지도 모르겠으나 그러한 극단의 新生이라는 뜻이지요. 매달 한 권씩의 책을 만들고 나서 내가 발견해 온 것은 나 스스로 선택한 『현대시학』이라는 이 圍籬의 빈터에 홀로 서 있는 내 자신의 실존이었습니다. 그것은 염도 하지 않은 채 맨몸으로 묻힌 또 하나의 무덤이었습니다. 내가, 염쟁이가 제 生을 염할 수 없는 비극이 한 달에 한 번씩 나를 진하게 흔듭니다.

그렇습니다. 죽음 그 자체에까지 다가간 고단한 과정이 진실로 나타나는 시가 좋은 시라는 걸 나는 분별해 낼 줄 알게 되었습니다. 그런 시들은 정성을 다해 염(殮) 해야지요. 그게 책을 만드는 사람의 사명이라고 확신합니다. 또한 그게 적극적인 시정신이지요.

* 석사학위 논문의 대상으로 이상화를 선택하셨습니다. 어떤 점에 매력을 느껴서 그렇게 하셨는지요?

논문을 쓰기 전에는 「나의 침실로」와 「빼앗긴 들에도 봄은 오는가」를 읽었을 정도였습니다. 현실적인 관점에 서 있든, 낭만적인 관점에 서 있든 반복적으로 고조되고 있는 생명의 관능이 어떤 힘을 주었기 때문이었을 것입니다. 혼신으로, 요즈음 말로 하자면 온몸으로 살았던 그의 생애가 또 매력이 있었구요.

* 순천향대, 고려대, 한양여대 등 여러 대학에서 강의도 하셨습니다. 강의하시면서 무엇을 가르치시고자 특별히 애를 쓰셨습니까.

제가 맡아서 했던 강의는 주로 <시창작실기>에 관한 것이었습니다. 시를 쓰는 사람으로 창작과정의 체험을 바탕으로 한 것이었지요. 실기니까 아이들이 써온 시를 읽어주고 첨삭과 의견 제시를 하는 것이 주가 되어야 했겠습니다만 시집과 관련된 서적, 고전 읽기를 자주 리포트로 확인하고 해서 인기가 없었습니다. 속에서 우러나지 않는 기교는 아무래도 경박하고 생명이 없는 것이 사실입니다. 이를 극복하자면 우선 많이 써야겠지만 많이 읽는 일이 매우 중요합니다.

* 1995년 <현대시> 동인들과 재결합을 하셨습니다. 그리고 <현대시동인상>을 젊은 시인들에게 시상하기도 하고 있습니다. 오랜 시간이 흐른 뒤에, 서로 문학적 경향도 다른 시인들이 다시 재결합을 하게 된 핵심적인 이유는 무엇입니까.

재결합은 아주 잘한 일이라고 생각합니다. 초기 동인시절처럼 어떤 에꼴을 새롭게 내세운 것도 아니고 또 그럴 수도 없으리만치 각자의 세계가 서로 다르게 정립되어 있었습니다만, 시의 본질을 현대적 자각 속에서 가장 순수하게 지키고 있는 사람들이 바로 <현대시> 동인들 아닙니까. 세속

적 현실 속에서 와해, 소멸되기 쉬운 시의 본질을 지켜 맥을 형성하고 그
러한 일 가운데 하나로 등단 5년 내외의 젊은 시인들에게 상을 주어 격려
하는 일이 우리 시의 발전에 적지아니 기여하는 일임을 확인하고 있습니
다.

이 상을 탄 강연호, 조말선, 이대흠, 연왕모, 권혁웅, 손택수, 심재휘, 김
참, 길상호 등의 시인들이 벌써 좋은 시로 높게 평가 받고 있습니다.

이제 회갑을 모두 넘긴 동인들이 살아가는 일에도 서로 기대면서 일상
의 행복을 같이 찾는 것도 무시할 수 없는 일이고요.

* 시인협회 회장(1998~2000년)을 하시면서 선생님이 추구하셨거나 이룩
  하신 점이 있다면 들려주십시오.

별로 없습니다. 정례적인 일들을 충실하게 수행하고자 했을 뿐입니다.
다만 우리 문학 단체들의 정치적 자행에 물들지 않도록 엄격하게 경계를
늦추지 않았다고는 할 수 있습니다.

* 첫 시집 『마른 수수깡의 平和』라는 제목을 보면 <肉脫>의 평화가 느
  껴집니다. 선생님의 영혼이 도달하고 싶은 한 경지라고 생각됩니다.
  이후 선생님의 시집 『몸詩』에서부터는 <肉化>의 생명감이 깊어지고
  있습니다. 결국 이 양자는 긴밀히 연결돼 있는 것이라 보입니다만, 육
  탈과 육화의 세계를 건너다닌 선생님의 속사정을 듣고 싶습니다.

미처 생각 못한 일입니다만 제 시의 <육탈>과 <육화>의 문제는 첫 시
집부터 태동하고 있었음을 짚어 주시는군요. 시집 『몸詩』의 「자서」에서
나는 <나는 소년시절부터 영성적인 것으로서의 詩性과 육신적인 것으로

서의 散文性 사이에서 상처투성이가 되어 여기까지 흘러왔는데, 이 <몸>이라는 말이 내게 다가오면서부터 그것이 나의 그간의 상처들을 열심히 핥아주고 있음을 황홀하게 실감하고 있을 따름이다.>라고 밝힌 바가 있습니다. 맞는 지적이시라고 생각합니다. 내가 자란 어린 날의 생육사적 배경이랄지 집안의 일상적인 흐름이 그랬습니다. 전통적인 儒家의 집이 지니는 윤리적 자제와 그 실천이 어느새 함부로 속된 현실에 뛰어들지 못하도록 하는 거리를 내 안에 만들어 놓고 있었습니다. 그 거리가 곧 <육탈>의 아픔과 그 어려움을 내게 가르쳤다고 생각합니다. 고양된 정신, 이성, 혹은 초월적 <영성>의 세계가 지니는 순수성 같은 것에 대한 지향이었겠지요 어디선가 고백했습니다만 그 시절 <살을 버리고 뼈에 이르면 살이 그립고 뼈를 버리고 살에 이르면 다시 뼈가 그리운> 선생님 말씀대로 <육탈>과 <육화>가 서로 엇갈려온 세월이 제 삶이었다고 여겨집니다. 여기에 사회적 현실이 요구하던 당시의 문제들이 이에 가세해서 더욱 나의 갈등을 심화시켰습니다. 시의 본질, 그 순수성과 아무래도 목적성을 지닐 수밖에 없는 현실참여라는 것이 바로 육탈과 육화의 문제가 아니겠는지요. 그래서 만나게 된 것이 <몸>이었던 것입니다. 그러니까 <몸>은 갈등으로 양분되어 있는 단계의 정신과 육체, 그 육체로서의 개념이 아니라 하나로 아우른 극복과 승화의 실체라 할 수 있습니다. 나는 이러한 몸을 시간 속의 우리 존재와 영원 속의 우리 존재를 함께 지니고 있는 실체라고 정의한 바가 있습니다. 갈등의 세월은 길었고 이 말은 어느 순간에 내게 그야말로 전광석화처럼 왔습니다. 구원은 그렇게 오는 것인가 봅니다.

* <몸>과 <알>이라는 화두를 발견하게 된 직접적 계기가 있는지요.

앞서 말씀드린 바대로 <몸>이라는 화두는 그렇게 왔고 <알>이라는 화두도 긴 갈등, 순간적 귀결로서의 發話였습니다. <몸>을 어떻게 實物化할 것인가를 고뇌하던 나머지 生體로서의 사물들을 들여다보게 되었고 그 生體에서 발견한 생명의 實相이 모두 그 <알>의 형국으로 다가왔던 것입니다. 다시 시집『알詩』의 자서를 여기 옮겨보지요. <<알>은 알몸을 가둔 몸이다. 순수생명의 실체이며 그 표상이다. 흔히 말하는 부화를 기다리는 그런 미완으로서의 존재가 아니라, 그것 자체가 완성이며 원형이다. 하나의 小宇宙이다. 이 소우주에는 어디 은밀히 봉합된 자리가 있을 터인데 그런 흔적이 전혀 없다. 無縫이다. 절묘한 신의 솜씨! 알, 실로 둥글다. 소리와 뜻이 한 몸을 이루고 있는, 몸으로 경계를 지워낸 이 절대 순수 생명체에 기대어 나는 지금 이 어두운 통로를 어렵게 헤쳐나가고 있다.>

* 선생님의 시정신에 가장 많은 영향을 끼친 것이 있다면 어떤 것인가요.

역시 제 시의 정신이랄까 사유체계는 <시간 속의 우리 존재와 영원 속의 우리 존재>에 대한 추구와 자각이었겠지요. 그 기틀에서 만난 자연과 사물, 인간의 문제들을 시로 구체화 했다고 생각됩니다.

이 기회에 내 시의 산문 형태에 대해서도 몇 마디 밝히고자 합니다. 제 경우 형식은 정신을 지배하고 정신은 언제나 형식을 지배하니까요. 1977년『들판의 비인 집이로다』부터라고 할 수 있는 제 시의 산문 樣式은 단순한 방법적 선택이 아니었습니다. 그것은 자연스러운 혹은 필연적인 하나의 발생이었습니다. 내 삶의 체험과 인식의 변화가 동시적으로 자연스럽게 분만한 하나의 출생이었습니다. <몸詩>의 출생 직전 그 태동과도 맞물려 있었다고 할 수도 있습니다. 왜냐하면 개인적인 의식에서 집단의식으로의 이행과 그 두 개의 항이 하나로 만나는 총체의식이 곧 그 무렵의 내 정신이었고 그 會通意識이 곧 <몸詩>라고 할 수 있으니까요. 이에 걸맞는 형태로서 산문 양식이 나타난 것이지요. 행갈이 시로서는 만날 수 없는 그러한 양식이 지니는 새로운 리듬이 거기 있었습니다. 자아는 세계를 조명하고 세계는 자아를 조명하는 <드나듦>, 그것의 交流가 빚어내는 두께와 깊이, 그리고 무게를 지닌 흐름은 행갈이의 리듬이 아니었습니다. 산문 양식이 生體로서의 운동성도 싱싱하게 감지해 내었으며 훨씬 자유로웠습니다. 의미의 흐름, 이미지의 흐름을 그렇게 행갈이보다 자유롭게 호흡율로 구체화 할 수 있었습니다. <인습적인 음율을 버리고 새로운 음악적 문장을 만들 것> 이 명제는 시작 초기부터의 나의 꿈이었습니다. 이러한 나의 산문시를 조심스러워하던 김춘수 시인이 <외부 정경 묘사가 어느 사이 교묘하게 내면의 존재론적 어둠을 건드린다>고 그 인식을 바꾸기도 했습니다. 안과 밖이 하나로 만나는 혈관이 거기 흐르는 <몸詩>에 대한 긍정론이었습니다. 거기 어리는 큰 나무 그늘 같은 이른바 陰翳(음예)의 실체를 읽어내기 시작하였다는 것입니다. 이렇듯 나의 산문 양식은 내 시정신과의 형태적 필연성을 지니고 있습니다.

 * 선생님은 행복한 시인입니다. 그것은 <긍정>과 <승화>를 체화시켰기 때문입니다. 이렇게 되기까지는 남모르는 시간들이 있었을 터인데 간단히 말씀해 주시지요

많이 외로웠고 그 소외 속에서 현실적인 오해와 손실도 적지 않았지요 그러나 진정한 충만이 무엇인가를 짐작은 하게 되었으니 행복하다고 해야지요. 발효의 술항아리로서 또록또록 酒精이 눈 뜨는 것을 한밤에 홀로 들여다보는 맛, 그게 시의 궁극이고 삶의 맛이라고 여기지요.

 * 수유리를 선생님의 시와 삶에서 빼놓을 수가 없습니다. 수유리의 바람

과 선생님 댁에 있는 마당과 그 마당의 풍경은 선생님의 시를 낳고 키우고 품어 안는 신성의, 신생의, 모성의 세계입니다. 수유리의 그곳만이 다른 바람이 불고 다른 달이 뜨는 듯한 느낌입니다. 수유리에 대해 갖고 있는 개인적인 생각을 말씀해 주십시오.

제 시 속에서 <수유리>를 제가 너무 미화시켰나 보군요. 실제로는 별것 아닌 초라한 집입니다. 그러나 선생님이 느낀 바와 같이 제 詩空間으로서의 수유리는 신성의, 신생의, 모성의 세계일 수 있습니다. 이 집에서만 산 것이 벌써 30여년이 넘습니다. 이 집에서 아이들 셋 다 키워 학교 졸업시키고 성가시켜 손자들까지 보았습니다. 지금도 일요일이면 이들 4명의 天使들로 온통 시끌벅적합니다. 내가 태어나 자란 고향 안성을 빼면 이곳이 후기 내 문학 박물관이기도 합니다. 이 집 이름을 작고하신 김구용 선생님이 지어주신 아호를 써서 <경산시실絅山詩室>이라 현판을 새겨 붙여 놓고도 있습니다. 그러고 보니까 이 곳 수유리가 배경이 되어 있는 시편들이 내 시의 대부분을 차지하고 있군요. 30년을 살았으니까요. 구체적으로 정신적으로 그렇습니다.

* 지난 해(2004년), 류기봉 시인의 포도밭에서 보여주신 <먹춤>을 기억합니다. 시쓰기나, 붓글씨 쓰기나, 춤이나 모두 황홀한 <몸의 퍼포먼스>라는 생각이 듭니다. 시도, 서예도, 삶도, 언어도, 춤도, 몸의 율동이지요. 강신의 표출행위라고 할까요?

이 <먹춤> 공연은 1999년 9월 4일에 한 번, 그리고 2004년 9월 4일에 또 한 번 같은 장소에서 2회를 펼친 바가 있습니다. 50m의 흰 광목에 즉흥시를 춤을 추며 써내려갔습니다. 시의 리듬을 몸으로 말씀에 담아 내었지

요. <먹춤>을 추기에 앞서 다음과 같은 祭文을 봉독하기도 했습니다. <시
는 몸으로 시의 玄府를 드나드는 生命律의 춤사위, 말씀의 步法임을 시인
들은 깨닫고 있습니다. 그 玄府의 세계가 바로 <먹춤>의 세계입니다. 우
리 시인들은 그 한없이 그윽한 칠흑의 어둠을 몸으로 섬깁니다. 개칠은 절
대로 하지 않습니다.>(부분) 또는 그 날(2004년 9월 4일) 다음과 같은 대목
이 보이기도 합니다. <너와 나 사이를 지나가는 다름의 빠듯한 그림자여,
빼곡한 틈이여, 그게 먹빛이다 내 運筆은 그 칠흑의 어둠을 섬긴다> 내
<몸詩>의 일단을 말씀처럼 降神의 표출행위로 나타내고 싶은 내면의 狂
氣같은 것이 있었어요.

 * 조각하는 딸과의 교감을 선생님의 시 곳곳에서 봅니다. 부녀지간의 예
   술적 교류는 어떻게 이루어지고 있는가요.

    그와 같은 관계는 딸이 말을 배우기 시작할 무렵부터 있어 왔습니다.
「몸詩·43 - 질문의 집」에 가장 구체적으로 나타나고 있습니다. 지금도
그런 내면의 교류는 지속되고 있습니다. 그는 아주 첨예한 현대 조각가로
국제적인 위치에 있습니다. 그러니 그의 눈에 내가 어떻게 비치겠어요. 그
야말로 보수적이고 때묻어 보이겠지요. 그러나 더러 그의 작품에 영향을
주는 대목도 있는 모양입니다. 그의 전시회에 갔다가 흐뭇해서 <피는 못
속여!> 혼자 중얼거릴 때도 있습니다. 아직 시가 늙지 않았다는 말을 제게
해 줄 정도로 그는 제 시를 꿰고 있습니다.

 * 육필은 몸의 延長이자 몸 그 자체입니다. 육필을 사랑하는 선생님은 온
   전한 아날로그적 감성을 지닌 마지막 세대가 아닌가 하는 생각이 듭니
   다. 시서집 『경산시서』와 관련해서 특별히 하고 싶은 말씀이 있으실

것 같습니다.

그렇습니다. 앞에서 <먹춤>을 말하면서 밝힌 바대로 제가 추구하는 <몸詩>의 세계와 <詩書>를 쓰는 일은 그 맥을 같이 합니다. 아날로그적 감성을 지닌 마지막 세대가 쌓고 있는 하나의 보루일 수도 있지요. 실제 한국 현대시 100명의 시를 붓글씨로 써서 시서전詩書展을 열고(2002년 10월 14일~10월 27일) 시서집『絅山詩書』를 간행한 바도 있습니다. 제 글씨, 소위 시서詩書는 무슨 법첩法帖을 놓고 수련한 글씨가 아니라 자유로운 제 수련 과정을 통해 얻은 서체書體라서 어떤 이는 그 창의성을 높게 평가하기도 하고 또는 폄하하는 경우도 있습니다. 쓰기 시작한 세월로는 40여 년이 넘기는 합니다. 처음 글씨를 시작할 때는 詩書畵 三絶의 전통적인 품위를 꿈꾸기도 했고 동파東坡가 성당盛唐 시절의 시인이요 화가인 왕유王維를 찬양한 글에서 마힐摩詰(왕유의 아호)의 시는 시중유화詩中有畵요 그림은 화중유시畵中有詩라고 썼다는 글을 읽고 詩中有書요 書中有詩를 나름대로 나의 시법詩法으로 삼자는 생각을 하기도 했습니다. 그게 바로 육필의 미학이며 <몸詩>의 세계일 수도 있다는 것을 점차 깨달아 왔습니다. 또는 그것이 나의 독시법讀詩法일 수도 있었습니다. 그냥 눈으로 읽는 것보다 써서 읽는 그 맛과 깊이는 전혀 달랐습니다. 옛말에 <讀不如一寫>라는 말이 있습니다. 읽는 것이 한 번 쓰는 것만 같지 못하다는 이 말을 나는 그대로 실천해 왔던 셈입니다. 나는 그렇게 시를 써 왔습니다. 많은 시들을 그렇게 몸으로 만날 수 있었습니다.

* 선생님의 시는 언제나 선생님 자신을 가리키고 있습니다. 외부를, 타인을 가리키다가도 마침내 선생님 자신에게로 돌아가고 있습니다. 높은 자리에서 외부를 지적하거나, 떨어진 자리에서 타인을 계몽하는 시와

구별됩니다. 선생님의 시가 힘과 호소력을 갖는 원천이 여기에 있습니다. 자기 자신이야말로 자신은 물론 세계를 가늠하고 느끼는 가장 정직하고 실감 있는 자입니다. 여기서 자아의 구원 없이 세계의 구원은 불가능하다는 말을 해볼 수 있을까요?

그렇습니다. 제 짧은 시론『질문과 과녁』(2003. 10, 동학사)의 여기저기에서도 지적하신 제 시의 흐름을 짧게나마 개진한 바가 있습니다만, 제 시의 기본은 <交感>이며 <疏通>이랄 수가 있습니다. 이른바 화자우월주의는 실체의 발견을 흐리고 또 차단합니다. 대상 또는 사물들과 시적 화자는 동등해야 합니다. 실제가 그런데, 그렇게 살아서 움직이고 있는데 이걸 무시하고 자신이 해석하고 구조화하는 것이 현대시라고 착각하는 시인들이 있습니다. 교감과 소통에서 얻어지는 발견이 시가 되어야 합니다. 서양 미술 용어에는 <파사주 passage>라는 것이 있고 좀 어려운 한자말에 <음예陰翳>라는 말이 있습니다. <파사주>는 상대의 망막에 어리는 서로의 잔상으로 사물들은 그렇게 서로 소통하며 실제로 영향을 주고 있다고 합니다. 상황에 따라 색채와 형체의 변형이 수시로 이루어진다고 합니다. <음예>라는 말은 나무 그늘, 혹은 숲그늘과 같은 것으로 대상들의 대립을 일치로 건드리는 작용을 하는 것이라고 합니다. 서로가 그렇게 서로에게 무늬를 수놓는다는 것입니다. 김지하 시인이 이를 <흰 그늘>이라는 말로 자기화하고 있습니다만 이 <음예>를 읽어내는 것이 시의 생체성生體性이라고 나는 믿고 있습니다. 그게 또한 진정한 자아의 발견이라고 생각합니다. 상쾌하게 서늘하면서도 마냥 어둡지만은 않은 숲그늘이 건드리는 <핵>, 그게 시의 본질이 아닐지요

 * 선생님 시는 진정한 의미에서 <건강>합니다. 그것은 자아치유에 토대

를 두고 있기 때문이라고 봅니다. 자아도 치유하지 못하면서 세계를 치유하겠다고 과열돼 있는 시인들을 종종 봅니다. 그럴 때 안쓰럽습니다. 선생님의 생각은 어떠신지요?

그렇습니다. 자아와 세계는 별개가 아니라는 것이 그간의 나의 생각이었습니다. 개인과 집단이 회통하는 시의 미학이 곧 <몸詩>였습니다. 내가 쏜 화살이 과녁에 적중하고 과녁이 쏜 화살이 내게 돌아올 때까지 믿고 나는 기다립니다.

* 어려운 부탁입니다만, 선생님의 시 가운데서 가장 아끼는 작품 몇 편만 소개해 주십시오.

글쎄요. 스스로 내세우기가 부끄럽습니다만, 저는 어쩐지 지난 것 보다는 가까운 것들에 애착이 갑니다. 시집『몸詩』속의 ,「몸詩 · 76 - 봄비」「몸詩 · 36 - 물 속엔 꽃의 두근거림이 있다」, 시집『알詩』에서는 「산수유 · 알 1」, 「플러그 · 알2」, 「未遂 · 알6」, 시집『도둑이 다녀가셨다』의 「純金」, 「모슬포 바람」, 「토란밭에서」, 「가을 산책」, 시집『本色』의 「봄비」, 「순천 찬 새미골 청매화」, 「本色」, 「배롱나무꽃」 등 자꾸 늘어날 것 같아 그만 하렵니다.

* 고맙습니다. 선생님의 시나 산문으로 눈치 챌 수 없는 것들을 선생님과의 대담으로 훔쳐내 보고 싶었습니다. 그것이 저나 독자들을 위해 선생님의 시는 물론 그들의 삶의 길을 열어가는 데 도움이 될 것이라 생각했기 때문입니다. 참다운 건강과 평화가 선생님의 삶 속에 가득하기를 빌겠습니다.

■ 정진규의 문학 연보

1939/ 경기도 안성군 미양면 보체리 12번지에서 아버지 東萊人 鄭完謨와 어머니
　　　杞溪 兪氏 兪富卿 사이의 10남매 중 셋째 아들로 태어남, 산과 들을 헤매
　　　다니거나 뒤뜰 書庫에 산적한 古書와 선조들의 文集들 사이에 숨어들어
　　　한나절씩 책 냄새를 맡다가 나오곤 하면서 어린 시절을 보냄.

1957/ 안성농업고등학교 재학 중 같은 학교의 김정혁, 박봉학, 홍성택 등과 동인
　　　시집『芽話集』,『바다로 가는 合唱』등을 프린트 본으로 간행, 이 해 <학
　　　원문학상>을 받음.

1958/ 고려대학교 문리과대학 국어국문학과에 입학, 당시 교수이던 조지훈 시인
　　　의 문하를 드나듦. 재학 중 인권환(고려대 교수), 박노준(한양대 교수), 이
　　　기서(고려대 교수), 변영림(정진규의 부인) 등과 동인 <靑塔會>를 만들어
　　　동인지『白流』(프린트본)를 발간하는 등 <고대문학회>의 일원으로 활동
　　　함. 萬海 韓龍雲文學全集 원고 발굴 정리에 참여함.

1960/ 조지훈, 김동명 두 분의 심사로 『동아일보』 신춘문예를 통해 등단. 등단작
은 「나팔 抒情」. 이 해 여름부터 조동일(전 서울대 교수), 이유경(시인), 주
문돈(시인), 박상배(시인) 등과 동인 <火曜會>를 만들어 매주 시를 위한
토론회를 갖고 육당에서 청록파까지의 시를 체계적으로 읽음. 동시에 조
동일의 번역으로 프랑스의 상징주의에서 초현실주의까지의 시세계를 섭
렵, 현대시로서의 방법론에 눈뜨기 시작함.

1961/ 군에 자원 입대. 1963년 학보병으로 제대. 입대하던 해 변영림과 결혼하고
1962년 장남 敏泳(독문학박사, 외국어대 강사) 태어남.

1963/ 시인 전봉건의 권유로 동인 <현대시>에 참가. 황운헌, 허만하, 김영태, 이
유경, 주문돈, 김규태, 김종해, 이승훈, 이수익, 박의상 등과 제12집까지
활동, 이 때 박목월, 박남수, 김수영, 김종삼, 전봉건, 김종길, 김광림 시인
들을 만남. 고려대학교 제1회 문화상을 받음.

1964/ 대학을 졸업하고 풍문여고, 숭문고, 휘문고교 등에서 10여년 간 교직 생활
전전. 딸 栖英(조각가, 서울대 강사) 태어남.

1965/ 김광림 시인의 주선으로 제1시집 『마른 수수깡의 平和』(모음사) 출간.

1967/ 시론의 견해 차이와 자의 반 타의 반으로 동인 <현대시>를 떠남.

1969/ 전환의 시론 「詩의 애매함에 대하여」와 「詩의 정직함에 대하여」를 2회에
걸쳐 시지 『詩人』(조태일 시인 주재)에 발표. 이때부터 시에 있어서의 개
인과 집단에 대한 대립적 사고의 통합의지에 골몰함. 이 해 차남 芝泳(회
사원) 태어남.

1971/ 문학평론가 홍기삼의 주선으로 제2시집 『有限의 빗장』(예술세계사)을 출
간.

1975/ 교직생활을 청산하고 주식회사 진로에 입사하여 홍보관계의 일을 1988년
까지 함.

1977/ 제3시집 『들판의 비인 집이로다』(교학사)를 출간. 이 때부터 시에 산문형
태를 도입. 개인과 집단의 문제, 이른바 <詩性>과 <散文性>의 구체적 통
합에 들어감. 서정적 억양의 생명율과 환상의 파도가 있는 산문 형태를
새로운 시 형식으로 천착함.

1979/ 시인 김종해의 주선으로 제4시집 『매달려 있음의 세상』(문학예술사) 출간.
이 해부터 이근배, 허영자, 김후란, 김종해, 이탄, 이건청, 강우식 시인
등과 함께 <현대시를 위한 실험무대>를 극단 <민예극장>과 함께 갖기
시작함. 시극 「빛이여 빛이여」를 허규 연출로 공연. 이와 같은 시와 무
대에 관한 관심은 <시춤>으로 이어져 「따뜻한 상징」(창무춤터 1987), 「오
열도」(김숙자 무용단, 문예회관 1988), 「和」(김숙자 무용단, 국립극장 대
극장 1990), 「먹춤」(직접 출연, 류기봉 포도밭 1990), 교향시 「조용한 아침
의 나라」(장일남 작곡, 세종문화회관 1990) 등의 공연으로 이어진다.

1980/ 시집 『매달려 있음의 세상』으로 제12회 <한국시인협회상>을 수상함.

1981/ 이상화 평전 『마돈나 언젠들 안 갈 수 있으랴』(문학세계사) 간행.

1982/ 경기도 이천 玄岩窯에서 그간 관심을 가져왔던 붓글씨로 1천 개의 백자에
우리의 시들을 적어 넣음. 이 해부터 한국시인협회 사무국장을 맡아 1983
년까지 일함.

1983/ 제5시집 『비어있음의 충만을 위하여』(민족문화사)를 출간. 시론집 『韓國現代詩散藁』(민족문화사)와 편저 『芝薰詩論』(민족문화사)을 출간.

1984/ 제6시집 『연필로 쓰기』(영언문화사) 출간. 이 시집에 대해 <산문시집>이라는 말을 시인 이탄이 붙임.

1985/ 시집 『연필로 쓰기』로 <월탄문학상> 수상.

1986/ 제7시집 『뼈에 대하여』(정음사) 출간. 이 해 개최된 '86 아시아 詩人會議 - 서울大會> 회의의 실무를 맡아 일함.

1987/ 시집 『뼈에 대하여』로 <현대시학작품상> 수상. 이 해 문학선 『따뜻한 상징』(나남) 출간.

1988/ 전봉건 시인의 작고로 월간 시전문지 『현대시학』을 승계, 현재 2005년에 이르기까지 18년 간 주간을 맡아 오고 있음.

1989/ 자선시집 『옹이에 대하여』(문학사상사) 출간. 같은 해 그림시집 『꿈을 낳는 사람』(한겨레) 출간.

1990/ 제8시집 『별들의 바탕은 어둠이 마땅하다』(문학세계사) 출간.

1991/ 한국대표시인 100인 선집 『말씀의 춤을 위하여』(미래사) 출간.

1994/ 제9시집 『몸詩』(세계사) 출간. 시간 속의 우리 존재와 영원 속의 우리 존재를 함께 지니고 있는 실체를 <몸>이라 부르기 시작함.

1995/ <현대시> 동인들과 재결합. 편저 『나의 詩, 나의 시쓰기』(토담) 출간.

1996/ 한국시인협회 상임위원장.

1997/ 제10시집 『알詩』(세계사) 출간. <몸>이 추구하는 우주적 완결성을 <알>
로 상징화하고 있음.

1998/ 한국시인협회 회장으로 추대됨(~2000년).

1999/ 10월 5일, 후배 시인들과 제자들의 도움으로 시력 40년을 돌아보는 <鄭鎭
圭詩歷40年詩祭>를 가짐(타워호텔) .

2000/ 제11시집 『도둑이 다녀가셨다』(세계사) 출간.

2001/ 시집 『도둑이 다녀가셨다』로 <공초문학상> 수상.

2002/ 한국 현대시 100인의 시를 붓글씨로 쓴 정진규 詩書展을 10월 14일부터 10
월 27일까지 한국문화예술진흥원 마로니에 미술관에서 가짐, 도록 『絅山
詩書』(현대시학)를 간행.

2003/ 시론집 『질문과 과녁』(동학사) 출간.

2004/ 제12시집 『本色』(천년의시작) 출간.

2004/ 제2회 정진규의 춤쓰기 먹춤 공연(9월 4일 남양주 류기봉 포도원) : 50m의
흰 광목에 춤을 추며 즉흥시를 붓으로 써 내려감.

2005/ 현재 월간 시전문지 『현대시학』 주간.
　　고려대, 순천향대 강사 역임.
　　한양여대 문예창작과 교수 역임.
　　(현재) 고려대학교 대학원에서 강의 중.

■ 정진규 연구 자료 목록

전봉건, 「환상과 상처」, 『세대』 1964년 11월호.

정공채, 「貫流의 시인(발문)」, 『들판의 비인 집이로다』(정진규 시집), 교학사, 1977.

신동욱, 「기다림과 成熟에의 意志(해설)」, 『매달려 있음의 세상』(정진규 시집), 문학예술사, 1979.

윤재근, 「빈 퉁소를 불듯이」, 『소설문학』 1981년 3월호.

안수환, 「대응과 실재 - 정진규론」, 『현대시학』 1982년 12월호.

김재홍, 「정신의 透明化 또는 가을 精神(해설)」, 『비어 있음의 충만을 위하여』(정진규 시집), 민족문화사, 1983. 6.

성기옥, 「시성과 산문성의 조화」, 정한모/김재홍 편, 『한국대표시평설』, 문학세계사, 1983.

최동호, 「삶의 襤褸와 향그런 靈魂의 시(해설)」, 『연필로 쓰기』(정진규 시집), 영언문화사, 1984.

김복영, 「비어 있음의 삶과 산문적 체험」, 『심상』 1985년 4월호.

김은자, 「겸허한 詩的 진실」, 『현대문학』 1985년 8월호.

성기옥, 「정진규의 시세계 - 비워내기 詩論, 그 삶의 인식에 대하여(해설)」, 『뼈에
　　대하여』(정진규 시집), 정음사, 1986. 3.

최동호, 「정갈한 영혼을 찾아서」, 『따뜻한 상징』(정진규 문학선), 나남. 1987.7.

정효구, 「시대와 장르의 함수관계」, 『현대시』 1988년 11월호.

주승택, 「산문시의 가능성과 한계 - 정진규론」, 『한국현대시연구』(일모 정한모
　　박사 퇴임기념논문집), 민음사, 1989. 10.

서준섭, 「동시대 집단의식에의 접근과 자의식의 변주」, 『현대시사상』 1990년 가
　　을호.

이종환, 「어둠의 두 변용 - 찢기와 덮기」, 『현대시세계』, 1990년 가을호.

전정구, 「생산적 성의 건강한 생명력」, 『문학정신』 1990년 12월호.

이진우, 「신예가 쓰는 60년대 시인론 2 - 정진규론」, 『현대시학』 1991년 3월호.

민경대, 「정진규 시인의 시세계」, 『인문학보』(강릉대학교), 1991. 8.

성기옥, 「깨달음의 公案을 지니고 있는 시의 길 30년(해설」, 『말씀의 춤을 위하
　　여』(정진규 시선), 미래사, 1991. 11.

송희복, 「산문시의 경지」, 『현대시』, 1992년 7월호.

이승훈, 「정진규의 시론」, 『한국현대시론사 1910 - 1980』, 고려원, 1993.5.

김인환, 「『몸詩』에 대하여(해설)」, 『몸詩』(정진규 시집), 세계사, 1994. 1

남진우, 「몸의 신비 상처의 꽃 - 정진규 시집 『몸詩』」, 『현대시사상』 1994년 여
　　름호.

박덕규, 「몸 속에서 몸 비우기 - 정진규 시집 『몸詩』」, 『시와 반시』 1994년 여름
　　호.

정효구, 「우주공동체와 문학 10 - 비움과 몸의 사상」, 『현대시학』 1994년 6월호.

전정구, 「신성한 해체 - 정진규 시집 『몸詩』」, 『오늘의 시』, 1994년 하반기호. 현
　　암사.

김상환, 「육체와 현대성 - 정진규의 '몸詩'에 대하여(Ⅰ)」, 『현대시학』 1994년 7월
　　호.

─────, 「육체와 현대성 - 정진규의 '몸詩'에 대하여(Ⅱ)」, 『현대시학』 1994년 10

월호.

─────, 「육체와 현대성 - 정진규의 '몸詩'에 대하여(Ⅲ)」, 『현대시학』 1994년 12
　　　월호.

김영철, 「원숙한 서정의 넉넉함」, 『시와시학』 1994년 겨울호.

고형진, 「견자의 시적 여정 - 정진규의 시세계」, 『어문학연구』 제3집(상명대학
　　　교), 1995.2.

이숭원, 「존재의 근원을 찾아서」, 『현대문학』 1995년 3월호.

김유중, 「생의 근원을 향한 여정」, 『시와시학』 1995년 가을호.

하현식, 「모색과 조화 그리고 초월 - 정진규의 경우」, 『심상』 1995년 10월호.

이근대, 「생명의 채움과 존재의 확장」, 『시와 사상』 1995년 겨울호.

박경수, 「무욕의 세계와 생명사상」, 『시와 사상』 1995년 겨울호.

고형진, 「소재의 확산과 인식의 심화」, 『현대시사상』 1995년 겨울호.

김강태, 「'살과 뼈『몸』알', 그 정신의 담론 읽기」, 『현대시』 1996년 9월호.

김종태, 「정진규 시 연구」, 고려대 대학원 석사학위논문. 1996.12.

이숭원, 「둥근 생명의 원형, 환한 등불」, 『현대시』 1997년 11월호.

김양헌, 「알몸으로 지구에 기대다 - 정진규『알詩』」, 『시와반시』 1997년 겨울호.

이문재, 「몸으로 가는 길, 알에서 나오는 길 - 정진규의 『알詩』」, 『동서문학』
　　　1997년 겨울호.

김정란, 「신성함과 소통하는 몸」, 『작가세계』 1997년 겨울호.

정한용, 「울림과 들림 - 정진규의 『알詩』」, 『시와시학』 1997년 겨울호.

반경환, 「海印佛을 위하여 - 정진규의 『알詩』의 시세계」, 『시와사상』 1998년 봄
　　　호.

박현수, 「본질 탐구의 은유적 상상력」, 『시와 사상』 1998년 여름호.

이재복, 「전위적 존재 미학으로서의 육체 - 몸과 한국문학」, 『한국문학평론』
　　　1998년 여름호.

정효구, 「정진규 시의 자연과 자연성」, 『개신어문연구』 15집, 1998.12.

김한식, 「근원에 대한 상상력과 일상의 깨달음」, 『작가세계』 42집, 1999년 가을

호.

이숭원, 「관념의 때 떨어내기」, 『한국문학평론』 1999년 가을호.

강웅식, 「말씀의 집, 몸, 알」, 『작가세계』 42집, 1999년 가을호.

오형엽, 「발견의 시학」, 『작가세계』 42집, 1999년 가을호.

남진우, 「몸의 신비 상처의 꽃 - 정진규의 『몸詩』」, 『그리고 신은 시인을 창조했
　　　　다』, 문학동네, 2001년 9월 10일.

이승우, 「'황홀한 잡것들'과 『기탄잘리』의 세계」, 『행복한 날들의 시읽기』, 하늘
　　　　연못, 2001년 9월 11일.

노　철, 「금강경과 벼락 맞은 나무 - 정진규」, 『문명의 저울』, 국학자료원, 2001년
　　　　11월 10일.

김춘수, 「피지컬한 시의 계열 『모슬포 바람』」, 『김춘수 四色詞華集』, 현대문학,
　　　　2002년 4월 30일.

김춘식, 「상처가 흉터로 되는 체험의 집, 알 : 자기 검증과 화해의 공간」, 『불온
　　　　한 정신』, 문학과지성사, 2003년 1월 29일.

오태환, 「그, 潑墨과 設彩의 조촐한 향기 또는 繪事後素의 시학」, 『시안』 2003년
　　　　봄호.

강유환, 「영혼으로 맞물리는 시와 사랑」, 『시안』 2003년 봄호.

이혜원, 「romanticism + realism = R」, 『시와 사람』 2003년 여름호.

정효구, 「정진규 시의 美意識」, 『개신어문연구』 20집, 2003. 12.

이재복, 「팔색조八色鳥와 현부玄府의 시학 - 정진규의 시세계」, 『비만한 이성』, 청
　　　　동거울, 2004년 1월 2일.

허만하, 「산문시에 대하여」, 『현대시학』 2004년 2월호

정효구, 「정진규 시의 '몸'과 치유의 생태학」, 『한국현대문학』 15집, 2004. 6.

허만하, 「정진규의 시적 사유 - 정진규 시론집 『질문과 과녁』을 중심으로」, 『本
　　　　色』(정진규 시집), 천년의시작, 2004. 6. 15.

맹문재, 「천사를 만나는 황홀」, 『현대시학』 2004년 7월호.

박　진, 「나는 내가 없는 곳에서 內通한다 - 정진규의 『本色』」, 『현대시학』 2004

년 8월호.

정효구, 「정진규 시에 나타난 에로스 지향성」, 『어문연구』 45집, 2004. 8.

정효구, 「정진규 시와 無爲自然의 세계」, 『개신어문연구』 21집, 2004. 8.

박현수, 「해체주의 이후의 은유적 상상력」, 『현대시와 전통주의의 수사학』, 서울
　　　대학교 출판부, 2004. 9.

김선태, 「자연의 秘義를 읽어내는 황홀한 究竟 - 정진규 시집 『本色』」, 『시작』
　　　2004년 가을호.

이숭원, 「체험의 축과 공감의 장」, 『동서문학』 2004년 가을호.

차승호, 「老江湖의 힘」, 『문학마당』 2004년 가을호.

이수익, 「진정성에 대한 신뢰」, 『현대시학』 2004년 12월호.

박수연, 「시적 '돌연성'의 두 방식」, 『시와 사람』 2004년 겨울호.

신주철, 「생명의 원형에 대한 탐구」, 『미네르바』 2004년 겨울호.

황정산, 「충만한 비움 - 정진규 시집 『본색』」, 『시인세계』 2004년 겨울호.

이건청, 「조화와 융합의 지평 위에 세워진 玄府」, 『해방 후 한국시인 연구』, 새
　　　미, 2004.

정효구, 「정진규 시와 全一性 의 세계」, 『개신어문연구』 22집, 2004.12.

■ 저자 약력

1958년 출생.
충북대학교 국어교육과를 졸업하고 서울대학교 대학원(국어국문학과)에서 석사학위와 박사학위 취득.
1985년 『한국문학』으로 등단하면서 문학평론 활동 시작.
저서로 『존재의 전환을 위하여』(청하, 1987), 『시와 젊음』(문학과비평사, 1989), 『현대시와 기호학』(느티나무, 1989), 『광야의 시학』(열음사, 1991), 『상상력의 모험: 80년대 시인들』(민음사, 1992), 『우주공동체와 문학의 길』(시와시학사, 1994), 『20세기 한국시의 정신과 방법』(시와시학사, 1995), 『백석』(편저, 문학세계사, 1996), 『20세기 한국시와 비평정신』(새미, 1997), 『몽상의 시학: 90년대 시인들』(민음사, 1998), 『한국현대시와 자연탐구』(새미, 1999), 『시읽는 기쁨』(작가정신, 2001), 『한국현대시와 문명의 전환』(새미, 2002), 『시읽는 기쁨2』(작가정신, 2003), 『재미한인문학연구』(이동하와 공저, 월인, 2003) 등이 있음.
현재, 충북대학교 인문대학 국어국문학과 교수.

정진규의 시와 시론 연구　■ <中>과 <和>의 시학

2005년　5월　10일 1판 1쇄 초판 인쇄
2005년　5월　20일 1판 1쇄 초판 발행

지은이●정　효　구
펴낸이●한　봉　숙
펴낸곳●푸른사상사

등록 제2-2876호(1999.8.7)
서울시 중구 을지로3가 296-10 장양B/D 701호
대표전화 02) 2268-8706(7) 팩시밀리 02) 2268-8708
메일 prun21c@yahoo.co.kr / prun21c@hanmail.net
홈페이지 //www.prun21c.com
편집·디자인·송경란/심효정/김수정　기획마케팅·김두천/한신규/지순이
ⓒ 2005, 정효구

값 23,000원
ISBN 89-5640-325-2-03810
*저자와의 합의에 의해 인지 생략함